MINNESOTA
HAYWARD
ROCKFORD
IOWA
CHICAGO
OHIO
PENNSYL-
VANIA
INDIANA
ILLINOIS
PITTSBURGH
WASHINGTON, D.C.

DEB CALETTI

WIE EIN HERZSCHLAG AUF ASPHALT

ROMAN

Aus dem Englischen von Susanne Just

ARCTIS

Die Originalausgabe erschien 2018 unter dem Titel
A Heart in a Body in the World bei Atheneum Books
For Young Readers, ein Imprint von Simon & Schuster.

FSC
www.fsc.org
MIX
Papier | Fördert
gute Waldnutzung
FSC® C083411

Deutsche Erstausgabe
1. Auflage 2022

Übersetzung: Susanne Just
Lektorat: Leona Eßer
© Covermotiv: Daniel Stolle
© Covergestaltung: Niklas Schütte
© Karte im Innenteil: Josephine Pauluth
Satz: Greiner & Reichel, Köln
Druck und Bindung: CPI books GmbH, Leck
ISBN 978-3-03880-055-2

www.arctis-verlag.de

Folgt uns auf Instagram unter
@arctis_verlag

Für John, Sam und Nick.

Dieses Herz ist eures.

Über ihnen erstreckte sich ein klarer Himmel in der Dämmerung. Aber irgendwo, weit weg im Süden, braute sich ein Sturm zusammen und zog ihnen entgegen …

– Alfred Lansing,
*Endurance: Shackleton's Incredible Voyage**

1

Annabelle Agnelli versucht, sich auf dem Parkplatz von Dick's Drive-in zusammenzureißen. Nach dem, was gerade passiert ist, ist sie wie betäubt. Gelähmt. Und dann – stell dir das mal vor – schießt Annabelles zertrümmertes Ich plötzlich los wie ein Blitz. Sie umklammert die weiße Tüte, auf der in Orange das unglückliche Wort, *Dick's*, steht. Ihr Burger ist noch warm. Die Cola in ihrer Hand schwappt hin und her wie eine stürmische See, als sie versucht, vor den schlimmen Bildern der nahen Vergangenheit davonzulaufen. Einzelne Pommes hüpfen lose in der Tüte herum, die nun klingt wie eine Rassel.

Natürlich hat sie diesen Spruch schon mal gehört – *Eine Reise von tausend Meilen beginnt mit dem ersten Schritt.* Ein Poster davon hängt in Coach Kwans Büro. Darauf ist die Silhouette eines Mädchens bei Sonnenuntergang zu sehen, das einen steilen Bergpfad hinaufläuft, und alles besteht nur aus sich lichtenden Wolken und herabscheinenden Gottesstrahlen und violetter Gebirgserhabenheit. Nicht aus Panik und heruntergefallenen Servietten und wehenden Haaren. Dieses Poster sieht nicht aus wie *das hier*.

Wo läuft sie hin? Keine Ahnung.

Warum läuft sie? Na ja, manchmal zerbricht man einfach. Zerbrechen ist leicht, wenn man schon bröckelig ist vom Allerschlimmsten, was einem passieren kann. Es ist leicht, wenn man kaputt und schuldig ist und Angst hat. Man zerbricht, einfach so. Als ob das Zerbrechen nur auf den richtigen Moment gewartet hätte.

Annabelle Agnelli versucht jetzt also nicht mehr, sich auf dem Parkplatz von Dick's Drive-in zusammenzureißen. Sie ist durchgedreht. Komplett durchgedreht. Sie hat ihr Auto einfach stehen gelassen und joggt den Bürgersteig entlang, zügig, in einem richtig guten Tempo. Coach Kwan wäre stolz. Sie fängt an zu schwitzen und ihre Gedanken überschlagen sich und es ist alles ein bisschen untypisch für sie, Annabelle, die glatte Einserschülerin. Sie ist für gewöhnlich lieb und nett und reißt sich zusammen, aber das war zuletzt eine schwere Aufgabe, eine gewaltige Aufgabe, eine Aufgabe, die viel, viel zu schwer für sie geworden ist.

Es wird schlimmer. Natürlich passiert das oft: Es wird schlimmer und dann noch schlimmer. Eine Abwärtsspirale, die der Schwerkraft nach unten folgt. Sie läuft schon seit wer weiß wie lange und langsam wird es dunkel. Metapher-dunkel, aber auch wirklich dunkel. Die Nacht bricht an. Große Wolken ziehen über den Himmel und drohen mit Regen. So vieles bricht über sie herein – die Nacht, der Regen, alles, weswegen sie sich bisher noch zusammengerissen hat.

Die Hälfte von Seattles viel befahrener Durchgangsstraße Broadway hat sie schon hinter sich. Dann biegt sie in die Cherry Street ab und im Handumdrehen ist Annabelle auf dem Rundweg, der sich um den Lake Washington schmiegt. Es ist März. Was bedeutet, dass die Sonne ungefähr um fünf, halb sechs untergegangen ist. Sie hat allerdings keine Ahnung, wie spät es ist. Leute mit vornübergebeugten Schultern und Kapuzen auf dem Kopf gehen mit ihren Hunden Gassi. Kleine und große Hunde werden gezogen und gezerrt – bei so einem schwarzen Himmel ist keine Zeit für luxuriöses Herumgeschnüffel. Ein Fahrradfahrer oder zwei oder zwanzig flitzen von der Arbeit nach Hause, ihre Räder *zischen* nur so an ihr vorbei. Rücksäcke hängen über ihren Schultern. Ihre engen, glänzenden Bikerhosen schießen durch die Dunkelheit wie leuchtend gelbe Meteorenschweife. Straßenlaternen gehen an.

Sie läuft weiter. Es nieselt ein bisschen, nicht der Rede wert. Die Burgertüte ist weg (in einem Abfalleimer, hofft sie, sicher ist sie sich allerdings nicht), aber Annabelle hat immer noch die Cola, und ihre Tasche schlägt gegen ihre Seite. Sie hat bei Dick's angehalten, nachdem sie sich mit Zach Oh und Olivia getroffen hatte, deswegen trägt sie Jeans und einen Pulli und ihr ist viel, viel zu heiß. Ihre Jacke ist im Auto; ihre normale Laufkleidung und ihre Schuhe sind zu Hause. Das ist alles egal.

Sie läuft am Leschi Park vorbei und dann am Seward Park, und es ist ein bisschen unheimlich hier draußen mit dem tief indigoblauen See und den großen, immergrünen Nadelbäumen, deren Zweige über ihr rascheln. Genau davor will sie davonlaufen: vor dem Unheimlichen. Nicht nur vor dem unheimlichen Seward Park und dem Unheimlichen, was gerade bei Dick's passiert ist, sondern vor aller Unheimlichkeit, vor aller Machtlosigkeit, vor allen Augenblicken, in denen man fühlt, dass das eigene Schicksal in der Hand eines anderen liegt.

Ernsthaft, sie sollte nachts nicht in diesem Teil der Stadt laufen. Hier passiert den Leuten etwas. Sie werden ausgeraubt. Umgebracht. Sie fühlt eine seltsame Furchtlosigkeit. Na und? *Versucht's doch*, denkt sie. *Ist mir doch egal.*

Dann denkt sie etwas anderes: *Ich könnte immer weiter und weiter laufen.*

Genau so entstehen große Ideen – mitten in einem Kurzschluss flackern sie auf dem Gehirn-Bildschirm auf. Das *Wohin* und das *Warum* und das *Ich weiß nicht* formen eine winzig kleine Zellkugel, die man nur unter einem Mikroskop sehen könnte.

Große Ideen können zu großartigen Dingen führen. Große Ideen können zu einem Unglück führen. Die Zellen fangen an sich zu teilen.

Immer wieder klingelt ihr Handy in der Hosentasche. Sie hätte schon vor Stunden zu Hause sein sollen. Leute machen sich Sorgen. Sie wischt den Gedanken beiseite, doch dann kracht das Schuldgefühl verantwortungsvoller Personen mit dem Brennen in ihren Beinen und dem Schmerz in ihren Zehen zusammen. Dies ist ein großer Teil von Annabelle Agnelli – das Gewicht dessen, was sie jedem schuldet. Es lässt die Rädchen ihrer Panik klickernd ineinandergreifen und sich rasend schnell drehen. Schließlich bleibt sie stehen. Sie keucht heftig.

Links von ihr ist ein Park. Ihr ganzes Leben lang hat sie nur in Seattle gewohnt, aber hier draußen war sie noch nie. GENE COULON MEMORIAL BEACH PARK steht auf dem Schild. CITY OF RENTON. Sie schlürft den letzten Rest Cola aus und zerdrückt den Becher. Das Zerdrücken fühlt sich toll an. Sie geht im Kreis, bis sich ihr Atem wieder normalisiert, denn sie weiß, was mit ihren Muskeln passiert, wenn sie das nicht tut. Ihre Brust brennt.

Hilf mir, Kat, denkt Annabelle. *Was soll ich tun?*

Lauf weiter, antwortet Kat.

Siehst du? Kat ist ihre beste Freundin, sie versteht sie also. Kat kennt Annabelle besser als sonst irgendwer, außer vielleicht ein gewisser Jemand, der jetzt gerade ausflippt. Ein gewisser Jemand, der immer wieder anruft. Annabelle nimmt ihr klingelndes Handy in die Hand.

»Mir geht's gut, Mum«, sagt sie.

»O mein Gott, Annabelle. Du lieber Himmel, wo zur Hölle steckst du?«

Ja – Gott, Himmel und Hölle in einem Zwölf-Wörter-Ausruf bringen es ziemlich gut auf den Punkt, aber so ist Gina Agnelli. Katholisch sein ist für sie nicht nur eine Religion – sondern Aberglaube und Schutz und Tradition. Sie besucht zwar nur selten die Messe, aber sie hat das obligatorische Kruzifix über der Küchentür hängen, einen Rosenkranz in der Kommodenschublade und einen Stapel Sterbebilder von Verwandten, zusammengehalten von einem Küchengummi. Annabelle kann fast nicht glauben, dass Leute immer noch katholisch sind. Aber die katholische Kirche ist etwas, das es seit zigtausend Jahren gibt und auch nach weiteren zigtausend Jahren noch geben wird, trotz der schlechten Presse und der Gerüchte, dass sie langsam verschwindet. Ein bisschen wie Twinkies, diese altmodischen, kleinen Küchlein mit Cremefüllung.

Aber wie soll Annabelle überhaupt noch an irgendetwas glauben? Es wäre schön, einen Glauben zu haben, doch dieser Zug ist wahrscheinlich für immer abgefahren.

»Ich bin im Gene Coulon Park. In Renton.«

»Was? Warum? Mit wem bist du dort? Hast du etwa *getrunken*?«

Ha. Schön wär's. »Nein, ich hab nicht getrunken! Ich bin hierher gelaufen.«

»Du bist dorthin *gelaufen*? Wie meinst du das, du bist dorthin gelaufen? Wo ist denn das Auto? Gott im Himmel, weißt du, was für Sorgen ich mir gemacht habe? Ich bin fast *umgekommen* vor Sorge.«

Sorgen! Annabelles Mutter macht sich immer Sorgen! Sogar vor letztem Jahr hat sie sich schon immer Sorgen gemacht, sogar bevor es einen Grund dazu gab. Sorge ist eine andere Art, auf die Gina versucht, jeden zu beschützen. Sorge ist die etwas andere Version eines Gebets. Und das passiert, wenn sich deine Mutter Sorgen macht: *Du* machst dir heimlich Sorgen. Angst spielt in deinem Hintergrund wie schlechte Supermarktmusik. Du läufst herum und zählst Dinge und wachst nachts mit zu schnellem Herzschlag auf. Du tust so, als wärst du mutig, und machst Sachen, um zu beweisen, dass du keine verängstigte Person bist wie sie. Die unablässigen Sorgen (darüber, wo du bist, über bestimmte Freunde, über alles und jeden, immer über die falschen Dinge) hämmern in deinem Kopf: *Du bist nicht sicher. Die Welt ist voller Gefahr und Hinterlist. Du hast keine Chance.*

Und was haben die ganzen Sorgen am Schluss gebracht?

Wie kann man sich sicher fühlen? Das ist eine komplizierte Frage. Was gut passt, denn Annabelle ist kompliziert. Versteckt hinter dem ganzen nett-und-hübsch ist sie verzweifelt und ohnmächtig vor Trauer.

»Mir geht's gut, Mum.«

Natürlich tut es das nicht. Es geht ihr ganz sicher nicht gut.

»Malcolm hat versucht, dich anzuklingeln, was auch immer das heißt! Und ich hätte fast Opa Ed angerufen, damit er dich suchen geht, so verrückt vor Sorge war ich. Annabelle, du kannst nicht einfach *stundenlang verschwinden*.«

Malcolm: Annabelles kleiner Bruder. Technisches Genie, dreizehnjähriger TV-Serien-Abenteuerheld MacGyver. Nerviger, kleiner Superhirn-Kumpel.

Ed Agnelli: Opa. Spitzname: *Capitano.* Ehemaliger Besitzer und Boss einer Tiefkühlfisch-Verpackungs-Firma, der in den Ruhestand gegangen und Solo-Kapitän seines eigenen Schiffs geworden ist – eines Wohnmobils, mit dem er kreuz und quer durchs Land fährt. Momentan – ihr unmittelbarer Nachbar.

Nehmen wir Bit den Hund noch dazu: Rasse unbekannt. Klein und gelb-braun. Superschneller Unterwäsche-Dieb.

Außerdem, Carl Walter: Mums Gelegenheits-Freund, Abteilungsleiter bei einem Telekommunikationskonzern. Fan des Footballteams Seattle Seahawks. Denkt immer noch, Pop-Tarts-Müsli und Hi-C-Fruchtsäfte wären ernährungstechnisch gute Entscheidungen.

Schließlich: Anthony. Annabelles und Malcolms Dad. Ehemaliger High-School-Athlet und durchgebrannter Elternteil, jetziger Father Anthony, ein Geistlicher im Kloster Saint Therese's in der Nähe von Boston. Auch bekannt als: Dieser Mistkerl Father Anthony, wie Gina ihn nennt, seit er sie vor sechs Jahren verlassen und gesagt hat, er *hätte genug*. Annabelle hat ganz aufgehört, ihn irgendwie zu nennen oder gar anzurufen.

Das ist sie: *La famiglia.* Die Familie.

»Annabelle? Annabelle! Bist du noch dran?«

»Ich bin da.«

»Warum bist du so still? Du machst mich nervös.«

O Mann, Mütter können einen echt verrückt machen, aber Mütter kennen dich.

Jetzt oder nie.

»Ich komme nicht nach Hause.«

»Was meinst du, du kommst nicht nach Hause? Natürlich kommst du nach Hause. Ich hab die Autoschlüssel schon in der Hand. Malcolm!«, ruft sie. »Schau Gene Colon Park auf dem Navi nach!«

»Nicht Colon. Coulon. *Cu.*« Eine Welle von Hysterie schwappt über Annabelle hinweg. Fast muss sie lachen. *Cu* ist die Abkürzung für *culo*, italienische Umgangssprache für *Arsch.* »Du musst aber gar nicht kommen. Ich hab hundertzwanzig Dollar Geburtstagsgeld dabei. Ein bisschen weiter hinten hab ich ein Best Western Hotel gesehen.«

»In einer halben Stunde sind wir da, wenn ich mich nicht verfahre.«

»Ich komme aber nicht mit nach Hause. Ich mein's ernst.«

»Annabelle. Hör sofort auf damit. *Ich* mein's ernst. Ich bin diejenige, die Dinge ernst meinen kann! Was ist denn bei Zach Oh passiert? Irgendwas ist doch passiert.« Gina sagt Zachs Namen sehr schnell. *Zacko.*

»Nichts ist bei Zach passiert.«

»Ist das irgend so eine Art Spiel oder Mutprobe, bei der du da mitmachst?«

»Mum, nein …«

Wie soll sie das erklären? Sogar sich selbst?

Sie geht die Szene noch mal durch: Sie fährt bei Zach weg. Ihr geht es tatsächlich gut. Sie fühlt sich leicht, leichter als seit vielen Monaten. Sie hatten sogar *Spaß.* Während sie heimfährt, sieht sie die verschneiten Bergrücken der Cascade Mountains in der Ferne. Der Anblick ist so schön, dass er sie mit einer Wunder-der-Natur-Woge von Dankbarkeit erfüllt. Ihr iPod läuft. Ein altes Lied, das sie bei ihrer Mutter aufgeschnappt hat – britische Alternativmusik, die gute Laune versprüht, aus der Zeit der Schulterpolster und auftoupierten Haare. *I'm alive! So alive!*

Die Worte versetzen ihr einen Stich, aber sie ignoriert ihn. Vor sich sieht sie das Schild von Dick's, das sich langsam dreht. Der köstliche Duft von gegrilltem Burger dringt durch ihre Heizlüftung. Aus einer Laune heraus biegt sie auf den Parkplatz ein. Auf einmal ist sie am Verhungern. Es ist ein *So alive*-Hunger. Er fühlt sich gut an.

Sie bestellt und schiebt das Geld über den Kassentresen. Sie drückt den kleinen Hebel des Behälters herunter, um an einen Strohhalm zu kommen, und zieht auch ein paar Servietten heraus. Sie nimmt ihre Tüte und ihr Getränk entgegen. Dann dreht sie sich um.

Zwei junge Typen stehen hinter ihr in der Schlange. Der eine in der Militärjacke ist sichtlich betrunken. Er stützt sich halb auf seinem Freund ab.

»Hallo, meine Schöne«, lallt er Annabelle entgegen. »Hey, komm doch her.«

Er macht einen Schritt auf sie zu. Er greift nach ihrem Arm. Sie fühlt seine Finger durch ihren Ärmel hindurch.

»Chad, jetzt komm schon, Mann«, sagt der andere Typ.

»Sie ist schön. Ich will schön.«

»Chad, hör auf damit.«

Annabelle reißt ihren Arm los. Sie versucht, an ihm vorbeizugehen, schafft es aber nicht. Das *So alive*-Gefühl ist weg. Sie steht da mit ihrer Tüte, stocksteif und klein. Der Freund bugsiert den betrunkenen Chad in eine andere Schlange.

»Gleich wäre ich dazwischengegangen«, sagt der Mann hinter ihnen. Er ist so dünn wie Fettuccine und trägt einen Mantel mit zwei Knopfreihen und einen Wollschal. Er hat freundliche Augen. Annabelle will ihn küssen. Mal ehrlich, sie würde auch mehr tun, als ihn nur zu küssen. Es ist ihr egal, ob er Bongs hortet oder tagelang im Keller seiner Mutter hockt, um Gitarre zu lernen. Ihr ist alles egal, bis auf das Angebot von Sicherheit.

Das alles – die Hand; der Arm; die Verletzlichkeit; der Drang, den rettenden Mann zu küssen – bricht los wie eine Lawine. All dieses Unrecht donnert herab und stürzt auf sie ein und droht, sie lebendig zu begraben. Annabelle will stark sein, alleine stark sein, aber sie hat keine Ahnung wie. Sie will sich nicht vorstellen, dass irgendein Mann sie retten kann, denn sie weiß, dass das eine Lüge ist. Sie will keine solche Angst fühlen oder jemals wieder von ihr gelähmt werden. Sie will sich erheben, mit stolzgeschwellter Brust, stark wie ein Gorilla, jedem gegenübertreten, der es wagt, sie zu bedrohen. Sie will so eine Frau sein, die *Kein-Mann-wird-jemals* und *Keiner-legt-sich-mit-mir-an* sagt, die über die Macht ihrer Vagina scherzt und darüber, Mobbern die Schwänze abzuschneiden. Harte Sprüche. Große, fette *Verpiss-dich-gefälligst*-Sprüche.

Sie würde auch einfach gerne an solche Sprüche *glauben*, aber das kann sie nicht. Nicht nur wegen dem, was vor neun Monaten passiert ist. Hier geht es um etwas Größeres – die Realität. Eine Realität, die Worte nicht ungeschehen machen können. Sie ist 1,60 Meter groß. Sie wiegt fünfzig Kilo. Sie ist eine junge Frau. Die Geschichte – ihre eigene; die der Welt, vor vielen, vielen Jahren und gerade erst gestern – hat sie die Wahrheit über die Verletzlichkeit ihres Geschlechts gelehrt. Als Frau wird ihre Sicherheit, ihr Wohlergehen und das Licht, das sie in die Welt bringt, oft übersehen und mit Füßen getreten. Das ist ziemlich eindeutig.

Sie ist auch schön, es ist das Erste, was die Leute sehen, und manchmal auch das Einzige, es ist Macht und Schwäche zugleich, aber hauptsächlich Schwäche, zumindest bis jetzt. Obwohl sie nie jemand angefasst hat (es ist nicht *diese* Geschichte, für viele Frauen aber natürlich schon), versteht sie nach letztem Jahr etwas, von dem sie sich wünscht, sie würde es nicht verstehen. Sie versteht, wenn es hart auf hart kommt, wörtlich oder auch nicht, dass sie auf das Gute in den Menschen vertrauen muss, und darauf, dass sie das Richtige tun. Und darauf zu vertrauen, wie sie weiß – wie sie sehr, sehr gut weiß –, ist entsetzlich. Meistens ist es okay, aber manchmal ist es ein schmaler Grat. Der schmalste.

Sie fühlt die Schmalheit dieses Grats, als die Hand dieses Typen bei Dick's auf ihrem Arm liegt und ihr klar wird, dass sie nirgendwo hin und nichts ausrichten kann, nicht wirklich, wenn er beschließen würde, ihr etwas anzutun. Sie kann ihn nicht überwältigen. Sie hat nur ihre Stimme, und die kann einem so hilfreich erscheinen wie in einen Hurrikan hineinzuschreien.

Sie ist wieder dort, an diesem Ort, an diesem schrecklichen Ort, und der lustige Tag ist weg und die fröhliche Musik ist weg und der Hunger ist weg und da ist nur das Bedürfnis, sich von der Lawine loszureißen und *wegzurennen*. Und so ist sie in den Gene Coulon Park nach Renton gekommen. Ihre Gedanken haben sich überschlagen und ihre Füße haben sie immer weiter und weiter über den Asphalt getragen und jetzt steht sie hier auf einem Parkplatz und versucht ihrer Mutter zu sagen, was sie auf einmal unbedingt tun will.

»Annabelle!«, schreit Gina fast. »Sag doch was! Sag mir, was los ist.«

»Ich komme nicht nach Hause. Ich werde laufen und immer weiterlaufen. Ich werde bis nach Washington, D.C. laufen.« Natürlich ist das verrückt und unmöglich und zum Scheitern verurteilt, auch wenn sie eine Langstreckenläuferin ist und zwei Marathon-Medaillen an der Türklinke in ihrem Zimmer hängen. Es ist dumm und dramatisch und naiv. Außerdem – idealistisch. Klar, sie hat ja auch keine Vorstellung davon, was das wirklich bedeutet. Sie hat keinen Plan. Kein Team. Kein Training. Sie wird scheitern, scheitern, scheitern. Aber in diesem Moment kann sie nur fühlen, wie sehr sie das braucht. Sie braucht es so dringend.

Ja, sie ist *die* Annabelle Agnelli.

»Das ist PTBS, Annabelle«, sagt ihre Mutter. »Weißt du noch, was Dr. Mann gesagt hat? Das ist Übererregtheit, Leichtsinn. Hattest du etwa wieder Flashbacks? Du hast nicht gut geschlafen in letzter Zeit, das weiß ich. Rede doch mit mir. Niemand macht einfach *so was*. Leute, die das machen … sie planen, Annabelle. Monatelang. Da muss man, ich weiß nicht! An viele Sachen denken. Niemand läuft einfach so drauflos. Ich komme dich jetzt abholen. Hör auf, verrücktzuspielen.«

Aufhören, verrücktzuspielen? Na ja, dafür ist es sehr, sehr viel zu spät.

2

1. Der Blauwal hat das größte Herz. Es wiegt mehr als 450 Kilogramm und ist so groß wie eine durchschnittliche Milchkuh.
2. Das Herz einer Spitzmaus passt auf einen Fingernagel.
3. Die Zwergwespe, eine Wespenart, hat mit 0,2 Millimetern das kleinste Herz. Man braucht ein Mikroskop, um es zu sehen.
4. Hunde haben im Vergleich zu ihrer Körpergröße das größte Herz.
5. Ein menschliches Herz hat die Größe zweier Hände, die ineinandergreifen. Stell dir deine eigenen ineinander verschränkten Hände vor, oder deine Hand in der von jemand anderem, denn dafür sind Hände und Herzen da: um einander zu halten. Es kann sehr, sehr schwer sein, sich daran zu erinnern, wenn Herzen so kaputt sind.

Nach den Worten *so kaputt sind* legt Annabelle ihren Stift in das kleine Notizbuch, damit es nicht zufällt. Das ist nicht wirklich notwendig, weil der Stift zwischen dem Einband und der ersten Seite liegt. Sie hat es lange mit sich herumgetragen, dieses kleine Notizbuch, ein schönes, der Champion aller Notizbücher, und wusste nicht, was sie hineinschreiben sollte. Aber jetzt schau mal. Der Stift bewegt sich und zum ersten Mal wurde die leere Seite von Tinte berührt.

Annabelle hat während sie wartet alles gemacht, was man in einem Best Western machen kann. Außer ihre ersten Worte in das Moleskine-Notizbuch zu schreiben, hat sie die braun laminierte Kommode und die Nachttischschubladen durchsucht. Sie hat die Mappe mit dem gepolsterten Einband durchgeblättert, in der die Restaurants in der Nähe aufgeführt sind. Sie hat das papierene Jungfernhäutchen um den Toilettensitz herum zerrissen. Sie hat die kleine Seife ausgewickelt und sich mit einem Waschlappen das Gesicht gewaschen. Sie hat kontrolliert, ob die Badewanne irgendwie eklig ist. Sie hat zuerst ein Bett und dann das andere ausprobiert, um zu sehen, von welchem aus man einen besseren Blick auf den Fernseher hat.

Sie sitzt in dem Drehstuhl am Tisch neben dem Fenster und starrt hinaus in den Regen; es schüttet, als wäre Gott richtig angepisst. Na ja, Er hat ja auch eine Menge, worauf Er stocksauer sein kann, wenn Er wirklich da oben ist. Sie hofft, dass Er dort oben ist, aber mal ehrlich, das ist ziemlich schwer zu sagen. Sie hat ernsthafte Zweifel daran, wie du vielleicht verstehen kannst.

Die Regentropfen rollen am Fenster hinunter wie Tränen. Das klingt wie ein schlechtes Gedicht, also ist sie vermutlich einfach überhungert und sehr müde und stellt ihren gesunden Menschenverstand infrage. Sie horcht in sich hinein. Nö. Sie will immer noch das machen, was sie gesagt hat. Es steht alles ein bisschen auf wackeligen Beinen, okay, gut, aber ihr Wille ist stark. Sie kann seinen beständigen, dumpfen Schlag hören, während sie hinausschaut und darauf wartet, dass die vertrauten Scheinwerferlichter des Honda Civic ihrer Mutter den Parkplatz des Best Western beleuchten.

Gina hat sich wahrscheinlich verfahren. Vermutlich verflucht sie gerade die Navi-Frau, während sich Malcolm auf dem Beifahrersitz die Ohren zuhält. Gina behandelt das Navi immer, als wäre es ein inkompetenter Chauffeur. Sie schimpft und schreit herum, während die Navi-Frau es wieder und wieder mit ihrer endlosen Roboter-Geduld versucht. Als ob man eine missbräuchliche Beziehung mitverfolgen würde. Vor Kurzem hat Malcolm entschieden, dass Gina jedes Mal, wenn sie flucht, fünfundzwanzig Cent zahlen muss. Er hat ein Glas auf dem Küchentisch aufgestellt. Wahrscheinlich hat er jetzt schon sechzig Mäuse da drin.

Das Warten ist heimtückisch, weil sich jede Art von leerer Zeit in ihrem Kopf mit Du-weißt-schon-was und Du-weißt-schon-wem füllt. Sie wird seinen Namen nicht sagen. Er sollte überhaupt keinen Namen haben. Sie nennt ihn Den Stehler. Sie nennt ihn so, weil es die reine Wahrheit ist, dass er der schlimmste Dieb von allen ist, und sie nennt ihn so, weil das Wort groß und schlank ist wie Der Stehler selbst, und weil der Name kürzer ist als Gottverdammtes Arschloch, wie Gina ihn nennt. Das Problem ist – na ja, da gibt es viele Probleme, aber dieses eine Problem ist –, dass er nicht einfach nur das fleischgewordene Böse, nicht nur das abscheulichste und bösartigste Monster ist, sondern ein Mensch, der geatmet und geredet und mittaggegessen und Notizen gemacht und sogar ihre Hand gehalten hat. Das lässt sie erschaudern, aber es ist wahr. Manche Wahrheiten hasst man einfach. Man wünscht sich, dass sie nicht wahr wären. Man wünscht sich, man könnte sie auslöschen mitsamt dem Hass, aber das kann man nicht. Man kann sie einzig und allein hassen, und das erscheint einem nicht genug.

Man wünscht sich ebenfalls, dass man ein paar Erinnerungen einfach auslöschen könnte, aber auch das kann man nicht. Man versucht es. Aber sie ploppen auf. Sie ploppen immer wieder auf wie Malcolm in ihrem Zimmer, wenn sie gerade für eine richtig schwierige Abschlussprüfung lernen musste. Er machte das nur, um sie zu nerven, und sie hätte ihn am liebsten umgebracht. Die Erinnerungen: ebenso.

Es passiert gerade jetzt. Sie macht den Fernseher zur Ablenkung an. Eine Kochsendung läuft. Eine Frau macht Béchamelsoße für eine Lasagne, aber nicht so, wie Opa Ed das immer macht. Wenn er das sehen würde, hätte er ein paar hitzige Worte für die Dame übrig. Die Pfannen und das Abwiegen und die vor Energie strotzende Stimme der Frau sind nicht genug Hilfe für Annabelle. Der Stehler spaziert geradewegs in ihren Kopf hinein, so wie sie ihn das erste Mal gesehen hat. Er trägt ein Karohemd und Jeans. Er setzt seinen Rucksack ab.

Sie kennt ihn nicht. Er ist neu. Sie sitzt im Kursraum ihres Wahlfachs. Sie hat es belegt und war das ganze Jahr anwesend, weil sie eine Streberin ist. Sie weiß noch nicht genau, was sie später einmal studieren will, aber irgendwas mit Naturwissenschaften. Sie liebt die Naturwissenschaften, alle Naturwissenschaften – Biologie und Physiologie, den Planeten Erde, das Universum, die Geschöpfe, Tier und Mensch gleichermaßen. Sie liebt die magische Beschaffenheit all dessen, die unbegreifliche Architektur des Kosmos bis hin zum komplexen Wunderwerk des Auges. Naturwissenschaften können Fakten aufdecken, die Rätsel lösen. Rätsel liebt sie auch, aber Lösungen für Rätsel liebt sie noch mehr. In ihren Augen machen Lösungen Rätsel nicht kaputt; sie machen sie nur noch wunderbarer.

Irgendwas mit Naturwissenschaften bedeutet Leistungskurse in jedem Fach, plus Orchester (Cello), Langstreckenlauf (klar), Freunde (sie ist beliebt), Bücher lesen in der Freizeit (zu viele, um sie aufzuzählen). Dann hat sie auch noch ihren Job bei der Bäckerei Essential Baking Company und arbeitet einige Stunden ehrenamtlich im Sunnyside-Seniorenzentrum. Siehst du? Sie ist nett, und das auch zu alten Menschen. Zu liebenswürdigen Damen mit wässrigen Augen und Taschentuchpapier-Haut. Zu griesgrämigen, alten Männern mit großen Dackelohren und Hosenträgern. Sie lieben sie. Sie ist ein Schatz, sagen sie. Ist sie auch.

War sie auch. Wie ein Monster hat sie Menschen zerstört. Sie fühlt sich nicht mehr wie ein Schatz. Sie weiß noch nicht genau, ob das sehr tragisch oder sehr gut ist. Oder beides. Was für ein Verlust, dass ihre naive Güte fort ist. Eine Güte wie ihre ist wie die Narzissen der Welt, die Tautropfen, die Grasflecken auf den Knien der Jeans, doch trotzdem ist Annabelle es ein für alle Mal leid, ein Schatz zu sein. Außerdem kommt diese Art von naiver Güte dem gleich, wie es wäre, auf einer vollen Autobahn zu stehen und die Schönheit der Sonne zu bewundern.

Das Wahlfach, das sie hat, ist Multimediale Kunst.

Das älteste, ermüdendste Spiel überhaupt ist: Was wäre, wenn? Hier fängt es an. Was wäre, wenn sie Theater gewählt hätte? Was wäre, wenn sie Video Game Design gewählt hätte? Was wäre, wenn Multimediale Kunst schon voll gewesen wäre? Warum musste sie so neurotisch und perfektionistisch sein, dass sie genau in der Minute online war, in der die Registrierung für Schülerinnen und Schüler mit den Nachnamen von A bis C geöffnet wurde? Eine Stunde später und der Kurs wäre voll gewesen. Mrs. Diablo war die Lieblingslehrerin von allen.

Der Stehler kommt herein. Er hat zerzauste Haare und ist groß. Groß genug, dass alle hinschauen. Außerdem ist jeder neugierig, weil die meisten schon seit der Eckstein Middle School zusammen zur Schule gehen. Er setzt den Rucksack ab und dann lässt sich der Neue auf den Stuhl vor Annabelle fallen. Aber zuerst lächelt er sie schüchtern an. Er lässt sich auf den Stuhl vor ihr fallen, aber zuerst lächelt er sie schüchtern an. Er lässt sich auf den Stuhl vor ihr fallen, aber zuerst lächelt er sie schüchtern an. Er lässt sich auf den Stuhl vor ihr fallen, aber zuerst lächelt er sie schüchtern an, zum millionsten Mal.

Stopp!

Das ist tatsächlich eine Technik, die Dr. Mann ihr beigebracht hat. Sie soll es laut sagen, also tut sie das.

»Stopp.«

Ihre eigene Stimme ist sehr leise in diesem Best-Western-Zimmer. Das Publikum in der Kochsendung applaudiert. In dem komischen Zimmer, das entfernt nach Vertretern auf Reisen riecht, klingt das Klatschen wie Aufmunterung, obwohl es nur das Lob für die Lasagne ist, die gerade aus dem Ofen gekommen ist.

Sie ist fast dankbar, als Gina ankommt und an die Tür hämmert.

»Annabelle! Mach auf. Ich bin's.«

Das Schloss ist eines von dieser altmodischen Sorte, wo man die Kette zur Seite schieben muss, also tut sie das. Sie fühlt sich wie in einem Detektiv-Thriller-Film, was auch irgendwie stimmt. Gina drückt sich herein. Ihr unordentliches, schwarzes, am Ansatz langsam grau werdendes Haar schimmert vor

Regentropfen. Sie trägt ihre Jogginghose und einen Millionen Jahre alten grünen Pullover. Sie schmeißt ihre Handtasche auf das nächste Bett. Zeug fällt heraus. Ihre Schlüssel, ihre Maybelline-Wimperntusche, ein Tampon.

»Gott sei Dank geht's dir gut«, sagt sie.

Malcolm kommt nach ihr rein. Er schaut Annabelle an und verdreht die Augen. Es muss eine heftige Fahrt gewesen sein. Es ist spät. Malcolm trägt seinen gestreiften Schlafanzug und Anzugschuhe. Annabelle kann sich vorstellen, wie es abgelaufen ist: schnell, schnell, schnell, sich das Erstbeste schnappen, was rumliegt. Malcolm setzt sich auf die Bettkante und löst die Schnürsenkel seiner Schuhe. Er lehnt sich zurück an das Kopfteil und seufzt. In seinen schwarzen Socken, dem gestreiften Schlafanzug und ohne seine Brille sieht er aus wie ein erschöpfter Geschäftsmann, der die Kundenbetreuer in der Drei-Staaten-Region gründlich satthat.

»Pack deine Sachen«, sagt Gina. »Mir tut nur leid, dass du dein Geld dafür verschwendet hast, dieses *Zimmer* zu bezahlen.« Sie sagt es so, als ob das Zimmer irgendwie unter ihrer Würde wäre, was es nicht ist. Eigentlich ist es ziemlich hübsch. Es gibt WLAN und eine Kaffeemaschine. Kostenloses Frühstück von sechs bis zehn Uhr morgens unten im Speiseraum.

»Ich gehe nirgendwohin.«

»Annabelle.«

»Ich bleibe.«

»Das kannst du doch nicht ernst meinen! Weißt du überhaupt, was du da sagst? Weißt du, wie weit Washington, D.C. von hier weg ist?«

»4375 Kilometer zu Fuß«, sagt Malcolm vom Bett aus. Er hat den Fernsehsender gewechselt, von der Kochshow zu *Nova*, was Annabelle und Malcolm beide lieben. *Nova* erklärt, wie unmögliche Dinge funktionieren. *Nova* hat Antworten. Auf dem Bildschirm umrundet ein Satellit unsere Erde.

»Mein Handy geht gleich aus«, sagt Annabelle. »Hast du meine Sachen dabei?«

»Natürlich hab ich deine Sachen nicht dabei. Du bist verrückt, wenn du glaubst, dass ich dir das erlaube. Mal ganz abgesehen von der praktischen Umsetzung und der Tatsache, dass das generell, äh, *unmöglich* ist, machst du in zweieinhalb Monaten deinen Schulabschluss. Du hast in fünf Tagen Geburtstag, ich hab extra zur Überraschung Bowling und Pickn…«

»Eben.«

»Was meinst du mit ›eben‹?«

Sie hätte gern vermieden, es auf die harte Tour machen zu müssen, aber bitte. »In fünf Tagen bin ich achtzehn. Dann war's das mit dem Erlauben. Dann bin ich offiziell erwachsen.«

Gina stößt die Luft aus wie ein Lastzug, der durch einen Tunnel brettert. Ihr Gesicht wird rot. Sie wirft die Hände in die Luft, stapft bis zum Bad und wieder zurück.

Malcolm zieht seine Anzugschuhe wieder an. Er bindet die dünnen, Erwachsener-Mann-Schnürsenkel zu einer Schleife. Er hasst Konflikte. Annabelle ist überrascht, dass ihm die Schuhe überhaupt passen. Er hat sie nur zwei Mal angehabt, soweit sie sich erinnern kann. Einmal auf der Hochzeit von Patrick O'Brien und Angie Morelli, der ältesten Freundin ihrer Mutter. Angie hat Gina dabei geholfen, den Job als juristische Hilfskraft bei O'Brien und Bello's Anwaltskanzlei zu bekommen. Außerdem trug Malcolm die Schuhe …

Stopp!

»Entschuldigt mich«, sagt Malcolm.

»Und wo glaubst *du*, kannst du jetzt einfach hingehen?«, sagt Gina.

»Ich hab was im Auto vergessen.«

»Es ist dunkel da draußen. Es ist halb zwölf! Wir sind in *Renton*.«

Er hat Ginas Schlüssel in der Hand. Annabelle hat ihn einmal das Auto auf dem leeren High-School-Parkplatz fahren lassen. Sie hofft, dass er jetzt nicht auch noch versucht, Reißaus zu nehmen. »Bin gleich wieder da. Du kannst auch von hier oben aus zusehen«, sagt er zu Gina.

»Sei vorsichtig«, sagt sie.

Gina wirft jedoch keinen einzigen Blick aus dem Fenster hinunter zu Malcolm. Sie hat bereits mehr als genug mit der Situation hier drin zu tun. Sie beide, Annabelle und ihre Mum, die Auseinandersetzung. »Ich weiß, dass du nicht verstehst …«, versucht es Annabelle.

»Es ist nicht so, dass ich nicht verstehe. Natürlich *verstehe* ich. Es ist nur … Wir kennen uns damit überhaupt nicht aus! Weißt du überhaupt, was du da sagst? Da sind Gebirge. Lastwagen. Kilometer und Kilometer! Regen, die Sommerhitze kommt bald. Was willst du machen, auf der Straße schlafen? O mein Gott. Ich darf gar nicht daran denken. Du, eine junge Frau, allein? Das kannst du nicht machen! Und du bist nicht bereit für eine solche Entfernung! Du redest hier von, was, einem Halbmarathon an *jedem einzelnen Tag*? Hast du auch nur die geringste Vorstellung davon, was das mit deinem Körper machen würde? Und wenn du langsamer laufen würdest, na ja, du kannst nicht so lange wegbleiben, falls du das vergessen hast.«

»Als ob ich das vergessen könnte. Und ein Typ aus Oregon hat das gerade erst in vier Monaten geschafft. Coach Kwan hat uns davon erzählt. Wir haben seinen Blog mitverfolgt. Ich weiß mehr darüber, als du denkst. Und ich *bin* bereit. Bereit genug. Nach den Marathons sind Halbmarathons leicht!« Das ist eine Lüge. Sie sind nicht leicht. Aber sie könnten machbar sein. »Ich bin 17 Kilometer hierher gelaufen und ich fühl mich super. Ich hab's schon durchgerechnet. Wenn ich ein bisschen Gas gebe, pro Tag 26 …«

»Was ist mit Geld? Was ist mit deinem Schulabschluss? Was ist mit *Seth Greggory*? Du kannst nicht einfach loslaufen. 22. September, Annabelle.«

»Ich *weiß*. Glaubst du, das hab ich vergessen? Das Datum ist in mein Hirn eingebrannt.«

»Ausflüchte! PTBS-Symptome! Das ist nur eine vorübergehende Panik, wie Dr. …«

»Ich hab schon mehr als genug Noten, um den Abschluss zu machen. Ich hab mehr als genug Geld.«

»Geld für das College!«

»Woher wollen wir wissen, ob ich es überhaupt dafür benutzen werde? Dr. Mann sagt auch, dass ich mir selbst zu viel Druck mache. Vielleicht …«

»Und das ist kein Druck? Du tauschst also nicht eine Art von Druck gegen eine andere? Vom Regen in die Traufe. Vom Regen in die Sintflut!«

Da hat sie vielleicht gar nicht so unrecht.

»Und was erhoffst du dir überhaupt davon, hm? Was passiert, wenn du da bist? Klopfst du dann einfach mal an die Tür irgendeines Senators?«

»Über diesen Teil hab ich noch nicht nachgedacht.« Annabelle stellt sich Dr. Mann vor, wie sie in ihrem Büro sitzt, das Gemälde mit den roten und gelben Bergen hinter sich. Sie hat kurzes, weiches, kastanienbraunes Haar, eine ruhige Stimme und geduldige Augen, um die die Haut Fältchen bildet, wenn sie lacht. Sie trägt Schlauchschals und der Raum riecht nach Vanille. Neben der Couch, auf der Annabelle sitzt, stehen eine Schachtel Kleenex und eine kleine Uhr, aber Dr. Mann lehnt sich in ihrem Stuhl zurück, als hätte sie alle Zeit der Welt. Sie hört zu. Sie sagt Dinge wie: *Du musst nicht alle Antworten auf einmal parat haben. Du kannst dich noch besser informieren. Du kannst es Tag für Tag angehen.*

Gina geht zum Fenster, starrt hinaus. Sie verschränkt die Arme. »Was soll das denn überhaupt bringen? Hm? Mal ehrlich. Sagen wir mal, du marschierst schnurstracks in das Büro des Senators. Sagen wir mal, du sprichst tatsächlich in einem riesigen Raum voller Politiker vor. Wie soll das irgendwas ändern?« Als Gina sich umdreht, schwimmen Tränen in ihren Augen. *Gottverdammt. Gottverdammt!* Annabelle kann wieder einmal sehen, was das auch mit ihrer Mutter gemacht hat. Sie ist alt geworden im letzten Jahr. Sie sieht müde aus. Ihr Pullover hängt an ihr herunter, weil sie abgenommen hat.

»Es ist wenigstens etwas. Etwas ist besser als gar nichts«, sagt Annabelle. Oder versucht es zu sagen. Ihre Stimme bricht und strauchelt.

Gina schüttelt den Kopf. »Ach, Liebes.«

»Mum«, bettelt Annabelle.

Malcolm kommt zurück. Er hat einen vollgepackten Rucksack dabei, den er auf dem Bett absetzt und aufmacht. Darin sind zwei Sets ihrer leichtesten Nylon-Laufkleidung, ihr Trinkrucksack von Camel, ihre Wasserflasche und ihre dünne

Regenjacke. Unterwäsche. Socken. Ihr kleines Medizintäschchen. Ihr Handyladekabel. Zahnpasta, Zahnbürste. Das knielange Batman-T-Shirt, in dem sie schläft. Ein wiederverschließbarer Gefrierbeutel mit einem fetten Bündel Geldscheine und einer Kreditkarte darin. Diese Karte hat er beantragt, um schon früh Kreditwürdigkeit zu erlangen, wie das *Money*-Magazin geraten hat. Annabelle hat ihm das Abo geschenkt, als es letztes Jahr auf seiner Wunschliste für Weihnachten stand.

»Hier«, sagt er. Er reicht ihr eine braune Tasche. Darin sind zwei Erdnussbutter-Marmeladen-Sandwiches, fest in Frischhaltefolie eingewickelt, ein Apfel, Scheibenkäse, ein paar Cookies und eine fast volle Flasche isotonische Limo. »Du musst hungrig sein.«

Annabelle kann nicht antworten. In ihrem Hals ist es ganz eng. Vielleicht muss sie weinen.

»Ach ja, und das«, sagt Malcolm. Einige Blätter Papier, zusammengetackert. »Eine Route. Google Maps. Mit Querverweisen auf die, die Jason Dell aus Oregon genommen hat. Ich hab sie aus deinem Langstreckenlauf-Ordner.«

»Ach, Arschgesicht«, sagt Annabelle sehr zärtlich. Es ist ein Ausdruck von Liebe. Ihr Allzweckname für ihn, den sie im Zorn schreit und in Zuneigung kichert.

»Nein«, sagt Gina. »Nein, nein, nein, nein.«

»Warte. Die hier.« Malcolm greift noch mal in den Rucksack. Er stellt ihr neues Paar Laufschuhe zuoberst auf das ganze andere Zeug.

Annabelle bringt kaum ein Wort heraus. »Danke.«

»Wir können es Tag für Tag angehen«, sagt Malcolm und schaut sie aufmunternd an. Es hat auch einige Familiensitzungen mit Dr. Mann gegeben. Malcolm hat still dabeigesessen und an seinen Fingernägeln herumgezupft, aber er hat ganz offensichtlich immer zugehört.

Gina fängt an zu weinen. Ein lautes Weinen. Malcolm hält sich dramatisch die Ohren zu. Annabelle auch.

»Gottverdammt, ihr zwei! Macht euch nicht über mich lustig.«

»Macht euch nicht über mich lustig«, macht sich Malcolm in einer Gina-Stimme über sie lustig.

»Wir bleiben hier bei dir, Annabelle, bis dein momentanes Gefühlschaos vorüber ist. Wir gehen nirgendwohin«, sagt Gina, als sie ein paar Blätter Klopapier aus dem Bad holt und sich schnäuzt.

»Nein, Mum«, sagt Malcolm. »Ich muss ins Bett. Ich hab morgen einen Mathetest.« Und dann zu Annabelle: »Gib mir alles aus deiner Tasche, was du nicht brauchst. Morgen läufst du dann zu dem roten Kreis auf der Karte und dort treffen wir uns wieder.« Er ist vom ausgelaugten Geschäftsmann zum CIA-Agenten mutiert.

»Okay, Kumpel«, sagt Annabelle. »Danke.«

Gina stopft das Zeug zurück in ihre Handtasche. »Ich hasse es, wenn ihr zwei euch zusammentut. Ich *hasse* es. Wir machen das *nur für heute Nacht*.«

Malcolms und Annabelles Blicke treffen sich und sprechen miteinander. In diesem Bruchteil einer Sekunde werden Dinge entschieden, ein Schwur wird geleistet. Na ja, Schwüre werden oft geleistet, ohne dass man ausreichend gute Informationen hat.

Annabelle steht am Fenster und schaut dem Bogen der Scheinwerfer zu, als ihre Mum und ihr Bruder den Parkplatz des Best Western verlassen. Sie ist weniger ängstlich, als sie gedacht hätte, hier allein in diesem Zimmer. Ihre Angst ist ein ruhiges Summen und keine Heavy-Metal-Band, wie man meinen könnte, angesichts ihres momentanen Plans und angesichts der Zukunft, die sie erwartet. Sie sitzt auf dem Rand ihres Betts, isst ihr Sandwich und schaut *Nova*. Planeten kreisen und Sterne explodieren.

So fängt es an.

3

Unter den großen Aluminiumkuppeln – Essen in Hülle und Fülle. Fluffige Rühreihügel, glänzende Würstchenketten, eine Speck-Opulenz. Annabelle wickelt ein paar Bagels und Muffins in Servietten ein und steckt sie in ihren Rucksack. Diesen Trick hat sie von Opa Ed gelernt, der immer will, dass sie die übrigen Brötchen in ihre Handtasche steckt, wenn sie zusammen essen gehen. Ein Aufgebot von in Scheiben geschnittenem Obst ist ausgelegt wie ein Sonnenaufgang. Auch Orangenstückchen wandern in ihren Rucksack. Es gibt kleine Cornflakes-Schachteln und Gläschen mit Müsli.

Dieser Überfluss stimmt sie hoffnungsvoll, so auch ihr geladenes Handy und das pink-gelbe Morgenlicht. Sie denkt: *Heute wird ein schöner Tag*. Diesen Gedanken hat Annabelle seit fast einem Jahr nicht mehr gehabt. Sie wird sich bewusst darüber, dass es zuletzt andere Tage gegeben hat, an denen das pink-gelbe Morgenlicht alles hoffnungsvoll erscheinen ließ – aber nicht für sie. Sie verabscheute diese Tage wegen ihrer Falschheit. Jetzt zwinkern ihr sogar ein Parkplatz und Kennzeichen aus anderen Staaten und ferne Striplokale hoffnungsvoll zu. Sie fühlt, wie sich ganz zaghaft etwas in ihr öffnet. Sie lässt ein kleines bisschen Licht herein. Das klingt wie ein Gebetskärtchen, aber es ist ihr egal.

Annabelle dehnt sich. Beine hoch, Beine raus. Bücken, strecken. Sie hat keinen so starken Muskelkater, wie sie nach gestern erwartet hat. Tatsächlich fühlt sie sich großartig. Es ist, als ob sie schon etwas hinter sich gelassen hätte. Nicht *alles*, natürlich, das weiß sie nur zu gut. Das ist etwas, das nie passieren wird, ihr ganzes Leben lang nicht. Nur *etwas*. Ein winziges Stück, was schon eine ziemlich große Sache ist, angesichts ihres Zustands.

Sie saugt den lieblichen März-Morgendunst tief in ihre Lungen ein. Die Luft ist köstlich feucht. Annabelle kann die Spitzen von Blumenzwiebeln ausmachen, die aus dem angelegten Garten hervorlugen. Ein Eichhörnchen huscht das Gitter um den Hotel-Swimmingpool hoch, der zu dieser Jahreszeit geschlossen ist. Frühling, Erneuerung, Leben! Klar, die Freude über das hier – dieses Ausbreiten – hat etwas damit zu tun, dass sie kurz vorher Speck gegessen hat (sie hätte nicht so viel Salz essen sollen), aber es kommt auch von dem Weg, der vor ihr liegt. Der Weg *vor ihr*. Liegt darin die Magie? Dass sie, zur Abwechslung einmal, nicht zurückschaut?

Sie steht immer noch vor dem Best Western, wo es sehr leicht ist, optimistisch zu sein.

Tatsächlich wird sie nach diesem Moment für lange, lange Zeit nicht mehr so optimistisch sein.

Das schlagende Geräusch ihrer Füße auf dem Pflaster ist ihr vertraut. Sogar damals, als Dieser Mistkerl Father Anthony noch bei ihnen gewohnt hat, als sie noch ein Kind war, lief Annabelle immer in ihrem Hinterhof im Kreis, während er mit der Stoppuhr, die er in seiner Fitnesstasche aufbewahrte, die Zeit stoppte. In der Grundschule rannte sie jede Pause wild herum, und es ging ihr immer um Geschwindigkeit, wie schnell sie laufen konnte, das Gefühl, wie ihr Pferdeschwanz hinter ihr herflog. Später, in der Mittelstufe auf der Junior High School, nachdem ihr Vater sie verlassen und ihr Name von Annabelle Agnelli-Manutto zu nur Annabelle Agnelli wurde, gab es eine Menge, *wovor* man weglaufen musste. Geldprobleme; Malcolm in seiner schlimmen Phase, während der er ins Bett machte; wie Dad nach Hause kam, um sie abzuholen, und dann ohne sie wieder wegfuhr, weil er und Gina gestritten hatten. Dad, der immer weniger Zeit mit ihnen verbrachte, und wie weh das getan hatte, aber auch irgendwie leichter war.

Annabelle fing damals an, Sachen zu zählen – Deckenplatten, Pflastersteine und Konsonanten in Wörtern. Schritte. Große Schritte. Sie ging von Geschwindigkeit zu Distanz über. Damals in der Junior High School fand sie heraus, dass der Langstreckenlauf, sich auszupowern, sich mit dem Rhythmus der Schritte zu beruhigen, gut gegen ihre Angststörung war. Es war, als würde man ein schreiendes Baby in einem Auto herumfahren.

Damals war ein Fünf-Kilometer-Lauf durch offenes, unwegsames Gelände eine große Sache. Ist es immer noch. In der High School nahm sie im ganzen Bundesstaat an solchen Läufen teil. Aber nachdem die Saison Anfang November zu Ende war, lief sie auch den Rest des Jahres einfach für sich selbst weiter, immer mehr Kilometer. Um in Form zu bleiben, aber auch wegen der ganzen Naturverbundenheit-Wissenschafts-Schönheit draußen um sie herum und wegen der Streber-Herausforderung der Langstrecken. Halbmarathons. Zwei Marathons kurz bevor ihr Leben in Flammen aufging. Und danach, Wochen später, als sie endlich wieder aus dem Bett aufstehen konnte, zog sie ihre Schuhe an. Sie ging raus zum Laufen. Sie lief bis zur Erschöpfung. Sie lief schnell genug, damit das Kopfkino in ihren Gedanken verwischte.

Dabei entdeckte sie noch einen anderen Trick: Wenn sie weit und heftig genug läuft, kann sie ihrem Körper wehtun. Das macht sie nun schon seit Wochen. Sich selbst Schmerzen zufügen. Bestrafen. Das klingt ein bisschen krank, aber na ja. So ist's eben. Sie wünscht sich, dass die Bestrafung brutaler wäre, obwohl sie so schon ziemlich schlimm ist und, dank Seth Greggory, noch schlimmer werden wird. Neben der Bestrafung fühlt das Laufen sich außerdem nach dem an, was sie am meisten tun will: fliehen.

Jetzt, an diesem ersten Tag ihrer langen Reise, läuft sie wieder den Lake Washington Boulevard entlang, diesmal aber auf der Ostseite des Sees. Der See ist in pinken Morgen getaucht und sie kann den Freeway dahinter sehen und die Autos, die sich darauf stauen. Die Schule fängt schon in einer guten Stunde an. Ihr Stuhl wird leer sein. Die Leute werden sich wundern. Die Leute werden sich Sorgen machen. Die Leute werden ein ungutes Gefühl bekommen. Sie sollte sowieso nicht mehr zur Schule gehen. Warum sie wieder zurückkommen durfte, ist für sie unbegreiflich. Jeden Tag gibt sie den Leuten ein ungutes Gefühl. Sie schauen sie an, als hätte sie eine Bombe um die Brust geschnallt.

Im Osten, genau hinter diesen Bergen voller grüner Nadelbäume, liegt ihr heutiges Ziel: Preston, Bundesstaat Washington. Die Route, die vor ihr liegt, kommt mit vielen verlockenden *Auf-in-den-Westen-Ho!*-Namen daher: der Coal Mines Trail, der Bullitt Fireplace Trail, der Rainier Trail. Ehrlich gesagt sieht dieser Weg dort ein bisschen dunkel aus. Geheimnisvoll, wie tiefe Märchenwälder. Angst kriecht ihren Rücken hinauf.

Du wirst jetzt keine Schwäche zeigen, sagt sie sich selbst. *Du wirst jetzt nicht über Seth Greggory und die Zukunft nachdenken. Du wirst dir keine Gefängnisse und Handschellen vorstellen.* Die Ermahnung wird zu einer Liste von Geboten: *Du wirst nicht die ganzen Kilometer zählen, die noch übrig sind. Du wirst keine Angst haben. Du wirst Den Stehler nicht jeden ruhigen Moment in deinem Kopf stehlen lassen. Das ist nicht er in diesem Auto. Das bist nicht du, die aussteigt …*

Stopp!

Neben ihr ist ein großes Gebäude. RENTON BIBLE CHURCH steht auf dem Schild. PARKPLATZ NUR FÜR KIRCHGÄNGER! WER DAGEGEN VERSTÖẞT, WIRD GETAUFT! Sie muss aufpassen, wo sie langläuft, und auf einmal erkennt sie das erste Problem: die Navigation. Sie will ihren Handy-Akku nicht gleich ganz leer machen, aber sie braucht diese Navi-Frau. Sie beide werden ab jetzt eine sehr wichtige Beziehung führen. Sie hat fast das Gefühl, dass sie sich vorher bei ihr für all die Beschimpfungen entschuldigen sollte, die sie sich von ihrer Mutter gefallen lassen musste. Dies ist eines der Dinge, mit denen Annabelle immer zu kämpfen hat, das Gefühl, sich für anderer Leute Taten entschuldigen und für sie büßen zu müssen.

»Fangen wir beide doch einfach noch mal ganz von vorne an«, sagt Annabelle. »Meine Mutter ist nicht gerade der geduldigste Mensch der Welt, sorry dafür. Sie war schrecklich zu dir. Ich werde mein Bestes geben und dich mehr respektieren.«

»In 800 Metern rechts abbiegen auf Tenth Street«, sagt die Navi-Frau.

»Ich weiß nicht mal, wer du eigentlich bist, und du begleitest mich auf der längsten Tour meines Lebens.«

Die Navi-Frau schweigt. Erst mal braucht sie einen Namen. Während Annabelle auf die Tenth Street zuläuft, geht sie gedanklich ein paar Möglichkeiten durch. Olive. Mrs. Cash. AJ. Big Rose.

»Loretta«, sagt sie.

»Rechts abbiegen auf Tenth Street.«

»Dann also Loretta.«

* * *

Irgendwo gleich hinter dem endlosen Highway 900, nach einer Mittagspause mit einem Bagel und Wasser, nimmt Annabelle den Coal Mines Trail in Angriff, der parallel zu einer Zugstrecke verläuft, bevor er sich durch einen dunklen Wald voller Farne schlängelt. Sie überquert eine unheimliche Holzbrücke, die vor lauter Moos ganz rutschig ist, und sie muss aufpassen, wo sie hintritt.

Während sie durch den kühlen, dunklen Wald läuft, wird ihr langsam bewusst, wie allein sie eigentlich ist. Es fühlt sich gefährlich an, als ob die Bäume auf einmal mit verwitterten Holzmündern sprechen und mit knorrigen Armästen nach ihr greifen könnten. Ein Schauer läuft ihr den Rücken hinunter. Es ist die Allein-in-einer-Parkgarage-Angst, die Allein-auf-einer-verlassenen-Straße-Angst, die Art von alltäglicher Angst, die Frauen so vertraut ist, dass sie vergessen, wie falsch diese Vertrautheit eigentlich ist. Auf dem feuchten Pfad sind hie und da schmutzige Pfützen. Matsch schmatzt unter ihren Füßen und hinterlässt Sprenkel auf ihren Beinen. Und dann:

ist sie draußen. Sie ist auf dem Mountainside Drive und plötzlich, geschockt, erkennt sie Problem Nummer zwei.

Berge.

Nicht nur Berge, sondern richtige, verdammte Steilhänge. Natürlich ist sie schon mal Berge hochgelaufen! Aber das hier sind erst die Gebirgsausläufer, was bedeutet, dass das nur die Baby-Berge sind, bevor es an die echten Berge geht, richtige *Gebirgspässe*. Gleich am Anfang beim Hochlaufen wird sie bereits langsamer und lehnt sich nach vorne, genau wie Mr. Giancarlo im Sunnyside-Seniorenzentrum, wenn er zum Speisesaal geht. Alles tut ihr weh. Ihre Brust, ihre Beine, ihr Magen. Wahrscheinlich auch genau wie Mr. Giancarlo im Sunnyside-Seniorenzentrum, wobei der sich nie beschwert hat. Das Einzige, was Mr. Giancarlo immer gesagt hat, war *Werfen Sie diese Frau aus meinem Zimmer.* Was für eine Frau? Da war keine Frau. Mr. Giancarlo wurde also auch von Geistern heimgesucht.

Annabelle schlurft dahin. Sie kann nicht schneller laufen, sonst wird sie es nie schaffen. Sie ist in exzellenter Form, hat dafür trainiert, ohne es überhaupt zu merken, aber 26 Kilometer pro Tag könnten sie umbringen, wenn sie sich ihre Kräfte nicht einteilt. Zu Hause sitzen ihre Freunde bereits in der fünften Schulstunde. Die Etappe dauert ganz schön lange, viel länger, als sie je gedacht hätte, was wahrscheinlich Problem Nummer drei sein wird. Seth Greggory wird nicht gerade auf sie warten.

Ihr Handy brummt und brummt. Wow! Da sieh mal einer an, wie beliebt sie ist, jetzt, wo sie nicht da ist. Jetzt, wo die Leute ihr nicht gegenübertreten müssen, während sie versuchen, mit ihrem Unbehagen und ihrem eigenen Kummer klarzukommen. Natürlich könnte es auch einfach Gina sein, die sich alle zwei Sekunden nach ihr erkundigt. Sie kann nicht anhalten, um nachzusehen. Dies ist ihr *erster Tag* und wenn sie jetzt anhält, um auf ihr Handy zu schauen, kann sie auch gleich ganz aufhören, Punkt.

Sie hört den Freeway, I-90, neben sich summen. Manche Stellen der Straße haben nicht einsehbare Kurven, die ihr Angst machen. Sie hofft, dass sie nicht von einem Auto überfahren wird, bevor sie es überhaupt aus ihrem eigenen Staat geschafft hat. Mann, die Leute fahren ganz schön schnell. Probleme Nummer vier, fünf, sechs und sieben!

Schließlich sieht sie sie – eine kleine Stadt, wenn man das überhaupt Stadt nennen kann. Es gibt eine einzige Straße mit Läden: einen True-Value-Baumarkt, ein Subway-Schnellrestaurant und die Preston-Tire-Center-Reifenwerkstatt. Sie weiß, dass sie schon einmal zu einem Langstreckenlauf-Treffen hier war, dennoch kommt ihr nichts bekannt vor. Und sie weiß auch: Nach allem, was sie bisher gelaufen ist, ist sie vielleicht trotzdem gerade mal eine Dreiviertel-Autostunde von zu Hause entfernt.

»Hilf mir, Loretta.«

»In drei Kilometern links abbiegen auf Alder Street.«

»Du bist 'ne echte Freundin.«

* * *

Ihr Ziel: das B&B Secret Garden, zweiundvierzig Mäuse die Nacht. Sie hat es heute Morgen gebucht und sie soll sofort zu Hause anrufen, sobald sie dort angekommen ist, damit sie entscheiden können, wie es weitergeht. Als Kind hat Annabelle das Buch *Der geheime Garten* geliebt. Sie kann sich noch daran erinnern, wie das Rotkehlchen Mary Lennox hilft, den Schlüssel zur Pforte zu finden. Okay, zugegeben, ihre Erwartungen waren hoch für zweiundvierzig Mäuse die Nacht, aber das ist Frances Hodgson Burnetts Schuld. Das kleine, eingefallene Haus vor ihr hat den Anschein eines verblichenen Lebkuchens. Die Veranda muss neu gestrichen werden. Darauf steht eine Katzenfutterschüssel mit eingetrocknetem Zeug, Spinnweben hängen in den oberen Ecken, und darin eine fette Spinne, die null Angst hat, vertrieben zu werden. Auf der Fußmatte steht nur noch LCOME. Aber Annabelle ist zu erschöpft und matschbespritzt, als dass es ihr etwas ausmachen würde. Sie klingelt an der Tür. Zwölf Jahre später macht eine alte Hippie-Frau mit hüftlangen, grauen Haaren die Tür auf.

»Ja?«

»Ich bin Annabelle Agnelli? Ich habe heute Morgen angerufen?«

»Oh! Ich hatte jemand …« Weniger matschigen? Weniger in Schweiß gebadeten? Weniger belasteten, weniger zusammengekrümmten und erschöpften? Jemanden, der nicht gleich in Tränen ausbricht? Jemanden, dessen Leben nicht schon so gut wie vorbei ist? »Älteren erwartet. Jemand älteren.«

Offensichtlich hat die Inhaberin des Secret Gardens die letzten neun Monate keine Nachrichten gelesen oder geschaut. Es kann aber auch sein, dass Annabelle Agnelli gerade beim besten Willen nicht zu erkennen ist, nicht mal für sich selbst.

Probleme Nummer acht, neun und zehn! Es war dumm von ihr, zu denken, sie würde das alles schon irgendwie hinkriegen; dumm zu denken, es gäbe immer nette Motels und billige B&Bs entlang des Weges. Es wird lange Streckenabschnitte auf dem Land geben ohne *überhaupt irgendein* Motel in Sichtweite.

Deshalb planen Leute monatelang. Ihre Mum hatte recht – man rennt *nicht* einfach drauflos. Jason Dell hatte ein Team, das ihn in einem Camper begleitet hat. Er hatte einen Logistik-Koordinator, einen Fahrer und den wichtigen emotionalen Beistand, den er brauchte. Er hatte medizinische Versorgung immer zur Stelle, die richtige Kleidung und Ausrüstung und sein Essen wurde für ihn gekocht. Außerdem inklusive: Nachschübe von Proteinshakes, Proteinriegeln, Wasser und Snacks, die ihm die nötige Hydrierung und Tausende Kalorien lieferten, damit er weiterlaufen konnte. In dem Camper konnte er die notwendigen elf Stunden pro Nacht zu Erholung durchschlafen, egal wo er war.

Es wird immer deutlicher: Dies ist eine Mission, die zum Scheitern verurteilt ist. Sie und Loretta können es nicht alleine schaffen.

4

In ihrem Zimmer im Secret Garden schält sich Annabelle aus ihren schmutzverkrusteten Socken. Mehr Probleme: Blasen hinten an ihren Fersen. Neue Laufschuhe, was hat sie sich auch dabei gedacht? Gar nichts, das ist die Antwort. Die Blasen sind aufgequollene, kleine Wasserbetten, genau da, wo ihre Schuhe an den Achillesfersen scheuern. Jetzt, wo sie sie sieht, fangen sie an zu brennen und zu schreien.

Das Bett hat einen Blumenbezug und an den Wänden hängen beunruhigende Bilder von kleinen Häschen. Eine Puppe sitzt auf einem Schaukelstuhl und ein Teddybär lehnt an einem Kissen aus Spitze auf dem Bett. Das Haus riecht nach Potpourri und Sagrotan und irgendwie nach Rindereintopf. Annabelle hört, wie Yvonne, die Inhaberin des B&Bs Secret Garden, unten mit Pfannen herumklappert. Eine Katze miaut auf der anderen Seite der Tür.

Annabelle will sich das Kissen aus Spitze an die Brust drücken und laut hineinschluchzen, aber es ist zu eklig zum Anfassen.

Ihr durchgeschwitztes T-Shirt klebt an ihrem Rücken. Sie geht den Flur hinunter, duscht so schnell sie nur kann und zieht ihr Batman-T-Shirt an. Yvonne hat eingewilligt, ihre Laufsachen zu waschen, und Annabelle stellt sich vor, wie sie mit Yvonnes Nachthemden voller Katzenhaare im Schleudergang gewaschen werden.

Sie muss zu Hause anrufen. Beim Blick auf ihr Handy erkennt sie, dass es ist, wie sie vermutet hat: Die meisten verpassten Anrufe waren von ihrer Mutter. Die Leute in der Schule sind wahrscheinlich erleichtert, dass sie weg ist. Gina hingegen trommelt bestimmt mit den Fingern auf irgendetwas herum und wartet auf den entschuldigenden Anruf, von dem sie weiß, dass er kommen wird. **Ich bin da**, schreibt Annabelle. **Rufe gleich an.**

Sie will nach Hause.

O Gott, was hab ich mir nur dabei gedacht?, sagt sie zu Kat. *Das war dumm! Ich bin so blöd, blöd, blöd. Mum kann kommen und mich abholen und dann ist nichts hiervon je passiert.*

Vergessen wir mal nicht »Die Glasmenagerie«, sagt Kat.

»Die Glasmenagerie«?

Das Theaterstück in der neunten Klasse, weißt du nicht mehr?

Klar weiß ich das noch.

Da hast du genau das Gleiche gemacht wie jetzt, als du die Hauptrolle bekommen hast. Du hast den Text mit deinen ganzen markierten Passagen mit nach Hause genommen und dann bist du verdammt noch mal richtig ausgeflippt. Komm schon, Belle Bottom. Reiß dich zusammen.

Es ist, als ob Kat genau neben ihr sitzt. Seit sie damals die einzigen zwei Mädchen in der sechsten Klasse waren, die Angst vorm Turnen hatten, waren sie immer füreinander da. Von da an kannten sie die *Geschichte* der jeweils anderen, was ungefähr das Größte ist, was man über eine andere Person sagen kann. Kat war da, als Annabelle vor ein paar Jahren den langen Brief an Diesen Mistkerl Father Anthony abgeschickt hatte, nachdem er zum Schock aller nach Boston gezogen war, um Priester zu werden, und Kat war da, um sich Annabelles Beichte über die Sache zwischen ihr und Will, die auf dem Segelboot von Wills Dad passiert war, anzuhören. Annabelle hatte Verständnis für Kats Mutter, Patty, und ihre Alkoholabhängigkeit, und sie hat das Geheimnis von dem kleinen Schmetterlingstattoo für sich behalten, das sich Kat hat stechen lassen. Kat wusste, wann Annabelle wegen ihrer Angststörung Sachen in ihrem Kopf zählte, und Annabelle wusste, wann Kat sich einsam fühlte, sogar wenn sie inmitten einer großen Gruppe von Leuten waren. Sie wussten, welche Bücher die andere lieben und hassen würde. Von hinten sahen sie sich beide richtig ähnlich mit ihren dünnen Schultern, den langen dunklen Haaren und ihrem ähnlichen Klamottengeschmack. Doch in mancher Hinsicht unterschieden sie sich auch. Kat war lustiger und mutiger als Annabelle, aber auch zynischer. Naturwissenschaften und Mathe waren schwierig für Kat – sie wollte Schriftstellerin werden und wurde ganz kribbelig, wenn sie sich mit Annabelle Naturwissenschaftssendungen ansehen musste; dann schmiss sie immer mit Kissen um sich und versuchte, an die Fernbedienung zu kommen. Aber wehe, wenn man sie am Ende eines Buches unterbrach, dafür würde man bezahlen. Unterschiede sind gar nicht so wichtig, wenn man jemanden liebt.

Es klopft an der Tür. Yvonne reicht Annabelle ein Tablett. Darauf steht ein Teller Rindereintopf, eine Schüssel grüner Salat mit diesem orangen Dressing darauf, an dessen Namen Annabelle sich nicht erinnern kann, und eines von diesen rundlich-weichen hawaiianischen Brötchen, die Wills Familie manchmal als Beilage zum Abendessen hatte.

»Wow, danke«, sagt Annabelle.

»Du meintest, du hättest ein paar Klamotten zum Waschen für mich?«

Die Laufsachen sind in einem Handtuch eingewickelt. »Sorry, dass sie so eklig sind.«

»Außerdem wolltest du die hier?« Yvonne gibt Annabelle eine Schere. Yvonnes Mund ist zu einer unleserlichen Linie zusammengepresst, aber aus ihren Worten tropft Misstrauen. »Ist alles in Ordnung?«

Offensichtlich denkt sie, Annabelle könnte die Schere dazu verwenden, sich die Pulsadern aufzuschlitzen oder so was, was eine verständliche Annahme wäre. Annabelle hat ihre Augen selbst im Badezimmerspiegel gesehen. Sie sahen verzweifelt aus, gehetzt. »Alles super! Danke dir!« Sie fügt einige sonnige Ausrufezeichen hinzu.

So fröhlich hat sie immer geklungen, wenn sie mit Theresa, der Betreuerin im Sunnyside-Seniorenzentrum, gesprochen hat. Und mit Claire und Thomas, ihren Vorgesetzten und neuem Inhaberteam der Essential Baking Company, und mit allen ihren Lehrerinnen und Lehrern, vor allem Coach Kwan. Und Wills Eltern. Und irgendwelchen Werbeleuten am Telefon. Und Kellnerinnen und Kellnern. Und jedem Erwachsenen, der vielleicht irgendeine Art von eingebildetem Zeugnis darüber führte, was für eine Art Mensch sie war. Ehrlich gesagt hat sie diese Stimme auch manchmal mit Will benutzt. Fröhlich und positiv, auch wenn sie sich nicht immer so fröhlich und positiv gefühlt hat. Wer hat dann da gesprochen? Sie nicht. Irgendeine perfekte, erfundene Version von ihr. Von ihr wird erwartet, nett zu sein, nicht ehrlich.

Sie humpelt (und es ist schlecht, sehr schlecht, wie weh ihre Fersen tun) den Flur hinunter zum Bad.

Sie sieht sich noch ein letztes Mal im Spiegel an, zögert aber nicht. Das lange braune Haar – na ja, das muss weg. Sie hätte das schon vor Monaten tun sollen. Es ist schwieriger, als man denkt, tatsächlich körperlich gesehen schwierig, was aber vielleicht daran liegt, dass ihre Haare immer noch feucht sind und Yvonnes Schere stumpf ist. Dicke Strähnen fallen in das Waschbecken. Sie greift nach hinten in ihren Nacken. Es ist ihr, ehrlich gesagt, scheißegal, wie es aussieht. Es ist ein etwas dramatisches Filmklischee, dieses plötzliche Haare-Absäbeln, aber auch das ist ihr scheißegal. Wichtig ist nur, dass sie weg sind.

Im Spiegel ist ihr einst hübsches Gesicht zu sehen, jetzt eingefallen und mitgenommen. Ihre Haare sind ein trauriger, zottiger Helm, als wäre sie eine Kriegsverliererin. Sie sieht furchtbar aus. Endlich passt ihr Äußeres zu ihrem Inneren.

Sie wirft, was sie kann, in den Abfalleimer. Yvonne wird einen Riesenschreck kriegen. Sie wird denken, dass Annabelle vor dem Gesetz davonläuft, was irgendwie auch stimmt.

Zurück in dem Zimmer mit den gruseligen Häschen-Bildern berührt Annabelle ihre abgeschnittenen, ungeraden Haare. Der Teddybär starrt sie vom Bett aus an.

Was macht sie hier bloß? Was hat sie getan?

Sie ist verloren.

Sie ist so verloren.

Und sie hat solche, solche Angst.

Sie fängt an zu weinen. Sie vergräbt ihr Gesicht in den Händen und schluchzt. Sie versucht, es leise zu tun. Erstickte Schluchzer sind sogar noch verzweifelter als laute, hinausgelassene. Annabelle kann dir alles über Schluchzer erzählen, über ihre verschiedenen Formen. Weinen kann ein leiser Nieselregen oder ein wolkenbruchartiger Regenguss sein.

Ihr Handy brummt. Ihre Mum ruft an, Annabelle ist sich sicher. Sie wird Gina sagen, dass sie sie abholen kommen soll. Sie wird sich für ihre Dummheit und Verrücktheit entschuldigen. Gina wird in einer Stunde da sein. Annabelle wird sie bitten, einen Kid Valley Burger und Zwiebelringe mitzubringen. Das orange Dressing auf dem Salat sieht aus wie Katzenkotze.

Aber es ist nicht Gina. »Dein Bruder hat mich ungefähr fünfzehn Mal angerufen«, sagt Zach Oh.

Annabelle schnäuzt sich.

»Was ist das für ein Geräusch? Ist das ein Flugzeug? Bist du am Flughafen?«

»Nein, ich bin nicht am Flughafen! Ich bin in einem komischen Horrorfilm-B&B, in dem die Puppen sprechen.«

»Malcolm hat's mir erzählt. Zweiundvierzig Dollar die Nacht? Was hast du erwartet?«

»Ignorier alles, was mein Bruder gesagt hat.«

»Was meinst du mit ›ignorieren‹?«

»Ignorieren! Ich kann das nicht. Es war dumm. Ich hab nicht nachgedacht. Ich hatte einen schlimmen Moment.«

»Ich kann das nicht ignorieren! Ich hab gerade einen GoFundMe gestartet. Da sind jetzt schon ungefähr sechsundachtzig Mäuse drauf.« Zach wurde gerade erst mit einem vollen Stipendium an der University of Washington zugelassen, um Financial Engineering zu studieren. Seit der sechsten Klasse hat er mit Anlagefonds gehandelt und Malcolm hält ihn für einen Gott. »Olivia designt gerade das Spendenlauf-T-Shirt.

Warte. Sie schreit mir irgendwas zu. Was?« Annabelle hört Olivia im Hintergrund. »Sie will, dass ich dir sage, dass wir die T-Shirts gegen eine Fünfzig-Dollar-Spende hergeben.«

»Zach, meine Fersen sind jetzt schon kaputt. Meine Beine …«

»Genau das Gleiche hast du bei ›Die Glasmenagerie‹ auch gemacht.«

Annabelle stöhnt auf. Zach war der Ton- und Licht-Typ bei dem Theaterstück. Sie beide sind seit der fünften Klasse befreundet, als sie in Partnerarbeit Marionetten von den historischen Entdeckern Lewis und Clark machen mussten. Die meisten Menschen in deinem Leben kommen und gehen, aber Zach ist geblieben – trotz des fürchterlichen Mittelstufen-Theaterstücks, in dem sie sprechende Bakterien waren, und dieses einen peinlichen Halbjahrs, in dem sie den Chor-Kurs gewählt hatten; trotz des Jobverlusts seines Dads und der Scheidung seiner Eltern, trotz der Tragödie. Und Olivia kennt sie seit dem Orchester in der Mittelstufe. Olivia war das erste Cello und Annabelle saß hinter ihr, eine totale Bewunderin ihres langen Haars, das glänzt wie ein Spiegel. Sie wurden noch bessere Freundinnen, als Olivia und Zach ein Paar wurden.

Annabelle ist sprachlos vor Rührung. Es sind die Leute, die dich kennen und lieben, die dich retten.

»Malcolm will eine Website, aber das wird ein paar Tage dauern. Wir haben schon sieben Follower auf der Spendenlauf-Facebook-Seite, aber zwei davon sind Typen aus Pakistan in Hemden, die bis zum Bauchnabel aufgeknöpft sind, einer davon bin ich, einer Malcolm und dann noch Olivia und zwei Lehrer aus Roosevelt.«

»O Gott, Leute!«

»Alles Malcolms Schuld.«

»Warum hast du auf ihn gehört?«

»Er hat *recht*. *Du* hast recht. Du brauchst das. Herrgott, es ist besser als – *du*, in letzter Zeit. Reiß dich zusammen, Annabelle. Das ist … ein Grund, um, du weißt schon, *weiterzumachen*. Warte. Olivia will mit dir reden.«

»Annabelle?« Olivia ist eine von diesen starken, effizienten Personen, die nach ihrem BWL-Abschluss einmal CEO irgendeiner großen Firma sein wird. Sie kann lange Musikstücke auswendig lernen und hat eines dieser unscheinbaren Gesichter, das unerwartet strahlend schön wird, und sie vergisst im Gegensatz zu Annabelle nie, wo sie ihr Auto abgestellt hat. Annabelle hat aber auch schon eine andere Seite von Olivia gesehen. Zum Beispiel, als ihr Dad die Chemo gemacht hat. Zum Beispiel nach der Tragödie. Oder jetzt. Ihre Stimme ist leise und voller Hoffnung. »Du musst das für dich tun. Und vielleicht sollte ich das nicht sagen, aber du musst das auch für *mich* tun, verstehst du?«

Zach ist wieder dran. »Hey! GoFundMe ist grad auf hunderteinundzwanzig rauf. Coach Kwan! Fünfunddreißig Mäuse!«

Es klopft. Das ist wahrscheinlich wieder Yvonne, die das Tablett mit dem unberührten Essen holen will. Oder das Preston Police Department, nachdem Yvonne 911 gewählt hat.

»Ich muss auflegen.«

»Ich auch. Malcolm ruft grad auf der anderen Leitung wieder an.«

Als Annabelle die Tür aufmacht, steht nicht Yvonne oder das Preston Police Department oder etwa ihre Mutter davor.

»Wo zur Hölle bist du denn hier gelandet? *Mi fa cagare!* Da kriegt man ja Albträume.«

»Opa! Was machst du denn hier?«

»Großer Gott, was ist das denn? Schaut aus, als ob eine Katze auf den Salat gekotzt hätte. Pack deine Sachen.«

»Bringst du mich nach Hause? Ich weiß nicht, ob ich heimwill. Ich glaub schon. Aber vielleicht auch nicht.«

»Wer hat irgendwas von nach Hause gehen gesagt?«

»Wo gehen wir dann hin?«

»Wo wir hingehen? Nach Washington, D.C. gehen wir. Du läufst, ich fahre. Ich steh mit dem Wohnmobil draußen. Es ist schon fast sechs Monate her, dass ich das letzte Mal unterwegs war, und so langsam werd ich verrückt. *Che cavolo!* Nichts wie raus hier.«

»Opa …« Annabelle kann kaum sprechen.

»Werd nicht gleich so rührselig mit mir. Pack deine Sachen. Ich hab eine *Parmigiana* im Ofen.«

* * *

Yvonne scheint erleichtert über ihre Abreise. Sie reicht Annabelle die Kleidung, die noch feucht ist. Opa hat das Wohnmobil am Ende der Straße geparkt. Es ist ein großes, schwerfälliges Ungetüm, mit einem Kennzeichen, auf dem CAPTAIN ED steht, und einem HOME OF THE REDWOODS-Autoaufkleber, der auch schon bessere Tage gesehen hat, aus der Zeit, als er im Sequoia National Park war. Nun liegt Annabelles feuchte Kleidung über den Lehnen der gepolsterten Sitzbänke. Ihre Socken hängen schlaff über der Badtür. Als ob jemand hier ein Wäsche-Verbrechen begangen hätte.

Stopp!

Opa Ed hat ein paar ihrer Sachen mitgebracht. Mehr Kleidung. Ihren Laptop. Ihren größeren Rucksack, mit vielen von ihren besonderen Sachen darin. Ein paar ihrer Lieblingsschlafanzüge, inklusive dem aus Flanell mit den Weltraumaffen. O Mann, sogar Tampons sind drin, und dann erst versteht sie.

»*Mum* hat den gepackt. Wie kommt's, dass Mum den gepackt hat?«

»Sagen wir mal, sie hat ein bisschen was gesagt, ich hab ein bisschen was gesagt.«

Opa macht den Ofen auf und eine Parade an großartigen Gerüchen marschiert heraus. »Ich hab versprochen, auf dich aufzupassen. Ich hab versprochen, dass du in Sicherheit bist. Sie hat geweint. Ich hab Carl Walter ein bisschen Geld zugesteckt, damit er sie auf ein schönes Glas Wein und ein Abendessen ausführt.«

»*So* einfach kann das doch nicht gewesen sein.«

»Sie denkt, dass du in zwei Tagen sowieso wieder zurück bist. Aber ich, ich weiß es besser.«

Er stellt die Auflaufform mit *Parmigiana* auf den kleinen Laminattisch zwischen ihnen. Außerdem gibt es einen Laib Sauerteigbrot und Butter und einen Salat in einer Tupperschüssel. Opa hat sich mächtig ins Zeug gelegt. Er hebt ein großes, käsiges Stück aus der Form und klatscht es auf einen Plastikteller.

»Du hast gar nichts zu meinen Haaren gesagt«, sagt Annabelle.

»Ach was, Haare hin oder her. Gib mir dein Glas.« Er schenkt ihr ein kleines bisschen Rotwein ein. »Erzähl das nicht deiner Mutter.« Opa Ed glaubt an Rotwein. Sein Vater und der Vater seines Vaters sind beide sechsundneunzig Jahre alt geworden dank einem Glas *Vino* am Tag, sagt er.

Sie sollte den Wein nicht trinken. Nicht nur, weil sie noch minderjährig ist, sondern auch, weil er sie dehydriert.

»Wird dir beim Einschlafen helfen«, sagt Opa Ed.

Das ist ein sehr gutes Argument. Früher hat sie einfach die Augen zugemacht und die ganze Nacht fest durchgeschlafen, aber das ist schon seit einer ganzen Weile nicht mehr passiert.

Er hebt sein Glas. Sie ihres. »Auf ...«

Es gibt nur eine Sache, die nach »auf« kommen sollte. Für immer und ewig wird das so sein. Annabelle verzieht das Gesicht. Sie vergräbt das Gesicht in den Händen.

»*Bella.*« Opa Ed legt seine alte Hand auf ihren Arm. »Damals, in San Francisco. Nachdem Gino Maserelli ...« Er verstummt. Versucht es noch mal. »Nachdem deine Oma Luna ...« Er will es mit einer Weisheit probieren, dabei ist die echte Weisheit, zu wissen, dass es manchmal einfach keine gibt.

Sie schaut ihn verstohlen an und, verdammt noch mal, seine alten Augen sind ganz glasig vor Tränen, und dann holt er sein Opa-Stofftaschentuch hervor und schnäuzt lautstark hinein. Sie sitzen sich einfach schweigend an dem Laminattisch des Wohnmobils gegenüber, welches schon das ganze Land bereist und bessere Tage gesehen hat. Von oben betrachtet ist es eine glühende Aluminiumkapsel mit zwei Astronauten darin. Sie wünschte, sie wäre eine, eine Astronautin. Sie will sich selbst in das dunkle und Furcht einflößende Universum schießen. So losgelöst und in so großer Gefahr zu sein erscheint ihr besser, als auf der Erde festzusitzen, die sie zerstört hat.

5

1. Ein durchschnittliches, menschliches Herz schlägt 70 Mal pro Minute. In Extremsituationen kann es aber bis auf 220 Mal beschleunigen.
2. Das Herz eines Kolibris rast mit 1260 Schlägen pro Minute dahin.
3. Das Herz eines Blauwals schlägt sechs Mal pro Minute. Das eines Murmeltiers – fünf Mal pro Minute, während des Winterschlafs. Pferd – 38 Mal. Kaninchen – 205 Mal. Maus – 670 Mal. Das Herz eines Kanarienvogels schlägt 17 Mal pro Sekunde.
4. Eine Studie (»Die physiologische Reaktion auf Furcht in unerwarteten Situationen«) hat herausgefunden, dass das Herz mehr als sechs Mal so schnell schlägt, wenn sich eine Person erschreckt hat.
5. Im echten Leben ist die physiologische Reaktion auf Furcht in unerwarteten Situationen das Gefühl, dass dein Herz komplett stehen bleibt.

Annabelle lässt das Moleskine unter dem Kopfkissen in ihrem Stockbett. Das Stockbett ist eine schmale Koje über den Vordersitzen des Wohnmobils. Wenn sie sich aufsetzt, ohne daran zu denken, stößt sie sich den Kopf an. Das ist ihr letzte Nacht zwei Mal passiert, weil sie nicht wusste, wo sie war. Opa Ed hat nicht recht behalten mit dem Wein und dem Schlaf – sie war die ganze Nacht wach. Das könnte aber auch an Opa Ed gelegen haben, der auf dem Tagesbett unten geschnarcht hat. Nach vielen Stunden klang es, als ob jemand einen Esel erwürgen würde.

Als Annabelle aus ihrem Stockbett herunterklettert, kneift Opa Ed im Morgenlicht die Augen zusammen. Er ist es nicht gewohnt, so früh aufzustehen. Sie hört viel Gefluche und ekliges Geräusper. Weil er sein Hörgerät noch nicht drin hat, kann er auch kein Wort von dem verstehen, was sie sagt. *Ja, ja, ja*, macht er zu allem.

Der Plan ist: Sie werden sich am Ende des Tages am Beginn des Iron Horse Trails treffen. Gina will, dass Opa Ed Annabelle im Wohnmobil hinterherfährt. Aber das wäre nicht nur nervig, sondern auch ziemlich unmöglich und manchmal gefährlich, da Lorettas Fußgängerroute über Seitenpfade und kleine, schmale Landstraßen führt.

Es wird drei Tage dauern, bis Annabelle den Iron Horse Trail bewältigt hat. Und dann noch zwei Wochen, bis sie die Staatsgrenze nach Idaho überschreitet. Als sie an diese Staatsgrenze denkt, denkt sie an Kat und den Witz, den sie immer gemacht haben, nachdem sie beide *Unterwegs* gelesen hatten. Wochenlang scherzten sie darüber, jedes Mal, wenn sie zusammen im Auto saßen, auch wenn sie nur kurz zu 7-Eleven fuhren, um Slush-Eis zu holen.

Immer wenn Annabelle in einer tiefen Kerouac-Stimme sagte, dass sie noch einen weiten Weg vor sich hätten, antwortete Kat, das sei nicht wichtig, der Weg sei schließlich das Ziel.

* * *

Heute haben Annabelle und Loretta eine andere Aussicht, der Himmel ist blau und die Luft frisch. Annabelle versucht, sich auf all das zu konzentrieren anstatt auf den Schmerz, Schmerz, Schmerz hinten an ihren Fersen. Sie und Loretta haben einen kürzeren Lauf für heute geplant, 20 Kilometer. Ihr Körper braucht eine Pause. An der heutigen Endstation wird es Essen und Sanitäranlagen geben.

Die Route führt sie die Straße einer Stadt hinunter, North Bend, und auf einer Landstraße an vielen grünen Wiesen vorbei. Gerade befindet sie sich in einem Vorort-Viertel mit großen Häusern und Garagen für drei Autos. Alle Vorgärten sind perfekt, bis auf einen, der wahrscheinlich alle Nachbarn verrückt macht. In den anderen blühen Blumen makellos vor sich hin und es stehen SUVs in den Einfahrten, bereit, die Kinder zum Fußballtraining zu karren.

Natürlich lässt sie das an Will denken. Und dann an Den Stehler.

»Stopp«, versucht sie es, aber heute ist sie schwach. Manchmal muss man einfach nachgeben. Es ist, wie wenn man sich danach sehnt, dem Schmerz einer Strafe nachzugeben. So wie man lacht, bis man weint; so wie man isst, bis einem der Bauch wehtut; so wie man an einem Insektenstich herumkratzt, bis er blutet.

»Links abbiegen auf Eagle Lake Drive«, ermutigt Loretta sie. Aber Annabelle ist nicht erreichbar. Sie ist mittendrin.

Der Stehler. Will.

Annabelle und Will sind in Wills riesigem Vororthaus, in dem extra Zimmer – diesem weitläufigen Luxus-Raum, in dem Will und Stevie gespielt haben, als sie noch klein waren, und wo sie jetzt mit ihren Freunden chillen. Will wohnt in Bellevue, auf der Ostseite des Lake Washington, und er geht auf die Bellevue High School. Annabelle geht auf die Roosevelt High School und wohnt in Seattle. Die Ostseite erscheint ihr richtig fremd. Die meisten Leute aus Seattle empfinden das so. Sie machen sich über die Eastsider lustig, weil sie so viel Geld haben und überall mit dem Auto hinfahren. Wills extra Zimmer ist praktisch größer als das ganze untere Stockwerk in Annabelles Haus. Es gibt ein Ledersofa, auf dem acht Leute Platz hätten.

Annabelle und Will haben sich bei einem Footballspiel kennengelernt, Bellevue gegen Roosevelt, als sie beide in der zehnten Klasse waren. Die Bellevue High School ist eine reiche Schule, in einer reichen Stadt, und die Kinder dort gewinnen alles, jedes Footballspiel, jeden Leichtathletikwettbewerb, jedes akademische Stipendium. Der Parkplatz ihrer Schule sieht aus wie ein Luxus-Autohaus, vollgestopft mit BMWs und ein paar Porsches und Jaguars dazwischen. Nach dem Spiel waren Annabelle, Kat und Zander unten auf dem Feld, genau wie Will. Annabelle trug ihren großen, gefütterten Anorak, hatte geflochtene Zöpfe und eine Cap auf, und Will zog neckisch an einem ihrer Zöpfe und sagte *»Pippi«*. Ein Junge, der so aussah, und *Pippi Langstrumpf* kannte ... na ja, so kam es dann.

Nach einem Jahr, das sie schon zusammen sind, will sie ihn immer noch die ganze Zeit berühren, und er sie. Seine großen Arme fühlen sich so gut an. Sein Hintern in diesen Jeans auch. Seine Brust ist ein perfektes hartes Kissen, auf das sie ihren Kopf betten kann. Seine Augen sind braun und süß, wie die eines Rehs im Wald. Verdammt, Annabelle findet Will attraktiv, aber sie sind auch richtig gute Freunde. Sie haben Spaß miteinander. Er bringt sie zum Lachen und sie ihn. Mit anderen Freunden gehen sie an den Shilshole Beach, trinken ein oder zwei Bier an den Lagerfeuern und nehmen Burritos mit in den Magnuson Park. Manchmal geht er im Sommer mit ihr laufen, wenn sie für die Langstreckenläufe im Herbst trainiert, und sie geht mit zu seinen Lacrosse-Spielen im Frühling. Sie gehen schwimmen im Green Lake und kommen zum Abendessen mit zum anderen nach Hause. Bei Will schauen sie die ganzen Premium-Fernsehkanäle, weil Gina die nicht hat.

Will ist ein perfektes Gesamtpaket. Er ist lustig und ein guter Mensch; er ist beliebt, sportlich und so klug. Sein Lieblingssandwich ist mit Erdnussbutter und Honig, er ist nett zu seinem kleinen Bruder, aber seine Mum wäscht immer noch seine Wäsche und er fährt den alten Mercedes seines Dads. Er sieht gut aus mit seinen braunen Locken und Augen und diesem Körper, und ab und zu kann er ein bisschen eingebildet, ein bisschen egoistisch sein, aber Annabelle und alle anderen nehmen ihm das nicht so übel. Vor allem verzeiht sie ihm das, wenn sie ihm dabei zusieht, wie er schreibt; er beugt sich voller Konzentration vornüber, mit angewinkeltem Arm und steifen Fingern, und drückt fest auf wie ein Kind, und das liebt sie. Vor allem verzeiht sie ihm auch, wenn er reinkommt und nach kalter Winterluft riecht, und auch, wenn er seine Versprechen hält. Er nimmt Versprechen ernst. Er wird einmal Anwalt werden, wie Robert und Tracie, seine Eltern.

Auf dieser Couch, auf der acht Personen Platz hätten, küssen sie sich gerade. Annabelles Wangen glühen. Sie wünschte, sie wären irgendwo allein und nicht hier in Wills Haus, wo sie Robert und Tracie unten reden und ein Glas Wein trinken hören kann. Siehst du, er hat sogar noch perfekte Eltern. Sie mögen sich. Es ist, als würde man eine verschwindende Spezies beobachten. Sie machen Familienurlaube auf Tahiti und Bali. Sie sind eine Familie, die man beneidet.

Annabelle reibt mit der Hand über den Reißverschluss von Wills Jeans. Sie liebt ihn und will ihn, aber gerade wirkt er ein bisschen abwesend, wie öfters in letzter Zeit. Sie versucht, ihn zu erreichen, die Distanz zu überbrücken. Sie kann die unausgesprochenen Regeln fühlen, klar. Ihm das Gefühl zu geben, gewollt und begehrt zu werden, ist Teil dessen, was von ihr erwartet wird. Aber sie *mag* es auch einfach wirklich, mit der Hand über den Reißverschluss seiner Jeans zu reiben. Sie ist für immer in einem rasenden Wirbel daraus gefangen, wer sie sein soll und wer sie wirklich ist; was erwartet wird und was sie wirklich will. Wenn man so herumgewirbelt wird, verschwimmt alles.

Will hält ihr Handgelenk fest. »Annabelle.«

»Was? Stimmt was nicht?«

»Ich glaube, wir ...«

Natürlich muss er nicht viel mehr sagen. Sie liest in seinen Augen und auf einmal weiß sie, dass sie mit ihrer Angst vor dem, was kommen würde, recht hatte.

»Ich glaube, wir sollten vielleicht ...«

»O Gott.«

»Ich liebe dich, Belle. Du weißt, dass es so ist. Aber meine Mum und mein Dad finden, dass das mit uns zu ernst ist für unser Alter, du weißt schon. Sie glauben ...«

»*Sie* glauben?«

»Na ja, wahrscheinlich haben sie recht. Ich meine ... wir sollten noch ein paar andere Erfahrungen machen, mit anderen

Leuten. Du warst vorher nur mit Chase zusammen. Und ich nur mit Sarah und Catherine.«

Annabelles Brust bricht ein. Tränen sammeln sich und eine rollt ihr Gesicht hinunter und tropft von ihrer Nasenspitze wie ein verunglückender Bergsteiger.

»Willst du das wirklich?«

Er sagt gar nichts mehr, also kennt sie die Antwort. »Pip«, sagt er. Das ist ihr Kosename. »Bitte nicht weinen. Scheiße.«

»Ich gehe dann mal.«

»Geh noch nicht. Nicht so.«

»Ich kann nicht … ich ruf dich später an.«

Mit dem Verlassenwerden kann sie nicht umgehen. Nicht nach Diesem Mistkerl Father Anthony. Ein solches Verschwinden kann einem auf tiefste Weise das Gefühl geben, unsichtbar und ungewollt zu sein, und auf einmal fühlt sie sich wieder genau wie damals. Es ist ein böser Streich, das Gefühl, dass ihr Selbstwert den Abfluss hinuntergesogen wird, wie wenn man den Stöpsel aus der Wanne zieht und das dreckige Wasser abfließt. Es ist eine Lüge, aber vielleicht auch nicht, also rennt sie die Treppe hinunter und bemerkt erst dann, dass sie ihre Handtasche vergessen hat. Uff! Peinlich. Sie rennt zurück, schnappt sie sich vom Sofa und eilt an Robert und Tracie in der Küche vorbei, diesen Verrätern.

Durch einen Tränenschleier fährt sie nach Hause. Ihr Herz wird von einer großen, gemeinen Faust zusammengequetscht. Grausame Satzfetzen wie *Niemand will* und *Es wird nie* reißen ihre alten Wunden wieder auf.

Sie wischt sich über die Augen. Sie ist nicht so jemand, der vor Verlassenheit und Eifersucht den Verstand verliert. Es wird keine verrückten Anrufe und gequälten Briefe und zufälliges

Vorbeifahren geben. Nein, Annabelle kommt mit Dingen klar. Sie lernt rechtzeitig für Schulaufgaben, führt ein Trainingstagebuch über ihre Läufe, und ihre Nagellackfläschchen hat sie in einem ordentlichen Regenbogen in ihrer Badezimmerschublade sortiert. Was passiert ist, ist passiert! Gerade jetzt, schon während sie davonfährt, machen sich ihre effizienten inneren Angestellten an die Arbeit. Sie errichten Mauern und Zäune, zimmern gigantische Schranken zusammen. Ganz hinten, hinter alledem, ist ihr Herz. Es gibt auch Wachen. Sie kann in ihrem Inneren fühlen, wie sie sich aufstellen.

In dieser Nacht ignoriert sie Wills Anrufe. Sie ignoriert seine Nachrichten, auch wenn er in einer von ihnen weint.

Nimm das.

Als Machtspielchen ist das ziemlich lahm – seine Ablehnung abzulehnen.

Am nächsten Morgen bereitet ihr die Traurigkeit Schmerzen. Aber sie sucht sich etwas richtig Hübsches zum Anziehen für die Schule aus. Eine neue Bluse, die sie und ihre Mum beim Schulkleidung-Shoppen gekauft haben, eine, die sie noch nie anhatte. Das Geld ist knapp, deswegen geht sie sparsam mit neuer Kleidung um. Aber das ist ein Notfall und in Notfällen muss man seine Reserven angreifen. Außerdem entscheidet sie sich für ein Paar hübscher Absatzschuhe und steckt ihr langes Haar zurück. Nichts davon hat damit zu tun, jemand anderem schöne Augen zu machen und Will dadurch zu ersetzen. Es hat nur damit zu tun, sich wieder gut und stark zu fühlen. Was Stärke angeht, ist Schönheit allerdings wie Glas, oder? Glänzend, aber durchsichtig und leicht kaputtzumachen. Eine Faust kann es einschlagen, ein Glassplitter eine blutende Wunde verursachen.

»Schau dich an, Belle Bottom«, sagte Kat an diesem Morgen in der Schule. »Du hast's überlebt. Du bist ein Phönix!« In der letzten Nacht hatten sie stundenlang miteinander telefoniert, Gina ist zwischendurch reingekommen, mit hausgemachten Fütter-deinen-Liebeskummer-Mac-and-Cheese und Schüsseln voller Eis. Kat hat Annabelle beim Weinen und Weitermachen zugehört, so wie Annabelle es getan hat, nachdem zwischen Kat und Noah Schluss war.

Genau hier fängt die Erinnerung an, richtig wehzutun. Will, Kat, sie selbst, zurückgewiesen – jedes schicksalhafte Detail verbrennt sie. Jetzt, beim Laufen, schreien Annabelles Fersen vor Schmerz. Die Vororthäuser fliegen nur so vorbei. Mit jedem Schritt flammen die Blasen erneut auf, aber sie lässt sie einfach, denn da ist er.

Da ist Der Stehler, in Multimedialer Kunst. Die Klasse steht aufgereiht an der hinteren langen Bank, über Eimer mit grauer Wasser-Pampe gebeugt. Sie machen gerade Papier. Als Nächstes müssen sie die Drahtrahmen in den Matsch tauchen. Der Stehler steht neben ihr. Er ist riesig. Sie ist sich seiner Nähe aufgrund irgendeiner Art von Energie sehr bewusst.

»Lecker, Aschen-Knochen-Suppe«, sagt er, als er den Rahmen hineintaucht.

In diesem Augenblick hat sie nicht irgendeine große Vorahnung. Er will nur lustig sein. Und es *ist* auch lustig, weil es tatsächlich so aussieht.

»Köstlich«, sagt Annabelle. »Ein feines Abendessen.«

»O nein. Deine hübsche Bluse«, sagt er.

Sie schaut an sich hinunter. Er hat recht, da ist ein grauer Klecks. Doch sie hört auch das Kompliment. Sie schneidet eine Grimasse. »Mit mir kann man auch nirgendwo hingehen.«

»Memo an mich selbst: Mit Annabelle nur in den Drive-in fahren.«

»Ha«, sagt sie. Sie lächelt. Es ist süß. Er hat sie schon so oft schüchtern angegrinst, dass es sogar fast irgendwie mutig ist. Und so viel spricht er sonst anscheinend mit niemandem.

Nach dem, was mit Will war, ist es irgendwie ganz nett, das kurze Aufflammen von Energie, der Flirt. So wie er sie sieht und wahrnimmt. Sie kann nicht sagen, ob er komisch oder süß ist.

Beim Mittagessen sagt sie das zu Kat. »Ich weiß nicht, ob er komisch oder süß ist.«

»Wenn du dich das fragst, kennst du die Antwort schon.«

»Süß?«

»Komisch.«

»Lassen wir das. Das ist gemein. Wir kennen ihn nicht mal. Außerdem, jede großartige Person, die etwas Großartiges geleistet hat, galt irgendwann mal als komisch. Im Umkehrschluss …«

»Georgie Zacharro?«, wirft Kat ein.

Annabelle stöhnt auf. Einmal in der sechsten Klasse war sie zu Georgie Zacharro nett gewesen. Man soll ja auch nett sein. Von da an ist er ihr das ganze Schuljahr lang nachgelaufen. Sie fand das gruselig. *Ihn* gruselig. Sie hat Mr. Riley davon erzählt, und das war gar nicht so leicht. Sie war sich nämlich nicht sicher, ob es ein echtes Problem war, obwohl es ein Problem *war*. *Er mag dich einfach*, hatte Mr. Riley gesagt. Georgie Zacharros Recht, sie zu mögen, ihren persönlichen Raum einzunehmen, war anscheinend mehr wert als ihr eigenes Recht darauf, dass er damit aufhörte, also sagte sie nichts weiter dazu. Sie fühlte sich schlecht und kleinlich, dass sie es überhaupt angesprochen hatte. Sie war aber auch völlig überfordert und sauer, jedes Mal, wenn Georgie Zacharro um sie herumscharwenzelte.

»Manchmal ist komisch einfach dein Bauchgefühl. Es geht nicht darum, ob er komisch ist oder nicht. Es geht darum, dass du dich unwohl fühlst und versuchst, es dir auszureden, weil du meinst, *nett* sein zu müssen«, sagt Kat, während sie einen Müsliriegel auspackt. »Egal, wenn Will nicht gerade erst mit dir Schluss gemacht hätte, hättest du dich das niemals gefragt. Tu nicht so verzweifelt.«

»Ich tu nicht verzweifelt! Ich … finde nur meine Anziehungskraft wieder! Wie du gestern Nacht gesagt hast.«

»Bei Anziehungskraft geht's nicht nur um Jungs.«

»Bei Anziehungskraft geht's manchmal um Jungs.«

»Ach!«, gibt Kat auf. »Hey, ich hab dir das Meg Gillian Buch mitgebracht.« Jetzt reden sie über wichtigere Dinge. »Du wirst es lieben, aber ich weiß nicht, ob dir das Ende gefallen wird. Ich werd nicht mehr verraten, aber irgendwie hört es einfach auf.«

»Ich muss dir noch *Deer Hollow* zurückgeben. O Mann, ich kann's kaum erwarten, bis der Film rauskommt.«

»Wir können wie diese *Star Wars*-Fans in unseren Schlafsäcken campen, damit wir die Ersten in der Schlange sind.«

»Da würden wir aber wohl die Einzigen sein mit, keine Ahnung, vielleicht noch vier anderen.«

»Hey, Zach und ich kommen zu deinem Lauf heute«, wechselt Kat das Thema.

»Wirklich? Ach Leute! Seid ihr sicher? Es ist doch drüben in West Seattle. Und es regnet.« Außerdem sind Langstreckenläufe nicht gerade das Spannendste auf der Welt. Man steht ewig herum und wartet an der Ziellinie.

»Es regnet immer. Zach hat diesen großen Golf-Regenschirm, den seine Mum bei Costco gekauft hat.« Beide lachen sie laut los, weil sie sofort wissen, was daran so lustig ist: die Vorstellung von Zachs Mum beim Golfspielen.

Sie kann alles riechen – Kats Orangenblüten-Handcreme, die Schokostückchen im Müsliriegel, den Geruch von Cafeteria-Pizza. Sie kann alles sehen – den roten Kratzer auf der Unterseite von Kats Handgelenk, als Kat ihr das Meg Gillian Buch gibt, den braun-blauen Schimmer des Covers. Jetzt hat sie alles genau vor sich: den leichten Hauch von Gras, der von Dem Stehler ausgeht, den Matsch aus nassem Zeitungspapier zwischen ihren Händen, die orangen Nähte auf der Jeansjacke Des Stehlers und das rote Aufblitzen von Mrs. Diablos Fingernägeln, als sie in die Hände klatscht. *Zehn Minuten noch. Ihr müsst langsam fertig werden, Leute!*

Sie sieht sich selbst, wie sie zurücklächelt. Beinahe flirtet.

Sie wird gefällt. Wortwörtlich. Ihr Zeh bleibt an dem hohen Bordsteinrand des Gehwegs hängen und da fällt sie auch schon. Durch das ganze Nachdenken haben ihre Füße die Koordination verloren. Die Sicherungen in ihrem Gehirn brennen durch und sie landet auf allen vieren, ihre Handflächen stechen, ihre Knie brennen. Diese inneren Angestellten, die sie beschützt haben, sind schon lange weg. Entlassen, gefeuert. Wer will schon einen undankbaren, unmöglichen Job behalten? Die sorgfältig errichtete Fabrik in ihr ist jetzt eine Geisterstadt, mit verlassenen Gebäuden und ZU VERMIETEN-Schildern. Ihre innere Landschaft liegt brach. Ein trockener Wind fegt darüber hinweg.

Sie *hat zurückgelächelt*. Sie *hat geflirtet*.

Annabelle kniet auf dem Boden. Eine Frau läuft durch

ihren Vorgarten. »Geht's dir gut? Dieser Gehweg! Ich habe schon drei Mal bei der Stadt angerufen.«

Die Frau erinnert sie an Tracie. Sie hat einen ähnlichen Haarschnitt mit den gleichen blonden Strähnchen, aber sie hat wärmere Augen. Es sind teure Haare, nicht so wie Ginas. Gina geht zu Supercuts und färbt ihren grauen Ansatz in der Küchenspüle. Sie trägt die Plastikhandschuhe, die mit in der Schachtel sind, und Wochen danach findet man noch schwarze Spritzer an überraschenden Orten.

»O mein Gott! Du Arme.« Die Stimme der Frau wechselt von mitleidig zu beunruhigt, als sie das Mädchen mit den abgeschnittenen Haaren auf dem Boden genauer ansieht. »O Gott. Deine Knöchel ...«

Annabelle sieht hin. Blutflecken ziehen sich von ihren brennenden Achillesfersen bis nach oben. Die Blasen, die sie ignoriert hat, sind aufgeplatzt. Die Schuhe haben sie kilometerweit aufgeschürft und aufgeschürft. Es ist schlimm.

»Willst du jemanden anrufen? Geht's dir gut? Du solltest nicht gehen, geschweige denn laufen.«

Annabelle kann die Frau kaum anschauen. Sie hält es nicht aus, das Gesicht zu sehen, das sie an Tracie erinnert, und an alle anderen, die sie hassen. Sie verdient das Mitleid dieser Frau nicht.

Annabelle steht auf. Wischt sich die kleinen Kiesel von den Handflächen. »Es geht schon.«

»Süße! Das sieht aber nicht so aus, als würde es schon gehen.«

»Das ist ... immer so. Ich hab Verbandszeug dafür.«

Das ist eine schreckliche Lüge. Die Frau schaut sie zweifelnd an. »Soll ich dich irgendwohin fahren? Meinen Sohn muss ich erst in einer halben Stunde von der Schule abholen.«

»Danke Ihnen. Aber kein Problem. Ich wohne gleich um die Ecke.«

»Wenn du meinst.« Die Frau wirkt erleichtert. Tatsächlich geht sie ein paar Schritte zurück. Annabelle kann sich nur vorstellen, was die Frau sieht. Ein blutendes, gehetztes Mädchen mit einer Verrückten-Frisur. Sie tut gut daran, Panik zu haben.

»Wir sehen uns. Danke noch mal!«, sagt Annabelle.

Sie humpelt und verdammt, Scheiße noch mal, ein flammendes Brennen zieht ihre Beine hoch. Ihre Handflächen stechen vom Hinfallen.

Weiterzulaufen – erscheint ein bisschen krank. Ziemlich krank. Das weiß sie natürlich. Um sich das zu sagen, braucht sie Dr. Mann nicht.

Sogar für Annabelle ist es schwer nachvollziehbar. Aber sie fühlt es in ihrem Herzen und ihrer Seele und mit jedem flammenden und brennenden Schritt: Ein Verbrechen muss bestraft werden, und dies ist ein Teil ihrer Bestrafung.

6

»Alter Verwalter«, sagt Opa Ed. »Du siehst aus wie Vinnie Lucchese, nachdem Gino seinen Hund auf ihn gehetzt hat. Wir gehen zum Arzt.«

»Wasser.« Annabelle bricht auf der gepolsterten Wohnmobilbank zusammen. In ihrem Kopf dreht sich alles vor Erschöpfung.

»Ja, hier, das auch.« Er reicht ihr eine volle Flasche. »Aber wir suchen irgendwo eine Arztpraxis, wo sie dich wieder zusammenflicken. Guter Gott, du blutest ja alles voll. Warte, ich hol ein Handtuch.«

Das Handtuch stammt von Opa Eds Ausflug zu den Niagarafällen. Ein Foto von den Wasserfällen ist darauf gedruckt, dafür gemacht, dekorativ über dem Ofen zu hängen. Sie drückt das nasse Tuch auf ihre Knöchel, während Opa Ed rückwärts aus der Parklücke herausfährt und Vollgas gibt. Na ja, *Vollgas* heißt eigentlich, dass das Wohnmobil mit Ach und Krach auf fünfzig hochklettert. Alles klappert – Töpfe, Pfannen, Annabelles Augäpfel. Irgendwas im Ofen rutscht und scheppert und rutscht wieder herum.

»Ah! *Broccolo!* Ich hab vergessen, die *Ziti* abzudrehen. Kommst du an den Ofen, von da, wo du sitzt?«

»Au, au, au.« Nach dem Halbmarathon, den sie gerade gelaufen ist, wird ihr bei dem Gedanken an Essen schlecht. In ein paar Stunden wird sie am Verhungern sein, aber jetzt könnte sie sogar nur vom Geruch des Essens kotzen.

»Von da, wo du sitzt! Hab ich gesagt, du sollst aufstehen? Ich hab gesagt sitzen bleiben! Du kannst froh sein, dass ich dich nicht ins Krankenhaus bringe und dich dort aufnehmen lasse.«

Sie sind in einer kleinen Holzfällerstadt namens Edgewick. Die Leute gehen ihrem geregelten Leben nach. Die Welt fällt ihr wieder ein. Sie war ganz in ihrem Kopf, tief in Erinnerungen versunken, verschollen in einem Universum aus Schmerzen, und die Welt schien ihr ganz weit weg zu sein. Aber da schau an – alles wie immer.

Die einzige Praxis der Kleinstadt befindet sich neben einer Tankstelle und einem Tierfuttergeschäft. Als Dr. Ohari ihre Wunden sauber macht, tut es weh wie Sau. Man kann es nicht anders sagen.

»Falls das eitert oder du Fieber bekommst, will ich, dass du sofort wieder herkommst. Überflüssig zu sagen, dass du Pause machen solltest, bis die Wunden verheilt sind. Trag die antibiotische Salbe auf und mach einen lockeren Verband drum. Wechsel ihn, wenn er nass oder dreckig wird.«

»Eiter oder Fieber«, wiederholt Opa Ed. Annabelle macht die Augen zu, um gegen den Schmerz anzukämpfen. Sie konzentriert sich darauf, wie sehr sie das Wort *Eiter* hasst.

»Bist du dir eigentlich der Langzeitfolgen eines solchen Laufs bewusst, wie du ihn gerade planst? Muskelschäden, oxidativer Stress, Vergrößerung des Herzens, Knieschäden, Fehlstellung von Hüfte und Becken, soll ich weitermachen?«

»Sagen Sie's ihr ruhig, denn wir werden verdammt noch mal …«

»Ich weiß ja nicht, wer hier das Sagen hat, aber …« Der Arzt beäugt ihre Haare. »Seelisches Wohlbefinden ist die Voraussetzung für körperliche Gesundheit.«

»Jetzt aber mal halblang«, sagt Opa Ed. Er plustert sich auf.

»Sie müssen bedenken, dass das Herz auch nur ein Muskel ist, der gestresst sein kann, genau wie die anderen.«

»Erzählen Sie mir was, was ich noch nicht weiß«, sagt Opa Ed.

»Danke Ihnen, Herr Doktor.« Annabelle steht von der Liege auf. »Ich hab schon ein paar Ratschläge von meinen Ärzten zu Hause bekommen.« Lügen fliegen rechts und links aus ihrem Mund heraus.

»Sie hat Ratschläge von ihren Ärzten zu Hause bekommen«, sagt Opa Ed. Er sieht aus, als würde er Dr. Ohari gleich k.o. schlagen.

»Na dann, gut. Nehmen Sie das mit zum Empfang.« Dr. Ohari reicht ihnen ein Rezept und eine Broschüre, auf der *Anweisungen zur Wundpflege* steht. »Viel Glück dir«, sagt er, als ob er ihr eine düstere Diagnose gestellt hätte.

»*Fa Nabla!*«, sagt Opa Ed in der Sekunde, in der sie draußen sind. Er hält seinen Unterarm flach gegen die Brust vor Ekel. Oh-oh, das ist ein Schlag unter die Gürtellinie: *Geh nach Neapel, ich kann dich nicht ausstehen.*

Annabelle stützt sich auf seinem Arm ab, während sie zurück zum Wohnmobil humpelt. »Du bist so ein Lügner.«

»Was? Ich? Du bist hier die Lügnerin! ›Meine Ärzte zu Hause.‹ Bella, Bella, auf dir liegt der Agnelli-Fluch.«

»Der Agnelli-Fluch?«

»Engelszüngige Lügner. Das stürzt uns in ganz schön viele

Probleme, hilft uns aber auch aus ganz schön vielen wieder raus.«

»Ich dachte schon, du würdest Dr. Ohari da drinnen auseinandernehmen.«

»Nö. Der stört mich nicht.«

Ein bisschen tut er das aber doch, wie Annabelle sehen kann. Und das nicht nur, weil Dr. Ohari an Opa Eds beträchtlichem Stolz gekratzt hat. Dr. Ohari bereitet Opa Ed Sorgen. Das alles hier. Der Stehler und Seth Greggory. Annabelle kann es ihm genau in diesem Moment ansehen. Aber Opa Ed ist nicht nur ein draufgängerischer Beschützer, der hinter einer Irren herfährt. Er hat sich das alles gut überlegt, es abgewogen, wie Annabelle weiß. Er entscheidet sich für das, wovon er denkt, dass es ihre beste Überlebenschance ist. Keine leichte Aufgabe, wenn sie in beiden Händen eine Granate hält.

»Ich könnte diese *Ziti* gerade direkt aus der Pfanne essen.«

»So ist's recht, Mädchen.«

Opa Ed fährt genau auf denselben Parkplatz neben dem Freeway, von dem sie eben gekommen sind. Sie mag eine engelszüngige Lügnerin sein, aber keine Betrügerin. Als in dieser Nacht die Lastwagen vorbeirauschen, leuchten ihre Scheinwerfer auf und das Wohnmobil erzittert und erbebt unter ihrer Wucht. Sie sind Kometen und Meteore, die mit feurigen Schweifen an ihrer kleinen Kapsel vorbeiziehen; sie versengen ihre Haut beim Versuch einzuschlafen. Sie brennen Bilder auf ihrer Netzhaut ein: wilde Schreie, schmerzhaftes Aufheulen, Autos, die langsam und traurig vorbeikriechen. Roberts und Tracies zerstörter Treppenvorsprung. Die erdrückende Schuld. Die Falschheit ihrer Existenz.

Ihr Herz pumpt immer noch Blut. Jeden Tag schiebt und stößt und pumpt ihr Herz literweise Lebenszeug durch ihren Körper. Am nächsten Tag: wieder. Am nächsten Tag: wieder und wieder. Sie *ist* eine Kriminelle. Ihre Socken hat sie ausgewaschen, aber wie sie da so über der Badtür zum Trocknen hängen, sind sie rosa verfärbt. Sie kann sie sehen – zwei stumme, rosa Geister, die knapp unter der Decke schweben.

7

1. Obwohl das menschliche Herz weniger als eine Dosensuppe wiegt, pumpt ein gesundes Herz jeden Tag 7500 Liter Blut durch den Körper.
2. Ein Küchen-Wasserhahn müsste für 45 Jahre voll aufgedreht sein, damit die Menge an Wasser der an Blut gleichkommt, die ein Herz im Laufe eines ganzen Lebens pumpt.
3. Oder anders ausgedrückt: In einem durchschnittlich langen Leben pumpt das Herz beinahe 238 Millionen Liter Blut. Das ist genug, um 200 Zugwaggons zu füllen.
4. Trotz dieser ganzen Energie und Kraft sind nur etwa fünfeinhalb Liter Blut auf einmal im Körper. Und man muss nur zwei davon verlieren – eine Flasche Diät-Cola – und das war's.

Annabelle hat sowohl ihrer Mutter als auch Opa Ed versprochen, dass sie ein paar Tage Pause machen würde, dass sie warten würde, bis die Blasen verheilt sind, bevor sie weiterläuft.

Aber auf ihr liegt der Agnelli-Fluch. Sie ist eine engelszüngige Lügnerin.

Sie wird außerdem von etwas angetrieben, das jenseits allen Verstandes liegt. Eine Kraft ohne Sinn zwingt sie voran. Nenn es Schuld, Schande, das Bedürfnis nach Wiedergutmachung. Nenn es Angst oder Mut. Nenn es den menschlichen Geist, der versucht, aufzuerstehen.

Nenn es Dummheit, angesichts des Zustands ihrer Füße. Aber trotzdem – nenn es die tiefste aller Sehnsüchte, gegen eine ausweglose Situation anzukämpfen.

Es ist sehr, sehr schwierig, sich aus einem Wohnmobil zu schleichen, wenn ein Großvater auf einem Ausziehbett unter dir schläft. Dafür braucht es ein bisschen Vorausplanung. Seth Greggory würde das *Vorsatz* nennen. In diesem Fall beinhaltet die Planung einen Zettel, den sie letzten Abend für Opa Ed geschrieben hat. Ebenso, dass sie angezogen geschlafen hat. Sie hat ihren Rucksack gepackt, als Opa Ed sich vor dem Zubettgehen die Zähne geputzt und mit Mundspülung gegurgelt hat. Sie hat ein paar Energyriegel und Obst und ein mit Scheibenkäse belegtes Brötchen vom Abendessen dabei, so wird sie ein Frühstück und auch ein Mittagessen haben.

Ihr Vorhaben braucht auch ein bisschen Glück, welches sie tatsächlich hat: Auf dem Tisch entdeckt sie das Saftglas mit dunkelroten Ringen. Opa Eds zweites Glas Rotwein vorm Schlafengehen. Siehst du? Sie bedeutet Stress für ihn. Wie auch immer, er schnarcht laut. Sein Mund steht weit offen wie eine Höhle.

Das Hinausschleichen beinhaltet auch ein paar eklige Sachen – keine Zähne putzen, draußen pinkeln – und richtig ekelerregende – ihren Verband draußen wechseln und den alten auf den Stufen zur Tür des Wohnmobils liegen lassen. *Verzeih mir*, sagt sie im Voraus. Es ist so ein vertrauter Satz, dass sie sich ihn aufs Handgelenk tätowieren lassen sollte, oder vielleicht über ihr Herz. Sie wickelt ihre Füße in so viele Lagen

Verband ein, dass es sich anfühlt, als würde sie Schneestiefel tragen. Sie wird die ganze Strecke humpeln wie Mr. Giancarlo, wenn es sein muss.

In den nächsten drei Tagen wird Annabelle der Iron Horse Trail sehr vertraut werden. Sie wird für 67 Kilometer von seinen ganzen 480 auf ihm laufen. Wenn Opa Ed sie nach ihrem Gefängnisausbruch nicht verstößt, wird er an einem staatlichen Park am Snoqualmie River am ersten Tag auf sie warten, an einem Knick im Flusslauf des Yakima River am zweiten und gleich neben der Cabin Creek Road außerhalb der kleinen Stadt Easton am dritten, ihrem Geburtstag.

In seinem früheren Leben war der Pfad eine funktionierende Eisenbahnstrecke. Jetzt ist er das Zuhause von mitunter den verlassensten Landstrichen im ganzen Staat. Hier draußen wird sie vermutlich keine Menschenseele antreffen, nur Kojoten und Gophernattern und Schlimmeres.

An diesem Morgen, gleich nach der Bahnhaltestelle Cedar Falls, läuft Annabelle einen freundlichen Schotterweg entlang, der von Bäumen gesäumt wird, alle strahlend grün und gelb, mit austreibenden Baby-Blättern. Die antibiotische Creme, die sie sich auf die Füße geschmiert hat, hat irgendeinen schönen, schmerzbetäubenden Inhaltsstoff, und so ist das lodernde Feuer vom Vortag nur ein brennendes Summen. Die vielen Lagen Verband lassen sie aber nur langsam und schwerfällig vorankommen. Sie hat die Schnürsenkel gelockert und ihren Laufschuh geweitet, um überhaupt hineinzukommen, doch sie fühlt sich immer noch wie ein drittklassiger Zombie. Sie macht sich Sorgen um einen neuen Schmerz in ihrer Hüfte und hofft, es ist nicht der Anfang des Toten-Hintern-Syndroms – also Sehnenscheidenentzündung im *cu* – etwas, wovor

Coach Kwan sie alle gewarnt hat. Sie muss darauf achten, auch ein paar Crunches und Leg Lifts zu machen, um ihre Bauch- und Pomuskeln zu stärken.

Zombie-Füße, toter Hintern, gehetzter Geist – Einzelteile von ihr sterben schon langsam ab und das ist erst der dritte Tag ihres Laufs. Der vierte, wenn man die Stunden mitzählt, nachdem sie von Dick's geflohen ist. Das fühlt sich so lange her an.

Während sie so vorwärtsschlurft, tippt sie mit ihren Daumen an alle anderen Fingerkuppen. Sie ist sich anderer Schmerzen bewusst, die möglicherweise noch kommen könnten, alle potenziell katastrophal, und warnt ihren Körper vor. Ihre Brust füllt sich mit Angst, genau wie sich ein sinkendes Schiff mit Wasser füllt – es läuft hinein und steigt dann langsam an. An diesem Morgen hat sie etwas über die Strecke gelesen, die heute vor ihr liegt, und sie weiß, was kommt: ein stockfinsterer Zugtunnel. Vier Kilometer komplette Dunkelheit. Danach 19 Kilometer bergauf. Genug Bestrafung? Keine Chance. Noch lange nicht.

Glaub nicht alles, was du denkst, sagt Kat. Oder vielleicht auch Dr. Mann, als die ihr in die Augen sieht und lächelt, bevor sie ihre Brille holt, um einen neuen Termin mit ihr auszumachen.

Es ist ein ganz, ganz schlechter Moment, um die Textnachricht zu bekommen. Annabelle hätte fast nicht auf ihr Handy geschaut, weil sie sich sicher ist, dass es Opa Ed ist, der vor Wut kocht, oder Gina, oder sogar Malcolm, mit Neuigkeiten, dass der GoFundMe nach den vierhundertsechzig Mäusen von gestern wieder gestiegen ist. Aber sie ist alleine hier draußen, bis auf Loretta. Das Piepen der Nachricht klingt nach beruhigender Gesellschaft.

Es ist Geoff Graham. Geoff ist ein Freund von ihr. Sie waren mal zusammen im Langstreckenlaufteam. Er hat ein T-Shirt, auf dem steht *Wie Jeff, nur Geoff*, aber nichts erscheint ihr noch witzig.

Hab gehört, was du machst. Das ist super.

Nett, oder? Richtig nett. Aber die Nachricht verpasst Annabelle einen Schlag in die Magengrube. Sie spaltet sie beinahe in zwei Hälften.

Annabelle bleibt stehen. Sie glaubt, den hohen, weit offen stehenden Zementbogen des Tunnels vor ihr erkennen zu können. Sie hat keine Taschen- oder Stirnlampe. Das Timing ist beschissen.

Gottverdammter Tunnel, gottverdammter Geoff, der wie Jeff klingt, gottverdammter Stehler.

Es ist, wie es ist, sagt Annabelle sich selbst.

Diesen Satz findet sie oft tröstend. Er erinnert sie daran, die Wahrheit lieber zu akzeptieren, als gegen sie anzukämpfen. Aber gerade macht er sie richtig sauer. Manchmal ist *wie es ist* etwas, das *nicht sein sollte*. Das *nie* hätte sein sollen. Es ist nur ein *Ist* aus richtig verkorksten Gründen, die richtig verkorkste Generationen weit zurückreichen, aus alten Gründen – Gründen, die nicht mehr mit dieser heutigen Welt übereinstimmen. Manchmal sollte ein *Ist* schon lange, lange verschwunden sein und muss – umgehend und mit aller Kraft und ohne eine Sekunde zu verlieren – *geändert* werden.

Sie ist mehr als nur sauer. Tatsächlich schäumt sie vor Wut darüber, wie Menschen protestieren, schreien und Briefe schreiben können und doch das *Ist* ein *Ist* bleibt und schlimme, schlimme Dinge immer noch passieren und passieren und wieder passieren können. Es gibt keine Worte dafür. Es ist unglaublich. Es ist eine Farce. Es ist ein Zeichen gemeinschaftlicher Schande.

Inzwischen steht sie vor diesem blöden Tunnel, und wow, der ist ganz schön dunkel.

»Jetzt geht's dir an den Kragen, Tunnel. Du kriegst mich nicht«, sagt sie laut. Sie zeigt ihm die schlimmste aller schlimmsten Gesten, die sie von Opa Ed gelernt hat – die Zeigefinger aggressiv nach vorne ausgestreckt. Wörtliche Übersetzung: *Ich werd dir so fest in den Arsch treten, dass deine Pobacken danach so weit auseinanderstehen.*

Sie läuft los. Sie ist drinnen. Der Tunnel hat eine hohe Decke und ausgehöhlte Mauern und er ist breit genug für einen Frachtzug, aber die Wände verengen sich. Es ist zu dunkel, um überhaupt das Ende zu sehen. Und kalt ist es auch. Auf einmal fröstelt sie. Ein kühler Luftzug bläst durch die ganze Länge des Tunnels.

Annabelle zittert. Es ist so kalt und so ganz und gar stockfinster, dass sie den Schmerz in ihren Füßen und ihrem Hintern und sogar, für einen Moment, den in ihrem Herzen vergisst. Wenn sie eine Fledermaus hören oder fühlen sollte, kriegt sie einen Herzanfall. Etwas Nasses tropft auf ihre Schulter und dann auf ihr Gesicht. Mehr Tropfen. Sie wird schneller.

Annabelles Schritte hallen von den Wänden wider. Eine Gänsehaut fährt ihre Arme hinauf. Sie denkt, sie hört etwas, und dann ist sie sich sicher, dass sie etwas hört, denn ganz plötzlich ist es vor ihr. Ein strahlendes Licht, das näher kommt und immer größer wird. Eine Sekunde lang sieht sie die Steinwände um sich herum, bevor seine Stirnlampe sie blendet. Es ist nur ein Mann auf einem Fahrrad. Fröhlich und überrascht sagt er »Ach, hallo«, und dann ist er weg. Es ist wieder schwarz.

Vier Kilometer sind ein ganz schön langer Weg in kompletter Dunkelheit. Natürlich war sie aber schon viel tiefer in anderen Orten, in denen es noch viel dunkler war als hier.

Geoff Graham.

Sie sieht ihn an diesem Abend. Er macht ihr die Tür auf. Er grinst. Er sagt: »Cool, Chips! Danke.« Anerkennend drückt er die Tüte zwei Mal an sich. »Sonst hat niemand irgendwas mitgebracht. Solche Loser.« Da ist Musik …

Aber nein, davor.

Noch lange davor.

Geoff Graham ist drüben bei seinem Auto auf dem Roosevelt-Parkplatz. Er steht mit Trevor Jackson und Zander Khan dort. Zander schubst Geoff kumpelhaft und Geoff schubst ihn zurück. Sie lachen. Reden laut. Annabelle lehnt an Ginas altem Toyota und wartet auf Kat. Letzte Woche hat Roosevelt gegen die Ballard High School in der Bezirksmeisterschaft verloren, damit ist die Langstreckenlaufsaison vorbei. Jetzt geht es für Annabelle wieder zurück in ihren normalen Arbeits- und Ehrenamtsalltag, und sie kann Kat nach der Schule wieder nach Hause fahren. Kat ist immer spät dran, das ist nervig und in diesem Moment das größte von Annabelles Problemen. Kat soll sich mal beeilen. Annabelle muss nach Hause und sich für die Arbeit umziehen.

Es ist Spätherbst. Die Bäume entlang des Gehwegs in der Nähe der Schule – vor Kurzem noch ein feuriges Orange und Rot und Gelb – verlieren ihre letzten Blätter. Ein paar segeln langsam herab, während sie wartet. Die Luft hat diesen rauchigen Geruch nach Ende Oktober. Der Herbst riecht immer nach Lagerfeuer.

Sie kann ihn nicht übersehen, wie er auf sie zukommt. Der Stehler. Er ist einfach so riesig. Da ist dieses Fremdschämen für ihn, aber sie weiß nicht, warum. Seit zwei Tagen hat er in Multimedialer Kunst nicht mehr mit ihr gesprochen, dann hat er gefehlt, jetzt ist er wieder da. Sie fragt sich, was los ist. Er grinst, als würde er was im Schilde führen. Es macht sie nervös. Aber auch neugierig.

»Hey«, ruft er.

Geoff schaut rüber. Es fällt ihr sehr deutlich auf, wie Geoff aufhört, herumzualbern und zu lachen und zu schubsen. Wie er Dem Stehler, jetzt da er ihn bemerkt hat, zuschaut.

Der Stehler hat einen pinken Umschlag in der Hand. Eine Karte. Eine Karte, die auf dem Weg zu ihr ist. Sie schämt sich noch mehr.

Sie fühlt … sie weiß nicht … das kleinste Aufkeimen von Bedauern. Sie hat da etwas angefangen, das sie jetzt wieder zunichtemachen muss. *Du brauchst einen Jungen bloß anzulächeln, und er wird gleich denken, dass du in ihn verliebt bist*, hat Gina sie damals in der sechsten Klasse nach Georgie Zacharro gewarnt. Das bedeutete: *Es ist deine Aufgabe, Jungs in Schach zu halten*. Ihr erster Gedanke, als sie diese Karte auf sich zukommen sieht, ist, dass sie diese Nett-und-hübsch-Macht-Nichtmacht missbraucht hat. Sie ist unvorsichtig mit ihr umgegangen, hat sie über den Verletzlichen ausgeübt, ohne es überhaupt zu wollen. Es ist beschissen, wie ihre Macht manchmal nicht genug und manchmal zu groß ist.

»Für dich«, sagt Der Stehler. Und dann tut er etwas, das ihr unangenehm ist. Na ja, diese ganze Sache ist ihr unangenehm, aber das ist noch schlimmer: Er verbeugt sich. Es ist eines von diesen seltsamen Dingen, die Geoff Graham und

Trevor Jackson und Zander Khan niemals tun würden, weil sie wissen, dass es seltsam ist. Tatsächlich schauen Trevor und Zander jetzt gemeinsam mit Geoff zu ihr herüber. Und es sind nette Jungs, das ist also keine Drohung oder kein Lustigmachen, sondern nur – es ist eben so ungewöhnlich, dass sie sich wundern.

»Wow«, sagt sie. »Danke.«

Sie weiß nicht genau, was sie tun soll, aber er scheint zu warten, also öffnet sie die Karte. Auf der Vorderseite ist eine Vase voller Blumen, deren Blütenblätter auf einen Tisch und auf den Boden fallen. Drinnen steht in geschwungenen Lettern: *Ein aufrichtiges Durcheinander ist schöner als ein perfekter Schein.*

Er wartet.

Sie ist ein bisschen erstaunt, denn er scheint etwas an ihr verstanden zu haben, ihr wirkliches Ich. Er sieht nicht nur das Mädchen, das sich so oft fühlt, als täte es nur, als ob. Das Mädchen, das versucht, so perfekt, perfekt, perfekt zu sein. Anscheinend erkennt er etwas Echtes an ihr, das nicht einmal Will je erkannt hat. Aber trotzdem sind die Nachricht und die Karte zu viel. Es ist zu viel für diesen High-School-Parkplatz mit Gehupe und Gelächter und Bussen, die am Bordstein warten.

»Letztens, deine Bluse …«

Das hatte sie total vergessen. Das gibt ihr ein bisschen Kontext, eine Möglichkeit, zu antworten. Was für eine Erleichterung. Sie lacht kurz. »Ohh«, sagt sie. »Danke dir.«

»Kein Problem.«

Er läuft komplett rot an. »Das ist echt süß«, sagt sie. Sie wünschte, Kat würde sich beeilen.

»Na ja, ich muss los. Mein Bus.«

»Danke noch mal«, sagt Annabelle. »Das ist echt süß«, sagt sie noch mal.

»Bis dann.«

»Bis dann.«

Mit federnden Schritten läuft er zum Bus und nimmt alle Stufen auf einmal hinein. Die Busse fahren weg. Trevor steigt in Geoffs Auto ein und Geoff parkt rückwärts aus. Zander joggt nach Hause. Annabelle steckt die Karte in ihren Schreibblock.

Als Kat endlich auftaucht, erzählt Annabelle ihr nicht, was passiert ist. Am Abend sucht sie Den Stehler allerdings online. Was erwartet sie? Keine Ahnung. Es gibt nur Fotos von ihm und seinen Freunden in seiner alten Schule in Vermont. Auf einem lümmeln Jungs mit verkehrt herum aufgesetzten Baseballkappen albern auf Klassenzimmerbänken herum; auf einem anderen hat eine Gruppe Kinder auf einer Wiese dreieckige, amerikanische Revolutions-Hüte auf. Ein peinliches Foto von einem Schulball; eine Katze, die im Schnee spielt; und sein Dad und er, wie sie Gewehre auf einer Schießanlage halten. Eine Nahaufnahme von einem großen Frühstück. Seine Mum und er, aufgetakelt, wie sie vor einem schicken Hotel stehen. Sie ist einen guten Kopf kleiner als er, aber sie haben die gleichen zerzausten Haare.

Es ist nicht richtig, dass Annabelle ihn verurteilt, ohne ihn zu kennen. Na und, dann ist er eben peinlich – er ist neu an der Schule. Er scheint ganz süß zu sein. Die einzige Karte, die Will ihr je gegeben hat, war zum Valentinstag. Darauf war ein Beagle, der eine Schachtel mit Pralinen im Maul hatte, und auf der stand *Du bist mein Lieblings-Leckerli-Spender.*

Sie sollte Dem Stehler irgendetwas auf diese Aufmerksamkeit erwidern. Sie sollte zumindest nach ihm fragen. Sie sollte zumindest freundlich und nett sein.

Trotzdem schmeißt sie die Karte in den Papierkorb in ihrem Zimmer. Sie steckt sie ganz nach unten. Es erscheint ihr nicht weit genug weg. Die Karte gibt ihr ein schlechtes Gefühl. Sie nimmt den Papierkorb und leert ihn in den Müllcontainer draußen aus.

»Nimm den aus der Küche auch gleich noch mit«, ruft Gina.

In diesem dunklen Tunnel kann Annabelle kaum atmen. Von den Fledermäusen und den Wassertropfen abgesehen stellt sie sich Dinge auf dem Boden vor, bereit, sich an ihre Knöchel zu krallen. Sie stellt sich einen Mann vor, mit dem Rücken flach an die Wand gepresst, bereit, sie im Vorbeilaufen festzuhalten. Er ist erst hier, und dann da, und dann dort hinten, mit seinen ausgestreckten Armen. Sie weicht seinen Händen aus. Sie legt einen Zahn zu, weil sie sich einen anderen Mann hinter sich vorstellt, der sie kriegen will. Er ist irgendwo da hinten und kommt immer näher. Er holt auf. Sie muss sich beeilen.

Die Gefahr ist über, unter, hinter ihr und um sie herum. Die Dunkelheit krümmt ihre schrecklichen Finger und versucht, sie zu fangen.

Als sie den winzigen Nadelstich aus Licht sieht, der bedeutet, dass sie nahe am Ausgang ist, ist sie erleichtert, aber nicht erleichtert genug. Beinahe kann sie die Schritte des Mannes hinter sich hören.

Der Lichtkegel wird größer. Es wird heller, wie wenn ein neuer Tag anbricht. Trotz der langen Qualen, die sie gerade durchgestanden hat, fühlt es sich an wie eine plötzliche Umarmung. Sie rennt noch anderthalb Kilometer oder so weiter weg von diesem fürchterlichen Ort, und erst als sie ihn nicht mehr hinter sich sehen kann, wird sie langsamer und bleibt dann stehen.

Sie stützt sich mit den Händen auf ihren Knien ab. Keucht. Nimmt einen großen Schluck Wasser. Sie will sich siegreich fühlen, sie hat sich diesem verdammten Tunnel gestellt und gewonnen. Schließlich ist sie ja draußen, in der Sonne, und der Tunnel liegt hinter ihr. Aber ganz tief dort unten, in ihr drinnen, macht dieses Etwas-Jemand immer noch Jagd auf sie. Nicht mehr so unmittelbar wie im Tunnel – sie kann die Schritte des Mannes nicht hören oder seinen Atem im Nacken spüren, aber er liegt immer noch auf der Lauer.

Wie man es dreht und wendet, dieses Gefühl lässt sie nicht los. Sie hat etwas Großes überlebt, und wenn man etwas Großes überlebt hat, ist man sich immer, immer bewusst darüber, dass man es beim nächsten Mal vielleicht nicht mehr überleben wird.

8

»Was soll ich bloß mit dir machen, hm?« Immer wenn Opa Ed emotional wird, flammt sein Akzent wieder auf. Mit zwölf ist er in dieses Land gekommen, aus der Stadt Gallarate, in der Region Varese in Norditalien. Der Heilige der Stadt Gallarate: Sankt Christophorus. Er wacht über Reisende, Kinder und Junggesellen und schützt vor Unwettern, dem heiligen Tod und Zahnweh. Opa Eds Sankt-Christophorus-Anhänger steckt in der Kunststoffhülse der Sonnenblende im Wohnmobil.

»*Che palle!*« Übersetzung: *So ein Scheiß*. Wörtliche Übersetzung: *Was für Bälle.*

»Tut mir leid«, sagt Annabelle.

»Dir tut gar nichts leid«, sagt er. »Komm mir nicht mit leidtun.«

»Es tut mir ein bisschen leid.«

Hauptsächlich ist sie erleichtert. Sie war so froh, als sie das Wohnmobil genau an ihrem vereinbarten Treffpunkt beim Yakima River gesehen hat. Sie hatte Angst, dass er vielleicht wütend genug geworden ist, um sie einfach auflaufen zu lassen. Annabelle hat gesehen, wie er und Gina sich streiten. Irgendjemand sagt immer irgendetwas zu Ehrliches, die Stimmen werden lauter und dann stampft einer von beiden beleidigt davon. Sie tun dann eine Woche lang so, als würde der andere gar nicht existieren, obwohl sie sich zum Beispiel am Briefkasten sehen. Aber vielleicht gibt es einen Unterschied zwischen Kindern und Enkelkindern, denn Opa Eds Wut auf sie verraucht schnell. Als hätte sie eine Million Chancen bei ihm.

»Wie ist's gelaufen?«

»Ganz gut. In Ordnung.« Auf all seine Sorgen wird sie nicht auch noch die Wahrheit obendrauf packen. »Hintern tut weh.«

»Soso? Du verursachst mir auch Schmerzen im *culo*, Fräulein. Lass mich mal deine Füße sehen.«

Sie ist schon dabei, den Verband abzuwickeln. Opa Ed zuckt zusammen. »Guter Gott.«

»Ich dachte, du warst im Fisch-Verpackungs-Business. Du hast Eingeweide gesehen.«

»Ich war der Geschäftsführer. Der Typ, der für die Zahlen zuständig war.«

Das ist schwer zu glauben, da sie ihm tausend Mal erklären muss, dass 4375 Kilometer geteilt durch 26 am Tag etwa fünf Monate sind, plus oder minus. »Es ist tatsächlich schon viel besser, auch wenn es immer noch eklig aussieht.«

»Es verheilt langsam, Bella Luna.« Sie mag es, wenn er sie so nennt. Luna ist ihr zweiter Vorname. Der Name ihrer Großmutter. Annabelle hat sie nie kennengelernt – sie ist gestorben, als Gina siebzehn war. Aber sie hat Geschichten gehört. Über ihre Großmutter, die geliebt hat wie fünfzehn Mütter. Die Opa Ed nur mit ihren Augen zum Schweigen bringen konnte. Die den *malocchio*, den bösen Blick, mit einem Gebet abwenden konnte und, indem sie ihren kleinen Finger in eine Schüssel mit Wasser und ein paar Tropfen Olivenöl tunkte. Manchmal denkt Annabelle, dass ihre Mum und ihr

Opa streiten, weil sie denselben Menschen beide so sehr geliebt haben.

»Ich kann kaum glauben, dass es verheilt, aber wahrscheinlich tut es das.«

»Okay. Schnall dich an. Wir müssen weiter. Ganz in der Nähe ist ein staatlicher Park. Ich hab mich hier überall schon umgesehen. Und weißt du was? Ein Bulle ist hier vorbeigefahren und hat mir gesagt, dass wir hier nicht übernachten können. Wo ist das Problem, wen sollte ich hier denn bitte schön stören?«

»Biber«, sagt sie.

»Genau. Das sind aber auch schon die Einzigen, die man hier stören könnte.«

»Nein, ich mein, schau mal. Da ist ein Biber.«

Sie zeigt nach draußen. Er ist genau da, er trippelt gerade aus dem Fluss. Er verschwindet in irgendeinem Busch und taucht dann wieder auf, mit einem Ast beladen, der aussieht, als wäre er viel zu groß für ihn.

»Der ist aber schwer«, sagt Annabelle. Der Biber zieht und zerrt. Was er da versucht zu schaffen – es wirkt unmöglich. Er scheint nicht so klug zu sein, ehrlich gesagt, wenn er sich ein so riesiges Teil aussucht. »Warum hat er sich genau den ausgesucht?«

»Wir wissen nicht, was er da tut, aber er weiß es«, sagt Opa Ed.

Es ist schade, dass sie von hier wegmüssen. Der Fluss schlängelt sich so idyllisch dahin wie auf dem Bild eines Flusses. Perfekt für eine Kalenderseite. Der Schnee schmilzt und weiße Stromschnellen spritzen malerisch gegen Felsen und der Frühling verleiht dem späten Nachmittag ein süßes, gelbes Licht. Das alles hier ist pure Wissenschaft und Schönheit und Natur, ohne das ganze verkorkste Zeug der Menschenwelt. Es ist einer dieser Momente, in denen man sich vorstellt, alles hinter sich zu lassen und einfach hierzubleiben. Annabelle hat in letzter Zeit viele solcher Momente. Natürlich bleibt das aber nur Wunschdenken, denn da ist ja noch Seth Greggory.

Das Wohnmobil rumpelt und fährt abrupt los. Der staatliche Campingplatz ist nicht so einladend wie der Fluss. Er ist etwas verwaldet und schattig und die Winterfeuchtigkeit liegt immer noch in der Luft. Opa Ed sucht sich einen Platz und zieht die Handbremse an.

»Schau mal! Da sind Leute, die campen. Im März, bei den Temperaturen. Dass es das noch gibt.«

Annabelle hat für eine Sekunde vergessen, mit wem sie unterwegs ist. Bevor er das Haus neben ihnen in Fremont gekauft hat, ist Opa Ed jahrelang durch das ganze Land gefahren und an Orten wie diesem geblieben. Plötzlich ist er so fröhlich und schrill wie ein Spielautomat.

»Hier steigt eine Party«, sagt er und schnipst mit den Fingern. »Viva Las Vegas.«

»Wow, du bist aber gut drauf.« Annabelle schielt aus dem Fenster. »Ich seh da nur ein paar geschlossene Zelte und einen Campingwagen mit einem KEEP PORTLAND WEIRD-Schild. Wahrscheinlich Müsli-Fresser, die vor dem Gesetz davonlaufen.«

Er schaut sie an und zieht die Augenbrauen hoch.

»Vergiss, dass ich das gesagt hab.«

»Fremde sind Freunde, die du noch nicht getroffen hast«,

sagt Opa Ed. Er klingt wie die süße Mrs. Parson im Sunnyside-Seniorenzentrum, nicht wie Opa Ed, mit seiner großen Nase, seinem zurückgekämmten Haar und seinem Seahawks-Jogginganzug. »Sie hat mich auf einen Cocktail eingeladen.«

»Sie? Wer denn?«

»Die Dame mit dem Camper. Ich hab sie getroffen, als ich mich am Nachmittag ein bisschen hier umgesehen habe.«

»Wow. Na dann mal los, Tiger.«

»Abendessen ist im Ofen. Bedien dich. Ich zieh mich erst mal um.«

»Solltest du auch.« Auf seinem Pulli steht *Eigentum der Seattle Seahawks* und er sieht aus, als ob er ihn als Kochschürze benutzt hätte.

»Du solltest dich frisch machen und auch mitkommen.«

»Ich kann mich kaum bewegen.«

»Da ist ein Junge in deinem Alter. Ein Enkel. Aus Portland.«

»Nein, Opa.«

»Komm schon …«

»Hör auf. Keine Jungs.«

»Bella. Hab ich gesagt, du sollst heute Abend heiraten? Nein. Ich hab gesagt, komm mit Hallo sagen, sei freundlich. Sei eine gute Nachbarin.«

»*Keine Jungs.* Auf gar keinen Fall.«

»Wie du meinst.«

Nach einer guten halben Stunde kommt er aus dem Bad. Was zur Hölle?! Er trägt eine lange schwarze Hose und ein Anzughemd und er riecht, als ob er von einem Kölnisch-Wasser-Spritzer angegriffen worden wäre. Seine Haare sind aufgebauscht, um sein Hörgerät zu verdecken.

Er schnippt mit den Fingern und die kleine Tür des Wohnmobils fällt krachend zu.

* * *

Annabelle tut alles weh. Sie dehnt sich und konzentriert sich dabei auf ihre Pomuskeln, um den Schmerz in ihrer Hüfte zu lindern. Dann holt sie Opa Eds Pfanne aus dem Ofen, nimmt den Deckel ab und isst das gebratene Hühnchen mit Rosmarinkartoffeln im Stehen, an den Küchentisch gelehnt. Sie trägt immer noch ihre ekligen Laufsachen, aber sie ist am Verhungern. In letzter Zeit ist sie eine Maschine, Energie rein, Energie raus. Es gefällt ihr, sich wie eine Maschine zu fühlen. Es wäre super, aus Metallteilen zu bestehen, die keine Gefühle haben, sondern nur eine Aufgabe.

Annabelle isst und schaut nebenbei die Nachrichten auf ihrem Handy durch, die sich angestaut haben. Es sind sogar ein paar E-Mails dabei. Das passiert, wenn man sein Leben stilllegt. Als Nächstes ruft sie alle zurück.

»Carl Walter hat mich rüber zu Dick's gefahren und wir haben dein Auto geholt«, sagt Gina. »Wir hatten Glück, dass es nicht abgeschleppt wurde. Ich hab den Manager angerufen, weil Carl Walter doch bis heute in Boise war, und der meinte nur ›kein Problem‹. Und ich habe endlich Mrs. Garvey erreicht. Man könnte meinen, sie wäre die Gouverneurin und nicht die Direktorin der Roosevelt High, nach so vielen Nachrichten, die ich hinterlassen habe, und so vielen Sekretärinnen, mit denen ich sprechen musste. Sie entschuldigen die unentschuldigten Fehltage. Sei nicht böse, aber letzte Woche hab ich vergessen anzurufen, weil, na ja, ich ganz schön *viel* um die Ohren hatte.

Dann hat sie mir noch gesagt, dass sie hofft, dass du an der Abschlussfeier teilnimmst, dass es bedauernswert wäre, wenn du sie verpassen würdest, angesichts der Situation, und ich versteh es ja, aber was für ein Miststück! *Bedauernswert.* Sie hatte doch tatsächlich die Eier, zu sagen, *die Gemeinschaft braucht* …«

Annabelle hört nicht mehr zu. Bei dem Wort *Gemeinschaft* ist sie ausgestiegen. Ihre Mutter liebt sie und sie liebt ihre Mutter – ehrlich, ohne sie hätte sie das alles nie durchgestanden –, aber manchmal wünscht man sich, dass sogar die Menschen, die einen lieben, weggehen würden. Nicht für lange, nicht für immer, nur lange genug, um ein bisschen seine Ruhe zu haben. Annabelle schaut aus dem kleinen Wohnmobilfenster. Inzwischen ist es Nacht. Sie fragt sich, was dieser Biber wohl gerade tut. Da draußen ist es gruselig. Aber sie sieht den Camper aus Portland drüben, hell und leuchtend wie der Mond.

»Und bla bla, dies und das, plapper, plapper, plapper, aber er hat gesagt, dass es okay ist, solange du am 22. September wieder zurück bist …«

»Was?«

»Seth Greggory. Hast du nicht zugehört? Das ist *wichtig.*«

»Da ist gerade ein großer Lastwagen vorbeigefahren, deswegen hab ich nichts gehört.«

»Er hat gesagt, dass es okay ist, wenn du den Staat verlässt. Das wollte ich dir unbedingt sagen.«

»Okay.«

»Das ist doch gut.«

»Okay.«

»Du musst nicht gleich so schnippisch sein, Annabelle. Hallo, ich kümmere mich hier gerade um dein ganzes Leben? Eine Amazon-Bestellung ist für dich gekommen …«

»Ach, ja. Weißt du noch? Das sind diese Wasserfarben-Stifte, die ich für die Schule gebraucht hab. Die zahl ich dir zurück. Oder noch besser, ich geb dir gleich meine Bank-PIN.«

»Das brauchst du nicht! Du wirst ja sowieso nach Idaho wieder zu Hause sein, in, was, zwölf Tagen?«

»Wie meinst du das, ich werde ja sowieso nach Idaho in zwölf Tagen wieder zu Hause sein?«

»Was meinst du mit ›wie meinst du das‹? Dein Opa hat gesagt, ihr zwei hättet euch darauf geeinigt, nur die Staatsgrenze nach Idaho zu überqueren, und dann würde er dich wieder nach Hause fahren.«

»Agnelli-Fluch. Er hat gelogen.«

»Wie meinst du das, ›er hat gelogen‹? Er kann nicht gelogen haben!« Sie schreit. Annabelle muss das Handy tatsächlich von ihrem Ohr weghalten. »Der einzige Grund, warum ich diesem Irrsinn überhaupt zugestimmt habe, ist, dass du zurück sein wirst, in weniger als zwei Wo…«

Sie hört ein knisterndes Geräusch. Die Stimme ihrer Mutter ist jetzt gedämpft und protestiert in der Ferne mit Worten, die sie nicht verstehen kann.

»Keine Angst, ich kümmere mich schon um sie«, sagt Malcolm.

»Gott, Malc, was hast du gemacht, sie zu Boden gerungen?«

»Sechshundert«, sagt er.

»Sechshundert was?«

»Sechshundert Dollar! Der GoFundMe.«

»Verarsch mich nicht. Das ist ein Vermögen.«

»Na ja, zweihundert kamen von deinen alten Chefs bei der Essential Baking Company, Claire und Thomas. Und hast du nicht mit einem alten Kerl gearbeitet, Giancarlo?«

»Mr. Giancarlo. Im Sunnyside.«

»Muss seine Tochter sein. Jennie Giancarlo, fünfundsiebzig Mäuse. Mit sechshundert wirst du wahrscheinlich nur durch die Hälfte von Idaho kommen, wenn wir nicht mitzählen, was du schon ausgegeben hast, aber wir haben gerade erst angefangen, die Sache bekannt zu machen.«

»Malcolm, ich hab doch mein College-Geld.«

»Verstehst du denn nicht? Die Leute *wollen* dir helfen.«

Sie hält es nicht aus, das zu hören. Die Freundlichkeit ihrer alten Chefs, von Mr. Giancarlos Tochter, von *Fremden* – eine Welle der Schande rollt über sie hinweg, die droht, sie zu ertränken.

»Annabelle, bist du noch dran?«

»Ich bin da.«

»Flipp jetzt nicht aus, aber wenn du in drei Tagen nach Wenatchee kommst, hast du ein Interview mit Ashley Naches von der Wenatchee High. Ich schreib dir ihre Nummer. Ruf sie eine Stunde vorher an, dann wird sie sich in der Schulbibliothek mit dir treffen.«

»Was? Warum?«

»Wegen der PR-Kampagne deiner Presseagentin.«

»Meiner *Presseagentin*?«

»Olivia. Zach kümmert sich um die finanziellen Sachen. Ich übernehm die Logistik.«

»Leute, ihr müsst das nicht machen.«

»Wir haben eine generelle Strategie besprochen und einen Plan mit Mrs. Hodges gemacht.« Mrs. Hodges – die BWL-Lehrerin und Beraterin der Studierendenorganisation DECA an der Roosevelt High. »Sie hat betont, wie wichtig Publicity ist, und Olivia ist da voll drin. Ashley Naches von der

Wenatchee High ist nur die erste Person, die Olivia bisher kontaktiert hat, und sie war ganz aus dem Häuschen bei der Aussicht, mit dir sprechen zu können.«

Annabelle stöhnt auf. »Malc! Was soll ich da überhaupt sagen?«

»Was du da *sagen* sollst? Du verarschst mich, oder?«

Annabelle wird schlecht. »Ich will keine PR machen. Du weißt, wie ich das alles sehe.« Blitzschnell kommt alles zurück. Die Nachrichten. Reporter, Presse. Die Tage, als sie nicht aus dem Haus konnte, selbst wenn sie gewollt hätte. Die Tage, als das Telefon geklingelt und geklingelt hat, bis sie es ganz abgestellt hatten.

Stopp!

»Annabelle. Das ist die Schülerzeitung *Purple Panther Bugle*. Nicht CNN.«

»Malc, ich *kann* das nicht.«

»Und wie du das kannst. Du musst. Das ist zu groß, um nur dich etwas anzugehen.«

»Gottverdammt! Na schön.«

»Du musst dich dann im Büro eintragen …«

»Ich hab gesagt na schön! Das krieg ich dann schon hin.«

Malcolm ist nicht nur ein Genie; er hat auch die unerschöpfliche, mühselige Geduld einer Schildkröte, die eine Wüste durchquert. Und er ist ihr Freund. »Mum und ich werden dich morgen an deinem Geburtstag überraschen, aber ich weiß, dass du Überraschungen hasst, also tu überrascht.« Er hat sie lieb. Sie hätte ihn nicht anschnauzen sollen. »Danke, Arschgesicht.«

»Hör auf, so ein Schwachkopf zu sein.«

Annabelle hört seinen ernsten Atem am anderen Ende der Leitung. »Ich hab dich auch lieb«, sagt sie.

Obwohl sie schon den ganzen Tag alleine war, will sie noch länger allein sein. Sie ist froh, dass sie mit den Anrufen durch ist. Sie hat nicht einmal das Bedürfnis, online zu gehen, um zu gucken, was ihre Freunde so treiben. Die Welt ist weg. Zumindest ist diese Welt zeitweise verschwunden, und sie befindet sich in einer anderen, in einer, die sich echt und alt anfühlt, eine, die immer weiter und weiter gegangen ist, egal was an diesem anderen, lauten Ort passiert. Schlimme und belanglose Sachen können dort passieren, während hier Biber immer noch Äste herumtragen und es einen Plan gibt, der Sinn hat, einen, der schon seit Äonen funktioniert.

Sie zieht ihre ekligen Sachen aus, wäscht sie kurz und hängt sie auf. Sie geht unter die Dusche. Na ja, so eine Art Dusche – eine Sprühdüse, die man über sich hält. Das warme Wasser rinnt an ihr herunter.

Und dann – o Scheiße, Scheiße, Scheiße! – und wie das warme Wasser an ihr herunterrinnt.

»Auuua!«

Sie kreischt. Eigentlich ist es mehr ein Schrei, das Geräusch, das ein Hase macht, wenn er von einem Adler gefangen wird. Sie hält die Sprühdüse von ihrem Körper weg, als wäre sie ein Schlauch mit saurem Regen. Es brennt auf ihrem Rücken, wo die Häkchen ihres Sport-BHs waren, in ihrem Nacken, wo ein Schildchen des T-Shirts auflag, unter ihren Brüsten und an den Seiten, wo die Nähte ihres Shirts auflagen.

Sie hat die aufgeschürften Stellen nicht gesehen. Sie schaut an ihrem Körper hinunter. Die rauen Stellen kann man noch nicht einmal wirklich sehen, aber bestimmt morgen. Sie hätte wissen müssen, dass es keine gute Idee war, dieses weite Shirt zu tragen – eins aus Baumwolle noch dazu. Jetzt ist ihre Haut überall aufgeschürft, wo der Stoff gegen ihre Haut gerieben und gerieben hat.

Sie lehnt sich weit, weit nach vorne, um ihre kurzen Haare zu waschen, aber als auch nur ein einziger Tropfen Wasser auf ihren Nacken spritzt, wo dieses Schildchen war, brennt es.

»Au, au, au!«

Sie steigt vorsichtig aus der Dusche und tupft sich trocken. Ihre Knöchel brennen auch, aber nicht so schlimm wie am Tag zuvor. Ihr Körper steht in Flammen. Sie ist ein Häufchen Elend bestehend aus Wunden. Frische Wunden, alte Wunden, Wunden in verschiedenen Phasen zwischen Schmerz und Heilung.

Sie fragt sich, ob sich alles an ihr einmal zur selben Zeit heil anfühlen wird.

Das ist etwas, das sich wahrscheinlich jedes menschliche Wesen einmal fragt, zum einen oder anderen Zeitpunkt.

Sie klettert in ihre Koje. Sie lässt das Laken – au, au, au – vorsichtig über sich fallen. Sie stellt ihren Wecker und legt dann das Handy mit dem Bildschirm nach unten weg. Sie wagt es nicht, auf die Uhr zu schauen. Sie kann es nicht ertragen, wie sich die Zahlen vorwärtsbewegen, fünf zu sechs, sechs zu sieben, sieben zu acht. Elf zu zwölf.

Wenn sie hinschaut, wird sie es sehen, die Zeit, wie sie zu dem Tag voranschreitet, an dem Annabelle achtzehn wird. Zu dem schrecklichen Tag, an dem sie wieder ein Jahr älter wird.

9

1. Das Herz-Symbol kann bis vor die letzte Eiszeit zurückverfolgt werden, als Jäger der Cro-Magnon-Menschen es in Piktogrammen an Felswänden benutzten.
2. Das erste Mal, dass die Form zur Repräsentation von Liebe benutzt wurde, war in einem Gemälde von 1250. Darin kniet ein Mann auf dem Boden und reicht einer Dame sein Herz. Es sieht eher aus wie ein Pinienzapfen und nicht wie die Form, die wir heute kennen.
3. Im Mittelalter wurden die Herzformen auch dazu benutzt, Seerosenblätter, Feigenblätter und Waffen, nämlich Pfeile, zu porträtieren.
4. Auf seinem Wappen verwendete der italienische Militärführer Bartolomeo Colleoni im 15. Jahrhundert Herzen, die auf dem Kopf stehen, um seine Hoden darzustellen.
5. Herz-Formen … Symbole für Liebe, Gewalt und Sex.

»Aufwachen, Bella Luna!«, sagt Opa Ed. Er pfeift *Happy Birthday*.

Sie ist schon wach. Schon eine ganze Weile. Sie schließt das Moleskine und verkriecht sich, das Kissen über ihrem Kopf. Sie hat sich vor diesem Tag gefürchtet, genau wie sie alle großen Tage fürchtet – alle Geburtstage, nicht nur ihren; auch

Thanksgiving, Weihnachten und anstehende Anlässe wie Jahrestage, Abschlussbälle und Abschlüsse.

Es gibt viele gute Gründe, mitten im Nirgendwo zu sein. Aber eins kann sie nicht meiden: ihren achtzehnten Geburtstag. Alle werden sich gezwungen fröhlich verhalten. Sie werden sich für sie bemühen, was bedeutet, dass sie sich auch für sie bemühen muss, und das wird schwieriger und kräfteraubender sein als ihr Lauf heute.

Sie wappnet sich und nimmt das Kissen von ihrem Kopf. »Ich rieche Speck«, sagt sie. »Rieche ich da tatsächlich Speck?« Es ist das erste Geschenk für Opa Eds erstes Geschenk. Sie legt viel erfreute Überraschung in ihre Stimme.

»Meine Bella Luna liebt doch ihren Speck.«

Ihr Handy klingelt. Es sind Mum, Malcolm und Carl Walter, die *Happy Birthday to you!* singen. Zweites Geschenk für ihr Geschenk – sie lässt ihre Stimme erfreut und dankbar klingen.

Als sie auflegt, sieht sie, dass da eine Nachricht und eine E-Mail-Karte von Diesem Mistkerl Father Anthony sind. Ein singendes Streifenhörnchen hält eine Eichel mit einer Kerze darauf. **Du fehlst mir. In Liebe, Dad.** Olivia hat spät in der Nacht angerufen und auf die Mailbox gesprochen: *Ich weiß, dass das ein schwieriger Tag ist. Halt durch.* Da sind acht Benachrichtigungen von Leuten, die etwas an ihre Facebook-Pinnwand gepostet haben, die sie schon lange nicht mehr benutzt. Sie zählt. Noch sechzehn Stunden, bis man diesen Tag als vergangen betrachten kann.

Sie klettert die Leiter ihrer Koje hinunter und Opa Ed reicht ihr eine große Zimtschnecke mit einer Kerze darauf. »Wow! Wo haben wir die denn her?«

»Ein besonderer Leckerbissen von einem Freund.«

Einem Freund? Sie merkt, dass sie Opa Ed gestern gar nicht hat hereinkommen hören. Sie hat keine Ahnung, wie spät es geworden ist. »Also, wer waren diese Leute, mit denen du Cocktails getrunken hast?«

»Dawn Celeste und ihr Enkel. Sie sind aus Portland, Oregon. Sie ist Witwe. Sie unternehmen zusammen eine Reise durch die westlichen Staaten.«

»Du meintest doch, er wäre in meinem Alter. Warum ist er dann nicht in der Schule?«

»Du hättest mitkommen und ihn das selbst fragen sollen, wenn du so scharf auf die Antwort bist. Schau dir diese Leckerbissen an. Fett und saftig.«

»Die Zimtschnecken oder die Witwe? *Dawn Celeste* – klingt wie ein alter Hippie-Name.«

»Es *ist* ein alter Hippie-Name. Sie hat ihn von Delores Carpenter zu Dawn Celeste geändert, als sie siebzehn war. Schau mal, ich hab dir auch ein bisschen weiches Rührei gemacht. *Mangia, mangia*, bevor das gute Zeug kalt wird.«

Annabelle trägt ihr nahtloses, atmungsaktives Shirt, aus dem sie alle Schildchen herausgerissen hat. Sie drückt den letzten Rest Aquaphor-Creme aus der alten Tube, schmiert alles, was übrig ist, auf ihre ganzen aufgeschürften Stellen und klebt dann Pflaster darauf. Sie braucht eigentlich auch Body-Glide-Creme gegen Wundreiben, aber hier draußen wird die wahrscheinlich unmöglich aufzutreiben sein. Sie wird sich mit Vaseline begnügen müssen, bis sie zu einer größeren Stadt kommt.

An diesem Morgen ist der Himmel draußen auf dem Iron

Horse Trail blau. Er erinnert sie an den Himmel, unter dem sie während Wills Lacrosse-Spielen gesessen und zugeschaut hat. Es ist die Nuance von Blau, die er auf dem Baby-Foto anhat, das in einem Rahmen auf den Regalen von Roberts und Tracies extra Zimmer steht. Es ist die Nuance von Blau, in der das Schlafzimmer von Kats Mutter Patty gestrichen ist.

Wenn einen sogar der Himmel an alles erinnert, hat man Probleme, weiß Annabelle. Trauer ist überall, wie ein eigenes Wesen. Es geht stillschweigend neben dir her, springt dich gemein an, pikst dich in der Nacht, sodass du aufwachst. Es lässt angesichts eines blauen Himmels Tränen über deine Wangen rollen.

Alles Gute zum Geburtstag, Belle Bottom, sagt Kat.

Weißt du noch, letztes Jahr? Ich weiß nicht, wie ich das alles durchstehen soll.

Eine Stunde nach der anderen.

Manchmal dauert eine Stunde ewig und manchmal bloß eine Sekunde.

Manchmal dauert sie so lange wie die Stunde bei Mrs. Ysidros, sagt Kat. Sie lachen beide. Siehst du? Sie haben diese Sprache, die von einer gemeinsamen Geschichte herrührt. Eine Stunde in Mrs. Ysidros Integralrechnungs-Leistungskurs war eine Ewigkeit.

Kats Lachen – es ist das Beste. Sie lacht wie ein Baby. Es ist ein Gib-alles-, Lass-es-raus-Lachen. Es ist ein Lachen, das einen mit seiner Hundertprozentigkeit einfach zerstört.

Das letzte Stück des Iron Horse Trails ist flach, flach, flach. Das ist ein echtes Traum-Geburtstagsgeschenk.

»Danke, Loretta«, sagt Annabelle.

Diesmal muss sie nicht so tun, als wäre sie erfreut. Sie fühlt die aufgeregte Erleichterung eines Schneetages.

Beim Laufen merkt sie, dass der Pfad zwar flach, aber nicht im besten Zustand ist. Er schlängelt sich durch eine steinige Wiese, wo sie immer noch ein ganzes Stück Eisenbahnschienen erkennen kann, die im hohen Gras versteckt sind. Der Boden ist uneben und wenn sie über ihre Füße nachdenkt, wird sie garantiert hinfallen. Das war immer so, als sie ihr Tablett mit dem Mittagessen darauf durch die Cafeteria getragen hat. Wenn sie zu sehr darauf geachtet hat, Dinge zu balancieren, hat sie immer ihr Getränk verschüttet oder eine Welle Fischsuppe ist über den Rand ihrer Schüssel geschwappt.

Jetzt sieht sie sich selbst, wie sie genau an diesem Tag vor einem Jahr ihr Tablett mit dem Mittagessen darauf trägt. Alle schauen sie an, während sie näher kommt, und sie weiß, dass das bedeutet, dass sie eine Überraschung für sie haben. Vor Aufregung verschüttet sie ihr Wasser und es spritzt auf ihren Salat.

»Alles Gute!«, ruft Kat. »Ich weiß, du magst keine großen Überraschungen, deswegen gibt es jetzt nur eine kleine.«

»Wer mag denn keine Überraschungen?«, sagt Carly Trevor.

»Leute, die noch keine guten erlebt haben.« Es ist der millionste Grund, Kat zu lieben. Sie hat die Weisheit von Menschen, die schon ziemlich viel Scheiße durchgemacht haben.

»Schoko, Schoko, Schoko, bitte.« Zander faltet seine Hände und schaut an die Cafeteria-Decke, wo der Gott der Geburtstagskuchen sein muss.

»Ja genau, verrate bloß nicht, dass es ein Kuchen ist oder so«, sagt Zach Oh.

Kat holt die zweistöckige Schönheit aus ihrem Versteck unter dem Tisch hervor. *Alles Gute zum 17., Belle Bottom.* »Ta-da.«

»Leute! Das ist so süß!« Vor dem Wochenende, wenn sie alle zum Feiern weggehen würden, hat Annabelle gar nicht mit etwas gerechnet.

»Wie viel Glasur da drauf ist«, sagt Sierra Kincaid. »O Gott. Da muss ich mich wohl für den Rest der Woche zusammenreißen.«

»Genieß ihn einfach«, sagt Kat.

»Ja! Schoko!«, ruft Zander, als hätte er gerade einen Sack voller Geld mit seinem Namen darauf gefunden. »Ich will ein Eckstück.«

»Ach, komm schon«, sagt Sierra.

Sie singen. Ihren Namen ersetzen sie durch Beleidigungen, wie alle guten Freunde.

Nachdem sie die Pappteller in den Müll gestopft haben und die anderen zu ihrer nächsten Stunde losgegangen sind, macht Kat ihren Rucksack auf. »Das will ich dir auch jetzt schon geben, an deinem richtigen Geburtstag.«

Das Geschenk ist schön in dickes, grünes Papier eingepackt und eine Regenbogen-Schleife ist drumherum gebunden. Annabelle hasst es, dass es beim Auspacken kaputtgeht. »Es ist so hübsch.«

»Reiß es einfach auf«, sagt Kat.

Als Annabelle sieht, was darin ist, drückt sie es an ihre Brust. »Oh, wow. Danke, danke! Es ist so schön. Es ist so wunderschön.«

Das ist es wirklich. Sie hält es an ihre Nase und riecht das kräftige, dunkle Leder. Sie wollte schon immer so ein Moleskine-Notizbuch wie das von Kat. Kat schreibt Sätze darin auf, die sie in ihren Kurzgeschichten verwenden will. Annabelle weiß noch nicht, was sie in ihres schreiben wird.

»Jetzt sind wir Zwillinge«, sagt Kat.

Als der Pfad aus der Wiese herausführt, wird er grausam. Er steigt langsam an, bis Annabelle sich hoch, hoch oben wiederfindet. Der Boden bröckelt und einzelne Steine taumeln in die Tiefe. Es ist also doch kein einfacher Tag heute. Sie schlurft dahin und keucht, sie fühlt das Ziehen in ihren Oberschenkeln und Waden und den Druck in ihrer Lunge. Vor ihr führt dieser Pfad aus verkümmertem Buschwerk direkt auf ein Monster zu.

O wow. O wow, wow, wow. Das ist eine Eisenbahn-Bockbrücke. Sie sieht knarzig aus und besteht aus uralten Holzbalken und sie ist gefährlich hoch über dem Boden, der so wahnsinnig weit unten ist. Sie wird sie überqueren müssen. Die Eisenbahnschienen, die einst über die Bockbrücke führten, sind weg und jetzt sind da nur noch dünne Holzleisten.

Annabelle betrachtet die Reihe von A-förmigen Streben-Gebilden, die diese Brücke stützen – sie sehen nicht gut aus. Sie sind schwarz verfärbt und alt. Sie wirken verwittert und instabil. Am Anfang des Iron Horse Trails hat sie das Schild gesehen, auf dem stand PLAN ZUR VERBESSERUNG DES PFADES, aber sie dachte, dass sie von der Strecke wieder herunter wäre, bevor sie zu den kaputten Stellen gelangen würde.

Jetzt sieht sie die orangen Fähnchen, die an verschiedene Balken gebunden sind. Sogar aus dem Brückenboden selbst sind Holzplanken entfernt worden und das Geländer wurde stellenweise erneuert. Sie kann sehen, wie sich das neue, helle

Pinienholz gegen das dunkle, verwitterte Holz abhebt. Das Schlimme ist eher – Teile des Geländers fehlen komplett.

Als sie hinunterschaut, dreht sich ihr der Magen um.

Gott im Himmel. Das sieht nicht sicher aus. Überhaupt nicht. Kein bisschen. Gina würde einen Herzanfall bekommen, wenn sie das sähe. Annabelle hat vielleicht in dieser Minute gerade auch einen. Ihre Brust zieht sich zusammen beim Anblick der großen, klaffenden Stellen in der Brücke vor ihr.

»Ach, Loretta«, sagt sie.

Loretta sagt nichts mehr. Tja, würde Annabelle auch nicht, wenn sie es gerade so richtig verkackt hätte.

Annabelle tippt mit dem Daumen an ihre Fingerkuppen, eine nach der anderen. Ihre Angststörung fährt hoch und summt.

Soll sie schnell über diese gefährliche Brücke laufen oder lieber vorsichtig und langsam? Wahrscheinlich sollte sie einfach ganz umkehren. Langsam bedeutet eine größere Chance, nicht auf irgendein morsches Brett zu steigen und in den Tod zu stürzen; schnell bedeutet, dass sie es vielleicht rüber auf die andere Seite schafft, bevor das ganze Ding einstürzt. Zurückgehen bedeutet Scheitern.

»Sie wäre gesperrt, wenn sie so gefährlich wäre«, sagt sie laut.

Aber schau sie dir doch mal an, sagt sie stumm zu sich selbst.

Das war doch schon immer eines ihrer größten Probleme, oder? Gefahr einzuschätzen? Ist das nicht ein Teil dessen, was sie überhaupt erst in diese missliche Lage gebracht hat, an diesen Ort, wo sie auf seltsame und surreale Weise an ihrem achtzehnten Geburtstag alleine auf einer hohen, morschen Eisenbahn-Bockbrücke steht?

Gefahr ist verwirrend. Auf der einen Seite ist da ihre Mutter, die ihr sagt, dass jede Straße, die sie überqueren muss, jede Autofahrt, jede neue Person ein tödliches Risiko ist. Auch als kleines Mädchen wurde ihr eingebläut, dass sie bei fünfzig Prozent der menschlichen Wesen aufpassen muss, und dieses Bewusstsein hat sie überall mit sich herumgetragen, es bereit gehabt für all die Male, wenn ein Auto neben ihr langsamer wurde oder sie nach dem Babysitten von dem Vater heimgefahren wurde. Wenn sie an einer Bushaltestelle gewartet hat oder mit Jungs und Alkohol auf einer Party war oder einfach ganz alleine; sie fühlte immer die hohe Bereitschaft, wachsam zu sein. Man konnte glatt vergessen, dass manche Leute nicht so leben. Ein Teil der Bevölkerung denkt meistens nicht einmal so. Sie laufen einfach herum, ohne Furcht, und warten an Bushaltestellen und gehen auf Partys.

Aber was soll man tun, wenn man nicht nur wachsam, sondern auch nett und hilfsbereit sein soll? Dem Fahrer in dem Auto, das neben dir langsamer wird, den Weg erklären, zu dem Vater der Kinder, die man babygesittet hat, höflich und auf der Party nett und ausgelassen sein soll? Denn die meiste Zeit war ihre Vorsicht unbegründet. Die meiste Zeit war alles okay. Es war schwierig, aus dem Schwirren der ununterbrochenen Wachsamkeit einzelne Situationen gut heraushören zu können. Sie konnte nicht sagen, wann sie wirklich in Gefahr war und wann nicht. Und dann … konnte man auch vor all den falschen Dingen Angst haben. Und wenn diese innere Stimme dann sagte, *Jetzt, ja, das war's, raus hier!* Wurde sie oft von widersprüchlichen Impulsen gedämpft.

An ihrem Geburtstag letztes Jahr gab es auch diese kritischen Momente. An diesem Tag fügten sich die schlimmsten, falschen Teile zusammen und sie hat es nicht einmal bemerkt. An diesem Tag hat die Uhr angefangen zu ticken.

Annabelle rennt los. Sie rast über diese Brücke. Na ja, sie rast so gut sie kann, während sie aufpasst, wo sie hintritt. Angstschweiß läuft an ihren Schläfen hinunter, ihr Herz schlägt in Todesangst. Sie versucht, nicht runterzuschauen, dabei ist unten überall. Es ist ein grauenvoller Adrenalinmix, gleichzeitig furchtlos und verängstigt zu sein.

10

»Ich hab gehört, dass es hier super sein soll«, sagt Opa Ed. Das Restaurant heißt Big Chuck's und auf dem Dach ist ein Wagenrad angebracht. Davor zischt der Freeway vorbei. Opa Ed tut so, als ob sie nur zu zweit zu einem üppigen Geburtstagsabendessen gehen würden, und Annabelle tut so, als würde sie auf dem Parkplatz nicht Ginas Auto sehen. Tatsächlich kann sie es nicht erwarten reinzugehen, sie ist am Verhungern. Echt jetzt, sie könnte gerade drei oder vier Steaks verputzen.

Das lässt sie an Sierra Kincaid und ein paar andere Mädchen aus der Schule denken, die immer zwei Löffel Joghurt und ein Stück Karotte essen und danach sagen, dass sie satt sind. Manchmal hat Annabelle das auch gemacht, weil Mädchen dünn und zierlich und feminin sein sollen, auch wenn der eigene Körper anders oder man selbst noch hungrig ist. Seit dem Kindergarten hat sie das ermutigende Bla Bla darüber gehört, dass Mädchen alles tun können, was sie wollen, doch trotzdem waren da die Joghurtlöffel und die Karottenstückchen und die Mädchen, die gegenseitig ihre Körper mustern, und die Jungs, die sie ebenfalls mustern, und verurteilen. Es ist schwierig, all das zu sein, was man sein kann, wenn man nur von Karottenstückchen und Kritik lebt.

Es ist komisch, denn seit sie mit ihrem Lauf angefangen hat, hat Annabelle andere Ansichten über ihren Körper und Essen. Sie war vorher schon »in Form«, aber sie beginnt zu verstehen, dass sie die Stärke *füttern* muss, wenn sie stark sein will. Energie und Leistung rein, Energie und Leistung raus.

»Überraschung!«, rufen Gina, Malcolm und Carl Walter, als sie und Opa hereinkommen. Eigentlich lächelt Carl Walter nur gequält. Er ist nicht der Typ, der in Restaurants laut herumschreit. Er ist der Typ, der immer still ist, außer er schaut Sport im Fernsehen.

»Überraschung!«, rufen auch Angie Morelli O'Brien, Ginas älteste Freundin, und ihr Mann Patrick.

»O mein Gott! Leute! Tante Angie, Onkel Pat! Was macht ihr denn hier?«

»Anne Lazzarinis Tochter heiratet in Wenatchee, also dachten wir, wir kommen auf dem Weg dorthin zum Abendessen vorbei. Wir bleiben nicht.« Sie gibt Annabelle einen Schmatzer auf die Wange. »Alles Gute, Süße.«

»Aber *wir* bleiben«, warnt Malcolm.

»Komm her, mein Schatz. Lass dich drücken«, sagt Gina. »Schönen Achtzehnten, meine Kleine.«

»Mum! Ich freu mich so, euch alle zu sehen. Was für eine lange Fahrt, nur hierfür! Was meint ihr mit *bleiben*?«

»Dachtest du wirklich, wir würden deinen Geburtstag verpassen? Wir bleiben über Nacht! Wir haben ein paar Zimmer im Sleepy Inn. Wir dachten, dir würde ein echtes Bett zur Abwechslung mal gefallen. Ein bisschen Luxus.«

»Ich brauch kein echtes Bett. Ich hab ein echtes Bett«, sagt Opa Ed. »Geld wächst schließlich nicht auf Bäumen.«

»Das hast du mir schon gesagt«, sagt Gina. »Ich hab dir kein

Zimmer gebucht, okay? Ich hab dich laut und deutlich gehört. Du bist ein Geizhals, Paps.«

»Ich bin kein Geizhals, ich bin sparsam.« Er ist ein kleiner Geizhals. Er hortet Fast-Food-Ketchuppäckchen und klaut kleine Marmeladengläschen von Restauranttischen.

»Schaut euch nur die tolle Essensauswahl an!« Angie Morelli O'Brien schiebt ein paar Speisekarten zu Gina und Opa Ed rüber, um sie zum Schweigen zu bringen.

»Wie wär's mit ein paar Bier?«, sagt Patrick O'Brien.

»Bier? In was für eine Familie hast du denn eingeheiratet? *Vino, vino!*« Opa Ed ist wieder ganz schick angezogen. Er riecht, als wäre die *Acqua di Parma*-Fabrik explodiert.

»Mum und Carl zahlen ihr Zimmer selbst, aber der GoFundMe zahlt unsere«, sagt Malcolm zu Annabelle.

»Wow, das ist richtig cool, Malc.«

Es gibt Steak und Ofenkartoffeln, die in Schlafsäcken aus Alufolie stecken. Es gibt Mais, der vor Butter glänzt, und Eisbergsalat mit Tomaten. Es gibt Geschenke: neue Schuhe und einen Stapel atmungsaktiver Shirts von Tante Angie und Onkel Pat, einen neuen Gürtel mit Wasserflaschenhalterung von Mum, eine Sonnenbrille und Sonnencreme mit Lichtschutzfaktor 45 von Carl Walter, einen Stapel Socken von Opa Ed, eine Schachtel PowerBars, Clif-Shot-Blogs-Energyriegel und Cytomax-Energydrops von Malcolm. Drei Stifte Body-Glide-Creme gegen Wundreiben von Zach und Olivia.

»Warte«, sagt Mum.

Es gibt noch ein Geschenk. Annabelle hebt den Deckel der kleinen Schachtel hoch. Es ist ein neuer Sankt-Christophorus-Anhänger nur für sie – ihr eigener Beschützer der Reisenden vor Unwettern, dem heiligen Tod und Zahnweh. Sankt

Christophorus trägt einen fließenden Umhang und ein Kind auf seinem Rücken. *St. Christophorus beschütze uns* steht darauf und er ist schön, wirklich. »Oh, Mum. Danke dir. Danke, euch allen.«

Es ist alles, was sie im Moment brauchen kann. Ihre Familie ist da und heute hat sie diesem Iron Horse Trail in den Arsch getreten. Und obwohl sie sich so vor diesem Tag gefürchtet hat, weiß Annabelle, dass sie Glück gehabt hat. So viel Glück. Und sie weiß, dass man diesen Teil nie vergessen sollte.

Die Kellner nehmen die Nachtischbestellungen auf und Onkel Pat läuft herum und besteht darauf, dass jeder das nimmt, worauf er oder sie Lust hat, da es auf seine Rechnung geht. Nachdem Annabelle die Kerze auf ihrem riesigen Eisbecher ausgeblasen hat, winkt Opa Ed auf einmal wie verrückt.

»Hier drüben!«

Vielleicht hat Opa Ed noch eine Geburtstagsüberraschung organisiert. Sie versucht zu erkennen, wem er da zuwinkt, aber von da, wo sie sitzt, kann sie niemanden sehen.

Dann kommt eine ältere Frau mit einem langen grauen Zopf und einem ausladenden Folklore-Kleid in ihre Richtung und hinter ihr ist ein Junge in Annabelles Alter. Er bedient jedes Portland-Seattle-Hippie-Klischee: Seine braunen Haare sind ein Durcheinander aus Locken und er trägt eine gestreifte Vintage-Jacke, einen Schlauchschal und eine Umhängetasche.

Na, das ist mal eine richtige Geburtstagsüberraschung.

Annabelle wird Opa Ed umbringen. Es ist ihr egal, wie lieb er zu ihr war, seit dem Tag, an dem sie geboren wurde. Klar, sie hat ihn mit in den Kindergarten gebracht, als Berufe vorgestellt wurden. Klar, er hat ein Papierhütchen mit einem schmerzhaften Gummizug unter dem Kinn zu jedem Kindergeburtstag getragen, der jemals stattgefunden hat, und hat ihnen zu jedem Valentinstag Karten mit fünf Mäusen darin geschickt, egal wo im Land er gerade unterwegs war. Trotzdem wird sie ihn mit seinem eigenen Sack Caputo-Mehl windelweich schlagen.

Opa Ed ist auf einmal der Mittelpunkt der Party. Seine Wangen laufen rot an, was vielleicht am Wein liegen könnte. »Alle mal aufgepasst, das ist Dawn Celeste!«, sagt er, als wäre sie eine Lounge-Sängerin aus Las Vegas, die gerade auf die Bühne kommt. Vielleicht sollten sie alle klatschen. Die Frau reicht Annabelle eine Schüssel voller Zimtschnecken, die mit Frischhaltefolie abgedeckt ist. Gott, wie viele davon soll ein Mensch denn essen, selbst wenn sie superlecker sind? Wirklich, wirklich superlecker! So superlecker wie die von der Essential Baking Company. Annabelle hat Mitleid mit dem Jungen, dem Enkel, der hinter Dawn Celeste in ihrem wallenden Esoterik-Gewand hergeht. Das muss ihm so peinlich und unangenehm sein.

Aber er wirkt überhaupt nicht peinlich berührt. Er ist heiter wie der Sonnenschein und, Scheiße, was macht er denn da? Er gibt ihr etwas und lächelt. Ein *Geschenk*?

»Hey.«

»Hey«, sagt sie.

»Ich bin Luke Messenger.«

»Annabelle.«

»Ich weiß. Ich hab gehört, was du machst. Das ist super. Das hier ist für dich.«

Es ist eine Kassette, so eine, die man nirgendwo mehr findet, und sie ist mit einem Schnürsenkel an einen kleinen Walkman-Kassettenrekorder gebunden. Den Rekorder kann man an den Hosenbund stecken. Da sind Ohrstöpsel. Das Kabel daran kringelt sich, als ob sie schon jahrelang benutzt worden wären.

Luke grinst. Scheiße, Scheiße, Scheiße! Es ist so ein Grinsen, das dein Herz zum Hüpfen bringt, ein Grinsen, das sagt, dass ihr beide ein Geheimnis teilt.

Malcolm zieht seine Augenbrauen ein paar Mal vielsagend hoch. Ihn wird sie auch umbringen. Ihm wird's an den Kragen gehen, erstickt mit seinem eigenen Kopfkissen vom Sleepy Inn.

Opa Ed gibt die Geschichte zum Besten, wie er die beiden auf dem Campingplatz getroffen hat. Dawn Celeste erzählt allen, dass sie eine Sozialarbeiterin im Ruhestand und ein ewiger Freigeist auf Wanderung ist und Luke ein College-Schüler auf Auszeit. Vor ein paar Wochen sind sie in Portland losgefahren und werden überall hinfahren, worauf sie Lust haben. Opa Ed sagt Dinge, die Dawn Celeste zum Lachen bringen. Sie scheint viel zu lachen. Ihre Zehennägel in den Sandalen sind orangerot lackiert. Es ist zu kalt für Sandalen. Gina lächelt das starre Lächeln einer italienischen Gräfin in einem Renaissancegemälde. Luke Messenger lehnt sich einfach mit über der Brust verschränkten Händen in einem der rot gepolsterten Stühle von Big Chuck's zurück, seelenruhig wie die untergehende Sonne.

Ein bisschen später müssen Tante Angie und Onkel Pat gehen und die Party löst sich auf. Man umarmt sich und sagt *Danke* und *Alles Gute, Süße* und *Pass auf dich auf da draußen* und *Bis bald.*

»Hey, danke noch mal«, sagt Annabelle zu Luke Messenger. Sie kann ja wenigstens höflich sein.

»Kein Problem. Ich hoffe, sie gefällt dir.«

»Wo fährst du mit deiner Großmutter als Nächstes hin?«

»Idaho.«

»Ach, cool! Viel Spaß dort.«

Super, toll. Richtig klasse! Idaho! *Ihr* Idaho. Sie wird Opa Ed umbringen, umbringen, umbringen.

Es stellt sich heraus, dass sie das gar nicht muss. Nachdem alle weg sind, zupft Gina Opa Ed am Ärmel. »Paps, ich muss ein Wörtchen mit dir reden.«

Sie stehen drüben bei dem kaputten Zigarettenautomaten. Gina gestikuliert wie ein wild gewordener Hotdog-Straßenverkäufer herum und Opa Ed sieht wütend aus. Es fallen Wörter wie *Familienfeier* und *Fremde* und *Annabelle* und *Du weißt doch, wie sie das findet* und *Mach dich locker, Gina, Gott im Himmel.* Auch *Idaho* und *Lügner* und *Du kannst sie nicht aufhalten, Gina, Gott im Himmel.*

Malcolm schlürft den Rest seiner Cola aus, die jetzt zum Großteil nur noch aus geschmolzenem Eis besteht. Carl Walter sitzt mit ihnen am Tisch. Er zwirbelt die Papierhüllen der Strohhalme zu kleinen Bällen zusammen.

»Langer Tag«, sagt er.

»Danke, dass du den ganzen weiten Weg bis hier raus gefahren bist«, sagt Annabelle.

»Hey, es war mir ein Vergnügen.« Er scheint es ernst zu meinen.

Annabelle liegt ausgestreckt auf dem Bett im Sleepy Inn. Sie trägt ihren Affen-Schlafanzug, ihr Lieblingsschlafanzug, weil die Affen in einem blauen Flanell-Weltraum schweben. Es sind Affen-Astronauten, die im endlosen Universum umhertreiben, und das Beste an ihnen ist ihr Gesichtsausdruck. Sie sehen nervös aus. Ihre Münder sind zu einem geraden, besorgten Strich zusammengepresst, weil man sich so eben fühlt, wenn man zu weit draußen, zu weit weg von seinem Planeten ist und etwas tut, das sich viel zu groß anfühlt. Es war ein anstrengender Tag und sie braucht ihren Schlaf für morgen, aber Malcolm geht ihr gehörig auf die Nerven. Er löchert sie von seinem Bett aus immer weiter mit Fragen und filmt sie mit seinem Handy. Jetzt hält er es ihr mitten ins Gesicht.

»Was ist das Schwierigste daran, 26 Kilometer am Tag zu laufen?«

»Lass mich in Ruhe, Tarantino.«

»Ich wäre lieber Wes Anderson. Beantworte die Frage.«

»Das Schwierigste daran, 26 Kilometer am Tag zu laufen, ist, seinen nervigen Bruder auszuhalten, nachdem man 26 Kilometer am Tag gelaufen ist.«

»Bleib ernst, Annabelle.«

Sie schneidet eine Grimasse.

»Was erhoffst du dir von deiner Mission?«

»Ich hoffe, einen neuen Planeten mit Spuren von Leben zu entdecken. Geh ins Bett.«

»Annabelle. Jetzt *komm* schon.«

»Was? Ich bin fix und fertig. Geh deine Zähne putzen.«

»Nach allem, was, äh, *passiert* ist, warum läufst du da von Seattle nach Washington, D.C. Annabelle Agnelli?«

»Weil ich *irgendwas* tun muss.«

Er stoppt das Video. »Ich geh ins Bett.«

Sie hört ihn da drin, im Bad des Sleepy Inns, wie er mit der Zahnbürste seine Zähne *schrubbt-schrubbt*. Er ist ein ernsthafter und gewissenhafter Zähneputzer. Er nimmt die ganzen elterlichen Aufgaben auf sich, die Gina ein bisschen vernachlässigt. Er benutzt sogar Zahnseide. Unter der Woche ist er um Punkt halb zehn im Bett und erlaubt sich selbst, noch eine halbe Stunde zu lesen, um zehn ist das Licht aus. Er isst seinen Brokkoli, ohne sich zu beschweren. Er schreibt Multivitaminsaft auf die Einkaufsliste, die mit einem Magneten am Kühlschrank befestigt ist.

Als sie an diesem Abend das Licht ausschalten, kann Annabelle fühlen, wie ihr Bruder wach liegt, und er muss fühlen, dass sie auch wach liegt, denn jetzt hört sie seine Stimme in dem dunklen Zimmer. Dunkel, bis auf den roten Knopf des Rauchmelders und gelegentlich vorüberziehende Autoscheinwerfer draußen auf der Straße.

»Alles Gute zum Geburtstag, Annabelle«, sagt er.

»Danke, Arschgesicht.«

»Tut mir leid, dass Mum und Opa gestritten haben.«

»Macht nichts.«

»Tut mir leid, dass Opa diesen Typen angeschleppt hat.«

»Schon in Ordnung. Er hat sich nichts dabei gedacht.«

»Tut mir leid für …« Es bleibt still. Draußen auf dem Flur und unten in der Eingangshalle brummt die Eismaschine. »Alles.«

»Mir auch.« Sie verzichtet darauf, ihm zu sagen, dass es ihm nicht leidzutun braucht, dass er für nichts davon verantwortlich ist. Sie verzichtet darauf, weil sie beide chronische Sich-Entschuldiger sind, und chronische Sich-Entschuldiger wissen, dass *tut mir leid* auch einfach das Bedauern über den generellen Zustand der Welt ausdrückt. Annabelle und Malcolm liegen eine ganze Weile so da. Sie ist so unglaublich erschöpft, aber dennoch weit davon entfernt, einzuschlafen. »Hey, Arschgesicht?«

»Ja?«

»Wie läuft's eigentlich so in der Schule? Hat dieser Junge, Derek, dich wieder geärgert?«

»Derek nicht, aber dieser andere Typ, Sean.«

»Das tut mir leid, Malc.«

»Er ist einfach blöd.«

»Er versucht aber nicht, dir wehzutun oder so wie Derek, oder?«

»Nee. Er ist einfach ein Idiot. Es wird immer ein paar Leute geben, die blöd oder gemein sind.«

Das ist so wahr, so wahr, trotzdem ist sie überzeugt davon, dass sie für so viele Menschen so viel kaputt gemacht hat. Das ist ihr letzter Gedanke an ihrem achtzehnten Geburtstag.

11

1. Das kleine, zusammengeschrumpfte Herz von Marie Antoinettes zehn Jahre altem Sohn wird in einer Kristallurne in einer französischen Kirche aufbewahrt.
2. Das Herz des polnischen Komponisten Chopin wurde in einem Trinkglas aus Paris nach Warschau geschmuggelt, wo es dann von den Nazis gestohlen und später wieder zurückgegeben wurde.
3. 22 einbalsamierte Herzen von Päpsten sind in einer Kirche nahe des Trevi-Brunnens in Rom ausgestellt.
4. Das mumifizierte Herz von Sankt Laurence O'Toole wurde zur Ausstellung in der Christ Church Cathedral in Dublin in einem Käfig aufbewahrt, bis es jemand gestohlen hat.
5. Körperlose Herzen strahlen eine morbide Faszination aus.

Für anderthalb Tage läuft Annabelle auf einer brutal heißen Straße, der WA 970, durch Cle Elum. Sie ist mit glitschigem, klebrigem Body-Glide eingeschmiert. Jeder Lastwagen, der vorbeipeitscht, verpasst ihr eine Nahtoderfahrung. So müssen sich Opossums fühlen; die, die es über die Straße schaffen. Schwitzige Erleichterung plus kalte Angst, durch die sich die Härchen auf deinen Armen aufstellen.

Als Nächstes kommt flaches Ackerland, das sich wie ein gelbes Meer vor ihr ausbreitet. Und dann ist sie für zwei Tage auf einem Forstweg. Immerhin unterhält Loretta sie weiterhin mit Namen: Berglöwenschlucht (aah), Röhrende Ranch (ganz nett), Bienenstockweg (niedlich), Swauk Creek Flussstraße (wo 1873 Gold entdeckt wurde, hat sie diesen Morgen gelesen).

Endlich tauchen auch einige Bauernhöfe auf, dann kommen ein paar Tankstellen und Futterläden, was bedeutet, dass bald eine Stadt vor ihr Gestalt annehmen wird. Ihr heutiger Lauf ist fast geschafft und sie will nur noch Essen, Wasser, Ruhe und eine Pause von der Eintönigkeit der letzten Tage. Sie erkennt das Wohnmobil, immer ein willkommener Anblick, das in der Einfahrt des Squilchuck Mobile Home Parks steht.

»Sie lassen uns gratis übernachten«, sagt Opa Ed, als Annabelle noch verschnauft.

Wie sie schnell herausgefunden haben, ist eine ihrer größten Sorgen, wo sie über Nacht parken können. Man kann ein Wohnmobil nicht einfach abstellen, wo es einem gerade passt. Auch wenn sie auf Privatgrund wären oder Sheriffs ihnen eine Erlaubnis schreiben würden, haben die meisten Highways zu schmale Standstreifen und die Nächte sind so kohlrabenschwarz, dass jedes Auto, das an ihnen vorbeisaust, sie wahrscheinlich umbringen würde. Deshalb organisieren jetzt Malcolm, der Logistik-Koordinator, und Zach, der Finanzmanager, jeden Tag ihren Schlafort und schreiben ihr jeden Abend die Details. Aus der offenen Tür des Wohnmobils reicht Opa Ed Annabelle eine Flasche Wasser.

Der Deckel ist schon abgeschraubt. Das haben sie inzwischen zu ihrer Routine gemacht. Sie nimmt große, dankbare

Schlucke. Opa Ed sitzt auf den Stufen. Er hat ein kleines Stück Holz und ein Messer in der Hand.

»*Schnitzt* du?«

»Hast du ein Problem damit? Brauch doch irgendein Hobby, während ich warte.«

»Ich dachte, nur Hinterwäldler-Opas machen das, keine italienischen Opas. Was soll das werden? Das sieht aus wie ein riesiger Waschbär-Kackhaufen.« Annabelle muss es wissen. Sie hat schon viele davon gesehen.

Er ignoriert sie. »Hast du dem Mädchen von der Schulzeitung geschrieben?«

»Ich fühl mich nicht so gut.«

»Dir geht's gut.«

»Mein Bauch tut weh. Ich werd Olivia anrufen und absagen.«

»Che cavolo!« Übersetzung: *Was für'n Kohl!*

Annabelle ruft Olivia an, aber die geht nicht ran. Einen Augenblick später vibriert Annabelles Handy. **Du sagst das jetzt nicht ab. Ich hab Ashley Naches gerade angerufen und ihr gesagt, dass du noch eine Stunde entfernt bist.**

Mir ist schlecht, tippt sie.

Eine Nachricht von Zach ploppt auf ihrem Bildschirm auf. **Dir geht's gut. Weißt du noch, Debattieren, in der 10.? Silber, Baby.**

Uff! Okay, na gut! In der zehnten Klasse, vor ihrem Debattier-Wettbewerb, hat Annabelle Mrs. Lehwalder gesagt, dass sie Bauchweh hätte und nach Hause gehen müsste. Mrs. Lehwalder hat ihr Mut gemacht und ihr etwas gegen Übelkeit gegeben und am Schluss hat Annabelle eine Medaille gewonnen.

»Beeil dich«, sagt Opa Ed. »Du musst dich mit jemandem treffen.«

* * *

Die Bauchschmerzen sind echt, als sie die Korridore der Wenatchee High entlanggeht. Das Problem ist, dass jede High School ungefähr gleich aussieht. Zumindest kommen ihr das grelle Halogenlicht, die Schließfächer entlang der Korridore, der Geruch von Schweiß und Brotzeittüten-Äpfeln und Cafeteria-Essen sehr bekannt vor. Sie kann auch all die anderen Dinge spüren, die man in jeder High School findet – Angeberei und Unsicherheit, Selbstbewusstsein und das So-tun-als-ob. Große Poster hängen an den Wänden. Es sind Bilder von Basketballspielern, auf denen GO PANTHERS! steht. Poster wie dieses hat sie in ihrer eigenen Schule auch gemacht. Sie und Sierra und Josie Green und andere Mädchen. Hauptsächlich Mädchen, was sie denken lässt, dass die nächsten hundert Jahre die Jungs die Poster machen sollten, bis Gleichstand im Poster-Spielstand herrscht.

Sie sieht Den Stehler bei dem …

Stopp!

Auf der Treppe steht Der Stehler …

Stopp!

Trotz der körperlichen Schmerzen in den letzten Wochen wird Annabelle bewusst, was für eine Erleichterung es war, in Wäldern und neben Ackerland und sogar auf Highways zu sein. Sie versteht, warum Dr. Mann immer wieder Yoga und Meditation vorgeschlagen hat. Das alles sind Arten, auf die man *woanders* sein kann, auf die man die Bilder, die schreien und auf einen einschlagen, zur Seite schieben kann. Alles hier bringt die Erinnerungen zurück. Sie hat keine Ahnung, wie sie es jemals geschafft hat, überhaupt in der Schule zu sein. Na ja, die Wahrheit ist, dass sie es ja eigentlich *nicht* geschafft hat, oder? Sie wäre nicht hier, wenn sie es geschafft hätte.

Stopp! Jetzt ist es die offene Tür zu diesem Klassenzimmer, wo sie Den Stehler vor sich in Multimedialer Kunst sehen kann.

Stopp! Noch eine offene Tür zu einem anderen Klassenzimmer mit Dem Stehler darin, im Winterhalbjahr im Englisch-Leistungskurs.

Stopp! Die Vitrine mit den Trophäen, denn als Nächstes klatscht ihr die Erinnerung ins Gesicht, wie sie mit Will durch seine Schule läuft. Er zeigt ihr seinen Namen auf der Plakette von seinem Lacrosse-Sieg in der Staatsmeisterschaft. *Unsterblich*, sagt er. *Bis zum Abschluss, wenn die Junior-Schulmannschaft zur Schulmannschaft wird und sie zum ersten Mal gewinnen, dann flieg ich hier raus.*

Stopp! Die Bibliothek, wo sie sich mit Ashley Naches trifft.

Und diese Bibliothek sieht auch ziemlich genauso aus wie die an ihrer Schule. Vorne stehen ein langer Tisch und Regale voller Bücher. Da sind Tische mit Computern und LESEN-Poster an den Wänden. Da sitzt ein Junge, der sich vor dem Leben versteckt. Ein Tisch mit vier Stühlen. Sie kann sich selbst neben Dem Stehler sitzen sehen, mit Destiny und Lauren K (die immer Lauren K war, um sie von Lauren Shastes zu unterscheiden, die immer nur Lauren war). Während des Englisch-Leistungskurses sind sie in der Bibliothek und er nimmt unter dem Tisch ihre Finger und sie lässt ihn.

Sie lässt ihn, siehst du? Das war nach der Karte auf dem Parkplatz, nach dem Geburtstagsgeschenk, aber ihre Gedanken springen wild durcheinander und schaufeln andere Bilder vor ihr geistiges Auge.

Sie kann seine Finger immer noch fühlen. Sie sind warm, als sie die ihren ergreifen. Es stört sie nicht. Sie lässt ihn und es gefällt ihr.

Annabelle ist nervös. Unter dem Bibliothekstisch, wo Ashley Naches es nicht sehen kann, tippt sie mit ihrem Daumen an die anderen Fingerkuppen. Annabelle tastet nach dem Gewicht des Sankt-Christophorus-Anhängers in der Tasche ihres Kapuzenpullis.

Ashley platziert ihr Handy zwischen ihnen, um ihre Unterhaltung aufzunehmen, und sie hat einen Spiralblock dabei, auf dem sie sich Notizen machen kann. Ashley Naches ist so tough wie eine CNN-Reporterin, die ein Staatsoberhaupt interviewt.

»Wie fühlst du dich denn nach deiner Entscheidung, das durchzuziehen, jetzt wo du schon halb durch Washington durch bist? Deine Presseagentin, Olivia Ogden, sagt, dass du schon …«, sie schaut auf ihre Notizen, »240 Kilometer zurückgelegt hast.« Ihre Presseagentin! Annabelle will laut loslachen. Dann aber denkt sie an Olivia im Mittelstufen-Orchester, die immer in der ersten Reihe saß. Olivia hat Registerkarten in unterschiedlichen Farben in ihre Schulhefte einsortiert, die jedes Fach in irgendein persönliches Prioritätensystem einteilen, und sie spielt Minecraft wie eine Besessene.

»241, ja. Ich fühle mich … ich weiß nicht. Verrückt. Irre. Nein, warte. Schreib das nicht.«

»Okay.«

»Bitte schreib das nicht.«

»Werd ich nicht.«

Die Bibliothekarin steht neben dem Computertisch und beobachtet sie. Sie hat den Jungen, der sich im hinteren Eck versteckt hatte, hinausgeworfen, als ob Annabelle einen explosiven Sprengkörper um ihre Brust geschnallt hätte. Annabelles Hände werden schwitzig. Sie kann sich nur vorstellen, wie es für die anderen sein muss, dass sie hier zu Besuch ist.

Sie versucht es noch mal. »Es fühlt sich wie das Schwerste an, was ich je gemacht habe.« Aber natürlich stimmt das auch nicht. 4375 Kilometer zu laufen ist nichts im Vergleich zu dem, was sie durchgestanden hat und was noch auf sie zukommt. »Äh, warte. Schreib das nicht.«

»Okay.«

»Sagen wir einfach, keine Ahnung. Müde. Entschlossen. Wobei, so entschlossen bin ich eigentlich gar nicht, aber das werden die Leute doch hören wollen.«

»Wahrscheinlich«, sagt Ashley Naches.

Sie hat noch mehr Fragen. Wie lange es dauern wird. Was Annabelle zur Vorbereitung gemacht hat. Was sie hofft, zu erreichen, wenn sie nach Washington, D.C. kommt.

Ashley Naches fragt nicht nach Dem Stehler. Sie fragt sie nicht diese eine Sache, die jeder eigentlich wirklich wissen will: *Was war das für ein Gefühl?*

»Kann ich ein Foto von dir machen?«, fragt Ashley.

O Gott. An diesen Teil hat Annabelle nicht gedacht. Sie ist nicht geschminkt. Sie ist vom Laufen schon so dünn geworden. Ihre Wangenknochen sind eingefallen wie alte Sofakissen. Ihre Haare sehen immer noch aus, als ob sie sie mit geschlossenen Augen geschnitten hätte. »Okay.«

Ashley steht auf. Sie trägt eine Jeans und ein T-Shirt mit einem Glitzerschmetterling darauf. Sie ist übergewichtig, aber selbstbewusst, es wirkt, als würde das enge T-Shirt ihre Kurven umarmen. *Super, Ashley! Weiter so, liebe deinen Körper!*, denkt Annabelle. Ashley geht rückwärts, bis sie unter dem TOLLE FRÜHLINGSBÜCHER-Poster steht. Sie geht leicht in die Knie, knipst ein paar Fotos von Annabelle, die sich nicht sicher ist, ob sie lächeln soll oder nicht. Zu lächeln erscheint ihr respektlos.

Ashley Naches nimmt ihren Rucksack und ihren Notizblock. Das Interview ist vorbei. In der Sekunde, in der sie draußen sind, schließt die Bibliothekarin die Tür hinter ihnen ab.

»Ich muss bei meinem Schließfach vorbei, also …«

»Klar. Na dann, mach's gut«, sagt Annabelle. »Danke.«

Jetzt schaut Ashley Naches sie durchdringend an. Ashley Naches hat warme, dunkle Augen, die Annabelle freundlich fixieren. »Geht's dir, äh, gut?«

Wie soll man das beantworten? Ein kurzer Moment des Schweigens entsteht, während Annabelle nach einer Antwort sucht. »Nicht wirklich.«

»Wird's dir denn bald wieder gut gehen?«

Annabelle zuckt mit den Schultern. »Weiß nicht.«

Dann tut Ashley Naches etwas Überraschendes. Sie nimmt Annabelle in den Arm. Sie drückt sie an ihre gewaltige Brust. Als sie sie wieder loslässt, sieht Annabelle, dass Ashleys Augen nass sind vor Tränen.

»Tschüss«, sagt Ashley Naches.

»Tschüss.«

Annabelle schaut Ashley hinterher. Auch auf den hinteren Taschen ihrer Jeans sind Strasssteinchen in V-Form. Annabelle fragt sich, wie es ist, Ashley Naches zu sein, ein Mädchen mit genug Hoffnung für Glitzer. Ashley wird jetzt nach Hause gehen, zu ihrer Mutter und ihrem Vater, oder nur ihrer Mutter, oder nur ihrem Vater, oder ihrer Oma, oder zwei Müttern, oder irgendeiner Familienkonstellation. Unter diesem Dach werden Probleme auf sie warten, weil unter jedem Dach Probleme sind. Aber sie wird nicht die Schuld mit sich herumtragen, die Annabelle trägt. In Ashleys Zukunft gibt es keinen Seth Greggory, und deshalb überkommt Annabelle eine Sehnsucht, eine große, große Sehnsucht, Ashley Naches zu sein und in ihrer Glitzerjeans nach Hause zu gehen, zu welchen Problemen auch immer. Ashley Naches, die auf ihrem Nachhauseweg das Mädchen bemitleidet, das sie hier gerade interviewt hat.

Annabelle muss raus aus der Wenatchee High, und zwar verdammt schnell. Sie drückt sich durch die Tür und draußen ist wieder Frühling, und da ist Opa Ed mit dem Wohnmobil, der auf dem Parkplatz auf sie wartet. Sie ist so erleichtert zu sehen, dass ihr neues Leben – in dem sie sowohl läuft als auch davonläuft – noch da ist. Bevor Seth Greggory dran ist, hat sie immer noch viele, viele Kilometer vor sich, Gott sei Dank. Sie rechnet nach. Sie hat noch mehr als 4020 Kilometer zwischen sich und dem, was auf sie zukommt.

Und dann sieht sie sie. Eine Gruppe Jungs auf einem Stück Rasen, auf dem eine eiserne Panther-Statue in der Mitte steht. Einer der Jungs hat seine Hand auf dem Rücken des Panthers, als wären sie Kumpels, die die wahre Bedeutung von Freundschaft erkannt haben. Drei andere Jungs stehen daneben, lachen und reden. Einer von ihnen trägt eine Jeansjacke wie die Des Stehlers. Er steht schüchtern nach vorne gebeugt da und beobachtet die anderen vorsichtig, als ob er abschätzen würde, was er am besten antworten sollte.

Und einfach so ist er hier.

Er ist hier. Der Stehler, in seinem Mantel, wie er in derselben vornübergebeugten Haltung nach Hause geht. Annabelle fährt. Ihre Musik ist an und sie fühlt sich wegen des guten Songs unbesiegbar. Das mit der Karte ist ein paar Tage her und sie versucht, freundlich zu sein. Im Klassenzimmer haben sie sich unterhalten. Er hat ihr erzählt, wie er sich selbst das Gitarrespielen beibringen will, und von seinem Hund Marty, der es schafft, jede abgeschlossene Küchenschranktür zu öffnen. Sie hat ihm von der Mandelcroissant-Krise letztes Wochenende bei der Essential Baking Company erzählt und wie Mrs. Chen aus dem Sunnyside-Seniorenzentrum geflohen ist und sie die Polizei rufen mussten. Er ist überraschend witzig. Und er kennt diese ganzen coolen kulturellen Anspielungen in Filmen oder Serien, die ihr immer das Gefühl geben, irgendwie dumm zu sein. Als er von *der Kult-Tanzszene* in Pulp Fiction spricht, hat sie keine Ahnung, was er meint.

Nachdem sie Will anfangs aus dem Weg gegangen ist, haben er und Annabelle inzwischen den Schluss-mach-Tanz vollendet: Es gab eine Handvoll beleidigter Anrufe, lange Minuten-des-Schweigens-Anrufe, und die Vielleicht-sollten-wir-das nicht-tun,-doch-sollten-wir-Anrufe. In letzter Zeit haben sich die Tage ohne Kontakt zu einem Dauerzustand aneinandergereiht. Ihr Leben ist irgendwie so wie vorher, nur eben ohne Will – Schule, Arbeit, Familie, Freunde. Laufen. Annabelle versucht jetzt also erfüllter und beschäftigter zu sein. Sie trainiert für ihren zweiten Marathon, indem sie extralange Läufe an den Wochenenden unternimmt, und sie versucht, für alle neuen Erfahrungen offen zu sein. *Offen sein* und *neue Erfahrungen* sind super, weil sie ihr das Gefühl geben, weiterzumachen, während sie auch gut als *Fick dich, Will* und *Schau dir mal die ganzen Sachen an, die du jetzt nicht mehr über mich weißt, Will* herhalten.

Sie macht die Musik ein bisschen leiser, fährt neben Den Stehler heran und lässt ihr Fenster runter. »Hey. Wo gehst du hin?«

»Heim. Hab den Bus verpasst.«

»Mist. Soll ich dich mitnehmen?«

»Das wäre super.«

Er stößt sich fast den Kopf am Autodach an. Seine Beine falten sich zusammen wie die eines Grashüpfers. Der kleine Raum zwischen ihnen ist auf einmal mit Hitze ausgefüllt; seine Wangen erröten und da ist der Nasse-Wolle-Geruch von Jungs-Schweiß und wieder dieser Hauch von etwas, vielleicht Gras.

Außerdem ist das Auto gefüllt mit: Unbeholfenheit. Jetzt, wo er hier drin ist, hat Annabelle keine Ahnung, was sie zu ihm sagen soll, und sie kann praktisch hören, wie die Rädchen in seinem eigenen Kopf rattern, um ein Gespräch zu beginnen. Er rutscht viel auf seinem Sitz herum und kramt in seinen Jackentaschen, als hätte er etwas wahnsinnig Wichtiges zu erledigen. Sofort bedauert sie, dass sie angehalten hat. *Siehst du, was passiert, wenn du impulsiv bist?*, hält sie sich selbst einen Vortrag. Sie hält sich oft selbst Vorträge. Es ist, als lebte man mit einem grausamen Internatslehrer in seinem eigenen Kopf.

»Also, wohin?«

»Ravenna Park.«

»Alles klar.«

Immer, wenn jemand zu ihr ins Auto steigt, fängt Annabelle an, wie eine Idiotin zu fahren. Sie fährt gut, wenn sie alleine ist, aber jetzt übergeht sie fast ein Stoppschild und rast an einer

Dame vorbei, die an einem Fußgängerübergang wartet. Er ist nicht der Einzige, der nervös ist.

Sie dreht ihre Musik wieder auf, um die unangenehme Stille zu übertönen. »Kann ich deine Mediathek durchschauen?« Er deutet auf ihr Handy.

»O Gott. Nur zu. Aber ignorier alles von Raffi.«

»Hey, Kindheitserinnerungen, das versteh ich schon.« Er scrollt durch, kommentiert. Eines hat sie dabei gelernt – er weiß eine Menge über Musik. »Mag ich, mag ich, kenn ich nicht, noch nie gehört …«, sagt er. »Hey, The Clash! ›Die einzige Band, die zählt.‹«

Noch so eine popkulturelle Anspielung, die sie nicht versteht, da ist sie sich sicher. »Hab ich von meiner Mum geklaut.«

»Hey, alte Leute haben ziemlich gute Musik. Es ist nicht alles wie *Lady in Red*.«

»Hmm. Noch nie gehört.«

»Du verarschst mich doch! Was ist los, stehst du nicht auf kitschiges Zeug aus den Achtzigern? Kann ich The Clash anmachen?«

»Klar.«

Es ist *Police and Thieves*. »Die Lyrics von Junior Murvin – so gut«, sagt er. Er singt mit, irgendwelches Zeug über sich bekriegende Nationen und Waffen und Munition. Sie denkt, dass er Pistolen vielleicht mag, was in ihrer Welt genauso selten wäre, wie zu sagen, dass man mittelalterliche Kriegswaffen mag. Einmal ist ihm sein Rucksack heruntergefallen und ein Katalog für Feuerwaffen ist herausgerutscht und dann ist da ja auch noch das Foto von der Schießanlage auf Facebook. Wer hat in Seattle eine Pistole? Niemand, den sie kennt. Pistolen kommen ihr fremd und gruselig aggressiv vor. Hier entschuldigt man sich sogar bei den Leuten, wenn man sie auf der Straße anrempelt.

Der Stehler wippt mit dem Kopf zum Beat und sie spielt Schlagzeug auf dem Lenkrad. Als sie zum Refrain kommen, singen sie zusammen *O yeah*. Es macht ihr Spaß.

»Das da«, sagt er. »Das graue mit dem Volvo.«

»Wow, schönes Haus.« Es ist ein großes, altes Haus im typischen Craftsman-Stil, gleich neben dem Park. Es hat mindestens drei Stockwerke und einen von diesen runden Erkern, in denen man perfekt seine Hausaufgaben machen könnte. Eines seiner Elternteile muss ernsthaft gärtnern können. Da ist diese Art von Mischmasch aus Blumen, die ungeplant aussieht, dabei aber so wahnsinnig durchdacht geplant ist.

Sie macht die Musik leiser.

»Hey, danke dir fürs Mitnehmen«, sagt er.

»Kein Problem.«

Er schaut ihr direkt in die Augen und sie schaut in seine und er ist gar nicht mehr schüchtern und vielleicht hat er sie inzwischen auch gar nicht mehr so gern. Natürlich macht ihn das interessanter, und er ist … wie soll man sagen? Anders. Er ist vielleicht eine Tür zu etwas, wo sie vorher noch nie war. Vielleicht seltsam, ja, aber vielleicht wäre seltsam ja auch interessant. Seltsam ist definitiv nicht Will. Vielleicht bedeutet seltsam, voller Probleme zu sein oder irgendeine Vorgeschichte zu haben, die keine Eltern wie Robert und Tracie beinhaltet, obwohl da ein Volvo steht.

Sie könnte ihn küssen. Sie könnte ausprobieren, wie es ist, und es dann nie wieder tun. Sie denkt, dass er sie vielleicht küsst. Aber das tut er nicht. Er faltet sich einfach aus dem Auto heraus und winkt kurz.

Und was danach passiert ist, na ja, das ist es, an was sie eigentlich denken muss, als sie diesen Jungen bei der Panther-Statue sieht. Denn nach diesem Tag fing er an, mit Annabelle und ihren Freunden herumzuhängen. Es war ihre Zustimmung, die ihn in ihren Kreis gelassen hat, und das ist eben genau das Schreckliche daran – das »Lassen« und »Erlauben« von überheblichen Leuten. Sie war eine von ihnen, diesen überheblichen Leuten. Sie hat sich in ihrem Privileg gesonnt, beliebt zu sein, ohne auch nur darüber nachzudenken. Das war falsch.

Nach dem Tag, an dem sie ihn gefahren hat, saß er beim Mittagessen bei ihnen. Geoff Graham hat ihn eingeladen, Gitarre zu spielen, als seine Band, Shred, jeden Mittwochabend im Café Hombre aufgetreten ist und niemand da war. Kat hat Dem Stehler mit einer Hausarbeit über *Der scharlachrote Buchstabe* geholfen. Jeder wusste, dass er Annabelle mochte. Ihr gefiel es, gemocht zu werden. Es war keine große Sache, dass er sie mochte, bis es zu einer wurde.

Aber sogar nachdem er zu ihrer Gruppe gehörte, hing Der Stehler auf eine Art und Weise hinterher, die schwer zu erklären ist. Annabelle erwischte ihn öfter dabei, wie er sie und ihre Freunde beobachtete, genau wie es dieser Junge auf dem Gras gerade tut, um sicherzugehen, dass er nichts macht, womit er sich aus dem Kreis ausschließt.

Annabelle reißt die Tür des Wohnwagens auf und knallt sie hinter sich zu. »Nichts wie weg hier«, sagt sie.

Opa Ed sitzt auf dem Fahrersitz, das Fenster geöffnet, und hört Radio beim Schnitzen.

»Hast die Paparazzi also überlebt.«

»Die Bibliothekarin hat alle rausgeschmissen.« Okay, das ist übertrieben. *Alle* war ein einsamer Junge, der *Dune. Der Wüs-*

tenplanet gelesen hat. »Sie hat die Tür abgeschlossen. Sie konnte es kaum erwarten, dass ich wieder draußen war.«

»Bella Luna. Hast du auch nur einmal daran gedacht, dass sie dir vielleicht helfen wollte? Sie hat alle wegen deiner eigenen Privatsphäre rausgeworfen. Damit du dich besser fühlst, *capisci*?«

Sie schaut finster. Er sagt genau dieselben Sachen wie Dr. Mann. Dass ihre Wahrnehmung die Realität verdreht. Dass ihre Schuld die Realität verdreht.

»Gib Vollgas«, sagt sie zu Opa Ed.

Das tut er. Sein kleiner Waschbär-Kackhaufen rutscht vom Armaturenbrett und rollt unter seinen Sitz. Er kullert herum und klackert jedes Mal, wenn er abbiegt oder auch nur eine leichte Kurve fährt. Roll, klung. Roll, klung.

Die Stimme in ihrem Kopf ist schlimmer. Da sind tausend Waschbär-Haufen aus Holz, die herumkullern und herumklackern. Sie will nur dahin zurück, wo sie jetzt hingehört: auf die Strecke. Wo die einzigen Geräusche, die sie hört, ihre eigenen Schritte sind und Lorettas ruhige Stimme und Bäche, die rauschen, und Vögel, die zwitschern, und Bäume, die knacken und krachen, und ab und zu ein gruseliger Tierlaut.

Unterwegs hört sie auch ihr eigenes Herz – seinen schuldigen Schlag. Doch da draußen kann sie sich austricksen. Da ist es kein Beweis dafür, dass sie weitermacht. Es ist nicht das Geräusch ihrer eigenen Uhr, die sie näher an das Grauen bringt, das auf sie wartet. Da draußen ist es nur das beständige Wummern des Radios eines Truckers. Es ist das zweckmäßige Trappeln von Hufen. Es ist ein uralter Schlag, so alt wie die Zeit.

12

Annabelle ist gerade links auf die East Morris Road abgebogen, sehr nahe an der Staatsgrenze zu Washington, als auf einmal alles scheiße ist. Entschuldige den Ausdruck, aber man kann es nicht anders sagen. Die sehnlichst erwartete Markierung vor ihr stimmt sie nicht fröhlich, wie sie es eigentlich erwartet hatte. Nein. Stattdessen, nach dreieinhalb Wochen, ihrem ersten Monat, ist sie einfach nur niedergeschlagen. Jenseits von Erschöpfung. Angewidert und deprimiert und schmerzerfüllt von dem ganzen Irrsinn.

Gott im Himmel, schau dich doch mal um. Was sieht sie? Genau! Nichts. Nada. Zero. Niente. Nichts außer einer flachen Straße und vertrocknetem Gras. Wie sieht's da und dort und da hinten aus? Gleich, gleich, gleich! Ein ganzer Kontinent aus verdorrtem, gelbem Gras. Hey, warte mal – da ist ein BAHNÜBERGANG-Schild, das schon halb umfällt, als ob es auch einfach nicht mehr aufrecht stehen könnte. Oh, da sind außerdem diese spannenden, dünnen Metallpfosten mit den Reflektoren obendrauf, damit Leute beim Fahren nicht von der Straße abkommen wegen der Rabenschwärze oder aus schierer Langeweile. Ach, warte. Schau mal! Wow, super! Da ist ein aufregender, oranger Busch. Und auch eine superkleine Baumgruppe, hurra, ganz, ganz weit hinten in der Ferne, obwohl man die Augen zusammenkneifen muss, um sie zu sehen.

Plus ein bisschen Hitze. Plus erdrückende Hitze, die deinen Rücken in Schweiß badet und dich stinken lässt wie ein Höhlenmensch. Zähl noch ein fieses Brennen in deinen Waden dazu, das schon seit letzter Woche da ist. Obendrauf noch das Gefühl, zum Scheitern verurteilt zu sein, das sich in deinem Bauch windet. Plus die Tatsache, dass das hier – dieses exakte Bild, das Gelb, das Vertrocknete – das Einzige ist, was du tage-, tage-, tagelang gesehen hast. Siebenundzwanzig Tage lang, um genau zu sein, an denen sich jeder Tag ziemlich wie der davor anfühlt. Ein Monat, der nur der erste von noch mal viereinhalb solcher Monate ist. Die gute Nachricht: Das ist ziemlich genau die Hölle, die du verdienst.

Aber jetzt, hier, gibt es noch mehr Gründe, warum an dieser Stelle auf einmal alles scheiße ist. Da ist eine Kreuzung. Och neee, biiitteeee nicht – sie kann schon gar nicht mehr zählen, wie oft die Natur oder das Wetter oder irgendein Tier in den letzten Wochen irgendeine lästige Doppeldeutigkeit hatten. Sie ist genervt und sauer und hat einfach so was von *keine Lust* mehr auf irgendwelche Metaphern, von Unwetterwolken bis hin zu reißenden Flüssen, dabei hat sie Metaphern immer geliebt. Und trotzdem, da ist wieder eine. Die Straße macht eine Kurve. Es ist eine Entscheidung. *WA 27* steht auf dem Asphalt geschrieben wie eine stumme, aber nachdrückliche Einladung. Es sind nur acht Kilometer (sie hat keine Ahnung, wann acht Kilometer zu einem *nur* geworden sind) bis zur Staatsgrenze. Es wäre so einfach, die Strecke zu Ende zu laufen und dann hierher zurückzukommen, wo die WA 27 wieder in Richtung nach Hause zurückführt. Sie braucht nur

Opa Ed anzurufen und ihm zu sagen, dass sie die Nase voll hat.

Und, o ja, sie hat die Nase gestrichen voll. So gestrichen voll aus so vielen, vielen Gründen. Sie ist müde. Sie und Opa Ed sind an einem Punkt des Zusammenseins angelangt, an dem alles, was die andere Person tut, dich komplett verrückt macht. Natürlich ist sie ihm dankbar, mehr als dankbar, für alles, was er getan hat, aber kann sie nur einmal kurz anmerken, wie er mit dem Zahnstocher in seinen Zähnen herumstochert? Was ist mit der generellen Belästigung durch Zahnstocher? Wer benutzt denn noch Zahnstocher? Keine nicht-eklige Person, die bei Verstand ist, so schaut's aus. Nur alte Säcke. Gibt es denn eine Zahnstocher-Fabrik, die nur für alte Säcke weiterexistiert?

Und fangen wir gar nicht erst von dem abendlichen Mundspülung-Gurgeln oder dem morgendlichen Räuspern an, das klingt, wie wenn ihr Nachbar, dieser Arsch J. T. Jones, versucht, seinen klapprigen Mustang zu starten. Oder von dem Schnarchen, das von keiner Anzahl an Kissen über deinem Kopf gedämpft werden kann. Oder von Rülpsern, die nach Salami und Wein riechen, wodurch das ganze Wohnmobil nach Salami und Wein stinkt. Oder von diesen trockenen Stella-D'Oro-Keksen mit ihrem Zementzuckerguss, von denen er schwärmt und schwärmt und es schafft, sie sogar an den abgelegensten Orten aufzutreiben. Oder von seiner ganzen, immer gleichen Art. Wie er jeden Abend, wenn er sich Wein in das Saftglas einschenkt, sagt, *Vino, gut fürs Herz.* Oder *Wir haben kein Internet gebraucht, um uns das zu sagen.*

Warte. Sie muss auch über die Sardellen sprechen. Lange, flache Sardellen in ovalen Büchsen und eingerollte Sardellen, die gegen das Einmachglas gedrückt werden. Sardellen auf Crackern, Sardellen in der Pasta. Sardellen im Salatdressing. Kleine, salzige Fische mit kleinen Fischgräten überall, verdammt noch mal. Er hat einen ganzen Vorratsschrank voll mit denen, im Ernst. Obligatorische Rücklage für Notfälle! Im Falle eines Atomkriegs, keine Angst: Es wird Sardellen auf Ritz-Crackern für El Capitano und seine Lieben geben.

Aber Annabelle bringt Opa Ed auch zur Weißglut, das weiß sie. Sie sieht, wie die Muskeln in seinen Wangen arbeiten, wenn sie das Tape von ihrem Knöchel abzieht und es laut *ratscht*. Sie hat seinen Seufzer gehört, wenn er ihre stinkenden Laufsachen im Waschbecken beim Einweichen sieht. Sie vermutet, dass er sein Hörgerät mit Absicht rausnimmt, um ein kleines bisschen Abstand von ihr zu bekommen, wie sie einfach da ist und atmet. *Er* hat sein Kissen über dem Kopf, wenn sie frühmorgens aufsteht und losläuft. Immer, wenn sie mit Gina telefoniert, knallt er die Wohnmobiltür zu und geht spazieren, auch, wenn es eine dunkle, mondlose Nacht ist. Einmal hat sie gehört, wie er lieber draußen gepinkelt hat, als wieder reinzukommen, bevor sie aufgelegt haben. Er stößt einen angewiderten Seufzer durch die Nase aus, wenn er findet, dass sie sich in Selbstmitleid suhlt, aber, mal ehrlich, was erwartet er?

Noch ein Grund, warum Annabelle die Nase voll hat, ist, weil Gina letzten Abend gut argumentiert hat. Wenn Gina ruhig und überlegt spricht, hört Annabelle ihr oft zu. Annabelle liebt *ruhig* plus *überlegt*, weil das in ihrem Leben wie eine seltene Wüstenblume ist, die nur einmal im Jahr blüht. Gina hofft und betet, dass dies Annabelles letzter Tag sein wird. *Schau doch*, sagt Gina. *Du bist durch den ganzen Staat gelaufen. Kannst du das nicht als Erfolg verbuchen? Ist das denn immer noch nicht gut genug?*

Annabelle hat die Nase voll wegen der Schmerzen. Sie hat sie voll wegen der Eintönigkeit. Die letzten Tage war sie im Osten Washingtons, und sicher, die Palouse-Region im Osten Washingtons ist schön, bis du dich wegen der endlosen, unveränderlichen, unablässigen, ermüdenden, flachen Schönheit umbringen willst.

Sie hat die Nase voll, weil bald Montana kommt, und das wird noch schlimmer.

Sie hat die Nase voll, weil sie ihr Zuhause vermisst. Zumindest vermisst sie ihr eigenes Bett und ihre Klamotten und vor allem vermisst sie Bit, ihren Hund und wie er sich immer gefreut hat, wenn sie zurückgekommen ist. Sein Schwanz wedelte wie eine Fahne im Sturm. Ihm war es egal, ob sie irgendetwas getan hat, das falsch oder unansehnlich war. Sie konnte zwei verschiedene Karomuster miteinander kombinieren oder ihm die Wahrheit sagen oder Mundgeruch haben, aber er war immer einfach nur da mit seinem rastlosen, akzeptierenden Hinterteil. Gott, sie liebt ihn.

Sie vermisst es, zu essen, was sie will, wann sie will. Das gute, alte Müsli oder Burger aus dem Drive-in oder Skittles beim Lernen, nach Lieblingsfarbe sortiert. Sie redet praktisch jeden Tag mit Zach Oh und Olivia, und auch mit Malcolm, aber sie vermisst es, Videospiele zu spielen und blöde Fernsehsendungen zu schauen statt zu hören, wie es um den GoFundMe steht und wer was auf der Facebook-Seite gesagt hat, auf die sie nicht schauen will, weil sie ein zu großer Angsthase ist. Sie vermisst sogar Zach Ohs Mum, die ihn jeden Morgen aufweckt, obwohl er sich immer den Wecker stellt, die ihn jedes

Mal damit nervt, endlich seine Hausaufgaben zu machen, obwohl er seine Hausaufgaben immer macht. Sie ist irgendwie gemein und hat immer einen ärgerlichen Gesichtsausdruck und oft tut Zach Oh Annabelle leid, aber genau in diesem Moment vermisst sie seine Mutter so sehr, dass ihr Herz schwer wird und schmerzt.

Sie hat die Nase voll, weil das, was sie tut, diese ganze Idee, sinnlos ist. Das ist das größte Problem. Warum tut sie das hier? Sie hat das Warum aus den Augen verloren. Seth Greggory ist immer noch da draußen und ihre Zukunft ist immer noch ihre Zukunft und nichts, was sie tut, wird irgendetwas verändern, wenn es das noch nicht getan hat. Schau dir das Grauen an, das schon passiert und passiert und passiert ist, und *nichts*. Immer wieder dasselbe, selbe, selbe. Mehr, mehr, mehr. Wenn solches Grauen kleinen Grundschulkindern mit pinken Gummistiefeln und süßen Schmetterlings-Rucksäcken passieren kann, gibt es keine Hoffnung. *Nichts wurde unternommen*. Kindergartenkinder. *Nichts*. Wunderbare, wunderschöne Kinder.

Annabelle setzt sich hin. Genau hier auf den Boden, bei der Kreuzung zwischen der East Morris Road und der WA 27. Ein heißer Wind weht. Sie legt den Kopf in ihre Hände. Sie ist zu müde und abgekämpft zum Weinen.

Sie weiß, was Kat sagen würde. *Nur noch ein Tag. Mach noch einen Tag weiter.*

Sie kann aber keinen Tag mehr weitermachen.

Also kramt sie ihr Handy heraus. Sie könnte Dr. Mann anrufen. Sie könnte Zach oder Malcolm anrufen, die sie da rausholen können, die sie daran erinnern werden, dass ihre Facebook-Seite jetzt über dreihundert Likes hat und dass ihr GoFundMe auf zweitausend Mäuse hochgeklettert ist.

Aber weil gerade alles so scheiße ist, wie es ist, ruft sie Opa Ed an. Zumindest versucht sie, Opa Ed anzurufen, doch ihr Handy hat keinen Empfang.

Füg hier einen fetten Haufen an Schimpfwörtern ein. Auch einiges Aufstampfen mit den Füßen, das aber eigentlich nur eine Menge Dreck aufwirbelt, der an ihrem Schweiß kleben bleibt. Es ist eine Art Wutanfall, der sich toll anfühlt. Schlimm und schrecklich, aber auch irgendwie gut. Sie schmeißt einen Stein. Normalerweise zielt sie furchtbar (sie hasste die Baseballstunden im Sportunterricht), aber der Stein trifft das Bahnübergangsschild auf eine Art und Weise, die ungewöhnlich befriedigend ist. Sie wirft noch einen und verfehlt.

Sie ist sauer auf ihr Handy. Sie ist generell so wütend. Aber sie ist nicht einmal annähernd wütend genug, stellt sie fest. Weil, o mein Gott. Sie sollte kochen vor Wut. Sie sollte jeden Tag wie verrückt ausflippen. Ihre Wut sollte bei Dem Stehler anfangen und sich auf jedes Gesetz erstrecken, das ihren Körper kontrolliert und auf jedes fehlende Gesetz, das ihn ungeschützt lässt. Ihr Zorn lag unter Güte und Schuld und Angst begraben, aber das ist eine Schande, weil Leute mit echter Macht wütend werden. Leute mit echter Macht sagen anderen Leuten, was sie denken, genau in ihre riesigen Arschgesichter.

Okay. Scheiße noch mal! Sie hat keine andere Wahl, als weiterzulaufen zu dem heutigen Treffpunkt, West Chatcolet Road, Worley, Idaho. Opa Ed ist jetzt wahrscheinlich in Worley und schaut sich in den ganzen vier Straßen dort um, damit er ihr dann in qualvollen Details einen Überblick über den Ort verschaffen kann. Die qualvollen Details von Worley werden sich ziemlich genauso anhören wie die qualvollen Details jeder anderen kleinen Stadt, in der sie bis jetzt waren. Wie viel kann man schon sagen über eine Postfiliale, eine Kirche und einen Ace-Hardware-Laden?

Das war's also. Sie hat die Nase voll. Sankt Christophorus stößt wahrscheinlich einen Seufzer der Erleichterung aus. Sogar Loretta ist geflohen. Es ist aber ziemlich eindeutig, in welche Richtung Annabelle Agnelli laufen muss, weil es definitiv nicht die WA 27 ist. Sie biegt links ab auf die South Marsh Road, wo anfänglich gar kein Marschland zu sehen ist. Kein einziges Gewässer gibt es hier, kein entferntes Blau außer dem Himmel, der auch in jeder Richtung derselbe und wolkenlos ist.

Als Nächstes, East Calumet Road, Rockford, Washington. Von da aus wird sie auf die Chatcolet Road abbiegen, dann wird sie an die Grenze kommen, und dann ist es vorbei.

Sie sieht die Abbiegung auf die Chatcolet Road vor sich. Sie ist genau neben einem Bauernhof, der ganz weiß und malerisch aussieht, mit Zäunen und Scheunen. Da ist auch eine majestätische Reihe von Weizensilos. Seltsam, sie meint, auch ein paar Leute dort bei der Ausfahrt zu sehen. Eine kleine Gruppe, als ob sie an einer Bushaltestelle warten würden. Sie hofft, dass es eine Bushaltestelle ist. Denn falls es eine ist, nimmt sie vielleicht gleich den nächsten. Vielleicht steigt sie einfach in den Bus, egal wo er hinfährt. Die Vorstellung ist so verlockend, dass sie sich kurz einer dieser Fantasien hingibt, die sich für einen Augenblick lang echt anfühlen. Sie lächelt den Busfahrer an, damit er sich nichts denkt. Sie setzt sich auf einen Sitz neben dem Notausgang. Sie wird einfach immer weiter Busse und Züge und Flugzeuge nehmen, bis sie im sonnigen Mexiko ankommt, auch wenn das Seth Greggory gar nicht passen wird.

Die Leute aus der kleinen Gruppe schauen sie an. Na ja, klar, würde jeder machen. Es ist wahrscheinlich kein gewohnter Anblick für sie, ein Mädchen in Laufkleidung, das diese leere Straße mitten im Nirgendwo langgelaufen kommt. Für die Leute ist es natürlich nicht Nirgendwo, aber trotzdem.

Die Leute starren regelrecht. Sie zählt – eins, zwei, drei, vier, fünf, sechs. Und noch ein Kind. Und ein Hund. Das ist wahrscheinlich die ganze Stadt. Ihr Starren ist ein bisschen unangenehm. Sie fühlt sich wie ein Alien, der mit seinem Ufo im Maisfeld landet. Sie will ihnen sagen, dass sie von einem friedlichen Planeten kommt, aber, offensichtlich, ist das eine Lüge.

Warte mal kurz. Nur ganz kurz. Sie rufen jetzt etwas. O Gott! Das macht ihr Angst. Aber sie sehen fröhlich aus. Sie fangen an, auf und ab zu hüpfen.

Sie rufen ihren *Namen*.

Los, Annabelle!

O mein Gott, o mein Gott, denkt sie. Sie hat eine Heidenangst und schämt sich. Aber, Moment – vielleicht haben Zach Oh oder Olivia oder irgendjemand Verwandte hier draußen. So wird es sein. Blöder Zach, hat seine Tante angerufen und die Tante dann ihre Freunde.

Eine Frau streckt ihren Arm aus. Sie hält ihr einen Frischhaltebeutel mit Orangenstücken darin entgegen.

»Wow«, sagt Annabelle. »Sind die für mich?«

»Nicht stehen bleiben. Lauf weiter!«, sagt die Frau. Sie trägt Mom-Jeans-Shorts und ein kariertes, ärmelloses Oberteil.

»Schon in Ordnung. Ich kann kurz stehen bleiben. Danke Ihnen. Sind Sie wegen *mir* hier?«

Der kleine Junge – er hat glänzendes Kleinkinderhaar und trägt kleine Jeans mit einem kleinen Cowboygürtel – hält einen Luftballon. Er ist aus roter Folie und hat ein Feuerwehrauto darauf. Die Luft ist schon ein bisschen raus. »Geh nur, Jonathan«, sagt eine andere Frau. Ihre Haare passen zur Farbe des vertrockneten Grases und sie ist so kompakt wie ein Heuballen. »Er meinte, dass dir der Luftballon von seiner Geburtstagsparty vielleicht gefällt. Um deine Grenzüberquerung zu feiern.«

»Das gibt's ja nicht. Danke dir«, sagt Annabelle zu dem Jungen, als er ihr den Ballon gibt. Er versteckt sich hinter den Beinen seiner Mutter. »Ich weiß gar nicht, was ich sagen soll. Kennt ihr alle Zach?«

»Zach?«

»Zach Oh?«

»Wir kennen dich. Aus dem *Spokesman*.«

Ein Mann reicht ihr eine in der Mitte gefaltete Zeitung. Hey, eine Zeitung! Wer hätte gedacht, dass es die überhaupt noch gibt!

Annabelle schaut auf die Seite und sieht ein Foto von sich selbst. Es ist das Foto, das Ashley Naches von ihr in der Schulbibliothek gemacht hat. Die Zeitung ist die *Spokesman-Review*, aber im Untertitel steht *The Wenatchee World*, und, jep, da steht Ashleys Name. Ihr Artikel aus der High-School-Zeitung ist in Ost-Washington also groß rausgekommen.

»Weiter so, Süße«, sagt eine andere Frau. »Du bist ganz nah an der Grenze. Gleich da vorne, wo der Laster parkt. Wir dachten, du wüsstest gern, wann du es geschafft hast. Sonst kriegst du es gar nicht richtig mit.«

»Ich …« Annabelle schluckt. Sie kann nichts sagen. Selbst wenn sie könnte, wüsste sie nicht, was sie sagen soll. Sie weint gleich. Sie ist überwältigt.

»Los, Schatz«, sagt die blonde Frau. »Du schaffst das.«

»Wir haben gehört, was du da machst. Wir haben gehört, was passiert ist«, sagt der Mann. »Du hilfst uns auf. Wir helfen dir auf.«

Das ist eines dieser entfernt religiösen Dinge, die Leute sagen, vor denen man sich manchmal gruselt, aber jetzt gerade ist es nett. Eigentlich ist es sogar richtig nett. Es ist so nett, dass sie es nicht einmal glauben kann. Sie hat einen Kloß im Hals. Sie hält den Luftballon und den Beutel mit Orangenstücken. Es ist schwierig, so schwierig, aber sie sieht den drängenden Blick von Dr. Mann in ihrem braunen Lederstuhl, und so nimmt sie auch diese Freundlichkeit noch an.

»Danke«, flüstert sie.

»Lauf!«

Das tut sie. Sie rennt. Der Feuerwehrauto-Ballon schwebt und hüpft hinter ihr auf und ab. Sie kämpft die Tränen zurück, das Aufgeben hat sie ganz vergessen. Weiter dort vorn ist ein Mann in einem weißen Laster. Er lehnt sich aus dem Fenster und winkt.

»Genau hier!«, ruft er. »Genau hier fängt der neue Staat an.«

»Danke Ihnen!«, ruft sie zurück. »Danke.«

Sie weiß nicht genau, wann ihr Fuß die Grenze überschritten und sie von einem Staat in den anderen gebracht hat. Aber der Mann hat recht.

Genau hier und jetzt fängt etwas Neues an.

13

»Ich fass es nicht«, sagt Annabelle zu Opa Ed, über den Restauranttisch des Coeur d'Alene Casino Resort Hotels hinweg. Eine rosa Reihe erstklassiger Rippchen liegt vor ihr auf dem Teller.

»Das da ist Meerrettich.« Opa Ed deutet auf einen kleinen, silbernen Becher mit fluffigem, weißem Zeug. »Es sieht aus wie Sour Cream, aber wenn du das auf deine Kartoffel machst, wird es dir leidtun.« Er beißt den hinteren Teil einer frittierten Garnele ab.

»Danke für die Vorwarnung. Das ist doch abgefahren, ist das nicht abgefahren? Es fühlt sich falsch an.«

»Wenn frittierte Garnelen falsch sind, will ich nicht richtigliegen«, sagt Opa Ed. »Auf dich, dass du die Grenze nach Idaho überquert hast.«

»Prost.« Sie stoßen mit Limonadengläsern an.

»Ashley Naches schreibt richtig gut.«

»Titelseite, Bella Luna.«

Das Foto ist allerdings ziemlich schlecht. Annabelles Haare sind ein bisschen nachgewachsen, aber ihre Augen sehen abwesend und ausgehöhlt aus. Sie wirkt gehetzt und verletzlich. Der Artikel ist zwischen einem anderen über eine Serie von Autodiebstählen in Parkgaragen und einer Werbeanzeige für

Dr. med. dent. Lass den sanften Zahn-Mann ran. Aber Ashley Naches Worte und deren Zärtlichkeit überraschen sie. *Es ist etwas, das jedem hätte passieren können, aber es ist nicht einfach irgendjemandem passiert …* Fast klingt es so, als wäre Annabelle jemand, die man guten Gewissens unterstützen und der man Glauben schenken könnte.

Und jetzt tun das anscheinend ein paar Leute hier in der Gegend. Sechs Einwohner von Rockford, Washington, sieben Mitglieder des Stadtrates von Coeur d'Alene, plus der Bürgermeister haben heute bei Opa Eds Wohnmobil in Worley auf sie gewartet. Sie haben ihr eine Flasche Martinelli's Perl-Cider überreicht und einen Gutschein für ein Abendessen und zwei Zimmer im Coeur d'Alene Casino Resort Hotel. Ein anderer Jugendreporter, Jax Jones, von der Coeur d'Alene High School, hat sie beim Händeschütteln mit dem Bürgermeister Ellis fotografiert. Der Feuerwehrauto-Ballon schwebte neben ihr und versuchte, mit auf das Foto zu kommen, genau wie Sierra Kincaid immer.

»Aber irgendwie ist es surreal. Ich habe die ganze Zeit das Gefühl, als ob mich gleich jemand einfach ins Gefängnis stecken sollte.«

»Hör auf damit, Kind.«

»Schau doch bloß, wo wir sind.«

Draußen vor den Restaurantfenstern gibt es ein gigantisches Tipi und einen schönen, beleuchteten Pool. Durch den breiten Restauranteingang kann sie die blinkenden, bunten Lichter von Spielautomaten sehen, einer klingelt und klirrt mit einem Gewinn. Okay, ehrlicherweise sind da nur eine Handvoll Leute draußen und ein Typ im Restaurant und die Kellnerin sieht müde aus, aber trotzdem.

»*Che figata!* Ich kann's kaum erwarten, in einem echten Bett zu schlafen.«

»Das hast du aber letztens im Sleepy Inn anders gesehen. Von wegen: ›Ich hab ein echtes Bett.‹«

»Das war was anderes.«

»Wieso war das was anderes?«

»Kümmer dich um deinen eigenen Kram. Gibst du mir mal eines von diesen Brötchen, bitte?«

»Weil Mum damals gezahlt hat?«

»Das geht dich nichts an.«

»Warum streitet ihr zwei immer? Ich meine, was ist mit *la famiglia*?«

»Man liebt sich, man streitet sich. Man streitet sich, man liebt sich.« Das ergibt keinen Sinn, aber egal. Er säbelt sein Brötchen auf und klatscht Butter drauf.

»Aber *warum* streitet ihr? Ist das ein großes Familiengeheimnis?«

»Kein Geheimnis. Hab ich dir schon mal gesagt.«

»Du hast mir nie irgendwas gesagt.«

»Ich hab's dir schon hundert Mal gesagt.«

»Irgendwas mit Oma.«

»Sie war krank. Hatte Krebs. Deine Mutter findet, ich hätte sie früher zum Arzt bringen sollen. Oma hat immer wieder gesagt, dass sie Rückenschmerzen hat. Ihr Bauch war aufgeblasen wie ein Ballon …«

Annabelle schweigt. Was hat sie sich bloß dabei gedacht. Gerade waren sie doch noch so fröhlich. Gott, sie hat wirklich ein Talent dafür, Dinge zu vermasseln. Sie schafft es, jedem den Tag zu verregnen.

»Glaubst du denn, dass ich es nicht versucht habe? Ich hab's versucht. Aber man kann andere Leute nicht dazu bringen, etwas zu tun, was sie nicht wollen. Und man kann sie oft auch nicht von ihren Vorhaben abbringen.«

»Ja.«

»Oder, Bella Luna?«

»Stimmt.«

»*Capisci?*«

»Ja.« Es ist schwer, das zu hören. Oder zumindest, es wirklich zu glauben.

»Schau mal, die haben hier diesen Lava Cake mit flüssigem Kern«, sagt Opa Ed.

Oh, wow, das ist aber ein schickes Zimmer. Wenn sie ein Filmstar wäre, würde sie sich dieses Zimmer nehmen. Warte, oder vielleicht wenn sie gerade frisch verheiratet wäre, weil, wow. Da sind Rosenblütenblätter auf dem ganzen Bett verstreut und daneben steht ein silberner Sektkühler mit Eis.

Sie schaut sich weiter um. Es ist so viel Platz, dass sie die Arme ausbreitet und so herumläuft. In die Dusche würden fünf Leute passen. Oder vielleicht nur zwei aktive in den Flitterwochen, haha. Sie macht den Verschluss von einem der kleinen Fläschchen auf dem Toilettentischchen auf und riecht daran. Lecker. Da sind Shampoo und Conditioner, aber auch Creme und eine rechteckige Seife und eine runde Seife und eine raue Massage-Seife und eine Peeling-Duschseife. Eine Seifen-Party! Im Schrank – ein Abendkleid, cool! Erster Tagesordnungspunkt: Sie duscht und probiert diese Schönheit an.

Dann legt sie sich in ihrem weißen Abendkleid rücklings auf das Bett. Das Bett ist immer noch gemacht und sie liegt nur da, mit ausgebreiteten Armen und geschlossenen Beinen, wie Jesus am Kreuz, das zu Hause über der Küchentür hängt. Sie ist rundum von Blütenblättern umgeben.

Annabelle riecht nach Lavendel. Es ist wirklich verblüffend, wie sie jetzt eine ganz andere Person ist als die, die vorher noch an der Kreuzung stand, im Dreck herumgestampft und einen Stein an das Bahnübergangsschild gepfeffert hat.

Sie ist eine andere Person als die geschlagene Annabelle, die Annabelle, die aufgibt. Sie ist eine Art siegreiche Annabelle, die zwischen Rosenblütenblättern auf einem Flitterwochen-Bett des Coeur d'Alene Casino Resort Hotels liegt. Man weiß nie, was der Tag bringen wird, was sowohl die gute als auch die schlechte Nachricht im Leben ist.

Sie hat entschieden, weiterzumachen, was jeder erkennen würde, der sehen könnte, wie sie so ruhig mit geschlossenen Augen daliegt. Ihr wird klar, dass alle großen Entscheidungen immer wieder und wieder gefällt werden müssen. Sie stellt sich vor, dass wenn man sich verliebt, man sich eine Million Mal und noch öfter dazu entscheiden muss, weiter zu lieben, und wenn man aufs College geht, muss man wieder und wieder entscheiden, auch am College zu bleiben, und dasselbe gilt auch für die Entscheidung, nach einer schrecklichen Tragödie durch die Vereinigten Staaten von Amerika zu laufen.

Wenn man ein Mensch ist, dem eine andere Person wichtig ist, muss man sich immer wieder und wieder dazu entscheiden, dass sie einem wichtig ist, das versteht sie jetzt auch. Ihre Freunde und ihre Familie haben das getan. Opa Ed hat das getan. Ihre Mutter hat das getan. Trotz der Streitereien und des Schmerzes lädt Gina ihn weiterhin zum Abendessen ein, und dazu, gemeinsam die Feiertage zu verbringen. Trotz der Streitereien und Anschuldigungen kommt er zum Abendessen und feiert mit ihnen zusammen die Feiertage. Sie hängen da beide drin, mit ihrer Liebe.

Annabelle hält sich ein Blütenblatt unter die Nase und riecht daran. Ach, es ist so schön und rosig. Es riecht wie das, was es ist, tiefrot und samtig. Wenn man ein Mensch ist, muss man immer wieder und wieder entscheiden, vorwärtszugehen. Ansonsten wird man nicht nach dem Schlimmsten, was das Leben für einen bereithält, hierher kommen, auf ein Bett des Coeur d'Alene Casino Resort Hotels.

Kriechen, gehen, laufen: *vorwärts*.

Sie schläft ein. Sie ist so erschöpft, dass sie einfach so wegdöst. Es ist erstaunlich, wie friedlich sie aussieht, in ihrem weißen Abendkleid mit den geschlossenen Augen, das Blütenblatt noch so süß auf ihrer Nase. Der Mann vorhin in dem Laster an der Grenze hatte recht: Genau da hat etwas Neues angefangen.

Das Problem ist, dass immer und immer wieder etwas Neues anfängt. Etwas Gutes, etwas Schlechtes, etwas Gutes, etwas Schlechtes, das Universum dreht sich, was bedeutet, dass ein Morgen anfängt, dann eine dunkle Nacht und dann wieder ein Morgen. Sie hat ihre Zukunft nicht vergessen, aber, noch, ist sie im *Gut*. Fremde haben ihr aufgeholfen, und ebenso wurde ihr in den Schlaf geholfen. In ihrem Traum kommt irgendwas mit Silos und einem Laster und einem gelben Feld vor, aber nicht mehr trostlos, sondern voller Farbe.

14

1. Es gibt Liedtitel, in denen Herzen an verschiedenen Orten vorkommen: *Heart of Dixie*, *Heart of Asia*, *I Left My Heart in San Francisco*.
2. Es gibt Lieder über *Hearts on Fire*, und *Foolish Hearts*, und *Cheating Hearts*, und *Wild Hearts*, und *Whole Hearts*. Es gibt auch ein Lied über ein *Precious Heart* und ein *Rebel Heart* und ein *Second-Hand Heart* und ein *Heart of Gold*.
3. Herzen tun viele Sachen in Liedern: *Heart Skips a Beat*, *The Heart Wants What it Wants*. *Two Hearts Beat as One*, während *Two Hearts are Breaking*.
4. Es gibt aber auch Lieder, die von der dunkleren Wahrheit erzählen: *Hearts of Stone*, *Wooden Heart*, *Ugly Heart*, *Cold, Cold Heart*, *Jet-Black Heart*. Es gibt mindestens achtundfünfzig Versionen des Liedtitels *Heartless*. Das scheint nicht annähernd genug.

Loretta führt Annabelle durch den schmalen Teil von Nord-Idaho, der hochsteht wie ein Zeigefinger. »Der Pfannenstiel« – ja, jetzt hat sie kapiert, warum. Es ist ein wunderbarer Ort, auch wenn der Pfad immer steiler wird und jeder Muskel in ihrem Körper brennt. Nach jedem ihrer Läufe in Idaho hat sie von den anstrengenden Steigungen Muskelkater an unerwarteten

Stellen – in ihrer Brust- und Bauchmuskulatur, im Nacken. Sie hatte eine komplett falsche Vorstellung von Idaho, was wieder einmal zeigt, dass man keine Vorurteile über etwas haben sollte, das man nicht kennt.

Was hat sie im Kopf? Die einfachen Bilder, die man ihr eingetrichtert hat – Kartoffeln, Mais, langweiliges Zeug. Aber Idaho selbst ist richtig cool, zumindest was sie bisher davon gesehen hat. Es gibt viele kühle, schöne Gewässer (den Lake Coeur d'Alene, den Anderson Lake, den Swan Lake, den Coeur d'Alene River, den sie lange Zeit in Idaho entlangläuft). Es gibt Brauhäuser mit viel Fleisch auf der Speisekarte (das Elch-Steak lässt sie aus), und es hat die perfekte Temperatur (im Winter ist sie ja nicht mehr hier).

»Dieser Pfannenstiel fühlt sich an wie eine Abkürzung durch einen ganzen Staat«, sagt sie zu Opa Ed.

»Er ist die kleine, leckere Mandel in einem großen *Biscotto*«, sagt er.

Vielleicht ist es, weil ihr Lauf durch Idaho nur 120 Kilometer lang ist – ungefähr fünf Tage ihrer ganzen Tour –, aber sie fühlt sich großartig. Sie hat eine Routine entwickelt. Sie steht früh auf, schreibt in das Moleskine und läuft dann los. Sie genießt die Schönheit Idahos, voller Wasser und mit seiner glitzernden Frühlingshaftigkeit. Da sind fröhliche Kajakfahrer und Radler und Gruppen von Freunden, die Rafting-Boote steuern. An einem Tag, an dem sie einen steilen Waldweg hinaufläuft, sieht sie ganz sicher ein Reh mit weißem Schwanz. Sie meint auch, einen wilden Truthahn zu sehen, und sie fängt an, Weißkopfseeadler zu zählen, kommt dann aber durcheinander, weil es so viele sind.

Sie weiß, dass es auch Pumas in diesen Wäldern gibt. Und Grizzlybären. Bei jedem Wegweiser hängt ein Schild mit dabei, auf dem erklärt wird, was man tun soll, wenn man einen sieht. Aber wenn ein Tier dich kriegen will, kriegt es dich auch, oder? Ist ihr Leben nicht der Beweis dafür? Genau damit hat sie beim Laufen gerade ein bisschen Probleme. Das ist die Frage, die sie beantworten muss: Wie kann man sich sicher fühlen, wenn es mitten unter uns Grizzlybären gibt? Vielleicht ist die einzige, echte Hoffnung, gar nicht erst einem zu begegnen. Sie hat eine mit Kieselsteinen gefüllte Limonadendose dabei, damit der Lärm alle möglichen gefährlichen Tiere von ihr fernhält, und sie ignoriert geflissentlich die Tatsache, dass eine Limonadendose im Fall der Fälle nichts gegen einen Grizzlybären ausrichten kann.

Sie erhascht kurze Blicke auf Den Stehler in den dämmrigen Grotten und düsteren Höhlen, in denen die Bären und Pumas sein könnten. Da sind seine heruntergekauten Nägel und wie sie ihn einmal aus Versehen damit lächerlich gemacht hat.

Irgendwie nervös?, fragte sie lachend und hielt eine seiner Hände hoch.

Der Ausdruck, der über sein Gesicht huschte – es war Schande, aber noch tiefer als Schande. Zorn, vielleicht.

Na und? Du flippst beim Anblick einer Kreuzung aus, denkt sie sich heute.

Sie wusste, dass er sie mochte, aber es schien, als würde er sie in diesem Moment auch ein bisschen hassen. Und dann war da dieses eine Mal, als er aus dem Klassenzimmer gestürmt ist, nachdem er beim Vorlesen statt »schief« *scheif* gesagt hat und alle gelacht haben. Die Wände erzitterten, als er die Tür zugeknallt hat. Am nächsten Tag taten Mrs. Lyons und Annabelle und eigentlich die ganze Klasse so, als wäre nichts passiert, obwohl die Anstrengung, so zu tun, als ob, spürbar war.

Kat ist auch in den feuchten Schatten des Waldes. Annabelle sieht, wie sie auf und ab hüpft und wie sie sie neben ihrer Familie an der Ziellinie von Annabelles zweitem Marathon anfeuert.

Lauf, Belle Bottom! Du bist fast da! Du schaffst es!

Sie sieht Kat beim Lesen am hinteren Tisch der Essential Baking Company sitzen, ein Mandelcroissant essen und einen grünen Tee trinken, während Annabelle komplizierte Kaffeegetränke für die anderen Kunden zubereitet. Einmal beim Mittagessen hört sie Kat sagen *Aber sein Lächeln ist süß.* – Seines – das Des Stehlers. Das *aber* sagt mehr aus als das *süß*. Kat versucht, großzügig zu sein. Dann wechselt sie zu einem sichereren Thema. *Ich hab mir das neue Buch von Alice Wu in der Bibliothek geholt, das Cover ist scheiße.*

Diese kleinen Details springen aus dem dichtesten Unterholz und aus den Schatten heraus, aber die größeren Teile bleiben zusammengekauert, verborgen, und das größte von allen lauert in der tiefsten, dunkelsten Höhle, ungeduldig und faulig. Während sie hier in Idaho ist, sind die schlimmsten Erinnerungen zumindest in weiter Ferne, und Seth Greggory ist in weiter Ferne, weil es hier vielleicht Grizzlybären gibt, aber in der Dose klappert es und es klingt wie *stopp, stopp, stopp!*

Nach jedem 26-Kilometer-Abschnitt in Idaho ist Opa Ed da, genau wie er versprochen hat, an dem Ort, den ihr »Team« ausgesucht hat.

»Wer kommt denn da. Meine kleine Jesse Owens.«

»Wer?«

»*Mi fa cagare!* Was lernt ihr eigentlich heutzutage in Geschichte?« *Mi fa cagare*: Ausdruck von Empörung. Übersetzung: *Es bringt mich zum Kacken.*

Nach ihrem Lauf macht Annabelle meist ein langes Nickerchen und dann machen sie sich zusammen auf die Suche nach einem Brauhaus, oder sie isst einen riesigen Teller Nudeln, den Opa Ed zubereitet hat. Sie tauscht sich mit Malcolm und Zach und Olivia wegen der Pläne für den nächsten Tag aus. Sie ruft ihre Mutter an. Gina, die sieht, dass Annabelle noch nicht gestorben ist, hat ihre täglichen Anrufe von zehn oder zwölf auf zwei oder drei reduziert. Laut Malcolm könnte das aber auch an dem Medikament gegen Angststörungen liegen, das sie jetzt nimmt. Ein paar Wochen lang, nachdem Annabelle weg war, hat Gina ihn immer wieder aufgeweckt, um zu sehen, ob er noch atmete, sagte er. Das Haus war voll von diesen beschützenden Heiligenkerzen, die man im Supermarkt für ein paar Mäuse bekommt. Gina hat eingeführt, dass sie beide vor dem Abendessen ein ewig langes Schutz-Gebet sprechen. Bis Malcolm ihr dann schließlich gesagt hat, er würde weggehen und mit Diesem Mistkerl Father Anthony im Pfarrhaus des Saint-Therese's-Klosters leben, wenn sie sich keine Hilfe holt.

Dann lauf schön morgen und genieß die Landschaft, sagt Gina am Telefon. Wenn Annabelle nicht hören könnte, wie Gina sehr diszipliniert versucht, tief ein- und auszuatmen, würde sie denken, ihre echte Mutter sei entführt worden.

Auch Opa Ed ist in einer Bombenstimmung, seit sie die Grenze überquert haben. Nach dem Waschbär-Haufen hat er nichts mehr geschnitzt; stattdessen hat er viel Zeit vor einem Laptop verbracht, den er auf einem Ausflug nach

Coeur d'Alene bei Best Buy gekauft hat. O Mann, er ist verliebt in das Teil. Er hockt die ganze Zeit davor. Er liebt es so sehr, dass er in letzter Zeit immer gut gelaunt zu sein scheint. Das ist die Magie der Technologie, denkt Annabelle.

»Gut. Hör her, worauf wir uns freuen können. Roundup, Montana«, liest er ihr nach dem Abendessen vor. »Ort des Großen Hundertjährigen Viehtreibens von 1989.«

»1989? Wow. Historisch.«

»Zur Feier, dass Montana hundert Jahre alt wurde, okay? Sei keine Klugscheißerin. Fast dreitausend Rinder sind durch die Stadt gerannt. Zweihundert Planwagen. *Che figata!* Dreitausenddreihundert Pferde über sechs Tage hinweg.«

»Klingt wie der Panama City Beach während des Spring Breaks.«

»Zweitausendvierhundert Cowboys und Cowgirls.«

»Yee-haw. Stell sie dir in Bikinis vor, nach ein paar Tequila-Shots.«

Die einzige ernsthafte Spaßbremse in ganz Idaho: ihr Team. Die Facebook-Seite hat einen Stillstand bei 340 Likes erreicht und die Spenden bei GoFundMe stagnieren. An diesem Abend gibt es ein Notfall-Skype-Meeting, nachdem Opa Ed rausgegangen ist, um »ein bisschen frische Luft zu schnappen«. Er macht das jetzt jeden Abend und kommt mit rosigen Wangen und selbstzufriedenem Ausdruck zurück und pfeift irgendeine Alt-Männer-Melodie. Zuerst dachte Annabelle, er hätte einen Abstecher in den Pub gemacht, aber heute Nacht sind sie in Black Bear, Idaho, an der Yellow Dog Road, und weit und breit ist keine Kneipe in Sicht. Tatsächlich ist nichts weit und breit in Sicht, außer der waldigen Dunkelheit des Shoshone County.

»Schicke Frisur«, sagt sie zu Zach Oh, als sie ihn auf ihrem Handy sieht. »Wüstendüne im Sturmwind.«

»Hey, zu deinen Haaren hab ich auch nichts gesagt.«

»Ich hab ihm ein bisschen Gel empfohlen«, sagt Olivia. »Das gibt ihnen etwas Form und Halt.«

»Als Nächstes sagt sie dir dann, dass du zu laut kaust und nichts mit bestimmten Freunden machen darfst«, sagt Malcolm.

»Er hat gar keine Freunde«, sagt Annabelle und sie und Olivia brechen ab vor Lachen.

»Wie schön, dass zumindest *ein paar Leute* gut gelaunt sind«, sagt Zach. »Weil *ich* nämlich nicht gut gelaunt bin, okay? Der letzte Kommentator auf Facebook hat Diät-Pulver verkauft und der davor war ein Räuber-Typ mittleren Alters mit Brusthaaren.«

»Wir brauchen neuen Content«, sagt Malcolm.

»Das stimmt. Wir brauchen neuen Content«, sagt Olivia.

»Und weniger Ausgaben, der GoFundMe steht bei eintausendeinhundert Mäusen, plus oder minus. Damit kommst du kaum nach North Dakota, mit Benzin, Essen und den neuen Schuhen, die du brauchen wirst, in dem Tempo, wie du sie durchläufst. Das ist eine Krise, Leute.« Zach sieht aus wie der junge CEO eines Start-ups. Seine neue, hippe Frisur sagt *Ich krieg das hin*, aber sein verdrießliches Gesicht verrät, dass die ganze Sache laut krachend in sich zusammenstürzt.

»Du musst anfangen, Sachen zu posten, Annabelle«, sagt Malcolm. Er hält sein Handy so, dass sie in sein Nasenloch sehen können.

»Malcolm, ätzend.«

»Deine Follower *wollen* ein Teil deiner Tour sein«, sagt Olivia.

»Alle anderen auf *USA Crossers* haben einen Blog. Sie zeigen, wo auf ihrer Strecke sie sich gerade befinden. Sie machen Fotos«, sagen Malcolms Nasenlöcher.

USA Crossers ist die Seite, die allen gewidmet ist, die durch die USA gelaufen sind. Nicht mal dreihundert Leute haben das bisher gemacht, seitdem der erste Verrückte es 1909 versucht hat. Das war Edward Payson Weston, der in einhundert Tagen von New York nach San Francisco zu Fuß gegangen ist. Aber inzwischen machen das immer mehr Leute. Zehn oder zwanzig sogar genau jetzt zeitgleich mit ihr, inklusive einer anderen Teenagerin, Elena Weston, die Geld für ALS sammelt, eine Krankheit, die ihr Vater hat. Noch zwei, die gerade durch die USA laufen: ein Golfkriegs-Veteran der Operation Wüstensturm, der für Einwandererrechte läuft, und ein College-Student, der zur Erhaltung von Nationalparks Geld sammelt.

»Ich versteh nicht, warum du uns nicht einfach eine Presseerklärung rausschicken lässt«, sagt Olivia. »Hast du überhaupt gelesen, was ich geschrieben hab?«

»Ich war beschäftigt.«

Olivia atmet frustriert aus. Olivia läuft immer herum, wenn sie telefoniert, deshalb bekommt Annabelle in Olivias Skype-Ecke eine verschwommene Führung durch ihr Zimmer. Eine Papierlampe schießt vorbei, dann ein Poster von Amelia Earhart, die neben ihrem Flugzeug steht. »Die Medien würden sich in zwei Sekunden darauf stürzen!«

»Nein.«

»Warum? Jetzt *komm* schon, Annabelle«, sagt Zach.

»Nein! Das ist, als wäre ich auf etwas aus. Als würde ich die ganze Aufmerksamkeit auf mich lenken.«

»Genau!«, sagt Olivia.

»Wenn du's nicht kapierst, kapierst du's eben nicht.«

»Es ist okay für sie, wenn es aus Versehen passiert, aber nicht, wenn sie hingeht und absichtlich Aufmerksamkeit auf sich zieht«, sagen Malcolms Nasenlöcher.

»Elena Weston hat zwölftausend Follower und in Denver hat sie eine Parade bekommen«, sagt Zach Oh. »Weil die Leute *Bescheid wissen*.«

»Ich mache aber kein Wettrennen mit Elena Weston. Ich will einfach nur die ganze Strecke schaffen.«

»Du wirst es nicht mal bis nach South Dakota schaffen, wenn wir dich nicht ein bisschen bekannt machen und mehr Geld zusammenbekommen«, sagt Zach.

»Mein Geld fürs College, das sag ich euch doch schon die ganze Zeit.«

»Geld fürs College ist fürs College.« Malcolm ist verschwunden. Seine Stimme ist fest, aber klingt, als wäre sie weit weg, und Annabelle kann nur noch sein Bett sehen.

»Ich weiß nicht mal, ob ich überhaupt aufs College gehen werde.«

»Und wic du gehst«, sagt Zach Oh. »Ende der Geschichte. Und du musst *reden*. Du kannst diese Gelegenheit nicht verschwenden. Du wirst scheiße noch mal ein paar Dinge sagen, die endlich gesagt werden müssen.« Zach sagt nie *scheiße noch mal*. Seine Mum würde einen Schlaganfall bekommen, wenn sie ihn hören könnte. Annabelle muss beinahe lachen, obwohl er offensichtlich sauer ist. Er ist sauer, weil die Tragödie natürlich auch ihn betrifft. Und Olivia.

»Steuer wenigstens was zur Facebook-Seite bei«, sagt Olivia. »Elena lädt Fotos hoch von den ganzen Leuten, die sie entlang ihrer Strecke trifft. Kumpel-Schnappschüsse, den Arm um die Schultern gelegt. Gute-Laune-Zeug. Wie wenn ein Laden lebhafte Musik laufen hat oder ein Restaurant nach Knoblauch riecht.«

»Du wirst super sein, in deinem zukünftigen BWL-Studium«, sagt Annabelle zu Olivia.

»Wir müssen das Video veröffentlichen«, sagt Malcolm, als ob er und Zach und Olivia Entführer einer Geisel wären. »Es ist unsere Geheimwaffe.«

»Was für ein Video?« Annabelle ist besorgt. »Keine schreckliche Video-Montage von Babyfilmaufnahmen und Nachrichten-Material, oder? Kommt schon, Leute. Ich bin keine Elena mit einem kranken Vater.«

»Annabelle. Du kannst jetzt nicht schweigen. Ich meine, wir *brauchen* das. Die Welt ist gerade ein scheiß Chaos, und das ist eine Sache, in der wir etwas unternehmen können. Ich weiß, dass du das einsiehst! Ich kann schon verstehen, warum es schwer ist, aber *komm* schon.« Zwei *scheiße* an einem Tag. Zach rastet aus. Zachs Notendurchschnitt liegt bei 1,0, und man kann erahnen, wie er das geschafft hat – er ist ein überraschend leidenschaftlicher Kerl. Nach der Tragödie hatte er so schlimme Albträume, dass seine Mum in einem Sessel in seinem Zimmer schlafen musste.

»Meine Mission ist persönlich.«

»Annabelle?«, sagt Olivia sanft. »Es geht dabei um *dich*. Aber auch … um mich. Um uns alle. Und … um meine kleinen Schwestern. Jede Frau. Alle Menschen, aber besonders … weibliche Menschen.«

»Es kann persönlich *und* global sein«, sagt jetzt Bit, Annabelles Hund. Zumindest kann sie Bits großes Gesicht und seine verrückten Zähne auf dem Bildschirm sehen. Malcolm hält ihn hoch und versucht, sein Maul so zu bewegen, als ob er sprechen würde.

»Bit!«, ruft sie. »Du fehlst mir, Kleiner!«

»Taschentücher klauen und Unterwäsche fressen macht ohne dich nicht halb so viel Spaß«, sagt Malcolm in einer Bit-Stimme. Bit zappelt herum wie eine Forelle am Haken.

»Ich werde es morgen hochladen«, sagt Zach, aber niemand hört ihm mehr zu.

»Und das mit dem Fressen deiner eigenen Kacke, Bit, wie läuft's damit so?« Annabelle verhält sich für eine Minute wie ihr altes Ich. So war sie einmal. Und hat sich zum Spaß Unterhaltungen mit ihrem Bruder und ihrem Hund ausgedacht.

»Es läuft ausgezeichnet. Und ich rutsche mit meinem Hintern auf dem Teppich herum wie ein Champion.«

»Weiter so, Kumpel«, sagt Annabelle.

So war sie auch einmal. Fröhlich und unbeschwert, wo es nur ging. Und sie hat Warnungen ignoriert. Hat Dingen ihren Lauf gelassen. Und die kritischen Wörter komplett überhört.

Wie *Video*. Und *Geheimwaffe*.

15

Zwei Wochen später sind Annabelle und Opa Ed in einer Autobahnraststätte in White Sulphur Springs, Montana, als die Kellnerin kurz zögert, bevor sie ihnen die Speisekarten hinlegt.

»Du kommst mir bekannt vor«, sagt sie, kneift ihre Augen zusammen und schaut Annabelle genauer an. Das Café ist in einem kleinen, weißen Gebäude, vor dem ein LEBENSMITTEL-Schild steht. Es erinnert Annabelle an die Lebensmittel, die Gina gekauft hat, nachdem Dieser Mistkerl Father Anthony sie verlassen hat – die Kein-Rumgedruckse-sag-es-wie-es-ist-Dosen-und-Schachteln, die im untersten Regal im Supermarkt einsortiert sind: *Cola. Bohnen. Puffreis.* Heute sind es *zwei Eier* und *Pancakes* und *Brötchen und Soße.* Die Kellnerin trägt ein weinrotes Grizzly-Football-Trikot, auf dem vorne eine ausholende Bärentatze prangt. Nach der grauenhaften Zeit, die Annabelle bisher im großen und endlosen Staat Montana verbracht hat, kommt ihr das wie noch ein weiteres schlechtes Omen vor.

Annabelle verpasst Opa Ed unter dem Tisch einen warnenden Tritt und er schaut mürrisch. *Von wegen*, sagt dieses mürrische Gesicht. Und vielleicht hat er recht, denn wie sollte diese Frau sie aus den Nachrichten von vor fast einem Jahr erkennen? Sie sieht nicht aus wie dasselbe Mädchen auf dem

Schulfoto von ihr, das sie immer gezeigt haben. Das Mädchen mit den langen Haaren und den leuchtenden Augen und der glitzernden Zukunft.

»Wo kommt ihr her?«

»Seattle.« Annabelle wartet. Sie fragt sich, ob das der Erinnerung der Kellnerin auf die Sprünge hilft.

»Dann seid ihr aber weit weg von zu Hause.«

»Das kannst du laut sagen«, sagt Opa Ed.

Die Speisekarten werden vor ihnen auf den Tisch gelegt. Wasser wird in ihre Gläser eingeschenkt. Dreiundvierzig Tage ist es jetzt her, dass Annabelle wie ein verängstigtes Eichhörnchen dort bei Dick's in Seattle losgelaufen ist. Sie ist 1123 Kilometer gelaufen. Die letzten vierzehn dieser Tage, 357 dieser Kilometer, beinahe ein Drittel ihrer bisherigen Tour, ist sie auf dem Lonesome Highway gelaufen.

Der Lonesome Highway hat den perfekten Namen. Darauf kann man kilometerweit an gelber Prärie vorbeilaufen und kein einziges Mal ein Auto sehen, und in der Nacht ist es so stockfinster wie in einer Kohlemine. In den Tiefen des Weltraums gibt es mehr Licht. In den Tiefen des Weltraums gibt es mehr Action. Manchmal explodiert ein Stern, aber das Einzige, was auf dem Lonesome Highway explodiert, ist einer von Opa Eds Reifen, und jetzt fahren sie auf der dünnen, kleinen Felge dahin.

Es gibt kein Internet auf dem Lonesome Highway. Keinen durchgehenden Handyempfang. So viel zum Thema einsam. Sie würde alles dafür geben, Gina hören zu können, wie sie ihr zum millionsten Mal sagt, dass sie ihre Reflektoren tragen soll. Und wer weiß, was zu Hause los ist. Opa Ed checkt in das erstbeste Motel mit Telefonverbindung ein, das er finden kann, aber sie bekommen nur ein schnelles *Uns geht's gut, geht's euch gut? Bis dann*, während die Motel-Dame sie ungeduldig beäugt.

Die Dinge haben sich mal wieder geändert. Das Hochgefühl von Idaho ist verflogen. Das schlechte Zeug gewinnt. Der Stehler gewinnt. Seth Greggory gewinnt. Die Angst gewinnt. Während die Natur ein Vakuum verabscheut, sehnt sich die Vorstellungskraft danach. Dort draußen, wo sich nur die Straße vor ihr erstreckt und ab und zu der zackige Umriss der verschneiten Berge in der Ferne auftaucht, ist der Ausblick ein Spielplatz für ihre Gedanken. Sie rasen wild durcheinander, taumeln und kämpfen wie Grundschulkinder mit einer Pausenvertretungsaufsicht. Die Trillerpfeife ertönt und sie ruft *Stopp!*. Niemand hört zu.

Da ist Der Stehler und Der Stehler und Der Stehler. Er starrt sie an. Er streckt ihr die Zunge raus und wackelt mit den Fingern, die Hände an seinen Ohren. *Dachtest du, du kannst mich vergessen?* Höhnt er. Ist das nicht ein Teilgrund für das, was passiert ist? Damit er niemals vergessen, niemals übersehen wird?

Ich gewinne, sagt er. Das tut er auch. Er hat schließlich zuletzt gelacht, oder etwa nicht?

Vor dieser schwarzen Landschaft sind sie und Der Stehler in Multimedialer Kunst und schneiden Bilder aus Hochglanz-Magazinen aus. Sie kann seine Zeitschrift sehen, die auf einer Doppelseite mit wunderschön angelegtem Garten, beleuchteten Bäumen und beleuchtetem Brunnen in einer Steinmauer aufgeschlagen ist.

»Das sieht aus wie Wills Haus«, sagt sie zu ihm. Es ist das erste Mal, dass sie Will ihm gegenüber erwähnt. Nachdem sie

Schluss gemacht haben, fühlt es sich gut an, so zu tun, als wäre Will nur ein vorüberziehender Gedanke, obwohl er eigentlich immer noch alle zwei Minuten in ihrem Kopf ist.

»Will?«

»Mein Ex-Freund. Seine Eltern sind Anwälte.«

»Wow. Schick, schick. Und was ist mit Will, dem Freund passiert?«

Will, dem Freund – er sagt es mit dieser Art Sarkasmus in der Stimme, die eigentlich Eifersucht ist. Die Eifersucht einer Person ist ein bisschen aufregend, bis sie zu einem Monster wird.

»Er meinte, wir sollten uns mit anderen Leuten treffen. Dass es zwischen uns ›zu ernst war‹.« Sie malt mit ihren Fingern Anführungszeichen in die Luft.

»Also ist Will reich, aber dumm.«

»Ohh«, sagt sie, unbeschwert, neckend.

»Nimm das, Will, und schickes Haus von Will.« Er zerschneidet die Seite mit der Schere. Es ist eine blöde und dramatische Geste, kein Omen. Sie lachen.

»Seine Eltern waren nett«, sagt sie. »Bis sie ihn dazu ermutigt haben, mit mir Schluss zu machen.«

Sie schauen beide auf die zerschnittene Seite hinunter.

»Es ist schwierig für mich, mit dir zu reden, du bist so hübsch«, sagt er schließlich.

Und sie hat es genossen, oder nicht? Sie hat es richtig in sich aufgesaugt. Wie toll, aufpoliert von ein paar Komplimenten. Ihr Selbstwert war wiederhergestellt. Die Sache ist, die beschämende Sache – er hat ihr nie das Gefühl gegeben, als wäre sie das dreckige Wasser, das den Abfluss der Badewanne hinuntergesogen wird. Er wollte sie. Er sehnte sich nach ihr. Sie hat ihn benutzt, denkt sie jetzt, und schau, was passiert ist. Sie war ein hübsches und nettes Mädchen-Objekt für ihn, und er war ein Ego-Booster für sie.

Es ist okay, zu flirten, Annabelle, sagt Dr. Mann. *Und sich hübsch zu fühlen. Und nett zu sein. Nichts davon bedeutet, dass du jemanden dazu ermutigst, dir etwas anzutun.*

Der Lonesome Highway ist eine einzige große Kinoleinwand.

Und es läuft immer ein Horrorfilm.

Für diesen Teil der Route gibt Annabelle Loretta die Schuld, was unfair ist, weil Loretta nur an Annabelles Sicherheit interessiert ist. Wenn Annabelle auf der US Route 12 und nicht auf der verlassenen 200 laufen würde, müsste sie mit nicht einsehbaren Kurven zurechtkommen und an engen Stellen neben Leitplanken und steilen, bewaldeten Klippen entlanglaufen. Jede Sekunde könnte ein vorbeischießender Lastwagen in sie hineinfahren. Das klingt fast besser als das, was gerade passiert: Der Stehler, wie er sie langsam umbringt.

Die Lonesome Road ist vielleicht die sicherere Straße, aber sie ist eindeutig nicht frei von Gefahr. Was die Action auf der Lonesome Road ein bisschen hochfährt: zwei Gedenkkreuze neben der Straße, mit Plastikblumen und Fotos einer toten Frau und eines toten Mannes, die bei einem Autounfall gestorben sind.

Eine tote Frau, ein toter Mann. Als sie den zweiten Plastikblumenstrauß und das Poster sieht, verwittert und verblasst, *Für immer in unseren Herzen*, bleibt Annabelle genau dort stehen. Sie krümmt sich zusammen. Es ist, als ob ihr jemand einen Schlag in den Magen verpasst hätte. Sie bückt sich zu dem Foto hinunter. Die Frau ist so jung. Sie ist blond und hübsch. Ihr Lächeln ist freundlich. Annabelle weint.

Später an diesem Tag versucht sie, Dr. Mann anzurufen, aber Annabelles Handy hat immer noch kein Netz. Alles ist tot. Flach, verlassen, leer. Leblos.

Es ist klar, dass ihr Vorhaben viel mehr mit dem Kopf als mit dem Körper zu tun hat. Na ja, mit dem Körper hat es auch zu tun – letzte Woche musste sie ihr Knie jeden Tag mit Eis kühlen und ein paar entzündungshemmende Mittel nehmen. Aber man kann anschwellende Verzweiflung nicht mit einer Packung Tiefkühlerbsen und einer Ibuprofen behandeln.

Der French Toast, den ihr die Kellnerin bringt, ist so groß wie ein Wörterbuch. Opa Eds Rindfleisch-Hack-Pfanne sieht aus wie die vielen Häufchen überfahrener Tiere, die Annabelle auf der Straße gesehen hat. Er wühlt darin herum und Annabelle muss wegschauen.

»Ich bin mir *sicher*, dass ich dich kürzlich erst irgendwo gesehen hab. Vielleicht siehst du meiner Nichte ein bisschen ähnlich. Das wird's sein«, sagt die Kellnerin. »Wo wollt ihr denn hin?«

Es ist das typische Autobahnraststätten-Gespräch, denkt Annabelle. *Wo kommt ihr her?* Und *Wo wollt ihr hin?* Sind wahrscheinlich die wichtigsten Dinge, die man über eine Person wissen kann.

»D.C.«, sagt Opa Ed.

»Wow. Ganz schön lange Reise. Fahrt vorsichtig und macht, dass ihr schnell aus Montana rauskommt. Für morgen ist ein schlimmes Unwetter vorhergesagt. *Da* wollt ihr nicht auf der Straße unterwegs sein, außer ihr seid scharf drauf, vom Blitz getroffen zu werden.«

»Elektroschock-Therapie«, sagt Opa Ed und schaut Annabelle fest an, die ihn ebenfalls fest anschaut.

»*Zzzz*«, sagt die Kellnerin. Sie fährt mit dem Arm blitzschnell durch die Luft.

Zisch und weg, sagt ihr Arm.

Vielleicht liegt wirklich einfach schlechte Energie in der Luft, weil Annabelles Laune an diesem Nachmittag noch schlechter wird. Und Opa Eds Laune wird schlechter. Er will irgendwohin, um das Rad reparieren zu lassen, aber er findet einfach keine Autowerkstatt, die offen ist. Es ist Sonntag.

»*Che cazzo!*«, sagt er. (Frag nicht.) An jedem anderen Tag wäre Annabelle schon seit Stunden auf der Straße gewesen. Aber sie hat ihren Wecker ausgemacht. Sie hat weitergeschlafen. Irgendwann sind sie zum Frühstücken in die Autobahnraststätte gegangen. Sie nimmt sich heute einen »Tag für sich«, wie Gina das manchmal bei O'Brien und Bello's Anwaltskanzlei macht. Es ist Annabelles zweiter, seit sie die Staatsgrenze nach Montana überquert hat.

Ihr Wille verlässt sie. Jeden Tag dauert ihr Lauf länger und länger. Sie weiß nicht, ob sie weitermachen kann.

Annabelle ist auf der Lonesome Road in eine Depression gefallen, wer wäre das nicht. In eine Depression *gefallen*. Das klingt wie ein unvorsichtiger Schritt, der dazu geführt hat, in einen dunklen und gefährlichen Spalt zu stolpern – genau das, was passiert ist. Opa Ed ist auch hineingefallen. Er hat seit anderthalb Wochen keinen fröhlichen Abendspaziergang mehr unternommen, seit das Telefonnetz weg war. *Du arbeitest hart, Bella Luna*, hat er gesagt. Das ist sein größtes Kompliment. *Du bist keine, die aufgibt. Das wissen wir. Aber du kannst aufhören, wann immer du willst.* Sie weiß nicht, ob er ihr damit insgeheim sagt, *Bitte hör auf.* Sankt Christophorus baumelt einfach still unter der Lampe ihrer Koje, wo sie den Anhänger aufgehängt hat. Er hält den Mund.

Es sind noch mehr als 800 Kilometer durch Montana. Das ist fast dieselbe Anzahl an Kilometern, die sie schon zurückgelegt hat. Die Staatsgrenzen sind große Preise entlang des Weges, aber dieser eine scheint ihr so, so weit weg zu sein. Sie hat aus den Augen verloren, warum sie das hier macht. Es ist einfach, Dinge auf der Lonesome Road zu verlieren. Einen Reifen, ein Leben, Hoffnung. Deine mentale Gesundheit.

Ihre Depression ist mit der Angststörung verknüpft.

Jeder Schritt vorwärts bedeutet, dass sie sich Seth Greggory nähert.

Ihre Gedanken läuten und kreischen wie ein Flipperautomat.

Sie verbringen den restlichen Sonntag bei Hal's. Hal's ist eigentlich nur Hal's Hinterhof. Hal sprüht den Reifen mit Seifenwasser an, um das blubbernde Loch ausfindig zu machen, kleckst ein bisschen Gummiklebstoff darauf, steckt einen Stöpsel rein und verlangt fünfzig Mäuse von ihnen.

»Fünfzig Mäuse! Du glaubst wohl, ich weiß nicht, wenn mich einer verarscht? Verbrecher! *Mortacci tua!*«, sagt Opa Ed beim Wegfahren. Er macht eine Geste mit der flachen Hand.

Mortacci tua: Deine schwächlichen Vorfahren. Nimm das, Hal.

In dieser Nacht liegt Annabelle im Bett und hört dem Grummeln des entfernten Donners zu, während Sankt Christophorus ominös über ihrem Kopf baumelt, wie ein Weihrauchfässchen während der Messe. Wenn das der groß angekündigte Sturm sein soll, ist sogar der eine Enttäuschung.

16

1. Louise de Quengo, gestorben 1656, und ihr Ehemann, ein Ritter namens Toussaint de Perrien, wurden zum Zeichen ihrer Liebe und Hingabe mit dem Herz des jeweils anderen begraben.
2. In einer Geschichte, die auf 1150 datiert werden konnte, zwingt ein Ehemann seine Ehefrau aus Wut und Rache, das Herz ihres toten Liebhabers zu essen.
3. Liebe und Hingabe, Wut und Rache – damit ist alles gesagt.

Opa Ed macht die Tür des Wohnmobils auf, geht die zwei Metallstufen hinunter und schaut kritisch in den Himmel.

»Und?«, ruft sie.

»Komm raus und schau selber.«

Sie trägt ihr altes, überlanges Batman-T-Shirt. Sie trägt es den siebzehnten Tag hintereinander, was bedeutet, dass sie wohl bald einen Waschsalon finden sollten. Das Auswaschen im Waschbecken und Lufttrocknen ist einfach nicht dasselbe wie der gute alte Schleudergang in einer Waschmaschine.

Sie kommt die Stufen herunter und stellt sich neben ihn. Sie haben auf der Cemetery Road (grausam, aber wahr) geparkt, wo das vertrocknete Gras fröhlich im Wind weht.

»So sonnig, wie der Tag lang ist«, berichtet er. »Wir sollten uns aber besser trotzdem noch mal den Wetterbericht anschauen.« Hier draußen ist alles flach. Sie wird das höchste Etwas weit und breit sein. Blitze könnten tödlich für sie enden.

»Hab ich schon. Die Kellnerin lag falsch, es sei denn, das letzte Nacht war das große Unwetter.«

»Ich hab aber kein Unwetter gehört.«

»Doch, ungefähr zwei Sekunden Donner. Der Wetterbericht zeigt nur ein paar Wolken an, sonst nichts. Wem vertrauen wir, den Leuten aus der Gegend oder dem Wetterbericht? Ich meine, die Leute aus der Gegend haben diese Straße hier Cemetery Road genannt. Aber wo ist der Friedhof? Ich seh keinen.« Annabelle tippt mit den Daumen an ihre Fingerkuppen. »Sieht das für dich nach einem Unwetter aus?«

»Nee. Keine Wolke in Sicht. Aber das ist deine Entscheidung, Bella Luna.«

Sie stöhnt. Wie kann man an Unwetter glauben, wenn zum größten Teil nur strahlend blauer Himmel zu sehen ist?

»Hey, ich hab eine Überraschung für dich, wenn du heute fertig bist.«

»Ein Flugticket nach Hause?«

»Nee. Von denen kriegst du eins, sobald du in D.C. angekommen bist.«

»Warum hab ich damit angefangen? Warum mach ich das überhaupt?«

Diesen Morgen stößt er auf ihr Nörgeln hin keine Luft aus seinem Mundwinkel aus. Er ist geduldig. Er sitzt in seiner eigenen Aushalte-Achterbahn. Er legt eine Hand auf ihre Schulter. »Warum macht irgendwer irgendwas Unmögliches? Um größer zu sein als der große Mistkerl.«

»Ich bin aber nicht größer.«

»Ach nein? Wer steht denn hier? Du oder der Mistkerl?«

Sie hat die Kassette und den Walkman und die alten Ohrstöpsel, die Luke Messenger ihr damals in Washington zu ihrem Geburtstag bei Big Chuck's geschenkt hat, nicht vergessen. Es scheint ihr ein ganzes Menschenleben her zu sein, dieser Tag. Die Kassette hat sie unten in ihren Rucksack gestopft, wo sie ihr privates Zeug aufbewahrt. Da ist der Brief mit der Studienzusage der University of Washington, klein zusammengefaltet. Da ist der neue Alice Wu-Roman, die Seiten druckfrisch und der Umschlag fest und ungeöffnet. Da ist die *Ich denk an dich*-Karte mit einer langen, handgeschriebenen Nachricht, die ihr Dieser Mistkerl Father Anthony nach der Tragödie geschickt hat. Da ist das kleine Kruzifix an einer Kette, das ihr Pastor Jane nach den Beerdigungen gegeben hat. Für sie repräsentiert es nicht wirklich Gott, sondern eher ein Stück von ihr selbst, das immer noch Hoffnung hegt. Das könnte man über alle diese Dinge sagen, die dort unten in ihrem Rucksack liegen. Hoffnung, nicht direkt für jemanden oder etwas, sondern eher Hoffnung generell. Eine Hoffnung darauf, dass sie vielleicht eines Tages wieder Hoffnung haben wird.

Annabelle hat bisher Angst vor Musik und Büchern gehabt. Musik und Bücher wühlen Gefühle auf. Sie lassen Gefühle auferstehen und poltern und wüten und manchmal ist das gefährlich. Aber Musik kann auch *dich* auferstehen und poltern und wüten lassen, wenn es sein muss. Und heute, wo sie endlich den Lonesome Highway hinter sich lässt und den nächsten 800 Kilometern von Montana entgegenblickt, muss Annabelle auferstehen.

Hier geht es ums Durchhalten, und nicht um Luke Messenger, den sie wahrscheinlich nie mehr wiedersehen wird. In ihrem Kopf schwebt über ihm ein großes X, wie über allen Jungs. Wie über Flirten und Verliebtheit und Liebe und süß sein und Großzügigkeit und Glauben und Vertrauen und Sicherheit, also so ziemlich über allem Guten. Vielleicht ist das X aber auch nicht so groß, wie sie denkt, denn sie ist ein kleines bisschen neugierig. Wie kann man einfach auf ihrer, Annabelle Agnellis, Geburtstagsparty herumsitzen, mit auf der Brust gefalteten Händen, und entspannt aussehen? Vielleicht wird ihr die Musik mehr Einblick gewähren in jemanden, den sie nie mehr wiedersehen wird. Das ist das winzigste bisschen Spaß, das sie sich mit Jungs erlaubt, aus sicherer Distanz, genau wie Gedanken an einen süßen Filmstar aus dem *People*-Magazin nachzuhängen.

Um den Walkman an ihrem Körper zu befestigen, muss sie viel herumnesteln. Er sitzt auf ihrer Hüfte und das Kabel der Ohrstöpsel hat einen Kurzschluss, weswegen der Lautsprecher in einem Ohr nervigerweise immer ausgeht, wenn sie ihn nicht genau richtig platziert.

»Bis dann, Lonseome Highway. Nicht schön, dich kennengelernt zu haben.«

Außerhalb von White Sulphur Springs ist die Landschaft leicht hügelig und grün und sie kommt an Bauernhöfen und Traktoren vorbei, die Schmutzstraßen hinauftuckern. Heute wird es heiß werden, es ist jetzt schon warm draußen. Auf den Weiden liegen gewaltige Strohballen herum – manche aufrecht, manche umgestoßen auf der Seite. Es sieht aus wie das Schachbrett eines schlechten Verlierers. Der starke Geruch von Kuhscheiße liegt in der Luft und stimmt sie heute fröhlich.

»Hallo, ihr da«, sagt sie zu einer Gruppe Kuhdamen, die sie

entlang des Zauns beobachten. Eine muht sie an. »Ich freue mich, mit euch auf dieser Welt zu sein«, sagt sie.

Sie drückt den Knopf und die Musik läuft. Wer auch immer da singt, läuft gerade eine Straße lang, in dem Versuch, seinen Ballast loszuwerden, aber er hat eine ganze Welt voller Sorgen im Kopf, und die Musik erinnert sie an das Fahnen schwenkende Americana-Heartland-Zeug, das Father Anthony immer beim Rasenmähen gehört hat, kurz bevor er sich ein schönes, kaltes Bier aufgemacht hat. Das war vor den Tagen des Blutes Christi, in Zeiten der Braukunst des Budweisers. Sie bekommt eine Ahnung davon, warum Luke Messenger so heiter ist, wenn er so etwas hört.

Als Nächstes ein Lied, das *Road to Nowhere* heißt, was ganz gut passt, wenn man ihre Umgebung bedenkt – kilometerweit Bauernhofzäune und dann braune und grüne und gelbe Hügel, voneinander abgegrenzt durch grünes Gebüsch. Ab und zu fühlt sie den Boden vibrieren, dann schaut sie über ihre Schulter, während ein Sattelzug an ihr vorbeifährt. Der vorbei-*husch*ende Windzug weht ihr die Haare in den Mund und kühlt den Schweiß auf ihrer Haut.

Nach dem dunklen, aber irgendwie peppigen *The Passenger* und dann *The Distance*, (Er legt die Entfernung zurück, und das möglichst schnell) und dann dem überhaupt-nicht-heiteren *Highway to Hell* erkennt sie das Thema. Ihr wird bewusst, dass das nicht einfach irgendeine Mischmasch-Kassette ist, die irgendwo herumgelegen hat, sondern eine, die er nur für sie gemacht hat.

Es ist dumm, aber ihre Wangen werden warm. Ihre Wangen sind schon warm von der Anstrengung und von der Aprilsonne, aber sie läuft tatsächlich rot an.

Sie drückt Stopp. Sie reißt die Ohrstöpsel aus ihren Ohren.

Sie fühlt sich, als hätte sie die Party auf einmal verlassen. Alles wird still. Der Beat und das Wummern waren eigentlich ziemlich cool. Aber jetzt ist es eine Party, die nach hinten losgegangen ist.

Stopp! Stopp, Stopp, STOPP!

Sie kontrolliert die Distanz: schon fast 13 Kilometer. Anderthalb Kilometer schneller als sonst, dank dieser Lieder. Aber trotzdem, so eine Aufmerksamkeit von einem Jungen ist und bleibt ungewollt. Und es ist nicht diese Art von ungewollt wie in einer romantischen Komödie, wo sie letztlich doch bedeutet, dass sie am Ende zusammenkommen werden. Die hier ist ungewollt-ungewollt. Ein Sie-kann-sie-nicht-mal-ansehen-ungewollt. Ein Überhaupt-keine-Chance-ungewollt.

Jetzt, ohne die Musik, ist da nur Wind und raschelndes Gebüsch.

Aber warte mal.

Was ist das? Sie meint, etwas zu hören.

Sie steht ganz still. War das ein Grummeln? Nein. Bitte, nicht.

Sie lauscht. Sie kann es nicht mehr hören. Der Himmel ist königsblau. Das hier sind nur ihre Angststörung und ihr Post-Tragödien-Sinn für schicksalhafte Vorkommnisse. Sie ist ein nervliches Wrack, wegen der Kellnerin und der Musikkassette und ihrer Überzeugung, dass alles immer gleich schrecklich schiefgehen wird.

Aber nur für alle Fälle beeilt sie sich besser, verdammt noch mal, so schnell wie möglich zum Bair Reservoir zu kommen, wo Opa Ed mit dem Wohnmobil auf sie wartet. Ein Unwetter hier draußen, wo Blitze schnell sind wie der Wind, wäre sehr gefährlich.

Sie sucht die Landschaft mit den Augen ab, während sie einen Zahn zulegt. Nee. Alles still. Das hat sie sich nur eingebildet.

Und trotzdem, so schnell zu laufen hat sich gut angefühlt. Es war wegen dieser Musik. Sie hat sie wieder an sich herangelassen und es war super, und nicht superschlimm. Aber, wow. Das muss ganz schön lang gedauert haben, eine solche Musikkassette zusammenzustellen. Sie stellt sich Luke Messenger vor, vornübergebeugt …

Da ist ein Grollen und ein Knacken. Scheiße. Scheiße! Jetzt gibt es keinen Zweifel mehr. Gottverdammt, die Kellnerin hatte am Ende doch recht. Sie kneift ihre Augen zusammen und kann sie sehen, die Wolken, die über ein paar niedrigen Hügeln heraufziehen.

Gott im Himmel. Sie muss sich *beeilen.*

Bei Donnergrummeln nicht bummeln, hat Gina ihnen immer gesagt. Und jetzt spielt der Satz in einer Endlosschleife in Annabelles Kopf. *Bei Donnergrummeln nicht bummeln. Bei Donnergrummeln nicht bummeln.* Diese Wolken – die bewegen sich definitiv in ihre Richtung.

Sie läuft schnell. Ihre Füße knallen auf den Asphalt. Wohin? Einfach vorwärts, bis Opa Ed im Wohnmobil auftaucht. Er wird sofort zu ihr zurückfahren, sobald er diesen Donner hört.

Sie fliegt. Es ist die Geschwindigkeit einer Sprinterin, nicht die einer Person, die 26 Kilometer pro Tag läuft. Es ist eine sichere Methode, um sich zu verletzen. *Pling.* Ein Tropfen landet auf ihrem Arm. *Pling-pling.* Mehrere, auf ihrer Schulter. Es erinnert sie an diesen ersten Abend, als sie von Dick's geflohen ist. Aber das war Heimat-Regen, Stadtregen. Es gab überall Schutz, wenn man ihn gebraucht hat. Hier türmen sich die Wolken immer höher auf und verdunkeln sich, und es gibt nur sie am Himmel und Annabelle da unten.

Das ist genau das Problem mit Gefahr, oder? Man kann sogar vor ihr gewarnt werden und die Warnung ignorieren. Gefahr kann einem weit weg erscheinen, bis sich der Himmel verdunkelt und es ein wütender Blitz genau auf einen abgesehen hat.

Innerhalb eines Augenblicks ist alles anders. Der Regen prasselt herunter und die Wolken sind ein sich ausrollender Teppich von Finsternis. Der Asphalt des Highways glänzt in nassem Schwarz. Die Hitze steigt auf wie Dampf in einer Sauna. Auf dieser ganzen, offenen Fläche ist Annabelle die einzige aufrechte Kreatur, ein leichtes Ziel.

Gott, was haben sie sich nur dabei gedacht? Warum sind sie dieses Risiko eingegangen? Wie konnten sie nur so *unvorsichtig* sein? Wo ist Opa Ed? Die Geräusche, der Regen, der Himmel – er weiß jetzt längst, dass sie in Gefahr ist. Sie will keine Zeit verlieren, trotzdem angelt sie ihr Handy aus dem Rucksack. Ihre Finger funktionieren nicht. Sie zittert. Sie ist allein hier draußen und der Blitz wird sie finden.

Sie ist erstaunt, dass sie überhaupt Empfang hat. Aber Opa Eds Handy klingelt und klingelt und klingelt bloß.

Sie versucht es noch einmal. *Klingel. Klingel. Klingel.*

Irgendetwas stimmt hier nicht. Von dem Unwetter einmal abgesehen.

Es ist furchterregend, wenn sich der Himmel auf einen zubewegt. Sie ist jetzt nass bis auf die Knochen.

Da ist ein tiefes Donnergrollen und dann ein erschütterndes Knacken. Heilige Scheiße. Ihre einzige Chance ist, schneller zu laufen als das, was da kommt. Sie weiß, dass sie Schutz suchen muss. Alle, die Langstrecken laufen, wissen, dass es bei jedem Unwetter das Ziel sein muss, so schnell wie möglich an einen sicheren Ort zu gelangen: in ein Auto, unter ein Dach, in irgendeinen Unterschlupf.

Es ist eine Sintflut. Ihre Haare sind patschnass. Sie hat Kompressionsstrümpfe an, um ihr seit Kurzem angeschwollenes Knie zu entlasten, und auch die sind vollgesaugt, genau wie ihr Shirt und ihre kurze Hose und ihr Rucksack und sogar ihre Schuhe. Sie kann die Nässe auf ihrer Haut fühlen. Aber sie hat keine Zeit, in ihrem eigenen Elend zu baden. Sie fliegt gegen den Regen an, Augen auf den Horizont gerichtet, und hofft, die buckelige Form des Wohnmobils zu erkennen, das zu ihrer Rettung kommt.

Das folgende Donnergrollen ist das längste und lauteste bisher. Und dann ist da ein riesiger und dröhnender Schlag, einer, der ihren Brustkorb zum Vibrieren und ihre Nerven zum Zerreißen bringt. Da ist ein *Plopp* und ein *Knack*. Es ist wie ein Feuerwerk; es ist wie …

Stopp!

Sie kann jetzt nicht darüber nachdenken, aber natürlich denkt sie jetzt darüber nach. Ein *Plopp* und ein *Knack*, und sie ist dort, und sie sieht …

PTBS, Annabelle, sagt Dr. Mann.

Sie will heulen. *Grollen, knack!* Sie ist leichte Beute.

Stopp!

Sie heult jetzt. Sie schluchzt bitterliche Tierschluchzer. Sie hat Angst. Auch um Opa Ed. Es gibt kein Haus oder eine

Tankstelle oder irgendeinen Schutz. Wie soll man sich verstecken, was wird einen schützen, was wird einen retten? Manchmal gar nichts.

Ihre Brust hebt und senkt sich und Tränen laufen mit dem Regen, der aus ihren Haaren tropft, ihr Gesicht hinunter.

BUMM! Knack, plopp! Da ist ein gezackter Blitz aus strahlendem Licht und dann noch einer. Mehr als einer über diesem flachen, flachen Land.

»Bitte«, schreit sie.

Sie will sich genau hier zusammenrollen. Es scheint das Einzige zu sein, was ihr übrig bleibt, sich klein zu machen und zusammenzurollen, nicht groß und hoch zu sein. Klein zu sein. Sie weiß, wie das geht, wie man klein und still und nett ist und sich unter dem Radar hinwegduckt. Aber sich zusammenzukauern ist hier nicht die Lösung. Sich zusammenzukauern bringt nichts. Die Elektrizität im aufgeladenen Boden wird trotzdem durch ihren Körper fahren, wird am niedrigsten Punkt in sie hinein-, durch sie hindurch- und am höchsten Punkt wieder hinausschießen.

Noch ein dröhnender Donner und ein gewaltiges *Knack*. Sie ist eine sich bewegende Zielscheibe.

»Bitte, bitte«, fleht sie. Eine kleine Einsicht sickert zu ihr hindurch: Trotz all der Male, in denen sie dachte, es zu wollen, will sie nicht sterben.

»Bitte, Opa, komm.«

Annabell weint und der Regen prasselt auf ihr Gesicht, also ist es schwer zu sagen, ob es wieder nur ihre Fantasie ist, oder ob sie wirklich etwas auf der Straße vor sich sieht. Sie kneift die Augen zusammen. Ja. Es ist ein kleines, weißes Rechteck. Ein kleines, weißes Rechteck, das größer wird.

Es kommt *näher*. Etwas kommt auf sie zu! Opa Ed! Eine Welle der Erleichterung drückt sie vorwärts. Und dann: *Knack!* Der Blitz schlägt neben ihr ein. Sie ist auf einem Schießstand …

Stopp!

Aber als das Gefährt dort vorne immer näher kommt, versteht sie langsam. Die Form ist falsch. Obwohl ihr Gesicht so nass ist, dass sie kaum etwas sieht, das kann sie sehen. Die Form ist falsch und vielleicht sogar die Farbe. Was da auf sie zukommt, ist nicht das strahlende Weiß von Kapitän Eds Wohnmobil. Es ist ein schmutziges Gelb-Weiß mit abgerundeten Ecken.

Aber was spielt das für eine Rolle? Gar keine. Sie winkt. Sie sieht wahrscheinlich wie ein Unfallopfer aus, jemand, der verletzt auf die Straße stolpert …

Stopp! Stopp! Stopp!

Sie winkt. Winkt und springt. Es ist nicht Opa, aber irgendein Fremder ist sicherer, als der Einschlagpunkt für die Blitzmonster überall um sie herum zu sein.

Die Scheibenwischer des näher kommenden Campers wischen wild auf und ab, während es unerbittlich schüttet. Er wird nicht an ihr vorbeifahren, oder? Sie werden sie sehen, oder?

Sie schreit und springt.

Aber nichts davon ist notwendig. Der Camper wird langsamer und hält an. Und jetzt wird das Fenster auf der Fahrerseite herunter-, herunter-, heruntergelassen und jemand streckt den Kopf heraus.

»Da bist du ja. O Gott, schnell rein mit dir!«, sagt Dawn Celeste.

Sagt Dawn Celeste?

Die Tür des Campers fliegt auf. Da steht ein ruhiger Luke Messenger mit Lockenkopf, in einem warmen, trockenen Flanellshirt und Jeans.

Er sieht die Kopfhörer, die noch im Bund ihrer Laufhose stecken. Er lächelt.

17

»Wir sind auf der *Road to Nowhere*, komm doch rein«, singt Luke Messenger.

»Eher auf dem *Highway to Hell*«, sagt Annabelle. »Ich versteh das nicht. Was macht ihr denn hier?«

Dawn Celeste wendet den Camper in einem großen Bogen und fährt dann geradeaus. Sie lenkt dieses Schmuckstück mit der unbeschwerten Selbstverständlichkeit eines Lastwagenfahrers. »Ed hat mich angerufen. Er wusste, dass wir im Lewis and Clark National Forest ein bisschen wandern waren. Auf dem Weg zu dir ist sein Reifen geplatzt. Er meinte, er hätte ihn eigentlich erst reparieren lassen.«

»Wow. Na ja, danke auf jeden Fall«, sagt Annabelle. Sie sagt *Wow. Na ja, danke auf jeden Fall*, während sie die Fakten verdaut: Opa Ed geht es gut, aber Opa und Dawn Celeste hatten die ganze Zeit über Kontakt. Sie waren in Idaho, als sie in Idaho war, und jetzt sind sie in Montana, und jetzt ist sie hier, mit ihnen, in ihrem Camper. Ihre Angststörung zischt. Außerdem tropft alles an ihr. Es läuft so viel Wasser an ihr herunter, dass sie in ihrer eigenen kleinen Pfütze steht.

»Luke, hol dem Mädchen ein Handtuch. Süße, geh ins Bad und zieh das nasse Zeug aus. Wir haben doch sicher ein paar Wechselklamotten für dich hier, oder, Luke?«

»Ich hol was. Warte kurz.« Luke wirft ihr ein Handtuch zu. Es ist ein bisschen feucht und riecht nach Seife. Einen Moment lang denkt sie, dass sie vielleicht doch vom Blitz getroffen wurde. Er hat sie getroffen und jetzt ist sie in irgendeinem Traumzustand, in dem Luke Messenger die Lyrics zitiert, die sie vorher noch gehört hat, und ihr jetzt ein Handtuch gibt, das nach Pinienbäumen riecht.

»Ach, das geht schon.« Annabelle wird sich ganz bestimmt nichts anderes anziehen. Ihr momentaner Plan ist, still zu stehen und wenig zu sagen, bis die Fahrt vorbei ist. »Ich kann mich umziehen, sobald wir zu Opa Ed kommen. Wirklich sehr nett von euch, dass ihr mich zu ihm fahrt.«

»Liebes, das wird aber noch eine Weile dauern. So erkältest du dich noch in diesen Sachen.«

»Eine Weile?«

»Er muss den ganzen Weg zurück nach Helena fahren. Entweder das, oder nach Billings. Er hat gesagt, dass er nicht noch mal zu dem Arschloch zurückfährt, das den Reifen vorher repariert hat. Aber viel weiter kann er auf dieser Felge nicht fahren.«

Die Erleichterung, erst den Camper, und dann der Schock, Dawn Celeste und Luke Messenger zu sehen, verwandeln sich jetzt in etwas anderes, eine Enge in ihrer Brust. Ihr ganzer Körper wird eng zusammengepresst – von den Kompressionsstrümpfen, ihren Schuhen, ihren Lungen, ihrem Herzen. Vielleicht hat sie gleich einen Herzstillstand. Vielleicht bringen die Angst und der Lauf und die Nähe zu Luke Messenger sie jetzt gerade um, auch wenn dieser Blitz sie verfehlt hat.

Luke Messenger sagt nicht viel. Er steht mit dem Rücken zu ihr. Tatsächlich steht er ruhig da wie eine Zypresse.

Annabelle steht breitbeinig, die Füße fest im Boden verankert, als würde sie U-Bahn fahren. Irgendetwas in diesem Camper riecht nach nassem Hund.

O Gott. Vielleicht ist sie das. Sie riecht an sich. Das *ist* sie. Sie riecht nach nassem Hund! Sie beäugt den Türgriff des Campers und ein Gedanke schießt ihr durch den Kopf: Sie wird es mit dem Unwetter aufnehmen – so was glaubt man manchmal, wenn man endlich aus einem heraus ist –, sie wird sich auf die Straße werfen und geschickt abrollen wie ein Spion in einem Actionfilm.

Vielleicht hat sie eine Panikattacke. Sie drückt mit ihren Fingerkuppen gegen den Daumen, eine nach der anderen, eine nach der anderen, schnell-schnell-schnell, mit beiden Händen.

Luke Messenger dreht sich um. Er hat eine dampfende Tasse in der Hand, über deren Rand die Schnur eines Teebeutels hängt. Er berührt sie an den Schultern und drückt sie sanft auf die Couch hinunter. Das Polster ist kariert, aber eine violett-rote Tagesdecke liegt darüber. Er reicht ihr die Tasse.

»Du bist in einem Schockzustand«, sagt er, was eine ziemlich genaue Zusammenfassung des letzten Jahres ihres Lebens ist.

Sie hat eine schicke Jogginghose von Dawn Celeste und einen Bob-Marley-Pulli von Luke Messenger an. Okay – sie hat sich umgezogen. Das ist in Ordnung. Das hat nichts zu bedeuten. Sie wird die Kleidung zurückgeben und von hier verschwinden, sobald Opa Ed auftaucht. Von jetzt an bis dahin wird sie so tun, als wäre da eine große Mauer zwischen ihr und ihnen. Wörter und Sachen kommen hindurch, aber die Mauer macht jedes Wort bedeutungslos.

Es ist komisch. Nachdem sie am Bair Reservoir, einem kleinen See zwischen verlassenen Kamelhöcker-Hügeln angekommen sind, nachdem sie ihrer Mum geschrieben hat, dass sie in Sicherheit ist, aber jetzt nicht reden kann, nachdem Dawn Celeste und Luke einen Haufen Zeug – Kissen und Angelruten und Rucksäcke und Wasserflaschen – aus einer nichtgenutzten Schlafkoje herausgeräumt haben, legt sie sich hin, weil Dawn Celeste darauf besteht. Und dann schläft sie wie ein Baby.

Angst laugt einen aus, genau wie so ein Lauf, den sie gerade hinter sich hat. Aber da ist auch etwas anderes, das ihr hilft, sich zu entspannen und loszulassen. Die Art und Weise, wie das Laken erst kalt ist und dann warm wird, wie es ein bisschen nach Rauch riecht, nach Camping, ein Geruch, der *sowohl* Freiheit *als auch* Sicherheit bedeutet. Die Art und Weise, wie sie in ihre abgeschirmte, kleine Kojen-Höhle gebettet wurde. Gleich außerhalb davon sind zwei Menschen, die zur Gänze damit einverstanden und zufrieden sind, wo sie gerade sind. So döst sie weg und schläft ein. Nur in irgendeinem Teil ihres Traums, einem Traum von Opa Ed und Dawn Celeste und einem Lagerfeuer, wundert sich Annabelle jetzt über diese spätabendlichen Spaziergänge, die er unternommen hat. Und die Freude an seinem neuen Computer und wie besessen er davon ist.

Sogar in ihrem Traum fragt sich Annabelle, ob Opa Ed verliebt ist.

Als sie an diesem komischen Ort aufwacht, verfliegt der ganze Komfort und eine erdrückende Angst übermannt sie. Annabelle Agnelli hat schon immer – sogar schon vor der Tragödie – die Bürde dessen getragen, was sie Leuten schuldig ist.

Sie macht sich Sorgen, dass sie ihnen Umstände bereitet. Sie soll doch geben und nicht nehmen. Jedes Weihnachten wollte Dad/Father Anthony, dass sie und Malcolm ein Geschenk für ein armes Kind kaufen, und Gina hat immer Sachen gesagt wie *Ich brauche nichts von niemandem.* Und wenn alte italienische Verwandte wie Großtante Maria oder Großonkel Frank ihr und Malcolm heimlich Geld in die Hand steckten, wussten sie, was sie zu tun hatten. *Nein, nein, nein*, sagten sie immer. *Nimm es*, antworteten dann die alten Verwandten. Es gab noch eine oder zwei Runden des Protests und Insistierens, bis die Verwandten endlich sagten: *Na komm. Kauf dir was Schönes. Sag's deiner Mutter nicht*, und dann konnten sie endlich dankbar antworten: *Vielen, vielen Dank.*

Deshalb ist ihr zutiefst unwohl bei dem Gedanken an Dawns und Lukes ganze Großzügigkeit und daran, dass sie so aufdringlich war, in deren Bett zu schlafen, dass sie ihre Zeit verschwendet hat und dass sie ihre Sachen trägt (seit Will hat sie keinen Jungs-Pulli mehr angehabt). Ihre Gefühle sind in Aufruhr. Ihr fällt ein, dass sie ihren Lauf gar nicht zu Ende gebracht hat. Sie hatte noch zweieinhalb Kilometer vor sich. Es ist Schummeln, jetzt schon hier am Bair Reservoir zu sein. Angststörungen fliehen zu Regeln und Ordnung hin, um zur Ruhe zu kommen, aber heute hat sie eine der Regeln gebrochen, sie ist hier, ohne hierher gelaufen zu sein. Sie will so, so sehr ihre Fingerkuppen aneinanderdrücken, aber sie will nicht, dass es jemand sieht. Sie verschränkt ihre Finger ineinander und drückt fest.

Dawn Celeste fragt Annabelle nicht, ob sie hungrig ist, sondern stellt einfach einen Teller mit einem fetten Thunfisch-Sandwich vor ihr auf den Tisch. Das Innere des Campers sieht ziemlich genauso aus wie Opa Eds Wohnmobil, dann aber auch wieder nicht. Da hängen gewebte Vorhänge und ein bunter, gestreifter Teppich liegt auf dem Boden. Ein Bild eines alten Mannes in einem lila Umhang hängt drüben bei der Tür. Der leere Platz unter den Sitzbänken, wo Opa Ed sein Wasser und seinen Wein, die Nudelpackungen und Büchsen voller Sardellen lagert, ist offen und wurde in ein Bücherregal verwandelt, mit einer Holzleiste davor, damit nichts herausrutscht. Es ist ordentlich bis auf das ganze Zeug, das sie aus ihrer Schlafkoje herausgeräumt haben, was jetzt auf den Sitzbänken verstreut liegt.

»Danke. Danke euch vielmals.«

»Schau mal raus. Als hätte es nie ein Unwetter gegeben.«

Dawn Celeste hat recht. Annabelle kann das Blau des Sees glitzern sehen, kleine Freuden-Diamanten. Aber sie passen nicht zu ihrer Stimmung. Nachdem sie dieses Sandwich aufgegessen hat, wird sie Opa Ed anrufen, damit er sie hier rausholt, und zwar schnell.

»Luke wollte versuchen, am See zu angeln. Ein Kerl hier draußen meinte, dass die 30 bis 35 Zentimeter langen anbeißen. Forellen. Magst du Forelle?« Dawn Celeste futtert Chips aus der Packung und wischt sich die Brösel von ihrer gut gepolsterten Brust.

»Äh, ja. Schon.« Nein. Viele kleine Gräten. Diese starrenden Augen.

»Vielleicht essen wir dann eine zu Abend, wenn er Glück hat. Wir essen spät, ich hoffe, das ist okay für dich. Für hier so spät wie Südeuropäer.«

»Ich sollte lieber mal Opa Ed anrufen. Ich glaube, er wird vorher schon zurück sein, um mich abzuholen.«

»Er hat angerufen, während du geschlafen hast. Den Reifen kann man komplett vergessen und niemand in Helena hat anscheinend einen anderen, der auf die Felge passt. Ist das zu glauben? Natürlich kommen die meisten Leute, die dem Winter entfliehen wollen, nicht vor Juli hier raus.«

»Was hat er denn genau gesagt?«

»Wahrscheinlich braucht er noch einen Tag oder so. Ist es okay für dich, wenn du mit uns hierbleibst, Süße? Ed meinte, dass das wahrscheinlich am besten ist, damit du weiterlaufen kannst.«

»Oh, nicht nötig, vielleicht kann ich einfach …« Sie macht eine Bewegung mit dem Arm. Es gibt kein *einfach* hier draußen, außer sie fahren sie den ganzen Weg wieder zurück nach Helena.

»Wir können dich nach Helena fahren, wenn du willst«, sagt Dawn Celeste und liest ihre Gedanken. »Aber Ed meinte, du könntest von hier aus weitermachen und er stößt dann zu uns, sobald er fertig ist.«

»Das geht nicht. Ich meine, ihr wollt doch sicher an andere Orte.«

»Liebes, *Montana*«, sagt Dawn Celeste, als ob das eine Art Antwort wäre. »Sehen wir so aus, als müssten wir einen Zug erwischen? Wir haben keinen Plan. Wir fahren dorthin, wo es uns als Nächstes hinzieht. Ich hoffe, du kannst dich ein wenig entspannen. Fühl dich ganz wie zu Hause. Bücher, Essen, bedien dich einfach.«

Annabelle ist so gut wie nie entspannt, nicht einmal in ihrem eigenen Zuhause. Deshalb steigt ihre Panik hier nur noch an. Es ist ein Tsunami aus Furcht und Verpflichtung und dem Wissen, dass sie alle diese kleine Toilette benutzen müssen.

Manchmal schnarcht sie. Sie hat sich auch schon einmal selbst mit einem überraschenden Schnarcher aufgeweckt. Sie hat schon nach nassem Hund gerochen und den Boden vollgetropft und eklige Anziehsachen ausgezogen und sie ist nicht geschminkt und hat abgeschnittene Haare.

»Ich muss …«, sagt sie.

Dawn Celeste wartet.

»Zurück.«

»Zurück?«

»Zu der äh …«

»Zu der?«

»Der Stelle.«

»Der Stelle? Der Stelle, wo wir dich eingesammelt haben?« Dawn Celestes Stimme wird schneller und ihre Augen leuchten. Sie benutzt denselben aufgeregten Tonfall, den Annabelle und Malcolm benutzen, wenn sie versuchen, Bit zu dechiffrieren, während er vor ihnen sitzt und sie anschaut.

»Das sind zweieinhalb Kilometer weiter hinten oder so«, sagt Annabelle. »Ich, äh, das ist Schummeln. Hier zu sein. Von hier aus weiterzumachen.«

»Du willst jetzt zurück? Wir könnten morgen weitermachen. Du hast einen ganz schönen Tag hinter dir.«

»Ich werde einfach …«

Dawn Celeste wartet.

»Du weißt schon, einfach jetzt fertig laufen. Schnell …«

»Wie du willst. In meinem Camper-Land kann jeder selbst entscheiden. Wir werden hier sein, wenn du fertig bist. Lass mich schauen, ob ich ein Paar kurze Hosen und ein T-Shirt für dich finde.«

Ihr Plan ist, gemütlich loszujoggen, bis sie außer Sichtweite ist, und dann zu fliehen. Danach wird es etwas verschwommen.

Zweieinhalb Kilometer dauern überhaupt nicht lange. Sie läuft noch ein bisschen über die Stelle hinaus, wo sie meint, dass sie sie aufgesammelt haben, nur um sicher zu sein. Sie ist schon an so vielem schuld; sie hat schon genug Leute um die Dinge betrogen, die ihnen am wichtigsten sind, ohne auch noch hier zu schummeln.

Die Seiden-Basketballshorts, die sie jetzt anhat, sind riesig, und auf das T-Shirt ist eine aufgehende Sonne gedruckt. Das T-Shirt muss von Dawn Celeste sein, weil es nach Zimt und Vanille riecht, und die Shorts müssen von Luke sein, weil sie sogar, wenn sie die Schnur ganz eng festzieht, so weit sind, dass sie sie beim Laufen an ihrer Hüfte festhalten muss. Sie sind so lang, dass sie ihre Schienbeine umspielen wie ein Rock.

Die Straße ist leer und ihr Lauf ist offiziell beendet, also geht sie vom Highway herunter und betritt das gelbe Gras, das vom Regen noch feucht ist. Sie sitzt auf einem Fleckchen mit Kieselsteinen. Sie ist ein komischer Anblick – eine kleine, aufgehende Sonne in einem Feld. Sie legt den Kopf in die Hände. Wie konnte es mit ihrem Leben so weit kommen? Die Luft riecht nach nassem Asphalt und nach mit Wasser vollgesogener Erde. Sie denkt an denselben Geruch eines Abends im Dezember, kurz vor Weihnachten, den Abend des Winterballs.

Sie gehen als Gruppe. Kat sagt, dass es so mehr Spaß macht, als wenn sich bloß alle zu Paaren zusammentun. Zuerst gehen sie zum Abendessen ins Benihana. Sie sitzen im Halbkreis um die Grillplatte auf dem Tisch des Asia-Restaurants herum, während der Koch wie verrückt Sachen klein schneidet und das Rindfleisch und das Gemüse darauf anschwitzt und Witze macht, die er wahrscheinlich schon hundert Mal gemacht hat. Zander Khan will ein Getränk bestellen und sieht aus wie ein Idiot. Zach trägt eine pinke Krawatte, die zu Olivias Kleid passt. Alle sind ein bisschen zu laut, die anderen Gäste schauen schon zu ihnen herüber und Annabelle versucht die anderen dazu zu bringen, leiser zu reden, wie eine alte Glucke. Der Stehler sitzt neben Josie Green, die dieses Jahr auch neu ist. Sie ist in das Haus neben Geoff gezogen. Die beiden wären wirklich ein hübsches Pärchen, Der Stehler und Josie, mit ihrem schüchternen Lächeln und dem karierten Rock, den Hosenträgern und ihren kohlschwarz gefärbten Haaren.

Sie essen Grüner-Tee-Eis als Nachtisch; jeder tut so, als würde es schmecken, und dann quetschen sie sich wieder in ihre Autos. Die Rechnung durch so viele zu teilen hat lange gedauert und jetzt sind sie spät dran. Sie müssen ganz weit hinten bei dem Maschendrahtzaun-Eingang parken und ein gutes Stück bis zur Turnhalle zu Fuß gehen. Genau da hat Annabelle es gerochen – den nassen Asphalt, den feuchte-Erde-Geruch. Es hatte geregnet, während sie im Restaurant waren. Sie trägt neue High Heels und ein grünes Satinkleid, das sich an ihre Hüften schmiegt und einen kleinen Ausschnitt hat, der den Ansatz ihrer Brüste zeigt. Das Grün passt zu ihren Augen. Sie fühlt sich schön in diesem Kleid. Sie hat ihr Geld für die Hälfte gespart, die andere Hälfte hat Gina bezahlt. Bisher hatte sie nur ein anderes so schickes Kleid, das eine, das sie zu Tante Angies und Onkel Pats Hochzeit anhatte, aber das war ein Klein-Mädchen-Kleid und das hier ist ein Junge-Frau-Kleid. Deshalb geht sie vorsichtig auf dem nassen Asphalt, damit sie nicht ausrutscht und es ruiniert.

Das ist Annabelle, wie sie einmal war: bedacht, vorsichtig, verantwortungsbewusst, aber mit Momenten des Selbstvertrauens und aufblitzenden Flirtversuchen. Liebe für das Leben, ein strahlendes Lächeln, ein herausplatzendes Lachen, ein Gefühl der Verbundenheit mit ihren Freunden. Sie ist sich bewusst darüber, dass Der Stehler direkt hinter ihr geht. Er streift ihren Ellenbogen und prallt an ihre Schulter, als ob es nur ganz aus Versehen aus zufälliger Nähe passieren würde. Er trägt einen dunklen Anzug mit einer purpurroten Krawatte. Seine Haare sind an den Seiten etwas angekleistert.

Die Türen stehen offen und die Musik der Band dröhnt heraus. Mr. MacKenzie, der Techniklehrer, nimmt die Eintrittskarten. Sie stehen unbeholfen in der Gruppe herum, bis Sean Gilliam zu ihnen kommt, herumalbert und dann Sierra zum Tanzen auffordert.

»Destiny«, sagt Geoff. Er krümmt seinen Finger zu einem Haken und dann gehen auch er und Destiny tanzen. Die Band spielt ein altes Coldplay-Lied, *Yellow*, das sie versauen. Aber trotzdem, diese Worte. Schau hoch zu den Sternen, schau, wie sie für dich leuchten.

Der Stehler nimmt ihre Finger. »Komm mit«, sagt er.

Es ist eines von diesen verfänglichen Liedern – teils langsam, teils schnell. Was soll man da machen, sich leicht im Takt wiegen oder über das Parkett fegen? Der Stehler legt seinen Arm um ihre Hüfte und sie legt ihre Hand in seinen Nacken. Sie sind nicht gleich groß, also macht er sich ein bisschen kleiner.

Sie hat Kat neben sich bemerkt, die mit Zander tanzt. Offensichtlich haben sie sich auf übers Parkett fegen geeinigt. Zander schüttelt seine Schultern auf so eine witzige Art, dass Kat ihm einen Klaps gibt. Kat schaut sie an und zieht fragend die Augenbrauen hoch. Annabelle schneidet eine Grimasse. *Keine Chance*, antwortet sie.

Und dann bemerkt sie etwas anderes. Den Stehler, der ihr sehr nahe ist, Körper an Körper. Er summt das Lied mit.

»Sie versauen es«, sagt sie.

»Was?«

»Sie versauen es.«

Er hat sie anscheinend immer noch nicht verstanden. »Für dich würde ich verbluten«, flüstert er in die weiche Stelle hinter ihrem Ohr.

Und das hier ist der Teil, den sie nie irgendwem erzählt hat und von dem sie hofft, ihn niemals irgendwem erzählen zu müssen, aber genau in dem Moment hat sie seinen Ständer gespürt, dicht an sie gepresst. Sie hätte vielleicht einen Schritt zurück machen sollen, doch sie war zu unsicher. Es kam ihr so vor, als müsste sie höflich sein, als ob seine Erektion ein gesellschaftlicher Fehltritt wäre, den sie großzügig übersehen sollte.

Und warum sollte man sie auch nicht übersehen? Warum sollte sie sie überhaupt persönlich nehmen? Er hat auch mit Josie Green getanzt. Vielleicht hatte er sie ja da schon. Ständer sind generell freundlicher Natur, wie sie wusste. Sie sind nicht einmal wirklich was Besonderes. Aber jetzt, wann immer sie daran denkt, fühlt sie sich so schuldig.

Jetzt, wann immer sie daran denkt, ist sie verwirrt wegen dem, was sie verursacht hat und was nicht. Sie ist verwirrt wegen des Begehrens und ihrer eigenen Begehrenswürdigkeit. Sie ist verwirrt wegen ihrer eigenen Sexualität. Es sollte an ihr sein, zu tun und zu lassen, was sie will, das weiß sie, aber warum – auch wenn sie eigentlich gar nichts tut, auch wenn sie nur sie selbst ist – ist dann da das Gefühl einer beschämenden

Aufforderung, oder überhaupt einer Aufforderung? Sie weiß, dass sie selbst jemanden auffordern können sollte, wenn sie jemanden auffordern will; Nein sagen sollte, wenn sie Nein sagen will; Ja, wenn sie Ja sagen will; verführen oder nicht verführen sollte; sich einfach gut damit fühlen sollte, was ihr Körper ist und was er tut und wie er aussieht. Sie sollte Sicherheit und Selbstvertrauen in diesen Dingen haben, aber wie zur Hölle soll das gehen? Da sind so viele widersprüchliche Signale – Selbstvertrauen und Scham, Macht und Machtlosigkeit, was sie anderen schuldig ist und was ihr zusteht –, dass sie nicht hören kann, was wahr ist. Und nach diesem Ständer fühlt sie ein bitteres Bereuen in sich aufsteigen, was das grüne Kleid und ihren Körper darin angeht.

Da ist so viel Bereuen, dass ihr übel wird. Jetzt, wo sie sich an den Ständer erinnert hat, muss sie sich vielleicht übergeben. Der Thunfisch in dem Sandwich versucht, ein letztes Mal in seinem Leben zu schwimmen. Sie steht auf und versucht, die Erinnerung abzuschütteln, wobei sich übergeben vielleicht ganz guttun würde. Vielleicht würde es sie von etwas Ekligem befreien, wenn auch nur vorübergehend.

Sie atmet durch die Nase. Draußen in diesem gelben Feld neben dem Freeway denkt sie an Kat.

Du fehlst mir.

Du *fehlst mir*, sagt Kat.

Annabelle fängt an zu weinen. *Es tut mir leid für jedes Mal, als ich eine schlechte Freundin war. Weißt du noch, in der sechsten Klasse, als ich dir keine Valentinskarte gebastelt habe?*

Ich hab dir auch keine gebastelt. Wir haben uns gestritten.

Und was ist mit damals, als ich nicht zu dir gekommen bin, als du mich so dringend gebraucht hast?

Ich hab dir erst später gesagt, wie schlimm es wirklich war.

Kats Mum, Patty, hatte getrunken und war wütend auf sie. Kat wollte, dass Annabelle zu ihr kam und bei ihr übernachtete. Aber Wills Eltern wollten ausgehen und würden weg sein, und so hatten sie die seltene Chance, allein zu sein.

Es tut mir so leid. Ich werde mir das nie verzeihen.

Ich glaube, du solltest langsam aus diesem Feld mitten im Nirgendwo in Montana herauskommen.

Kat klingt so weise. Als hätte sie alles wichtige Wissen verinnerlicht, das es gibt. So war sie eigentlich schon immer.

Das Unwetter ist vorüber, aber du hast ja keine Ahnung, wie heftig Reue auf einen niederprasseln kann.

18

So sehr sie auch will, Annabelle kann nicht auf dieser Weide sitzen bleiben wie eine Kuhdame. Also steht sie auf und macht sich auf den Rückweg zum Bair Reservoir und zu was auch immer als Nächstes passieren wird. Ihr Rücken ist gekrümmt vor Müdigkeit und Sorgen und sie muss Luke Messengers Shorts auf ihrer Taille festhalten. Jetzt sieht sie definitiv so aus wie Mr. Giancarlo im Sunnyside-Seniorenzentrum während dieser unglücklichen Dickdarmentzündung.

Da ist ein kleiner Punkt am Horizont. Er bewegt sich. Sie kneift die Augen zusammen. Wahrscheinlich braucht sie eine Brille. Der Punkt wird ein bisschen größer. *Was denn jetzt schon wieder?*, denkt sie. Wahrscheinlich kommt da ein wütender Bulle, der sie aufspießen will, oder eine auf sie zurasende Harley-Davidson, die sie zweiteilen wird.

Nein. Was auch immer es ist, es ist langsam.

Aus so weiter Ferne sieht die Form schlangenmäßig aus, mit wackeligen Anemonen auf ihrer oberen Hälfte. Es ist eine Gestalt aus dem Meer. Es ist ein Mann. Ein einzelner Mensch. Jetzt sieht sie, dass die Anemonen chaotische Locken sind und die Gestalt ist Luke Messenger.

»Hey!«, ruft er.

Scheiße! Ein warmer Wind weht durch das Tal. Das gelbe

Gras wiegt sich hin und her. Keuchend und schnaufend erreicht er sie. Ein Schweißtropfen rinnt Lukes Stirn hinunter und tropft direkt von seiner Nase, wie eine dieser Ziegen, die sich von Klippen stürzen.

»Hey.«

»Wie machst du das bloß? Ich hab versucht, anderthalb Kilometer hier rauszujoggen, und ich sterbe. Meine Brust brennt. Gott, bin ich außer Form.«

So sieht er aber nicht aus. Vergiss, dass sie das gedacht hat.

»Na ja, dein Pulli muss schon ein Kilo wiegen. Und … Cargoshorts? Diese ganzen Taschen. Anderthalb Kilo. Stiefel! *Wander*stiefel. Da kannst du dir auch gleich zwei Kleinkinder an die Füße binden.«

»Soso, und du schön leicht wie eine Feder, sehe ich …« Er nickt zu ihrer eigenen Kleidung hin.

»Das ist nicht meine Schuld.«

»Meine auch nicht. Ich bin nicht gerade der Seiden-Basketballshorts-Typ. Das war ein Weihnachtsgeschenk von meinem Vater, er hat als Forward in seinem College-Team gespielt.«

»Wenn er dir auch ein Trikot mit seiner alten Rückennummer geschenkt hat, kann ich verstehen, warum du mit deiner Oma hier draußen bist.«

»Das war zum Geburtstag«, lacht er. Mehr sagt er nicht und sie respektiert es. Sie ist auch froh darüber. Sie will nicht seine ganze Lebensgeschichte hören. Die ganze Lebensgeschichte einer Person hören zu wollen, ihre persönliche Geschichte, getrieben von dem Reiz dessen, was man noch nicht weiß – das hat ihr einen Haufen Probleme beschert.

Warum seid ihr aus Burlington weggezogen? Das klingt doch so schön, fragt sie Den Stehler.

Mein Dad hat einen Job als wissenschaftlicher Mitarbeiter hier an der Universität bekommen. Ich war froh, dass wir weggezogen sind. Ich hab meine alte Schule gehasst.

Warum?

War 'ne Privatschule. Lauter reiche Kinder, die am See wohnen. Haben sich aufgeführt, als wären sie supercoole Stars. Meine Mum wollte, dass wir von dort wegziehen. Sie dachte, dass ich schlechte Freunde hätte, weil ein Junge, den ich kannte, einen alten Kerl überfallen hat.

Stopp!

»Geht's dir gut?«, fragt Luke Messenger.

»Klar.«

»Mim hat vorgeschlagen, dass ich dir entgegenlaufe und nachschaue, ob's dir gut geht. Ich weiß nicht. Sie hatte wohl Angst, dass du wegläufst oder so. Das war heftig heute dort draußen, oder?«

»Es war irrsinnig. Ähm, ich will nicht unhöflich sein, aber ich muss zurücklaufen. Du weißt schon, die ganze Strecke.«

»Kein Problem.«

»Du kannst ja gehen, wenn du willst?«

»Auf gar keinen Fall. Ich krieg gerade wieder neue Energie.« Er joggt rückwärts.

Sie kann nicht anders. Sie muss lachen. Er sieht so lustig aus, mit seinen wilden Haaren, die auf und ab hüpfen. »Was *machst* du da?«

»Ich laufe den ganzen Weg so zurück.«

»Du willst den ganzen Weg rückwärts joggen. Warum?«

»Ich steh dir bei.«

* * *

Annabelle geht auf und ab, am Rand des Sees entlang. Zumindest glaubt sie, dass dort der See ist. Im Dunkeln ist er kohlrabenschwarz. Sie kann das sich kräuselnde Wasser hören, wie es sanft gegen das Ufer plätschert.

»Entspann dich«, sagt Opa Ed. »Es ist nicht so, als hätte ich dich bei der Manson-Familie abgeladen.«

»Sie sind da drin.« Sie beäugt den Camper.

»Natürlich sind sie da drin. Entspann dich. Du hast schlechtes Netz.«

Annabelle schwört, dass er das knisternde Geräusch von einem schlechten Telefonnetz nachmacht. Dann ist er weg.

»Schlechtes Netz, am *cu.* Agnelli-Fluch«, sagt sie zu dem scheinbar toten Telefon.

Als das Handy direkt in ihrer Hand klingelt, denkt sie, dass sie ihn falsch eingeschätzt hat und er sie zurückruft. Aber nein, es ist Malcolm. Sie freut sich sehr. Die Verbindung war seit Idaho so schlecht, dass sie mit Malc, Mum und ihrem »Team« wenn überhaupt nur Zwei-Sekunden-Gespräche führen konnte. Aber hey, zwei Sekunden sind zwei Sekunden. Mit Malc jetzt am Telefon zu reden – das ist wie auf einen Astronauten-Kollegen zu treffen, als sie dachte, allein im Weltraum verloren gegangen zu sein.

»Arschgesicht!«

»Wir haben von dem Reifen gehört. Ziemlicher Mist«, sagt er. Zumindest kann sie das aus den Wortfetzen zusammenzimmern. Es klingt wie: *hört Reifen icher Mist.*

»Malc, es ist *scheiße.* Hol mich hier raus.«

»Morgen ist er wieder zurück. Du wirst den Highway 12 runterlaufen und Opa wird bei der Martinsdale Colony parken.«

»Martinsdale Colony? Ich sehe Science-Fiction-Kapseln voller Außerirdischer vor mir.«

»Das ist eine Hutterer-Gemeinschaft. Total spannend. Ähnlich wie die Amischen, aber sie akzeptieren Technik«, sagt Malcolm. Oder so etwas. Seine Stimme ist bei jedem dritten Wort weg. »Sie lassen euch gerne dort parken. Kein Problem. Und sie verwalten den größten Windpark des Staates, was richtig cool ist.«

Gina ruft etwas im Hintergrund.

»Was hat sie da grad gesagt, Malc? Ich bin mir sicher, ich hab ›*YouTube-Sensation*‹ gehört.«

»Ähm, sie hat gesagt *ihr zwei seid sensationell!* Du und Opa Ed.«

»Sag ihr, dass ich sie auch lieb hab. Mir fehlt wirklich …«

»Muss los. Du hast schlechten Empfang.«

Vielleicht verliert sie langsam den Verstand, aber sie schwört, dass er dasselbe falsche Knistergeräusch macht wie Opa Ed. Diese ganzen langen, einsamen Läufe lassen sie langsam paranoid werden.

Es wäre schon schlimm genug, mit Fremden in einem großen Haus festzusitzen, geschweige denn in einem 3-mal-9-Meter-Kasten. Sie werden sie Sachen fragen. Die Tragödie wird immer im Raum stehen. Sie wird schwer in der Luft hängen. Sie werden wissen wollen, wie es sich angefühlt hat und wie es ist, Seth Greggory in ihrer Zukunft zu haben.

»Hast du ihn erreicht?«, fragt Dawn Celeste.

Drinnen sind die Fenster mit Dampf beschlagen und da ist der warme, tomatige Geruch von Chili. Luke Messenger zieht eine Pfanne mit Maisbrot aus dem Ofen.

»Jep. Er ist immer noch in Helena.«

»Riech mal«, sagt Luke. Er schwenkt die Pfanne unter ihrer Nase herum.

»Lecker. Hast du das gemacht?«

»Ich und ein Tütchen und 120 Milliliter Wasser.«

Nach dem Abendessen spielen sie Karten. Dawn Celeste behauptet, der Gin-Rommé-Champion des Jahrhunderts zu sein. Man hört das leise Schnalzen von Karten, als Luke austeilt. Laute Seufzer beim Verlieren sowie Siegesjubel werden ausgestoßen. Luke hämmert auf den Tisch, nachdem er zwei Mal hintereinander gewonnen hat. Niemand fragt sie irgendwas. Sie fragt auch nicht viel. Sie ... haben einfach nur Spaß.

»Nur Sammy Jackson hat es geschafft, mich drei Mal hintereinander zu schlagen«, sagt Dawn Celeste. »Und das mit ziemlich viel Schadenfreude.«

»Das klingt, als wäre er ein schlechter Verlierer«, sagt Annabelle.

»Sie. Eine Freundin von Luke«, stellt Dawn Celeste klar. Annabelle ist sich sicher, dass sie die Betonung hört, mit der sie »seine Freundin« meint. Sie entspannt sich noch mehr, obwohl Lukes Augen wirklich blau sind und er eines dieser geflochtenen Lederarmbänder trägt, die ihr immer so gefallen.

»Zwei Mal nacheinander heißt, du musst den Nachtisch servieren«, sagt Dawn Celeste zu Luke.

»Sie erfindet Regeln, wie sie lustig ist«, sagt Luke zu Annabelle.

»Wir müssen herausfinden, auf welcher Seite Annabelle steht.« Dawn Celeste lehnt sich zurück und verschränkt die Arme vor der Brust. Sie trägt jetzt einen Kaftan, hat aber ein Paar Kuschelsocken an.

»Das wird ein echter Charaktertest.« Luke tastet in den Küchenschränken herum. Er lässt zwei Packungen auf den Resopaltisch herunterplumpsen. »Red-Vine- oder Twizzler-Fruchtgummis?«

Annabelle schneidet eine Grimasse. »O nein. Ich hab das Gefühl, dass das eine gefährliche Frage ist.«

»Ja, bloß auf welcher Seite du stehst, sonst nichts.«

»Red Vines sind unbedeutend.« Dawn Celeste beißt den Kopf von einem Twizzler-Gummibärchen ab.

»Twizzlers sind das Fast Food der Süßigkeiten.« Luke riecht an einem Red-Vine-Gummibärchen, als wäre es eine teure Zigarre.

»Ich bin die Schweiz«, sagt Annabelle.

Sie hört ihre Schlafgeräusche: das Rascheln von Dawn Celestes Decke, das Knistern von Lukes Schlafsack. Annabelle ist hellwach. Sie braucht ihren Schlaf für den morgigen Lauf zur Martinsdale Colony, und dieser Tag hat sich wie ein ganzer Monat voller Tage angefühlt. Aber sie liegt nur da, mit offenen Augen, und lauscht der Fast-Stille. Komischerweise ist ihr Körper jedoch still und ihr Kopf ruhig. Sie kann das leise Plätschern der Seewellen gegen das Ufer hören.

Eine Angststörung ist, wie in einem ewigen Autobahnstau gefangen zu sein. Man muss immer darauf gefasst sein, einen Schlenker zu machen und auszuweichen, seine Chance zu ergreifen, sich hineinzudrücken, trotz des Ärgers der anderen darüber, dass man sich vor ihnen einfädelt. Man tritt aufs Gas und dann auf die Bremse. Man hält Ausschau nach Gefahr. Aber hier gibt es keinen Autobahnstau. Hier gibt es nur freundliche Gesellschaft und Bücher in Regalen. Hier gibt es

Ruhe. Hier gibt es Spaß. Dawn Celeste hat ein Lachen, das klingt wie ein überkochender Topf. Jeder kann machen, was er will.

Wie seltsam, denkt sie, dass es Leute gibt, die das vielleicht gar nicht fühlen, dieses endlose Aufflammen von Nerven und Furcht und Verantwortung und Kontrolle. Ohne das ist alles so entspannt. Es ist erholsam. Vielleicht könnte sie ohne diese Angst einfach Entscheidungen treffen und sie wären immer in Ordnung. Vielleicht könnte sie den Job, für die Gefühle aller anderen verantwortlich zu sein, kündigen. Dr. Mann hat ihr das schon einmal vorgeschlagen, aber es klang nach einem verrückten, unerreichbaren Ziel.

Jetzt schließt sie die Augen. Nur für eine Sekunde, sie stellt es sich vor – loszulassen. Wie sie das ganze schwere Zeug den Leuten zurückgibt, denen es gehört. Als sie das tut, durchströmt sie ein so friedliches Gefühl, als läge da eine kühle und beruhigende Hand auf ihrer Stirn. Sie ist in Sicherheit und es geht ihr gut und das Unwetter ist irgendwo da draußen, aber nicht hier.

19

1. Das menschliche Herz transportiert Blut durch 96 560 Kilometer Adern.
2. An einem Tag legt das Blut eine Strecke von 19 312 Kilometern zurück.
3. Jeden Tag erbringt das Herz genug Leistung, um 32 Kilometer zu fahren. In einem Leben ist das genug Energie, um zum Mond und wieder zurück zu fliegen.
4. Ein 4375-Kilometer-Lauf kann keine Herzen reparieren, die zerstört worden sind.

»Woran versuchst du dich zu erinnern?«, fragt Luke Messenger.

Er ist früh auf, wie sie. Dawn Celestes Methode, Kleidung zu waschen und schnell zu trocken – indem sie sie zwischen zwei Handtücher presst und auf ihnen herumstampft wie auf Weintrauben –, hat super funktioniert, daher steckt Annabelle jetzt wieder in ihrer Laufhose und ihrem Netzstofftop und Luke probiert die seidenen Basketballshorts an. Er will neben ihr auf dem trockenen, verlassenen Highway 12 laufen. Ganz sicher wird er sie am Vorankommen hindern und er hat keine Chance, die ganzen 26 Kilometer zu schaffen. Aber in Dawn

Celestes Land kann jeder tun und lassen, was er will, und das bedeutet, dass er laufen kann und dass Annabelle ihn zurücklassen kann, wenn sie muss.

»Was meinst du?«

»Du hältst deine Hand so.« Er macht es ihr nach. Er hält vier Finger hoch. »Ich mach das manchmal, wenn ich versuche mich daran zu erinnern, was ich im Supermarkt alles einkaufen muss.«

Erwischt. »Du machst das auch?« Sie lacht. »Ich hab versucht, mich an ein paar Sachen zu erinnern, die ich gelesen hab, aber nicht mehr rechtzeitig abspeichern oder aufschreiben konnte.«

»Was für Sachen?«

»Das klingt jetzt blöd.«

»Nein, bestimmt nicht.«

»Nur ein paar Fakten über das Herz.«

»Im Sinne von Herz-und-Seele-Herz oder das Organ in deinem Körper?«

»Irgendwie beides? Es ist einfach ... da drin, und wir denken nie darüber nach. Aber wenn man es dann einmal tut, merkt man, wie wichtig es ist. Es ist ein bisschen furchterregend, ehrlich gesagt, wie sehr wir uns auf diesen faustgroßen Muskel verlassen.«

Sie weiß nicht, warum sie dieses ganze Zeug plappert. Wahrscheinlich, weil ihre Läufe normalerweise so einsam sind. An normalen Tagen sind ihre und Lorettas Stimmen die einzigen, die sie hört.

»Ja«, sagt er. »Das ist ein interessanter Gedanke.« Er meint es ernst, das merkt sie. Er sieht aus, als wollte er gern noch mehr dazu sagen, kann es aber nicht. Die Straße ist flach, doch er müht sich ab, als würde es bergauf gehen. Er sieht lustig aus in diesen Basketballshorts, mal ehrlich – der untypischste Point Guard überhaupt.

»Ich weiß nicht. Ich überlege, ob das nicht vielleicht etwas ist, was ich studieren sollte, wenn ich es schaffe.«

»Uff«, sagt er.

»Geht's dir gut?«

Sein Gesicht ist irgendwie lila. Er greift sich jetzt an sein eigenes Herz. Er bleibt stehen. Atmet schwer. Er bedeutet ihr mit der Hand, ohne ihn weiterzulaufen. »Ich sterbe«, quietscht er. »Ich weiß nicht, wie du das machst. Meine Brust brennt. Ich hab Krämpfe an jeder Krampf-fähigen Stelle meines Körpers.«

»Deine Stimme klingt wie die von einem Mini-Pferd, wenn Mini-Pferde sprechen könnten.«

»Oh, es *brennt*.«

»Komm schon, wer als Erstes da ist!«

»Grausam. Du bist grausam.« Er bleibt immer weiter hinter ihr zurück.

»Hey, immerhin hast du 800 Meter geschafft«, ruft sie über ihre Schulter.

Er beugt sich vornüber. Trotz seiner guten Absichten ist sein T-Shirt schon völlig verschwitzt und er gibt sich geschlagen.

Annabelle fühlt sich schlecht, weil sie ihn dort hinten zurückzulässt. Aber sie ist immer noch in Dawn Celestes Land, wo alle ihr eigenes Ding machen können.

Was würde passieren, wenn sie *alles* ablegen würde, nicht nur kleine Schuldgefühle und Verantwortungen wie diese hier, sondern auch die größten? Dr. Manns Hände liegen gefaltet in ihrem Schoß und sie wartet stumm auf eine Antwort, das ruhige Gemälde der Berge hinter ihr scheint ebenfalls zu warten. *Wenn du die Schuld ablegen würdest, was könntest du dann noch fühlen?*

Während Annabelle auf dem Highway 12 läuft, an kilometerlangen Gattern entlang und ab und zu an einem Kuhstall und einem Bauernhof vorbei, versucht sie, es sich vorzustellen.

Sie legt die Tatsache ab, dass alles ihre Schuld war. Stattdessen sagt sie zu sich selbst: Der Stehler ist schuld, und nur Der Stehler.

Es ist, wie wenn man sich andere Unwahrheiten vorstellt: dass die Sonne um die Erde kreist; dass Menschen fliegen können; dass die Welt nicht gewalttätig ist. Trotzdem – wenn sie das einfach so stehen lässt, wenn sie es loslässt, was ist dann stattdessen da?

Trauer. Enorme, erdrückende Trauer.

Und noch etwas. Was ist das? *Geh näher ran und schau es dir an*, sagt sie sich selbst.

O mein Gott: Wut. Unkontrollierbarer, explosiver *Zorn*.

Gott im Himmel.

Sie weiß nicht, ob sie für all das stark genug ist. Ihre Schuld und Schande sind beinahe ein vertrauter Trost, verglichen mit der Tiefe dieser Trauer und der Weite dieser Wut. Die Schande ist ein schrecklicher, ätzender Klumpen in ihrem Herzen. Aber diese Trauer und diese Wut könnten ihn vielleicht zu Asche verbrennen, genau wie das Unwetter gestern, mit seinen Blitzen, die durch das flache Land zucken, auf der Suche nach der einen Sache, die noch aufrecht steht.

Sie erkennt, dass sie näher kommt, denn sie kann eine Reihe von Windmühlen in der Ferne sehen, ihre weißen Arme, die sich in ruhiger Geschäftigkeit drehen. Wow, da sind ganz schön viele. Sie versucht, sie zu zählen. Achtzehn, zwanzig? Jetzt sieht sie auch das Schild: WHEAT-LAND COUNTY.

Sie weiß nicht, ob sie die Hutterer überhaupt treffen wird, während sie in diesem abgelegenen Winkel ihrer Ländereien parken. Sie wäre neugierig, aber auch ein bisschen nervös. Als sie jedoch den Weg zur Kolonie hinunter einschlägt, sind es keine fremden Menschen, die Annabelle zuerst sieht, und auch nicht Opa Ed. Heute ist es Dawn Celeste mit einer Wasserflasche. Ihr Sommerkleid ist ein Feuerwerk aus Farben.

»Ed wird in ein paar Stunden hier sein. Er hat beschlossen, auch ein paar Filter auswechseln zu lassen, wo er schon dort war. Luke ist drinnen, Mittagessen auch. Sie haben uns hier schon eine Führung gegeben. Bestimmt wird Luke dir auch gerne alles zeigen. Es ist toll, dieses gemeinschaftliche Teilen. Aber das sexistische, religiöse Zeug … da bin ich kein Fan von, Annabelle, ganz und gar nicht. Die Männer sagen, wo's langgeht, und die Frauen laufen ihnen hinterher. ›Füreinander zu arbeiten ist das höchste Gebot der Liebe.‹ *Füreinander* zu arbeiten, sie meinen wohl eher für *ihn*, den Herrn König Großer Mann, der vorausgeht. *Gleichberechtigung und Respekt* sind die höchsten Gebote der Liebe. Aber na ja, trotz allem, das hier draußen ist ein Kunstwerk.«

Dawn Celeste hat recht, erkennt Annabelle. Jetzt, wo sie wirklich hinsieht, jetzt, wo die Gegend nicht einfach nur die heutige Aufgabe ist, die es zu erledigen gilt, erstrecken und breiten sich die Felder unter dem blauen Himmel in weiter Ferne aus. Es ist das unvorstellbar schönste Gemälde. Weit hinten kann sie die langen Scheunen der Hutterer sehen und Reihenwohnungen, die wie transportierbare Baueinheiten aussehen.

»Manchmal rede ich mich ein bisschen in Rage«, sagt Dawn Celeste. »In den guten alten Zeiten war ich eine stolze BH-Verbrennerin und Demonstrantin für Gleichberechtigung, und das bin ich immer noch. Ich kann nicht glauben, dass wir heute und in diesen Zeiten überhaupt noch über solches Zeug reden müssen. Aber du! Du musst erschöpft sein. Dabei siehst du gar nicht so aus. Du siehst aus, als wärst du eine Einfahrt langgejoggt.«

Annabelle stürzt dankbar die ganze Wasserflasche hinunter. »Ich fühl mich gut. Manche Tage sind besser als andere. Ich glaube aber, meine Blase ist undicht. Also die meines Wassertanks. In meinem Rucksack ist alles feucht und er war schon vor der Hälfte leer.«

»Hey, mit undichten Blasen kenn ich mich aus«, sagt Dawn Celeste. »Vor allem, wenn ich laut lache.«

Jetzt lacht auch Annabelle.

»Keine Sorge, wir haben Klebeband, das wird das Problem gleich beheben.«

Drinnen im Camper liegt Luke ausgestreckt in seiner Schlafkoje und liest. Er hält sein Buch hoch. »Du hast mich umgebracht. Ich kann mich nicht mehr bewegen. Mim hat dir was zum Mittagessen gemacht. Es ist im Kühlschrank.«

»Was liest du da?«

»*Endurance: Shackleton's Incredible Voyage*, von Alfred Lansing. Es geht um Ernest Shackleton, den Entdecker. Er macht etwas Ähnliches wie du, aber in der Antarktis. Und mit einem Team aus verschollenen Crewmitgliedern und Schlittenhunden.

Frag nicht nach den Schlittenhunden.« Er tut so, als würde er erschaudern.

»O nein. Schlittenhund-Steak?«

»Jap. Ich bin fast durch. Grade auf den letzten Seiten.«

»Dann sollte ich dich nicht unterbrechen.«

»Hey! Du kennst ja Regel Nummer eins. Du musst eine Leserin sein.«

»Ich dachte, Regel Nummer eins ist ›nicht das Ende verraten‹.«

»Warte. Regel Nummer eins: die Filmversion hassen.«

»Wahrscheinlich sind alle unsere Regeln Regel Nummer eins. Wir sind manchmal ein bisschen extrem.«

»Beurteile eine Person immer nach ihrem Bücherregal. Die Seiten knicken oder nicht knicken? Das ist hier die Frage.«

Sie lacht. »Definitiv.«

»Ich habe einen Freund, Jason, der sagt immer: ›Wer *liest* denn schon, Mann?‹ Und ich immer so: ›Ich hab echt Mitleid mit dir, Mann.‹«

»Ach, ich weiß, was du meinst.«

»Hey, du musst dich hier unbedingt umschauen. Martinsdale Colony ist ein eigenes Universum. Ich hab Ken getroffen, einen der Prediger. Er meinte, wir sollen rüberkommen, wenn du fertig bist, dann gibt er uns noch mal eine Führung.«

»Cool.«

Er wedelt mit dem Buch. »Erst muss ich aber herausfinden, ob sie überleben.«

»Ich hab noch nie in meinem Leben so viele Truthähne gesehen«, sagt Annabelle.

»Hier gibt es dreitausend. Wir verkaufen sie an das ganze

Tal. Ray ist unser Truthahn-Mann und sein Sohn Charles ist unser Truthahn-Junge. Hühnereier gehen an drei Walmart-Filialen in Billings und Laurel.«

Untereinander sprechen die Bewohner der Kolonie Deutsch und der Prediger Ken hat einen deutschen Akzent. Die Truthähne, *die* klingen wie dreitausend mit Mundspülung gurgelnde Opa Eds. Gott, sind die hässlich, mit ihren plumpen, weißen Körpern und roten Köpfen und ihren herunterhängenden Kehllappen, die aussehen wie entzündete Hodensäcke, wenn sie ganz ehrlich ist. Nicht, dass sie jemals entzündete Hodensäcke gesehen hätte, aber trotzdem.

Prediger Ken zeigt ihnen das Hühnerhaus, Eier-Sortier- und Melkmaschinen, Weizensilos und die Gemeinschaftsküche. Prinzipiell ist es ein riesiger, bewirtschafteter Hof. Die Frauen tragen kastenförmige, blaue Kleider und gepunktete Tücher, die ihre Haare verhüllen, und die Männer Jeans, Karohemden und Cowboyhüte. Sie erkennt die blauen Kleider und Kopftücher der Frauen zwischen den Pflanzenreihen des fast viereinhalb Hektar großen Gemüsegartens.

Am schönsten findet Annabelle die ruhige Ordnung dieses Ortes, er vermittelt ihr das Gefühl, dass die verrückte Welt da draußen ist, aber hier nicht reinkommt. Die Kolonie ist versteckt. Sie ist quasi einfach *weg*. »Wenn das mit ›Jeden Tag Kirche und am Sonntag sogar zwei Mal‹ nicht wäre …«, sagt Annabelle zu Luke, als sie den Feldweg zurücklaufen, wo Dawn Celestes Camper steht.

»Ja. Hier draußen ist es cool, aber hier zu leben wäre auf Dauer ziemlicher Horror.«

»Und auch, dass die Kerle normale Kleidung tragen dürfen und die Frauen sich so verhüllen müssen.«

»Diese gefährlichen Körper verstecken«, sagt Luke.

»Echt. Aber so von der Welt abgeschottet zu sein …«

»Aber für immer? Ich meine, diese Reise hier mit Mim ist eine Auszeit, aber ewig würde ich das nicht machen wollen.«

»Ich fände das gar nicht so schlecht.«

»Na ja, dir hat die Welt auch einen ziemlichen Arschtritt verpasst.«

Das ist eines der aufrichtigsten Dinge, die je jemand zu ihr über das, was passiert ist, gesagt hat. Und es bedeutet ihr etwas. Es bedeutet ihr etwas, weil sie kein großes Gespräch darüber führen müssen. Es ist eine einfache Aussage, eine Tatsache.

Er hat etwas Aufrichtiges zu ihr gesagt, also tut sie das auch. »Ich weiß nicht, was ich dagegen tun soll.«

»Der Welt einen Arschtritt zurück verpassen.«

»Wie?«

Er lacht. »Wie? Das ist ziemlich lustig.«

Sie zieht eine Grimasse. »Warum lustig?«

»Weil du der Welt gerade schon so was von in den Arsch trittst.«

20

»Ich hab dir doch gesagt, dass ich eine Überraschung für dich habe, oder nicht, Bella Luna?« Opa Ed schwenkt die noch ungeschnittene Hälfte einer getrockneten Salami.

»Salami, Ritz-Cracker und Schweizer Käse, eine Familientradition«, erklärt Annabelle Dawn Celeste und Luke, als Opa Ed den Teller herumreicht. Es wird bei Opa Ed zu Abend gegessen, ein Dankeschön für die Rettung vor dem Blitz-Gewitter. Von ihrem Parkplatz am Ende der Schmutzstraße aus, gleich hinter den Toren, kann sie die Martinsdale Colony sehen. Jetzt weiß Annabelle, was dort drüben ist. Sie stellt sich Tausende von Truthähnen und Hühnern, Kühen und hundertfünfzig Erwachsene und Kinder mit rosigen Wangen vor, die es sich jetzt am Abend gemütlich machen. Die Sonne geht unter und die Erde glüht in einem warmen, orangen Licht. Es ist komisch, wie diese riesengroße Fläche mal wie der Himmel und mal wie die Hölle aussehen kann, je nachdem, wie das Wetter so spielt.

»Kann ich helfen?«, fragt Dawn Celeste. Annabelle fällt auf, dass sie Lippenstift trägt. Außerdem einen Rock und einen bunten Schal, der über ihrem Shirt verknotet ist. Keine Kuschelsocken heute Abend.

»Setz dich nur. Das krieg ich schon hin.«

Dawn knabbert an einem Ritz-Cracker-Horsd'œuvre. »Ausgezeichnet, Ed. Wo kriegst du nur so gute Salami her, hm? Das ist echt gutes Zeug.«

Opa Eds Wangen bekommen Farbe vor Stolz, vielleicht ist es aber auch bloß der Wein. Sie spricht seine Sprache. Er hebt den Deckel der Pfanne auf dem Herd an und Dampf kommt heraus, zusammen mit dem vollmundigen, saftigen Geruch von *Involtini di Pollo* – kleine, weiche Rouladen aus Hühnerbrust, gefüllt mit Spinat und rohem Schinken.

»Zündest du bitte mal die besondere Kerze an, Bella?«

Sie schaut Luke an und verdreht die Augen. Die Kerze ist einfach eine in Stroh gewickelte Chianti-Flasche, an deren Flaschenhals Jahre von Wachs herunterlaufen. Sie schnappt sich die Streichhölzer, zündet – *zisch* – eines an und hebt die Flamme an die Kerze.

»Das gibt's ja gar nicht, du hast ja Dimmer«, sagt Dawn Celeste, als Opa Ed das Licht herunterdreht.

»Hey, ich bin ein romantischer Typ.«

Luke und Annabelle schauen sich wieder an. Diesmal reißt sie ihre Augen in Entsetzen weit auf und er grinst.

Dies ist ihr letzter gemeinsamer Abend und alle sind entspannt und lachen. Dawn Celeste und Luke ahmen Lukes Eltern nach und ihr steifes Missfallen allem gegenüber, was nicht nach ihrem Plan läuft. Lukes Mum und Dad sind beide Anwälte, genau wie Wills Eltern, Robert und Tracie. Es ist komisch, aber nur deswegen sind Will und Luke ja nicht ein und dieselbe Person. Annabelle kann sich nicht vorstellen, dass Luke irgendwann jemals Lacrosse spielen wird, und Will hat nie wirklich Bücher zum Spaß gelesen.

»Die beiden haben den Jungen zur völligen Verausgabung

getrieben! Er musste College-Vorbereitungskurse belegen, seit er fünf war.«

»Na ja, das stimmt. Ich hatte tatsächlich sogar einen Eignungstest-Matheformel-Duschvorhang in meinem Bad.«

»O mein Gott!«, lacht Annabelle.

»Es hat sich gelohnt. Ich hab die High School mit sechzehn abgeschlossen. Aber dann, ein Jahr vor meinem BWL-Abschluss …«

»Er hat entschieden, dass er keinen BWL-Abschluss will, was mir klar war, seit er drei Jahre alt war.«

»Blöde Wechselhafte Launen sind mein BWL«, sagt Luke.

»Unsinn«, sagt Dawn Celeste. »Du hast nur endlich mal gesagt, was du willst.«

»Als ich ihnen gesagt habe, dass ich mir ein Jahr Auszeit nehme, sind sie durchgedreht.«

»Als wir ihnen gesagt haben, dass er sich ein Jahr Auszeit nimmt, um mit *mir* durchs Land zu reisen, da sind sie dann erst *richtig* durchgedreht«, ergänzt Dawn Celeste. »Meine Tochter, sie war schon immer mehr wie ihr Vater. So voller Antrieb, wie der Tag lang ist. Jim war ein Geschäftsmann, ist zu jung gestorben. Tja, jetzt hat ihr Sohn mein Blut, so wie es aussieht.«

»Kinder. Was soll nur mal aus euch werden?«, sagt Opa Ed.

»Wirst du zurück ans College gehen?«, fragt Annabelle Luke.

»O ja. Ich schaue gerade, ob ich meine Credits von der University of Oregon am Oregon State College of Forestry anrechnen lassen kann.«

»Landwirtschaft. Nicht mal in der Nähe eines Gerichtssaals«, schmunzelt Dawn Celeste.

»Ich mache das nicht, um zu rebellieren«, sagt Luke. »Das gibt mir nicht viel. Einfach nur … Habt ihr schon mal dieses Zitat von der Schriftstellerin Willa Cather gehört? ›Ich liebe Bäume, denn sie scheinen sich mehr als alle anderen Wesen mit ihrer Lebensart abgefunden zu haben.‹«

Annabelle hat es noch nie gehört, aber sie liebt es. »Schön.«

»Wart ihr schon mal im Sequoia National Park?«, fragt Opa Ed. »Da gibt es …«

Das Klopfen an der Tür ist kaum zu hören. Aber Dawn Celeste legt eine Hand auf Opas Arm, um ihn zu unterbrechen, und sie lauschen alle, und ja, ganz sicher, da klopft jemand. Das Geschirr vom Abendessen stapelt sich in der Spüle, das Kerzenwachs tropft auf den Resopaltisch und in den Weingläsern sind nur noch kleine rote Pfützen. Es ist spät.

Als Opa Ed die Tür aufmacht, kann Annabelle einen Lastwagen mit runden Scheinwerfern sehen, die die Straße beleuchten. Zwei junge Frauen stehen draußen. Sie haben ihre schweren, blauen Kleider an und ihre Köpfe sind in blaue Tücher gehüllt.

»Ich bin Ruth und das ist Elisha«, sagt die stämmige junge Frau. »Wir wollten gerne mit Annabelle Agnelli sprechen.«

»Hier«, sagt Annabelle. Sie klingt wie eine Schülerin, deren Name zur Anwesenheitskontrolle aufgerufen wird.

»Wir hatten gehofft, uns mit dir unterhalten zu können.«

»Oh, ja klar.«

Sie macht die Tür hinter sich zu. Sie ist ein bisschen nervös wegen dem, worüber sie mit ihr sprechen wollen. Draußen riecht es nach Nacht und trockenem Gras. Fast meint sie, den Mond riechen zu können, der golden und wie von einer anderen Welt im Himmel hängt.

»Hier. Für dich«, sagt Elisha. Ihre blonden Haare strahlen fast in der Dunkelheit. Elisha reicht Annabelle einen Laib Brot, eingewickelt in ein Tuch. Er ist noch warm.

»Wir waren so aufgeregt, dass du kommst«, sagt Ruth.

»*Sie* war aufgeregt«, sagt Elisha.

»Du warst auch aufgeregt!«

Sie kichern nervös. Es erinnert Annabelle an damals, als sie und Kat Alice Wu im Universitäts-Buchladen getroffen haben.

»Ruth hat dein Video hundert Mal angeschaut.«

»Mein Video?«

»Auf YouTube.«

»Mein Video auf YouTube? Ich wusste nicht, dass es ein Video von mir auf YouTube gibt.«

»Das *wusstest* du nicht?«, sagt Ruth. »Das gibt's doch nicht. Es ist ziemlich neu, aber es ist sehr beliebt. Wirklich *sehr* beliebt.«

»Ich hatte in letzter Zeit nicht so viel Kontakt zu …« Es klingt so lächerlich. »Meinem Team.«

»Ich zeig's dir.« Ruth hat ein Handy in der Tasche ihres Kleides.

»Ihr habt hier Handys?«

»Na ja, am Anfang hatten wir nur sechs für die ganze Gemeinde, aber dann haben die Leute angefangen, sie hineinzuschmuggeln, und jetzt hat jeder eines, außer meiner und Elishas Mutter.«

»Ruth hat letzten Monat sechshundert Textnachrichten geschrieben«, tratscht Elisha.

»Sechshundert!«

»Wir haben hier richtig gutes WLAN.«

Annabelle kann sich kaum auf die Unterhaltung konzentrieren. Sie kann nur denken: *Video. YouTube. Wirklich sehr beliebt.* Sie kann nur denken: *Diese Kellnerin. Die in der Autobahnraststätte. Deshalb bin ich ihr bekannt vorgekommen. Sie hat es auch gesehen.*

»Mein Bruder lebt außerhalb unserer Gemeinde und zahlt meine Rechnung«, sagt Ruth. »Aber schau mal. Da bist du.«

Hochgeladen von SuperNova14 – Malcolm. Ruth drückt auf *Play* und da ist Annabelle. Auf dem Handy einer jungen Frau aus einer religiösen Sekte in Montana, in einer mondbeschienenen Nacht, auf der sich drehenden und ständig wandelnden Erde. In dem Video sitzt Annabelle auf dem Bett des Sleepy Inn in ihrem Affen-im-Weltraum-Schlafanzug.

Sie wird Malcolm umbringen.

»Was erhoffst du dir von deiner Mission?«

»Ich hoffe, einen neuen Planeten mit Spuren von Leben zu entdecken. Geh ins Bett.«

»Annabelle. Jetzt komm *schon.«*

»Was? Ich bin fix und fertig. Geh deine Zähne putzen.«

»Nach allem, was, äh, passiert *ist, warum läufst du da von Seattle nach Washington, D.C. Annabelle Agnelli?«*

»Weil ich irgendwas *tun muss.«*

Sie sieht es aus der Perspektive anderer Leute: ihr dünnes, ernstes Gesicht, ihre großen Augen. Ihre abgeschnittenen Haare. Sie sieht zerstört aus. Sie sieht das einsame Motelzimmer, das von einer Mission berichtet. Und wie sie nach dem Herumalbern und Scherzen auf einmal ernst wird. Sie sieht, wie diese Worte ein feierliches Gewicht haben … Weil ich *irgendwas* tun muss. Es klingt wie ein Schwur. Es klingt wie ein Schwur, den jedes menschliche Wesen leisten sollte.

»Es ist einfach …« Ruth legt eine Hand auf ihr Herz. »So rührend.«

Und dann sieht sie noch etwas. Die Zahl der Aufrufe. Eine erstaunliche Zahl. *68 000*. Sie bekommt keine Luft. Auch ganz viele Kommentare stehen darunter. Sie erhascht einen Blick auf die Worte *mutig* und *Setz diesem Wahnsinn ein Ende* und *jeder muss etwas tun*.

»Wir wollten dir nur sagen, Gott segne dich.«

»Deine Stärke inspiriert mich«, sagt Ruth. Sie nimmt Annabelles Hand und drückt sie.

Ein Schauder läuft Annabelle den Rücken hinunter. Die Art Schauder, die ihr zu verstehen gibt, dass sich die Dinge wieder einmal ändern. Sie ist sprachlos. Sie will weinen, weil ihr Herz wehtut. Sie kann nicht sagen, ob es ein guter oder ein schlechter Schmerz ist, also hält sie einfach nur Ruths Hand und drückt sie ebenfalls.

Annabelle ist in irgendeinem komischen Schockzustand.

»Wie kann es sein, dass zwei Mädchen von hier draußen ein Video gesehen haben, das mein blöder Bruder vor Wochen in einem Motelzimmer gemacht hat?«

»So viel also zur Abgeschnittenheit von der Welt, hm?«, sagt Luke. »Sie haben es gesehen, bevor du überhaupt wusstest, dass es existiert. Genau wie 70 000 andere Leute.«

Annabelle und Luke stehen draußen vor den geparkten Wohnmobilen, während sich Dawn Celeste und Opa Ed voneinander verabschieden.

»Es ist so bizarr.«

Sie und Luke und Opa Ed und Dawn Celeste haben immer und immer wieder ungläubig das Video angeschaut. An diesem am weitesten entfernten *weg*-Ort hat man sie gefunden. *Sie*. Annabelle weiß nicht einmal, wer *sie* ist. Welche Annabelle ist die echte? Das Mädchen von vor der Tragödie? Das Mädchen, das hier unter dem Himmel in Montana steht? Das Mädchen in dem Video?

Vielleicht will man ihr damit etwas sagen. Vielleicht soll sie sich nicht verstecken. Gott, was für ein furchterregender Gedanke.

»Schau dir mal diesen Mond an«, sagt Luke.

»Der hat schon einiges mitangesehen.«

»Und ist immer noch da, nach Äonen.«

Sie schweigen. Und schauen nach oben. Luke fühlt sich vertraut an. Nach ein paar wenigen Tagen nur hat sie sich daran gewöhnt, sein Gesicht neben ihrem zu sehen. Sie fühlt sich ihm nahe. Aber das ist okay. Es ist möglich, dass sie ihn nie mehr wiedersieht.

»Meinst du, unsere Großeltern treiben es gerade?«

Sie boxt ihm in die Schulter.

»Aua! Hey, ich werd morgen früh aufstehen und mich von dir verabschieden, das hier ist also noch nicht das Auf Wiedersehen.«

»Super«, sagt sie.

»Witzig. Ich werde die Martinsdale Colony vermissen.«

»Ich auch.«

Wahrscheinlich ist es nicht die Martinsdale Colony, die sie vermissen wird, aber sie schiebt diesen Gedanken beiseite. Es war schön, super, jemanden in ihrem Alter um sich zu haben, jemanden, der nicht nur den abgebrannten Docht der Tragödie sieht, wenn er sie anschaut.

»Ich bin echt beeindruckt, weißt du? Mein Freund Owen

dachte, er wäre eine YouTube-Sensation, als sechsundvierzig Leute sein Video angeschaut haben, auf dem er Ukulele spielt.«

»Ich hasse meinen Bruder«, sagt sie.

»Gute Nacht, Annabelle. Danke für den denkwürdigen Tag.«

Am nächsten Tag steht Annabelle eine Stunde früher auf als sonst und läuft los. Sie will Luke Messenger nicht treffen, um sich von ihm zu verabschieden. Die Vorstellung wühlt einen Wirbelsturm der Traurigkeit in ihr auf, den sie nicht ertragen kann. Nach Diesem Mistkerl Father Anthony, nach Dem Stehler und allem, was passiert ist, kann sie mit Abschieden nicht mehr umgehen.

Als sie mit ihrem Lauf fertig ist und zum Wohnmobil zurückkehrt, das jetzt am – O Gott – *Deadman's Basin Reservoir* parkt, liegt da etwas auf ihrer Koje.

Ein Buch.

Alfred Lansings *Endurance: Shackleton's Incredible Voyage.*

21

Als sie hier ankommt – am grün-braunen Wasser des Albert Lea Lake in Minnesota entlangläuft und dabei zusieht, wie unheimlicher Dunst von ihm aufsteigt, und dem Gezwitscher der Indigofinken und Rotkehl-Hüttensänger lauscht –, hat sie *Endurance: Shackleton's Incredible Voyage* vier Mal gelesen.

Sie liest es nicht so, wie sie und Kat immer Bücher gelesen haben – verschlingend, in der Geschwindigkeit zweier Leute, die ausgehungert nach Worten, Ideen und schönen Sätzen lechzen, die einen *alles* fühlen lassen. Nein, sie liest *Endurance: Shackleton's Incredible Voyage* so, wie Leute vielleicht die Bibel lesen – in kleinen Abschnitten, immer und immer wieder, die ihr dabei helfen, auf dem Boden zu bleiben. Die ihr helfen durchzuhalten und ihr ihren Platz in der Welt zeigen.

Sie hat Bücher vermisst, sie hatte Angst vor ihnen, genau wie vor Musik. Bücher lassen einen Dinge sehr deutlich fühlen. Sie treffen genau ins Schwarze. Bücher erinnern sie an sich und Kat, aber auch an ihr altes Ich, das meist unbeschwerte Ich. Das Mädchen, das einfach überglücklich war, wenn es mit einem großen Stapel neuem Lesestoff aus der Bibliothek heimkam. Bücher waren gefährlich.

Aber das ist die Geschichte des Entdeckers Ernest Shackleton und seiner siebenundzwanzig Männer, die jahrelang in der Antarktis überleben, nachdem das Schiff am Eis zerschellt ist, und sie kann sich dem Sog des Buches nicht entziehen. Es ist 1914, an dem lebensfeindlichsten Ort der Welt, und es geht um Verhungern und Erschöpfung und Verzweiflung, um Gefahr und Isolation, um ein schreckliches Meer und unerbittliches Eis und um eine Schlittenfahrt einen nebelverhangenen Berghang hinunter als letzte Überlebenschance. Und sie? Sie ist eine junge Frau in der heutigen Zeit, die einen atmungsaktiven Sport-BH trägt und in den linden Monaten des Mai und frühen Juni durch North Dakota, dann South Dakota und dann durch die südwestliche Ecke des freundlichen Minnesota zieht. Sie ist gut versorgt mit italienischen Keksen und Schnitzeln und Bananen und Haferflocken. Sie hat einen Schrank voller Energyriegel (dank Zach und den ganzen GoFundMe-Spendern), die voller Kohlenhydrate für während des Laufs sind, voller Antioxidantien für einen Kreislauf-Schub nach dem Lauf, und vollgepackt mit Proteinen zur Regenerierung. Sie muss nicht um die kleinsten Happen von Seehund- und Pinguin-Fleisch und Schlimmerem kämpfen. Trotzdem, die Worte, die die *Shackleton*-Crew in ihre Tagebücher geschrieben hat, sprechen ihr aus der Seele.

Das Meer ist eine körperliche Schlacht und es gibt kein Entrinnen. Es ist eine Schlacht gegen einen unermüdlichen Feind, in welcher der Mensch nie wirklich gewinnt; er kann höchstens darauf hoffen, nicht zu unterliegen, liest sie, mit einem Eisbeutel auf einem gezerrten Muskel in ihrer Leiste.

Auf eine bestimmte Weise hatten sie sich selbst besser kennengelernt. In dieser einsamen Welt aus Eis und Leere hatten sie zumindest annähernd Zufriedenheit erreicht. Sie waren auf die Probe gestellt worden und hatten bestanden, liest sie vor dem Schlafen.

Diese Zahlen erzählen ihre Geschichte: Sie ist seit einhundertsieben Tagen unterwegs. Es ist zweiundsechzig Tage her, dass sie die Martinsdale Colony verlassen hat, ohne Luke Messenger Auf Wiedersehen gesagt zu haben. Seitdem ist sie weitere 1532 Kilometer gelaufen. Sie hat drei zusätzliche Paar Laufschuhe verschlissen. Sie hat sich vier Tage freigenommen. Zwei Tage wegen einer kleinen Lebensmittelvergiftung von einem Taco-Truck neben Dave's Marine in Webster, South Dakota. Sie und Opa Ed hat es beide erwischt; oh, wie eklig – wie sie sich beide übergeben und geschüttelt haben in dem auf einmal noch kleineren Wohnmobil. Und die anderen zwei Tage wegen einer depressiven Phase, nachdem sie in Bowdle, South Dakota ziemlich genau bei der Hälfte der ganzen Strecke hingefallen ist.

Dort, zwischen noch mehr Weizensilos und einem gerade vorausgesagten, drohenden Tornado, hat sie sich den Knöchel verstaucht, ist auf die Straße gestürzt und hat sich ihre Handflächen und Knie blutig geschlagen. Sie hat geweint wie ein kleines Mädchen, das vom Rad gefallen ist, und dann ist sie vor Verzweiflung zusammengebrochen. Es war diese Verzweiflung, die alle *Hälften* mit sich bringen, mit dem Wissen, dass alles, was man bereits durchgemacht hat, noch einmal auf einen wartet. Sie hatte solches Heimweh. Die Person, die einmal dort gewohnt hat, schien seit Langem weg zu sein. Jetzt war sie eine Astronautin, abgeschieden von ihrer Raumkapsel, die endlos in der Endlosigkeit herumschwebt, ohne eine Möglichkeit, je wieder zurückzukehren. Sie wollte keine Astronautin mehr sein. Sie wollte ein Mädchen sein, aber Der Stehler hatte ihr das kaputt gemacht.

Die Kassette, die Luke ihr gemacht hat, hat sie neunundsechzig Mal angehört, einmal pro Tag, und während einer schweren Woche zwei Mal pro Tag. Knappe Kisten wegen Sattelschleppern: zwei. Schlimme Krämpfe wegen Dehydrierung: drei.

Noch mehr Zahlen: zwei Besuche von Gina und Malcolm, die nach Miles City in Montana und Bismarck in North Dakota geflogen sind und Opa Ed zwar zusätzliche Fahrten abverlangt, ihnen aber insgesamt fünf Nächte in richtigen Motelbetten beschert haben. Anzahl der Streite zwischen Gina und Opa Ed: fünf. Anzahl der Augenverdreher und Tritte unter dem Tisch zwischen Malcolm und Annabelle: fünfundsechzig, mindestens.

Anzahl zusätzlicher Knöchel-Verdreher auf dem steinigen Boden in den Hügeln und Kuppen North Dakotas: vier, vielleicht mehr. Ein entzündeter Zeh. Verlorene Zehennägel: viele. Sonnenbrände: diverse. Kilometer, die sie gegen den Wind gelaufen ist: unzählige. Schichten von Staub, Schmutz und Schweiß auf ihrer Haut: unendlich viele. Lastwagenfahrer, Polizisten, Schlangen und Hunde: ebenfalls unendlich viele. Anzahl der Radfahrer, die in den Badlands von North Dakota unterwegs waren: dreißig bis fünfzig.

Neue Freunde: Mary und ihre Frau Sharon aus Seattle – *Seattle!* –, mit denen sie im Prairie Knights Casino zu Abend gegessen haben, eine Herde Antilopen, zwei Bisons, ein Schwarm Fasane und zwei Studenten, Josh und Nadine, vom Hochbegabten-Programm der Standing Rock Community School, die sie interviewt und neben ihrem Fahnenmast fotografiert haben. Außerdem Dan Williams, ein Naturfotograf, der ein Buch über das Standing Rock Reservat schreibt, und der fast fünf Kilometer mit ihr gelaufen ist und sie dabei fotografiert hat. Sie haben sich getroffen, als er sie beim Stretching gleich draußen vor dem Dakota Countryside Inn gesehen hat, wo sie und Opa Ed in Übereinstimmung übernachtet haben, um endlich mal wieder ein echtes Bett und WLAN und ein kostenloses Frühstück zu haben.

Und da sind noch mehr: Zwölf Mädchen von der Aberdeen High School, South Dakota, haben sie zusammen mit ihren Eltern angefeuert, als sie die Grenze von North nach South Dakota überschritten hat. Da waren selbst gebastelte Schilder und Transparente und viele laute Jubelrufe. Shia und Jo vom Mädchen-Schulteam für Langstreckenlauf an der Montevideo High haben sie eingeladen, ihr Team kennenzulernen. Sechstausend neue Leute auf der Spendenlauf-Facebook-Seite hinterlassen Nachrichten mit Aufmunterungen, die zu lesen Annabelle kaum ertragen kann, eintausendzweihundertdrei Menschen haben jetzt Geld für ihren GoFundMe gespendet, dreihunderttausend-irgendwas Leute haben inzwischen ihr YouTube-Video angesehen, und sie kann sich nicht sicher sein, dass alle davon nett sind. Sie könnte dreihunderttausend Feinde haben, von Ruth und Elisha in der Martinsdale Colony abgesehen, wer weiß. Da sind zwar eine ganze Menge Kommentare, aber sie ist nicht mutig genug, sie zu lesen.

Etwas ist mit und wegen ihr passiert, aber noch ist diese Tatsache schwer zu begreifen. Ihr Lauf ist größer als sie selbst, und doch besteht ihr tägliches Leben meist nur aus ihren einsamen Schritten, deren Rhythmus, ihren täglichen Schmerzen, ihrer Einsamkeit und den aufblitzenden Albträumen, die sie täglich einholen. Es scheint, als wäre sie zu einer Person mit einer Nachricht geworden, aber sie weiß nicht recht, wie diese Nachricht lautet. Vielleicht, weil sich die Nachricht immer noch ihren Weg durch Trauer und Schuld kämpft, um zu ihr zu gelangen.

Annabelle konzentriert sich auf die täglichen Schritte und hält den Aufruhr von sich fern, als würde er jemand anderen betreffen. Tatsächlich *betrifft* er jemand anderen. Zumindest ist sie noch nicht das Mädchen, das sie aus ihr machen.

Vor allem nicht diese Woche.

Jede Nacht ist er bei ihr, genau wie er es wollte. Sie sieht ihn, wenn sie die Augen zumacht, in ihrer Schlafkoje im Wohnmobil, mit dem Sankt-Christophorus-Anhänger, der über ihr in der Dunkelheit hängt. Sie versucht, sich auf Ernest Shackleton und die Männer zu konzentrieren, die sich den Weg zurück in die Zivilisation erkämpfen, und der Müdigkeit nachzugeben, die sie in den Schlaf zieht. Aber er ist da. Der Stehler. Hinter jedem Gedanken lugt er hervor. Er starrt. Er erinnert. Er spottet.

In der Woche nach dem Winterball steht er bei ihrem Auto. Sie hat ihn jeden Tag beim Mittagessen gesehen, und jetzt, im zweiten Halbjahr, haben sie den Englisch-Leistungskurs zusammen. Es gibt allerdings eine Sitzordnung, weswegen sie nicht nebeneinandersitzen, und in diesem Kurs wird nicht so viel herumgegangen wie in Multimedialer Kunst, also reden sie nicht wirklich miteinander.

In Wahrheit beeilt sie sich sogar, aus dem Klassenzimmer zu kommen. Sie ist *A* in der Sitzordnung, erste Reihe, und er *W*, also flitzt sie an ihm vorbei, so schnell sie nur kann. Nach seinem Ständer, nach dem körperlichen Beweis von – sie weiß es nicht einmal genau, eines *Bedürfnisses*, vielleicht – empfindet sie einen seltsamen Drang, ein nagendes Gefühl des

Unwohlseins, dass sie sich von ihm distanzieren sollte. Also fliegt sie aus dem Klassenzimmer und sitzt beim Mittagessen möglichst weit von ihm entfernt. Sie beeilt sich oder trödelt an der Salatabteilung, sodass sie bei Kat oder sogar Sierra sitzen kann, obwohl sie die nicht einmal so gerne mag.

Aber an diesem Tag steht er gleich neben ihrem Auto und sie kann ihm nicht aus dem Weg gehen. Er hält seine gefalteten Hände, als würde er beten, flehen, und es regnet und der Bus fährt ab.

»Würdest du mir deine Gnade erweisen?«, fragt er.

»Klar, kein Problem.«

»*Hab Dank* für die Gnade«, sagt er.

Er trägt eine Flanelljacke, die jetzt klatschnass ist, und ein Paar Springerstiefel, von denen Wasser auf ihre Bodenmatten tropft. Springerstiefel sind nicht irgendein Klischee. Sie trägt sie. Zander trägt sie. Kat auch und Geoff Graham auch. Der Stehler trägt sogar nicht einmal mehr wirklich komische Kleidung. Er zieht sich so an wie sie alle. Es gibt kein Merkmal oder irgendein Zeichen, wie man meinen könnte. Nicht, bis man verzweifelt versucht, eines zu finden. Sein grüner Rucksack steht zwischen seinen Füßen und ist ebenfalls klatschnass.

»Wie lang hast du denn hier draußen gestanden?«, fragt sie.

»Die sechste Stunde war ein bisschen früher aus.« Seit dem Tag, an dem sie The Clash gehört haben, war er nicht mehr in ihrem Auto.

»Warte mal. Dann hast du deinen Bus also eigentlich gar nicht verpasst?«

Er schüttelt den Kopf und schaut sie gespielt kleinlaut an. »Ich hab es vermisst, mit dir zu reden. Irgendwie war es immer so, als müsstest du schnell irgendwo hin.«

Kat bleibt mittwochs und freitags wegen des Jahrbuchs immer länger, und es ist Freitag, also wird Annabelle alleine nach Hause fahren. Sie fragt sich, ob er das weiß, ob er das in Erfahrung gebracht hat. Ob er hier stehen würde, wenn es Montag oder Dienstag oder Donnerstag wäre.

Sie fährt aus der Parklücke und wartet in der Schlange aus Autos, die alle von dem Parkplatz herunterwollen. Es regnet so stark, dass ihre Scheibenwischer mit Maximalgeschwindigkeit wischen. Man kann nur schwer etwas sehen. Der Stehler ist außerdem so groß, dass sie ihren Hals recken muss, um sicher abzubiegen, weil er ihre Sicht einschränkt.

»Kann ich ein bisschen Musik anmachen?« Er hat ihr Handy in der Hand. Was hat es damit auf sich, wenn jemand dein Handy anfasst? Es ist, als ob der- oder diejenige *dich* anfasst, oder deine Gedanken liest, oder deine privatesten Angelegenheiten durchstöbert.

»Klar, mach nur.«

»Hey, weißt du noch?«

»*Police and Thieves.*« Sie versteht sofort, wie er versucht, den Augenblick, den sie geteilt haben, noch einmal nachzuspielen, als sie Spaß hatten, als er sich mächtig gefühlt hat, weil sie ihn wollte und er ganz locker damit umgegangen ist. Und es ist nichts Falsches daran, dass er sich das noch mal wünscht, oder? Es ist nichts Falsches daran, dass er sie so verfolgt. Nicht wirklich. Außer, dass sie versucht, ihm einen Wink zu geben, dass sie Abstand von ihm braucht, den er nicht sieht, und das nervt sie. Sie fühlt sich unwohl. Sie wollte ihn um sich haben, und jetzt will sie, dass er weggeht, und obwohl sie genervt davon ist, dass er in ihrem Auto sitzt, hat sie auch Angst, dass dieses Erst-wollen-und-dann-nicht-wollen irgendwie böse von ihr ist.

»Oh, ja«, sagt sie. Sie hasst sich selbst, wenn sie nicht nett ist. Und überhaupt, so hat sie es doch gelernt, seit sie ein Baby war. Gina und Dieser Mistkerl Father Anthony haben das unmissverständlich klargemacht: Behandle andere so, wie du selbst gern behandelt werden möchtest. Sei freundlich zu denjenigen, die es nicht so gut haben wie du. Wenn du das nicht tust, WERDEN SCHLIMME SACHEN PASSIEREN.

Der Stehler lächelt. Er dreht die Musik auf. Sie kann sich nur schwer konzentrieren, was sie aber muss, um bei diesem Wetter zu fahren.

»Scheiße«, sagt er. »Ich weiß nicht, wie ihr das aushaltet.«

»Was meinst du?«

»Dieses Wetter. Seit drei Wochen regnet es nonstop. Auf mir wächst ja schon Moos.«

»Ich vergesse immer, dass du gerade erst aus Vermont hergezogen bist«, sagt sie. »Es ist so, als ob du immer schon da gewesen wärst.« Sie weiß, dass das ein Geschenk ist, eine Geste, damit er sich zugehörig fühlt. Sie gibt es ihm wegen all der gemeinen Gedanken, die sie gerade über ihn hat. Sie gibt es ihm, weil sie sich wirklich wünscht, er wäre nicht in ihrem Auto.

»Gott, das ist aber schon echt *deprimierend*.«

»Ich weiß nicht. Mir gefällt's. Na ja, vielleicht nicht gerade in dieser Sekunde, aber sonst … ich meine, wir sind daran gewöhnt. Es ist gemütlich.«

»Vielleicht, wenn einem nicht danach ist, sich die Pulsadern aufzuschneiden.«

»Hey, muss ich dich etwa bei Mr. Curley melden?« Mr. Curley ist der Betreuer, den keiner mag. Er ist bekannt dafür, dass er Milchreis isst und an seiner Nagelhaut herumzupft, während er mit einem darüber spricht, wie es auf der Whitworth

University war, seiner Alma Mater. Sie hat nur Spaß gemacht, aber als sie zu ihm hinüberschaut, ist das Gesicht Des Stehlers angespannt und er starrt aus dem Fenster.

»Nee, meine Mutter will schon, dass ich mit so einem anderen Kerl rede.«

»Oh, sorry. Ich dachte, das wäre ein Witz gewesen.«

»Es ist bescheuert. Warum sollten sie irgendeinem Kerl Geld dafür bezahlen, dass er dasitzt und mir zuhört? Mir geht's gut, weißt du, wenn ich Gitarre spiele und düstere Gedichte schreibe, haha.« Das Lied ist zu Ende. Das nächste fängt an. »Hey, Bob Marley.«

Waiting in Vain. Mann mit gebrochenem Herzen hat genug von einer Frau, die sich nicht mehr für ihn interessiert. »Mit den besten Grüßen von Kat und der *Auf Wiedersehen, Arschloch*-Playlist, die sie mir zusammengestellt hat, nachdem Will und ich Schluss gemacht haben.«

»Nicht schlecht.«

»Ich hab ihn letztens gesehen.«

»Ach ja? Mit Absicht oder zufällig?«

»Zufällig. Es war komisch, weil er in der Eastside wohnt. Er war in unserem Whole-Foods-Supermarkt und hat sich ein Sandwich gekauft, als ich auch dort war und mir ein Sandwich gekauft hab.«

»Arschloch. Hat er eine neue Freundin?«

»Er vermisst mich.«

Das hat sie Kat nicht erzählt, oder irgendjemand anderem, nicht einmal Gina, die im Auto auf sie gewartet hat. Annabelle hat sich nicht wirklich ein Sandwich geholt. Sie hat Milch und Kaffee gekauft. Sie waren auf dem Nachhauseweg, nachdem sie Malcolm von einer Übernachtungsparty bei Terrence abgeholt hatten, und Gina wollte nicht reingehen, weil sie keinen BH anhatte. Es war schön, Will zu sehen. Wirklich schön. Sie umarmten sich und er roch so gut – nach Will. Er erzählte ihr, dass sein Dad Angst hatte, Krebs zu haben, und von einem Robotik-Projekt, an dem Will gerade arbeitete. Seine Augen wurden ganz aufgeregt und waren voller Licht, wie immer. Das Treffen hat ihre ganzen Fortschritte, die sie gemacht hatte, ihn als den Bösen hinzustellen, ruiniert. Er war einfach nur wieder Will, der Junge, den sie geliebt hat, und das war scheiße. Sie umarmten sich noch einmal, als sie sich voneinander verabschiedeten, und er flüsterte ihr ins Ohr, dass er sie vermisst. Es hat sie tagelang aus der Bahn geworfen und sie musste sich selbst die ganzen Hardcore-Vorträge wieder ganz von vorne halten.

Warum sie das aber jetzt Dem Stehler gegenüber erwähnt – weil ein Teil von ihr gerade böse ist, selbst wenn sie versucht, nett zu sein, denkt sie. Was Dr. Mann viel später vorschlagen wird – dass sie vielleicht das sagen wollte, was sie sagen musste, ohne zu sagen, was sie sagen musste –, kommt ihr nicht in den Sinn. Die Erwähnung von Will, der beiderseitige Sandwich-Kauf – sie stößt Den Stehler von sich weg, ohne ihn von sich wegzustoßen.

»Vermisst dich also? Zu spät, Arschloch.«

Trotz all der Anstrengungen Des Stehlers fehlt der Autofahrt die Energie und der Spaß und das gute Gefühl vom ersten Mal. Und als sie vor seinem Haus hält, ist seine Mum draußen und holt Tüten aus dem Volvo. Annabelle erkennt sie wegen des Fotos, das sie online gesehen hat. Die Mum Des Stehlers, Nadine, kommt rüber zum Auto, um Hallo zu sagen. Nadine ist nett, obwohl Annabelle das Gefühl hat, dass sie sie mustert. Der Stehler ist genervt. Die Situation ist unangenehm.

Aber trotzdem, nichts von alledem scheint Den Stehler zu stören. Es bremst ihn keineswegs. Am nächsten Freitag steht er wieder da, mit seinen flehenden Händen. Seinen flehenden, depressiven Händen.

Er steht jetzt jeden Mittwoch und Freitag da, aber niemals an den Tagen, an denen Kat da ist, also will er eindeutig mit Annabelle allein sein. Es macht sie wütend. Er will ihre Zeichen einfach nicht sehen. Sie ist kühl, distanziert, redet neben Will auch über andere Jungs, fährt aus dem Parkplatz heraus und drückt ein bisschen zu viel aufs Gas. Er weigert sich, das zu hören, was sie nicht sagt. Sie will ihn auf eine nette Art und Weise entmutigen, aber dass er sie quasi dazu zwingt, ihm wehzutun, ist scheiße. Vor den Abendessen macht sie sich jetzt immer zu extra harten Läufen auf, um das schlechte Gefühl loszuwerden.

»Sag einfach Nein, Annabelle«, sagt Kat. »Sag ihm, dass du ihn nicht mehr fahren kannst. Sag ihm, dass du dich unwohl fühlst. Sag ihm, dass du deswegen zu spät zur Arbeit kommst. Sag ihm einfach, dass du das *nicht willst*. Gott, es macht mich verrückt, wenn du so was machst.«

Es ist ein Donnerstag, einer der Tage, an denen sie Kat heimfährt. Manchmal will Annabelle einfach allein in ihrem eigenen Auto sein, aber *manchmal* ist nur mittwochs und freitags, wenn Der Stehler dasteht und wartet. Annabelle ist froh, dass Kat und nicht er auf dem Beifahrersitz sitzt. Sie liebt Kat. Kat ist ihre Art von Mensch. Auch wenn Kat gerade sauer auf sie ist, liebt Kat sie auch.

»*Was* mach ich denn?«

»Diesen passiv-aggressiven Scheiß. *Sag's* ihm einfach.«

»Das kann ich nicht!«

Annabelle schwört, dass Kats Gesicht rot anläuft. »Warum? Warum kannst du das nicht?«

»Ich will ihn nicht verletzen.«

Kat atmet laut aus. Schüttelt den Kopf. Sie ist richtig wütend. »Also willst du einfach zulassen, dass das so weitergeht, obwohl es nicht richtig für dich ist? Man kann ihn verletzen, Annabelle. Er wird sich schon davon erholen.«

»Er ist depressiv.«

»Na und? Wer ist denn nicht *irgendwas*? Hängt seine ganze Depression denn davon ab, was du tust? Ich bitte dich auch nicht, bestimmte Sachen zu machen, die meine mentale Gesundheit garantieren.«

Kat hat immer wieder unter depressiven Phasen gelitten, seit ihre Mum schlimm zu trinken angefangen hat. Und sie hat recht, denn die Roosevelt High ist nicht gerade ein Ponyhof. Natürlich ist sie das nicht. Zander ist auch manchmal depressiv, und Annabelle selbst ist ängstlich, und bei Sierra schleicht sich eine beginnende Essstörung ein, und das sind nur die Dinge, die sie sicher weiß. Leute haben Dinge, und Leute kommen mit Dingen zurecht.

»Du hast nur Angst davor, nicht gemocht zu werden, Annabelle. Du solltest es mal versuchen. Sag mal was Böses. Sag, was du *denkst*. Sag, was du *meinst*. Sag *Nein*. Sag: ›*Ich will das nicht.*‹ Und schau, was passiert.«

»O Gott«, stöhnt sie. »Ich weiß, was passiert, wenn Leute sagen, was sie denken.« Annabelle ist sich sicher, dass ihre Mutter ihren Vater vertrieben hat mit ihrem unablässigen Schwall an Meinungen, meistens über ihn.

»Du weißt, was passiert, wenn Leute nicht gut zusammenpassen. Das ist ein Unterschied. Dieser Mistkerl Father Anthony hat deine Mutter nicht verlassen, weil sie direkt und resolut ist. Er hat sie verlassen, weil sie immer auf Streit mit ihm aus war. Und sie war immer auf Streit mit ihm aus, weil er abwesend und distanziert war. Sie haben das Schlechteste ineinander hervorgebracht.«

Nicht viele Leute können es sich erlauben, so über deine Familie zu reden, Kat schon. Sie war da, als Annabelles Dad bei ihnen gewohnt hat, und sie war da, als er sie verlassen hat. Nach so viel Zeit bei ihnen zu Hause hat Kat sogar ihren eigenen Sitzplatz am Tisch.

»Sag ihm, dass du ihn nicht mehr fahren willst, oder ich werd's tun.«

An diesem Nachmittag arbeitet Annabelle an der Kasse in der Essential Baking Company. Ein Mann beschwert sich, dass in seinem »Expresso« keine Milch ist, und eine Frau in einer Outdoor-Jacke will mit der Chefin über die fehlende Auswahl an glutenfreien Optionen reden. Nach ihrer Schicht nimmt Annabelle das unverkaufte Gebäck des Tages mit ins Sunnyside-Seniorenzentrum. Sie liest Mrs. Alducci laut vor und bringt dann ihrem Lieblingsbewohner, Mr. Giancarlo, einen Zucker-Cookie in Schneemann-Form. Die ganze Zeit über spielt die Unterhaltung mit Kat über Den Stehler in ihrem Kopf wie ein leises Radio im Hintergrund. Es stört sie. Es *verstört* sie.

Dann wird alles kurz besser, als sie nach Hause kommt. Sie schnürt ihre Schuhe. Läuft zehn schnelle, harte Kilometer nach Fremont und wieder zurück. Sie duscht lange und heiß. Gina bringt KFC mit nach Hause zum Abendessen, der rotweiße Eimer steht in der Mitte des Tischs und die vielen kleinen Schachteln offen darum herum. Die Löffel-Gabel-Kombi, mit der sie heute isst, heitert Annabelle unerklärlicherweise auf, vor allem, wenn Kartoffelbrei darauf ist.

»Streich den Tag im Kalender an. Das können wir erst in einem Jahr wieder essen. Gott, ich will mir die ganzen Fett-Kalorien gar nicht vorstellen«, sagt Gina.

»Eklig, aber lecker«, sagt Malcolm und leckt Soße von der Löffel-Gabel.

»Gib mir mal die Servietten«, sagt Annabelle. Ein Haufen davon ist schon zerknüllt und liegt wie Waffen nach einer Schlacht überall herum.

»Annabelle, stimmt was nicht?«, fragt Gina.

»Was? Nein, alles super.«

»Sag mir nicht ›alles super‹. Ich sehe doch, wenn was nicht stimmt. Ich kenne dich. Du warst ein Teil von mir. Ich habe dich geboren.«

»Eklig«, sagt Malcolm noch mal.

»Mir geht's gut.«

»Du tust so, als würde es dir gut gehen, aber das tut es nicht. Du hast schlechte Laune.«

»Ich krieg gleich schlechte Laune, wenn du mir noch öfter sagst, dass ich schlechte Laune habe.«

»Ist es wegen diesem Jungen, den du in letzter Zeit immer nach Hause gefahren hast?«

Wie macht sie das nur? Wie kann sie mit der Faust so zielsicher aufs Auge treffen? Vielleicht *kennt* Gina sie ja wirklich. Vielleicht gibt es irgendeine übersinnliche Verbindung, die durch die Nabelschnur verläuft, von der sie nie frei sein wird.

»Ich … Ich will ihn einfach nicht mehr heimfahren. Ich glaube, er mag mich.«

»Du bist komisch, seit du damit angefangen hast. Also sag ihm, dass du das nicht willst. Hast du ihm das schon gesagt?«

»Noch nicht.«

»Lieber Gott! Sag's ihm einfach!«

»Ich will ihn nicht verletzen.«

»Du hörst dich an wie dein Vater. Du kannst dich nicht immer herauswinden. Er wird noch denken, dass du ihn auch magst, und dann wirst du ihn nie mehr los. Weißt du noch, Georgie Zacharro? Du musst vorsichtig sein, Annabelle, das hab ich dir schon hundert Mal gesagt. Manche Jungs lächelst du nur an und sie denken sofort, dass du Sex mit ihnen willst.«

»Wäh«, sagt Malcolm.

»Dann denkt das wohl meine ganze Schule, Mum, weil ich jemand bin, der immer lächelt.«

»Du weißt, was ich meine. Wenn du ihn nicht magst, ermutige ihn nicht.«

»Es ist nicht, dass ich ihn *nicht* mag. Er ist einfach *aufdringlich*.« Sie weiß nicht, wie sie es erklären soll. Es ist ein Gefühl, eines, von dem sie nicht weiß, ob sie ihm trauen kann oder nicht. Das Gefühl kommt und geht. Und es ist ja nicht so, als würde hier irgendwas Abnormales vor sich gehen. Es waren auch schon vorher mal Jungs in Annabelle verknallt und sie hat sich in Jungs verknallt. Keine große Sache. Das passiert.

Aber diesmal ... Da sind kleine Dinge. Nachrichten von Dem Stehler, ganz, ganz spät in der Nacht, Nachrichten, über die sie am nächsten Tag scherzt, die sich aber kryptisch und intim anfühlen: **Warum scheinen Wälder Geheimnisse zu bergen?** Oder: **Komisch, über eine Welt nachzudenken, in der sowohl Wut als auch Mondlicht existieren.** Sie hat ihn auch dabei erwischt, wie er irgendetwas fotografiert hat, weil sie im Hintergrund ist. Er versucht, länger in ihrem Auto zu bleiben, indem er sie eine komplizierte Sache fragt, genau wenn sie an seinem Haus ankommen, oder so tut, als hätte er etwas unter dem Sitz verloren. Er riecht nach … vielleicht Gras und auch Alkohol. Aber, hey. Ein Drittel ihrer Sportklasse im ersten Halbjahr hat so gerochen.

»Du musst deinem Instinkt vertrauen. Hör auf deine innere Stimme.«

»Warum sagen die Leute das immer? Stimmen sagen verschiedene Sachen zu verschiedenen Zeitpunkten.«

»Schon, aber du weißt, wann sie lügt, wenn du mal ehrlich zu dir bist. Sie kommt genau hier raus.« Gina legt eine Hand auf ihre Brust. »Wenn dich etwas bedrückt, musst du hinhören. Gute Dinge nagen nicht an dir. Du bist nervös in einer Parkgarage? Nichts wie raus da. Du fühlst dich auf einer Party unwohl? Dann gehst du, verdammt noch mal.«

»Fünfundzwanzig Cent, Mum«, sagt Malcolm.

Das Problem mit Gina und vielleicht allen Müttern – sie könnte überreagieren, aber sie könnte auch recht haben. Es ist, als würde man versuchen, bei einer Wassermelone um die Kerne herum zu essen.

Aber am nächsten Tag beim Mittagessen zupft Annabelle Den Stehler am Ärmel und zieht ihn zur Seite.

»Hey, es tut mir leid, aber ich kann dich nicht mehr weiter mitnehmen. Meine Schicht auf der Arbeit hat sich geändert und ich muss jetzt immer schon eine halbe Stunde früher da sein. Ich hab keine Zeit zum Umziehen mehr und so, wenn ich nicht gleich schnell nach Hause fahre.«

»Ach so. Okay. Kein Problem«, sagt er.

Sie hat nicht mutig oder ehrlich mit ihm geredet, wie Kat es ihr gesagt hat. Sie hat gelogen. Aber jetzt ist es raus, sie hat es gesagt und es ist erledigt. Sie fährt ihn nicht weiter. Sie ist erleichtert.

Es ist vorbei, denkt sie.

Sie täuscht sich.

Es ist sowieso eine schlechte Woche. Eine schlechte, schlechte Woche, und dann ist das Ufer am Albert Lea Lake auch noch morastig. Und sumpfartig. Es ist ein kleiner, flacher See mit psychedelischen Schleiern von grünen Algen an der Oberfläche. Sie freut sich immer auf Gewässer. Normalerweise sind sie kühl und einladend und unterbrechen die Monotonie des Ackerlandes. Aber dieser See ist ein bisschen gruselig. In den True-Crime-Sendungen sind das die Orte, an denen Leute verschwinden.

Sie wird Opa Ed in ein paar Kilometern hinter der letzten Biegung des Sees auf der South Shore Road treffen. Die South Shore Road wird dann schließlich zum Highway 56 werden, der sie nach Iowa führen wird. Nachdem er sie abgeholt hat, wird Opa Ed sie in die nächste Stadt, Hayward, Minnesota, fahren, zweihundertfünfzig Einwohner, wo sie auf dem Myre-Big-Island-Campingplatz übernachten werden.

Sie ist für heute beinahe fertig mit ihrem Lauf. Es ist die zweite Juniwoche und die Hitze lässt den flachen See nach trübem Zeug und altem Fisch stinken. Sie hatte gehofft, dass das Wasser ihr gute Laune machen würde, aber tatsächlich bewirkt es das Gegenteil. Den ganzen Tag fühlt sie sich schon heruntergezogen, als ob ihr Rucksack voller Felsbrocken wäre.

Sie sieht das Auto die South Shore Road hinunterfahren. Es ist ein kleiner, blauer Pick-up. Sie schaut den Leuten darin immer gerne in die Augen, damit sie sich sicher ist, dass sie sie auch sehen. Niemand erwartet, dass ein Mädchen an einem beinahe leeren Highway entlangläuft.

Noch ist er aber zu weit weg, um Augenkontakt mit jemandem aufzunehmen. Sie sieht zu, wie der Pick-up näher kommt. Bald schon ist er fast da und sie kann den Mann sehen, der fährt. Er trägt eine Baseballkappe und ein T-Shirt. Sein Fenster ist unten. Sie sieht ihn an. Er sieht sie an. Sie hebt ihre Hand zu einem flüchtigen Gruß. Auch er hebt seine.

Und in diesem Sekundenbruchteil, als er seine Augen von der Straße nimmt, passiert es. Ein Reh schießt hervor und springt über den Highway. Der Pick-up fährt nicht einmal schnell, aber schnell genug. Der Fahrer tritt auf die Bremse und das Heck des Pick-ups schlingert, aber es ist zu spät. Ein ekelerregender, dumpfer Aufschlag ist zu hören. Es ist das schreckliche Geräusch von sich schnell bewegendem Metall, das gegen den einst soliden Körper eines Tieres knallt.

Das Reh wird hoch in den Himmel geschleudert. Annabelle kann kaum glauben, was sie da miterlebt, weil das Tier tatsächlich in der Luft ist, als wäre es von einem Tornado erfasst worden. Und dann landet es, und das ist schrecklich, furchtbar, weil der Aufprall und die Landung das Tier von einem Moment auf den anderen – gerade noch so schön lebendig und im Sprung über die Straße – in eine grauenvolle, verrenkte Leiche verwandeln. Sie kann die Augen des Rehs sehen, sie sind glanzlos, einfach glanzlos, und Blut fließt aus ihnen heraus.

O Gott. O Gott, o Gott. Annabelle stößt einen Schrei aus. Sie kann sich nicht bewegen. Nein, es ist schlimmer als das. Sie schluchzt und steht wie versteinert da. Sie merkt nicht einmal, dass sie schluchzt, weil sie so getroffen ist wie das Reh. Sie ist gelähmt von dem, was sie gerade erlebt hat, wie das Tier erst noch am Leben war und dann auf einmal nicht mehr.

Der Fahrer stößt seine Tür auf. Die linke Frontseite seines Pick-ups sieht aus wie eine eingedrückte Bierdose. Er springt heraus. Er geht auf das Tier zu, bleibt aber auf halbem Weg stehen und erkennt, dass nichts mehr zu retten ist.

»Scheiße!«, sagt er.

Annabelle übergibt sich. Sie zittert. Mit all dem hat der Mann sicher nicht gerechnet, als er heute losgefahren ist.

»Soll ich jemanden für dich anrufen, Liebes? Kann ich dir helfen, Liebes? Kann ich dir helfen, Liebes?«, sagt er immer und immer wieder.

22

1. Das Herz einer Kakerlake hat zwölf bis dreizehn Kammern, angeordnet in einer Reihe. Wenn eine davon versagt, bemerkt die Kakerlake es kaum.
2. Alle Tintenfische haben multiple Herzen. Ein Hauptherz und zwei Kiemenherzen.
3. Regenwürmer haben überhaupt kein Herz. Stattdessen haben sie fünf Pseudo-Herzen, die ihre Speiseröhre umschlingen.
4. Nur der Zebrafisch ist allerdings in der Lage, das einzig wirklich Notwendige zu tun: Wenn sein Herz gebrochen oder beschädigt oder zerstört wird, kann er es selbst reparieren. Rehe nicht. Menschen auch nicht.

»Willst du nicht endlich mit deiner Mutter reden?«, bittet Opa Ed. »Sie hat jetzt schon zehn Mal angerufen. Gib dir einen Ruck, Bella Luna.«

Annabelle zieht sich das Kissen über den Kopf. Sie sieht das Reh, das fliegt und landet und zerplatzt, seine Augen glanzlos und leer.

»Bella Luna, hör mal. Dein Bruder ist am Telefon. Er will mit dir reden. Bitte.«

Sie verkriecht sich noch tiefer in ihrem Bett.

»Am Telefon ist dein Freund Zach«, sagt Opa Ed. »Deine Freundin Olivia.«

Sie tut so, als würde sie ihn nicht hören.

»Dr. Mann ist am Telefon«, sagt Opa Ed.

Sie rührt sich nicht. Deswegen klettert er die Leiter zu ihrer Koje hinauf. Schaut ihr ins Gesicht. Er sieht richtig schlimm aus. Seine Haare sind aufgeplustert und ungekämmt, seine Ohren hängen tief und alt herunter und er hat kleine, mit Flüssigkeit gefüllte Säcke unter seinen Augen. Er sieht erschöpft aus. Vor drei Tagen hat er sie von ihrem letzten Standort weggefahren, zu einem *Kampgrounds of America*-Campingplatz in der Stadt, damit er näher an Nick's Grocery Store sein und besseres WLAN haben konnte. Annabelle ist aus ihrer Schlafkoje nur zum Pinkeln heruntergekommen. Seit dem Reh hat sie nichts außer Toast und Polenta und Bananen gegessen. Opa Ed isst und trinkt für sie beide. Vor Stress hat er fast einen ganzen Schweinebraten allein aufgegessen und sich an die Wein- und Salamivorräte rangemacht, als herrschte Krieg und als würden Bomben fallen.

Ihm wächst das alles über den Kopf.

Er schiebt ihr das Handy ans Ohr. Sie versucht, sich wegzurollen, aber er bewegt sich mit ihr und da ist Dr. Manns Stimme.

»Annabelle?«, sagt Dr. Mann über all die Kilometer hinweg. Annabelle sieht sie vor sich, mit ihrem schönen, kastanienbraunen Haar und ihrem Lächeln, wie sie in ihrem warmen Büro mit dem Ledersofa und den weichen Kissen und der Taschentuchbox sitzt. Einmal hat Annabelle gesehen, wie sie aus ihrem Auto ausgestiegen ist, einem süßen, kleinen, roten

Mini Cooper, was dazu geführt hat, dass Annabelle sie nur noch lieber mochte.

Annabelle sagt nichts.

»Ich habe gehört, was passiert ist.«

»Ich …« Annabelle fängt an zu weinen.

»Ach«, sagt Dr. Mann. »Ach je, es ist so schwer. So schwer.«

Annabelle schluchzt. Opa Ed weint ebenfalls. Tränen kullern von seiner großen Glühbirnen-Nase. Er wischt sich die Augen mit der Rückseite seines Ärmels ab.

»Dieses Reh«, sagt Dr. Mann. »In all diesen Wochen musste es genau in dieser Woche auf die Straße springen. Zum ersten Jahrestag.«

Der Jahrestag. Die zweite Juniwoche. Der 10. Juni, um genau zu sein. Sie hat ihn gefühlt, schwarz und bedrohlich wie ein Todesurteil, und jetzt ist er da. Sie hat es vermieden, ihn anzusehen, als wäre er der *malocchio*, der böse Blick, darauf aus, sie noch schlimmer zu verfluchen, als sie es sowieso schon ist.

»Ich will's mir nicht anschauen, erzähl du es mir lieber«, sagt Annabelle zu Opa Ed.

»Meinst du etwa, ich schon? Ich will's mir auch nicht anschauen.«

»Nur einmal kurz gucken. Einmal kurz gucken und dann erzählst du's mir.«

Die Nachrichten. Was die Leute vielleicht sagen. Was die Leute vielleicht *fühlen*. All diese Emotionen. Die Nachrichten und die Emotionen und die Trauer und die Verzweiflung auf ihren eigenen Gefühlen und ihrer eigenen Trauer und Verzweiflung obendrauf.

»Ich werd's tun, wenn du an dein Handy gehst.«

»Nein.«

»Du musst. Deine Mutter. Dein Bruder. Deine Familie, zumindest.«

Sie stößt einen tiefen Seufzer aus. »Ich kann mit niemandem reden.«

»Familie! Das sind diejenigen, die immer für dich da sein werden. Man ignoriert die Familie nicht. Sie zeigen ihre Liebe. Du nimmst ihre Liebe. Du fühlst dich besser. *Capisci?*« Er ist stur.

»Okay, okay. Ich werd mit der Familie reden. Das war's aber. Jetzt guck.«

Er bekreuzigt sich und klappt seinen Laptop auf. Wow, er ist gut darin geworden, auch im Tippen und mit der Handhabung der Technik. Es ist fast lustig mitanzusehen, wie er sich immer noch ein bisschen konzentriert nach vorne beugt, als wäre er gerade in der Firma neu angestellt worden. Er hat jetzt sogar einen E-Mail-Account und ist die ganze Zeit da drin. Sie hat ihn gefragt, ob er Dawn Celeste immer noch schreibt, aber er meinte nur: »Frag ich dich nach deinen Angelegenheiten? Kümmer dich um deine und ich mich um meine.«

Sie wartet.

»Das, was man erwarten würde.«

»Sag's mir.«

»Artikel. Leute, die reden. Gedenk…«

»Das reicht.«

»Warte, warte, warte. Das könnte …«

»Was?« Sie hat Angst.

»Groß. Das könnte was Großes sein.«

»O Gott.«

Ihre Finger drücken aufeinander, der Daumen auf jede Fingerkuppe – Zeigefinger, Mittelfinger, Ringfinger, kleiner Finger. Es reicht nicht. Sie steht auf, geht in kleinen Schritten umher. Sie sind immer noch in Hayward, zweihundertfünfzig Einwohner. Opa Ed kennt bereits die Namen der Leute, die in Nick's Grocery Store arbeiten. Da sind Annie und Ken und Nick selbst. Sie könnte aus dem Wohnmobil rausgehen und die wenigen Straßen in der Stadt auf und ab laufen. Das Einzige, wofür Hayward, Minnesota, sich rühmt, ist, dass es 1930 der Veranstaltungsort des längsten Hufeisenwerfens der Welt war. Es hat mehr als fünf Monate gedauert.

»Es ist gut. Alles gute Sachen.«

»Okay, okay. Sag's mir. Nur in kleinen Stücken.«

»*USA Today.*«

»Heilige Scheiße! Heilige Scheiße! Das reicht. O mein Gott. Sag mir, dass du nicht gerade *USA Today* gesagt hast.« Sie hält sich die Ohren zu.

»Bella Luna. Es ist alles gut. Okay? Entspann dich. Ich hab's dir doch gesagt, es ist gut.« Sie kann ihn immer noch hören, so als wäre er über und sie unter Wasser.

»Nichts, was so groß ist, ist gut.«

»Ich lese gerade ... Es ist lang. Gib mir eine Minute. Es ist super.« Er benutzt nie das Wort *super*. Sie will sich übergeben. Es ist grauenhaft; es gibt keine Möglichkeit, um zu beschreiben, wie grauenhaft es ist, diese Trauer und diese Schande und diese Verantwortung auf sich zu haben und dass all das so öffentlich ist.

»Steht darin, dass ich ...«

»Es geht darum, was du tust. Um den Lauf.«

»O nein. Ich will das nicht. Sie werden denken, dass ich auf

Aufmerksamkeit aus bin. Sie werden denken, dass ich ablenken will von …«

Ihre Finger drücken, drücken, drücken aufeinander.

»*Basta!* Und hör auf, herumzuwandern, Jesus Christus, du machst mich ganz schwindelig. Schau einfach. Die Überschrift. Siehst du?«

Er dreht den Laptop zu ihr hin. Sie gibt sich einen Ruck und wirft einen kurzen Blick auf die Überschrift.

»›Aktivistin wider Willen unternimmt 4375-Kilometer-Lauf.‹«

»Widerwillig, ha! Damit haben sie recht«, sagt er.

* * *

»Ich wünschte, ich könnte bei dir sein«, sagt Gina.

Das wünscht Annabelle sich auch. Manchmal braucht man seine Mutter, auch wenn sie einen verrückt macht.

»Ich hab dich lieb«, sagt Malcolm.

»Ich hab dich auch lieb.«

Sie sitzen schweigend am Telefon. Meistens, auch in den schlimmsten Zeiten, ist *Ich hab dich lieb* genug.

Es tut mir leid, sagt sie zu Kat. *Es tut mir leid*, sagt sie zu Will.

Ihr Vater, Dieser Mistkerl Father Anthony, ruft auch an. Es ist eine unangenehme Unterhaltung. Es ist komisch, dass er ihr Aufmerksamkeit entgegenbringt, nachdem er jahrelang keine Aufmerksamkeit für sie übrig hatte. Er fragt nach ihrem Lauf und wie sie sich fühlt und wie es ihr geht, und da sie nicht weiß, wonach sie in seinem Leben fragen soll, fragt sie nach dem Wetter in Boston.

»Ich wollte nur, dass du weißt, dass ich heute an dich denke«, sagt er.

Sie wagt es, sich die Kommentare unter dem *USA Today*-Artikel anzusehen.

Mutig.

Inspirierend.

Nach allem, was sie durchgemacht hat …

Dieses YouTube-Video hat mich zum Weinen gebracht.

Niemand gibt ihr die Schuld. Aber sie kennen sie auch nicht.

Sie macht etwas noch Schwierigeres. Sie sieht sich die Posts von ein paar ihrer Freunde von diesem Tag an, dem Jahrestag. Gott, ihr ist so schlecht. Ihr Herz ist zermalmt, zerdrückt, zerstört. Da ist Geoff Graham. Er hat ein Bild von vorletztem Jahr gepostet, von ihrer Gruppe, auf dem sie sich alle gegenseitig die Arme um die Schultern legen. Zander hat das Foto gepostet, das der Kellner im Benihana am Abend des Winterballs gemacht hat, wo sie alle am Tisch sitzen. Sie ist gerührt, weil Sierra ihr Profilbild geändert und dafür ein Foto von sich und Annabelle am Green Lake eingestellt hat, wo sie auf ihren Strandtüchern liegen. Coach Kwan hat das alte Langstreckenlauf-Teamfoto online. Darunter sind viele Herz-Emojis, viele Beteuerungen von Liebe und Unterstützung. Sie sieht keinen Hass und keine Schuld, aber das wird sie hier wahrscheinlich auch kaum finden.

Trotzdem, es ermutigt sie zu etwas anderem, das sie bisher nicht tun konnte – nachzusehen, was sie alles verpasst hat. Sie wirft einen scheuen Blick auf die Facebook-Pinnwände. Sie scrollt weiter nach unten auf ihrer Timeline, zurück in der

Zeit. Eine Woche, zwei Wochen. Sie schaut sich Abschlussballfotos an. Da sind Zander und Hannah Kelly, händchenhaltend. Annabelle wusste nicht einmal, dass er sie mochte. Da sind Destiny und Lauren K, die jetzt wohl wieder zusammen sein müssen, weil sie in ihren Kleidern im Garten von Lauren K posieren und ihre Arme umeinandergelegt haben. Im Hintergrund steht ein Tisch voller Essen. Da sind Zach Oh und Olivia. Sie haben kein einziges Wort darüber verloren, dass sie zum Ball gegangen sind. Annabelle hat nicht einmal gefragt. Sie ist sauer auf sich selbst, weil sie so selbstsüchtig ist.

Alle sehen schön und jung und hoffnungsvoll aus. Da sind Schnür-High-Heels und kunstvolle Locken; dünne, stylishe Krawatten; lächelnde Gesichter. Während Annabelle noch durch anderes Zeug stöbert, sieht sie viel Gerede übers College und die Abschlussfeier nächste Woche in der Key Arena und einen Campingausflug im Sommer. Alle wirken, als wäre es für sie weitergegangen. Als ob sie eine Zukunft hätten.

Zwei Tage nach dem Jahrestag kann Annabelle sich immer noch nicht rühren. Sie weigert sich, aus dem Wohnmobil zu kommen. Opa Ed reißt langsam der Geduldsfaden und er flippt leicht aus. Er beschwert sich zum millionsten Mal, dass nirgendwo in einem Umkreis von 80 Kilometern *Prosciutto* zu bekommen ist; er läuft beleidigt herum und trägt sein Hörgerät mit Absicht nicht; er ist sogar so oft in das Bettengeschäft in der Stadt gegangen, dass ihn die Eigentümerin zum Abendessen eingeladen hat. Annabelle hat den Eindruck, dass er gerne in Gesellschaft von Damen ist. Von einer Dame aber vielleicht besonders gern, weil er das Abendessen bei Mrs. Quaker ausschlägt und Annabelle kurz darauf einen Blick auf seine

E-Mails erhascht und Dawn Celestes Namen immer wieder und wieder sieht.

Annabelle will ihm helfen, will diese Sache zu Ende bringen, damit sie alle zurückkehren können zu ihrem normalen Leben, was auch immer das ist. Aber sie kann sich nicht bewegen. Sie kann es einfach nicht. Ihr Herz ist eine Blechtrommel, die falsch herum auf dem Boden liegt. Zement fließt durch ihre Adern. Ihre Beine sind umgestürzte Eisenstangen. Sie will einfach nur schlafen.

»Bella Luna, wir müssen jetzt entweder vorwärts oder rückwärts gehen. Wir können hier nicht weiter in der Mitte festhängen.«

»Deine Stimme ist so laut«, sagt sie. »Sie tut mir in den Ohren weh.«

»Weil du die ganze Zeit hier herumsitzt und den Grillen beim Zirpen zuhörst. Du bist nicht einmal eine Runde raus auf den Campingplatz gegangen. Komm schon, komm wenigstens mit zum Frühstück zu Abigail's.«

»Mmm-mmm.«

»Ich schmeiß alles über den Haufen, wenn du morgen nicht aufstehst und weiterläufst, *capisci*?«

»Das hast du gestern schon gesagt.«

»Diesmal mein ich's ernst.«

»Das hast du gestern auch schon gesagt.«

Diese Nacht hört sie ihn draußen vor dem Wohnmobil, wie er mit Gina telefoniert. *Ich kann sie nicht einfach dazu zwingen, was soll ich machen, sie mit Gewalt nach Hause schleifen?* Und dann: *Ich weiß nicht, was du von mir erwartest*, sagt er. *Du glaubst immer, dass ich imstande bin, Dinge geschehen zu lassen, die ich aber nicht geschehen lassen kann.*

Sie steckt sich die Finger in die Ohren. Sie versucht leise, alle Staaten und ihre Hauptstädte aufzuzählen.

Am nächsten Tag ruft Zach Oh an. Sie geht endlich ran, weil das besser ist, als die fünfzehn Nachrichten anzuhören, die er ihr schon hinterlassen hat.

»In zwei Wochen, nachdem du in Rockford ankommst, gibt es da einen Ort in der Nähe, Cherry Valley. Dort ist ein Wasserpark, Magic Waters. Sie spendieren euch freien Eintritt. Du bekommst einen Tag Auszeit und einen Zwei-Nächte-Aufenthalt im Cherry Valley Hotel geschenkt.«

Es ist ganz und gar unmöglich, irgendeine Wasserrutsche hinunterzufliegen, während Seth Greggory jede Minute näher und näher rückt. Das ist Irrsinn. »Mit wem soll ich denn da hingehen, mit Opa Ed und unseren beiden unsichtbaren Freunden?«

»Darum geht es nicht. Sie meinten, du hättest dir eine Art Belohnung verdient.«

»Ich kann nicht einfach einen Tag freinehmen.«

»Ich glaub's nicht, dass du das jetzt gerade sagst.«

»Na ja, falls ich mich je dazu entscheide, weiterzulaufen, werde ich schon spät genug dran sein.«

»Der *Rockford Register Star* wird dort sein! Und du kannst die Leute vom Magic Waters nicht einfach hängen lassen! Sie geben allen High-School-Schülern, die in einem Spendenlauf-T-Shirt kommen, Eintritt zum halben Preis.«

»In einem *was*?«

Sie hört Olivia im Hintergrund. »Okay, okay!«, ruft Zach. »Olivia sagt, flipp jetzt nicht aus, aber wenn du nach Pittsburgh kommst, will dich der Young Feminist Alliance Club einer bestimmten Universität einladen, um mit ein paar Studentinnen zu reden. Warte, was? Sag's ihr selber!«

»Hey, Annabelle«, sagt Olivia.

»Warte. Was für Studentinnen? Was für eine Universität?«

»In letzter Zeit hat es wachsende Unterstützung von jungen Frauen gegeben«, sagt Olivia.

»Wachsende Unterstützung von jungen Frauen?«

»Die Marktanalyse von Zach und Mrs. Hodges hat ergeben, dass neunundfünfzig Prozent der GoFundMe-Spenden jetzt von jungen Frauen im Alter von vierundzwanzig Jahren und darunter kommen.«

»Kapier ich nicht.«

»Ich schon! Ich kapier das hundertprozentig. Hast du irgendeine Ahnung, wie viele junge Frauen … na ja, vielleicht nicht genau deine Erfahrung, aber so etwas wie deine Erfahrung gemacht haben? Jemand, der Gewalt benutzt, um sie zu kontrollieren oder zum Schweigen zu bringen? Machtlosigkeit durch Einschüchterung? Wer hat da *nicht* das Bedürfnis, eine Stimme zu brauchen?«

»Ich bin nicht irgendjemandes Stimme. Ich hab nicht mal was gesagt. Was für eine Universität überhaupt? Ich kann mich doch nicht mit Studentinnen unterhalten.«

»Natürlich kannst du. Jeden Tag, den du weitermachst, sagst du etwas. Du sagst, dass du weitermachen *kannst*.«

»Wenn du mich jetzt gerade sehen würdest, wüsstest du, dass ich nicht tun kann, was du von mir verlangst. Nur zweihundertfünfundsechzig Leute sind bisher durch das Land gelaufen. Wem will ich was vormachen? Ich kann's nicht. Ich hab keine Willenskraft. Ich kann nichts sagen, zu niemandem. Ich wüsste nicht mal, was ich sagen *soll*. Ich will einfach nur schlafen.«

»Annabelle, komm schon!«

»Der Grund, warum ich das überhaupt erst angefangen habe ... das war nicht, um irgendetwas Großes zu sagen. Es war nur für mich. Um ... *da wieder rauszukommen.*«

»Aber genau das ist doch der Punkt! Das ist es doch genau, was die Leute *kapieren*. Du haust nicht noch eine verdammte Message unter eine Million anderer Messages raus. Du redest, redest, redest nicht bloß. Gott, ich hab die Schnauze so voll, Leute reden zu hören. Du tust etwas. Und dabei bist du einfach nur dein aufrichtiges Ich, während du vorwärtskommst. Du bleibst nicht mehr an alten Orten zurück, siehst du? Das *ist* die Message. Das *ist* Triumph.«

»Du solltest die Rede halten. Du hast mich beinahe dazu gebracht, aufzustehen und zu klatschen.«

»Aaahhhh!«, schreit Olivia.

Zach ist jetzt zurück am Telefon. »In zwei Wochen wirst du beim Magic Waters sein und ein Spendenlauf-T-Shirt tragen. In sieben Wochen wirst du in Pittsburgh sein und mit ein paar Studentinnen reden. Es ist ja nicht so, als ob wir dich nicht rechtzeitig vorgewarnt hätten. Du hast 1126 Kilometer, um dir zu überlegen, was du sagen kannst.«

»Was für eine Universität?«

»Carnegie Mellon.«

Sie legt auf.

23

Das Problem ist, dass sie schon zu oft Dinge getan hat, weil sie andere nicht enttäuschen wollte. Wenn sie vielleicht Nein gesagt und dazu gestanden hätte, würde sie sich jetzt auf den Abschluss mit ihrer Klasse vorbereiten. Sie würde ihren Hut und ihren Umhang holen, und Mum würde Fotos machen und Malcolm würde ihn anprobieren, während Gina ihn anbrüllen würde, ihn nach dem ganzen Bügeln nicht zu verknittern.

Stattdessen liegt Annabelle in der Koje des Wohnmobils, ungeduscht und müffelnd, mit knurrendem Magen, aber der Gedanke an Essen ist ihr ein Graus, der Anblick dieses Rehs und das Fleisch und das Blut …

Stopp! Stopp! Stopp!

Sie rollt sich auf die andere Seite und zieht sich die Decke hoch über die Schultern. Es ist alles zu viel. Opa Ed sitzt vor seinem Laptop. Sie hört das schnelle Mäusegetrappel der Tasten. *Er* hat viel zu sagen, trotz allem.

Sie beschwört Dr. Mann vor sich herauf. Sie versucht sich daran zu erinnern, was Dr. Mann ihr immer und immer wieder gesagt hat. *Deine einzige Aufgabe – und das ist eine große – ist zu versuchen, deine eigene, aufrichtige Wahrheit auszusprechen und auszuleben. Diese Wahrheit kann sich verändern. Vielleicht brauchst du auch mehr Zeit, um überhaupt zu verstehen, was diese Wahrheit ist. Das war's. Das ist die Aufgabe. Zu versuchen, alle anderen zu managen oder zu kontrollieren? Nicht deine Aufgabe. Ganz davon abgesehen, unmöglich.*

Es ist schwierig, das zu glauben, das ist es wirklich. Weil – wenn sie doch nur konsequenter und selbstsicherer gewesen wäre … wenn sie nur die Distanz gewahrt hätte, nachdem sie aufgehört hatte, Den Stehler heimzufahren … wenn, wenn, wenn …

Wenn sie ihre Augen schließt, sieht sie das: sich selbst, wie sie sich wohler gefühlt hat, so, als hätte sie wieder alles unter Kontrolle, nachdem sie auf Distanz gegangen ist. Sie entspannt sich. Sie ist wieder freundlich zu Dem Stehler. Nach dem Englisch-Leistungskurs begleitet er sie zu ihrem Schließfach, obwohl seines in der entgegengesetzten Richtung liegt. Sie beschweren sich über den brutalen Pro-und-Kontra-Aufsatz, den sie schreiben müssen, über die Reden von Sojourner Truth versus Chief Joseph. Sie machen sich über die Art und Weise lustig, wie Emily Yew sich immer meldet und Arschkriecher-Fragen stellt.

Beim Mittagessen hält Der Stehler einen Platz neben sich frei und sie setzt sich dorthin. Er wickelt sein Sandwich aus.

»Ihhh, Zwiebeln!« Sie rümpft die Nase bei dem Geruch.

Er wird rot. »Weißt du, ich wäre nicht so, wenn ich du wäre«, sagt er. Er klingt tatsächlich sauer. Der Muskel in seiner Wange pulsiert.

»Tut mir leid«, sagt sie. »Ich wollte dich nur ärgern.« Aber er schweigt. Sie fühlt sich furchtbar. Er ist zu sensibel zum Ärgern, wird ihr klar. Na ja, jeder ist irgendwie komisch. Zach Oh führt sich auf wie ein Baby, wenn er ein Videospiel verliert.

Sie liest den persönlichen Meinungsaufsatz Des Stehlers Korrektur. Er basiert auf dem philosophischen Konzept von Emersons »Eigenständigkeit«, und es geht darum, wie Der Stehler seine Einsamkeit an seiner alten Schule durch Nichtkonformität und Inkonsistenz bekämpft hat. Sich selbst auszugrenzen hat zu Selbstvertrauen und einem Gefühl von Überlegenheit geführt, was sich wie eine Errungenschaft angefühlt hat, schreibt er. Es stört sie, das Ego darin, wie er sich selbst in seinen Gedanken aufspielt, um auf andere herabzusehen. Aber der Essay ist mutig und lustig und sie lobt ihn nur dafür. Sie ist vorsichtig damit, ihn ehrlich zu kritisieren.

Und dann kauft sich Der Stehler ein Auto. Und als die Bremsen des Toyota ausgetauscht werden müssen und Annabelle eine Woche lang ohne dasteht, fährt *er sie* nach Hause. Er wartet sogar in der Küche auf sie, während sie sich umzieht, und fährt sie zur Essential Baking Company rüber.

»Er mag dich immer noch«, sagt Malcolm an diesem Abend. Malcolm und Daniel waren da und haben an einem Naturwissenschaftsprojekt für die Schule gearbeitet.

»Wir sind nur befreundet«, sagt sie.

»*Du* bist nur befreundet. *Er* ist nicht nur befreundet.«

»Sei kein Dummkopf.«

»Seine Augen folgen dir wie die von einem dieser Spukhaus-Gemälde. Und als du nach oben gegangen bist zum Umziehen, hat er versucht, auf dein Handy zu schauen, als du eine Nachricht bekommen hast.«

»Kümmer dich um deinen eigenen Kram.« Anderen Leuten zu sagen, dass sie sich um ihren eigenen Kram kümmern sollen, ist vielleicht noch so ein Agnelli-Fluch.

Na und, dann mag er sie eben. Ist doch egal. Sie ergibt sich dieser Tatsache, dass sie still und heimlich angehimmelt wird, einfach. Wem würde es auch nicht gefallen, angehimmelt zu werden, selbst wenn es einem manchmal ein ungutes Gefühl gibt? Sie wünscht sich immer noch, dass Will so empfinden würde, obwohl sie seit dem Tag im Whole Foods nichts mehr von ihm gehört hat.

»Scheiße!«, schreit Der Stehler eines Nachmittags und tritt auf die Bremse, als sie aus Annabelles Viertel herausfahren.

Annabelle kreischt. Er wendet ruckartig und fährt mit einem Reifen auf den Bordstein. Sie sieht es, Hamilton Shileys einsames Dreirad in der Straße vor ihnen.

»Dachtest du etwa, da säße ein Kind drauf?« Sie lacht, als sein Auto wieder vom Bordstein herunterruckelt.

»Ich konnte es nicht sehen! Mir hat die Sonne ins Gesicht geschienen, okay?«

Verärgert klappt er die Sonnenblende nach unten. Das Schweigen die restliche Fahrt über ist seltsam und ungemütlich. Er sagt kaum Tschüss zu ihr, nachdem sie an ihrer Arbeit gehalten haben. Es ist komisch – manchmal hat sie das Gefühl, dass er sie hasst. Und nicht nur ein bisschen, sondern richtig *hasst*. Das klingt verrückt und falsch, nachdem er sie doch so zu mögen scheint. Manchmal macht ihre Angststörung sie einfach zu empfindlich und sie täuscht sich in Leuten. Trotzdem, eine Sache ist sicher: Der Stehler kann nicht über sich selbst lachen.

Es ist wieder ein neuer Morgen auf dem *Kampgrounds of America*-Campingplatz in Hayward, Minnesota.

»Annabelle«, sagt Opa Ed. Sie ist nicht mehr Bella Luna.

»Wir fahren nach Hause, wenn du heute nicht läufst, *capisci*? Ich mein's ernst.«

Sie hängt in der Mitte fest und Mitten sind immer ein Sumpf aus Trägheit, der einen tiefer nach unten zieht. Sie kann nicht vorwärts gehen, weil vorwärts noch mehr Kilometer von selbst auferlegter Bestrafung sind – endlos lange, flache Landstraßen plus die Sommerhitze, rote T-Shirts und die unfassbare und unverdiente Unterstützung von Fremden. Vorwärts bedeutet eine Fragezeichen-Zukunft. Vorwärts ist Seth Greggory.

Und sie kann nicht zurück, weil zurück nicht mehr passt. Sie kann sich nicht einmal mehr vorstellen, in ihrem alten Bett in ihrem alten Zimmer zu schlafen. Wer war das Mädchen, das dort geschlafen hat? Manchmal hat sie Angst gehabt, aber sie war auch selbstbewusst. Sie konnte eingebildet sein, sie konnte sich hübsch fühlen. Sie konnte flirten und Spaß haben und davon träumen, was noch alles auf sie zukommen würde. Sie war beliebt. Die Leute mochten sie. Sie liebte ihre Chefs bei der Essential Baking Company und den Geruch von warmem Gebäck und wie sich die Gesichter der alten Leute im Sunnyside-Seniorenzentrum aufhellten, wenn sie hereinkam. Sie hat die Güte des Lebens und eine stets rosige Hoffnung um sich herum gespürt.

Sie war naiv. Sie war ein Kind.

Jetzt ist sie ein Gespenst in Laufkleidung.

Und sie kann nicht zurück, weil da Der Stehler am Valentinstag ist und neben ihrem Schließfach steht, mit zwei Rosen in der Hand. Einer gelben und einer roten. Er hält sie ihr hin. Er grinst verschmitzt, weil er ihr die Wahl lässt.

»Du weißt es doch schon«, sagt sie.

»Welche?«, fragt er.

»Gelb.«

Die rote gibt er Josie Green. Sie wären ein tolles Paar. Das sagt sie ihm immer wieder. Sie ist sich allerdings nicht ganz sicher, ob ihr das mit der roten Rose gefällt. Da ist ein dunkler, kleiner Kern in ihr, der will, dass er sie will, auch wenn sie nicht genau weiß, was sie von ihm halten soll. Er zieht sie immer noch in seinen Bann. Er lächelt und scherzt, aber da ist dieses depressive, große Ego, diese Überempfindlichkeit, die ihn so sehr von Will unterscheidet. Aber trotzdem, diese Rosen-Geschichte – es bestätigt sie. Sie hat die Situation im Griff. Die Verhältnisse sind genau richtig geklärt. Siehst du: Es gibt Verhältnisse und sie muss sie unaufhörlich drehen und wenden, damit alles am rechten Fleck bleibt. Siehst du: Sie denkt, dass es eine Situation ist, die sie kontrollieren kann, was beinahe eine Garantie dafür ist, dass sie falschliegt.

Opa Ed knallt die Tür des Wohnmobils von außen zu. Annabelle ist allein. Der Stehler-Film läuft. Es ist März des letzten Jahres. Ihr Geburtstag. Es sind nur noch drei Monate ihres alten Lebens übrig, obwohl die März-Annabelle davon noch keine Ahnung hat. Die Uhr tickt.

Sie trägt ihr Tablett in der Cafeteria. Sie findet all ihre Freunde am Tisch sitzend vor. Sie verschüttet ihr Wasser und es schwappt in den Salat.

»Schoko, Schoko, Schoko, bitte«, sagt Zander. Er schaut an die Cafeteria-Decke. Wie viele Male ist dieser Film schon gelaufen? Hunderte Male.

»Ja genau, verrate bloß nicht, dass es ein Kuchen ist oder so«, sagt Zach Oh.

Kat holt den Kuchen unter dem Tisch hervor. *Alles Gute zum 17., Belle Bottom* steht da mit Zuckerguss geschrieben. »Tada«, sagt Kat.

Dann beschwert sich Sierra über den Zuckerguss, dann singen sie alle und ersetzen ihren Namen durch Beleidigungen. Und dann gibt ihr Kat das Moleskine. Sie sagt: »Jetzt sind wir Zwillinge.«

Und dann passieren noch andere Sachen.

Nachdem sie monatelang nichts von Will gehört hat, bekommt sie eine Nachricht von ihm: **Ich denk heute an dich. Vermiss dich, Pip.**

Sie ist so glücklich. Er benutzt ihren Kosenamen und ihr Herz ist voller Freude.

Und dann, noch etwas anderes.

Nach der Schule steht Der Stehler bei ihrem Schließfach. Eine Geschenktüte hängt an seinem gekrümmten Finger.

»Be-elle«, singt er. Das ist sein neuer Name für sie. Es stört sie nicht. Ihre halbe Grundschule hat sie so genannt.

»Was ist das denn?«

»Mach's auf.«

Sie schiebt das Seidenpapier zur Seite. Die Tüte ist schön. So schön, dass es sie nervös macht. Sie ist pink und schwarz mit pinkem Seidenpapier, das oben aus der Tüte hervorlugt. Es ist die Art von Verpackung, die sorgfältig ausgewählt wird, kein verknittertes Taschentuch in einer Weihnachtstüte, das Zach Oh vielleicht verschenken würde.

Darin ist ein Umschlag. Sie macht ihn auf. Zwei Tickets für die Punkband Uncut im Neumos.

»Da es The Clash nicht mehr gibt, du weißt schon.«

»Wow«, sagt sie. »Danke schön.«

Zwei Tickets. Es ist unangenehm. Sie nimmt an, dass er mit ihr zusammen hingehen will. Ist das ein *Date*?

Er liest ihre Gedanken. »Die sind für uns zwei, aber es ist eher eine Gruppenaktion. Meine Freunde Lucy und Adrian und Jules kommen auch.« Der Stehler hat vor Kurzem einen Job im Supermarkt in der Mercer Street angefangen und Lucy und Adrian arbeiten mit ihm an der Feinkosttheke. Annabelle hat sie noch nie gesehen, aber sie hat Geschichten von Adrians Band gehört und wie er und Lucy manchmal ekliges Zeug im Hühnchen finden. Seitdem will sie nie wieder ein Feinkosttheken-Hühnchen essen.

»Oh, das ist super«, sagt sie. »Das wird cool. Das ist eigentlich ein bisschen zu viel, aber danke dir.«

Sie umarmt ihn. Er versucht, sich einen Bart wachsen zu lassen, und die weichen Härchen streifen ihre Wange, als er sie ebenfalls umarmt.

»Alles Gute zum Geburtstag, Belle«, sagt er.

»Stopp, stopp, stopp«, sagt Annabelle. Aber es nützt nichts. Sie ist mitten in einem Film über Den Stehler, er läuft ohne Pause und sie kann nirgendwohin außer vorwärts. Sankt Christophorus scheint sie ernst anzuschauen, von da, wo er hängt. Annabelle steht auf zum Pinkeln. Opa Ed ist immer noch weg. Sie schenkt sich eine Tasse Kaffee ein, trinkt aber nichts davon. Sie starrt nach draußen in dieselben Bäume und dasselbe Puzzlestück Himmel über dem Campingplatz in Hayward, Minnesota, wie die letzten Tage.

Ihr Handy vibriert und dreht sich auf dem Tisch wild im Kreis. Eine Nachricht von Gina.

Ruf mich an.

Sie ist zu müde, um mit irgendjemandem zu reden. Wenn sie den Mund aufmacht, fließt Lava heraus. Ihre Knochen sind Stahlträger, in Zement verankert. Ihre Arme sind Vogelflügel, die gemeine Jungs mit Steinen am Boden beschwert haben.

Jetzt klingelt ihr Handy. Wieder Mum.

Warum hat Annabelle Opa Ed und sich nicht irgendwo ohne WLAN auflaufen lassen? Irgendwo da hinten in Montana oder in den Badlands? Hier sind sie mitten im Nirgendwo mit einem Empfang, der mit fünf vollen Balken auf ihrem Handy daherkommt.

Klingel, klingel.

Ignorier.

Annabelle macht ihr Handy aus, aber es klingelt im Notrufmodus.

Sie hat nicht den Mumm oder das Vertrauen, nicht ranzugehen. Schlimme Bilder blitzen vor ihrem geistigen Auge auf, was von den vielen Jahren kommt, in denen Gina von Zeug geredet hat, das schiefgehen könnte, und von echtem Zeug, das wirklich schiefgegangen ist. Dinge können sich von einem Moment auf den anderen ändern.

»Mum?«

»Geht's dir gut?«

»Mir geht's gut, und dir?«

»Seth Greggory hat angerufen.«

Annabelles Magen fällt ins Leere wie ein abstürzender Aufzug und zerschellt.

»Annabelle?«

»Ich bin dran.«

»Ich dachte, du wärst weg.«

Darauf hat sie keine rechte Antwort. »Was wollte er?«

»Er will sichergehen, dass du auf gutem Weg bist, am 22. September wieder zurück zu sein. Er wollte uns daran erinnern, dass das Datum feststeht.«

Es ist schrecklich, der Gedanke an ihn und September. Annabelle ist schlecht.

»Annabelle?«

»Ich bin da.«

»Opa Ed hat mich vor ein paar Minuten angerufen. Er sitzt in irgendeinem Diner und isst Pancakes. Aber er ist mit seinem Latein am Ende. Er sagt, dass er plant, umzudrehen und nach Hause zu fahren. Und ich dachte … du warst ernsthaft depressiv, Liebes. Der Jahrestag, dieses scheiß Reh …«

»Fünfundzwanzig Cent«, sagt Annabelle an Malcolms Stelle.

»Ich finde wirklich, dass du nach Hause kommen solltest. Es ist das Richtige. Du musst nicht dort draußen ausharren und das durchziehen. Du kannst es ruhig angehen lassen für drei Monate. Dich einfach … *ausruhen*.«

»Ausruhen ist nicht erholsam.«

»Ich hab da was gemacht. Werd nicht sauer.«

»Was?«

»Ich hab einen Hut und einen Umhang bestellt. Nur für den Fall. Komm schon, Liebes. Komm nach Hause. Du hast genug getan.«

Stille.

»Wäre es denn nicht schön, mit deinen Freunden zu dieser Feier zu gehen? Mit allen zusammenzusitzen und sich daran zu erinnern, was ihr alle durchgemacht habt?«

»Ich komme nicht nach Hause«, sagt Annabelle.

»So viele Leute wollen dich sehen. Ich hab dein Bett frisch bezogen. Dein Zimmer wartet auf dich.«

»Ich bringe das zu Ende.« Zu ihrer großen Überraschung meint sie es auf einmal ernst.

»Wenn du darauf bestehst.« Gina seufzt. Es kommt Annabelle in den Sinn, dass das Seufzen ein bisschen zu dramatisch klingt. Und Ginas Worte treffen sie an den wundesten Punkten. Annabelle fragt sich, ob sie ein Opfer von umgekehrter Psychologie geworden ist. Agnelli-Fluch, Gina-Style. Was ist nur in ihre Mutter gefahren? Ist sie jetzt etwa durch ein heiliges, himmlisches Wunder *für* diesen Lauf?

»Hast du denn wenigstens wirklich einen Hut und einen Umhang bestellt?«, fragt Annabelle.

»Oh, Süße, ich muss los – Tante Angie ist auf der anderen Leitung. Rohrbruch im Büro. Trink viel Wasser, hörst du? Und Opa sagte, er wird ab jetzt auch immer schon auf halber Strecke auf dich warten, da es Sommer ist, ja? Du musst den Trinkrucksack wieder auffüllen, wenn es so heiß ist. Und trag die Laufsachen in den leuchtenden Farben. In diesem grellen Licht sieht man schlecht.«

Annabelle zieht sich an. Sie bindet ihre Haare zurück, die langsam wieder länger werden. Sie isst zwei Bananen und eine Schüssel Müsli. Sie sieht sich die Route noch mal an. Sie hinterlässt eine Zwei-Wort-Nachricht an Opa Ed:

Na gut.

Dann geht sie aus dem Wohnmobil heraus. Wow, ihr wird klar, wie warm es da drin war, jetzt, wo ihr die Juniluft einen frischen Schlag verpasst. Sie schaut sich um, den Ort an, an dem sie die letzten Tage verbracht hat. Es ist schattig, mit vielen Bäumen. Es wird andere dunkle Orte geben, aber genau diesen wird sie nie mehr wiedersehen.

Um aus der Stadt herauszukommen, lotst Loretta sie die Hauptstraße hinunter. Hey, da ist ja der Bettenladen. Da ist Nick. Und da ist Abigail's. Alle Geschäfte, von denen ihr Opa Ed erzählt hat. Und, wow, sieh an. Da ist Opa Ed selbst, er sitzt am Tresen und zerteilt einen Turm Pancakes mit der Seite seiner Gabel.

Sie läuft vorbei. Sie winkt. Einen Sekundenbruchteil später hört sie ihn rufen.

»Lauf, Bella Luna! Lauf, lauf, lauf!« Sie schaut über ihre Schulter. Er springt praktisch auf und ab in seiner Alt-Männer-Hose und seinem Poloshirt. Eine Frau in einer Schürze, Abigail vielleicht, hebt ihren Arm und stößt ihn mehrmals aufmunternd in die Luft.

Es ist sofort klar, dass sie tagelang im Bett herumgelegen hat, weil ihre Muskeln steif sind und ihre Gelenke knarzen wie die Räder eines alten Einkaufswagens. Ihre Lungen beben, aber vielleicht ist es auch ihr Herz, das ihr dringend signalisiert zu fliehen.

22. September. Seth Greggory.

Ein paar doofe Wasserpark-Kinder in roten T-Shirts? Na und. Mit ein paar Studentinnen von einer der Top-Universitäten des Landes reden? Ein Klacks. Juniorreporterinnen und -reportern gegenübertreten und sich ihren Artikeln in großen Tageszeitungen stellen? Praktisch eine Geburtstagsparty. Zumindest im Vergleich zu dem echten Horror, der sie erwartet. Sie kann nicht wirklich vor ihrer Zukunft davonrennen, aber das weiß ihr Körper nicht. In ihrem Inneren sind diese uralten Mechanismen am Werk. Das Gehirn schießt mit Gefahr um sich und das Herz rast und das Blut pulsiert. Unsere uralte tierische Natur sagt: Lauf weg, wenn Gefahr auf dich zukommt.

Sie sagt: Sprinte über den Waldboden, wenn du den Mann mit der Pistole siehst. Sie sagt: Spring über den Highway, wenn der Lastwagen auf dich zufährt.

Aber manchmal sind 4375 Kilometer nicht einmal annähernd genug.

24

Als die guten Menschen des Silver Springs Golf Clubs in Ossian, Iowa, hören, dass Annabelle Agnelli – das Mädchen, das nach dieser schlimmen Tragödie in Seattle durch die USA läuft – genau durch ihre Stadt kommt, veranstalten sie ein großes Abendessen im Restaurant Bambino's. Im Bambino's finden oft die großen Stadt-Veranstaltungen statt, sowohl traurige als auch feierliche. Das Wohnmobil heute Nacht abzustellen wird kein Problem sein. Sie können in der Stadt überall parken, wo sie wollen. Beim Golfclub, bei der Post, auf dem Bambino's-Parkplatz, am Ossian-Stadtpark, überall.

Sobald Opa Ed das Wort Bambino's hört, reibt er sich die Hände und erwartet *Cannelloni*, handgemachte *Pasta*, *Ravioli*, und zum Nachtisch *Cannoli*. Er trägt sein Anzughemd, das schwarze mit den blauen Streifen, und seine schicke Hose. Kleine *Acqua di Parma*-Wellen strahlen schwallartig von ihm ab wie Hitzewellen in der Wüste.

Annabelle ist nervös, aber sie versucht, das zu tun, was Dr. Mann nach ihrer gemeinsamen, jetzt wöchentlichen Telefon-Sitzung vorgeschlagen hat – sich anzuhören, was die Leute zu sagen haben, und nicht das zu hören, was sie befürchtet, das sie sagen. Sich anderer Gefühle in ihrem Inneren bewusst zu sein außer Schuld. Und schau mal, da ist ein Schild vor dem Eingang, das jemand mit Bastelpapier und fetten Markern gemacht hat: WILLKOMMEN, ANNABELLE! OSSIAN LIEBT DICH! Da ist eine Gruppe aus blauen Ballons, eng zusammengedrängt wie nervöse Mittelstufenschüler. Die Menschen aus Ossian zeigen, dass es ihnen wichtig ist, dass *sie* ihnen wichtig ist, nicht das, wofür sie schuldig ist, und sie atmet aus. Sie atmet aus und sie fühlt … ein kleines bisschen *Freude*.

Das Bambino's ist in einem Backsteingebäude neben der Feuerwehr untergebracht. Alle Parkplätze vor dem Restaurant sind belegt, aber eine Lücke ist noch frei, abgesperrt mit orangen Verkehrshütchen und blauem Absperrband. Leuchtende Budweiser-Schilder sind im Fenster und drinnen steht ein Billardtisch, über dem eine riesige Farbglas-Budweiser-Lampe hängt. Die hintere Wand ist mit Unmengen ausgeschnittener Bilder von Footballspielern dekoriert. Opa Ed grunzt ablehnend – da sind keine rot-weiß karierten Tischdecken, kein Geruch nach Knoblauch und Butter, keine Chianti-Saftgläser. Aber die Eigentümerin, eine herzliche, blonde Frau mit einem großen Lächeln, kommt ihnen zur Begrüßung entgegen und der Raum ist voller Menschen – Feuerwehrleute von nebenan, ein dünner Junge von der *Ossian Bee*-Lokalzeitung, der Präsident der Luana Savings Bank und die Angestellten von Casey's General Store, Becker Hardware und dem Creative Corner Salon. Alle sind *so nett*. Sie klopfen Annabelle auf die Schulter und fragen sie Sachen, die sie gerne beantwortet, und sie sagen ihr, dass Gott gut ist. Opa Ed wiederholt seinen Lieblingswitz, dass *er* nächstes Jahr derjenige sein wird, der durch das ganze Land läuft.

Das Essen kommt und es gibt keine Pasta oder dünn geklopftes Kalbfleisch, sondern Hühnchen in Sahnesoße auf kleinen Brötchen und Hackbraten mit Soße, Erbsen, Brot und Kartoffelbrei. Das ist kein Seattle-Essen und ihr wird wieder einmal klar, dass Essen und so viele andere Dinge im ganzen Land verschieden sind. Einer der Männer des Silver Springs Golf Clubs bringt einen Trinkspruch aus und man hört das Geräusch klirrender Bierflaschen. Annabelle trinkt Pepsi aus einem Plastikbecher. Ihre Wangen glühen vor Essen und Wohlsein.

Als alle Teller leer sind, wird etwas von einer Überraschung geflüstert und dann macht jemand die Lichter aus und die Inhaberin des Bambino's, Sue, erscheint im Eingang mit einer Torte. Darauf sind lauter angezündete Kerzen, als ob es Annabelles Geburtstag wäre. Die guten Menschen aus Ossian fangen an zu singen. *Zum Schulabschluss viel Glück!*

»Wir haben gehört, dass du heute deinen zu Hause verpasst«, sagt Sue. Auf der Torte ist ein Doktorhut aus blauem Zuckerguss. Jetzt versteht sie auch, warum alles andere hier blau ist. Annabelle hat einen Kloß im Hals. Heute Morgen am Telefon hat sie zu ihrer Mum und Malcolm gesagt, dass sie nicht an ihren Abschluss denken will, dass sie möchte, dass es ein Tag wie jeder andere wird, aber jetzt ist sie überwältigt.

»Das ist so lieb. Ich weiß nicht, was ich sagen soll.«

Sue rettet sie. »Blas die Kerzen aus, Süße, wünsch dir was, bevor wir Wachskuchen essen.«

Das tut Annabelle. Ihr Wunsch – na ja, der ist geheim, aber er beinhaltet Frieden und Liebe für alle auf diesen Abschlussstühlen zu Hause und für alle, die nicht auf diesen Stühlen sitzen.

Sie kann das, was diese ganzen Leute für sie getan haben, gar nicht glauben. Annabelles Herz tut tatsächlich weh. Und dann kommt eine der Frauen des Silver Springs Golf Clubs auf sie zu. Sie hat kurz geschnittene, braune Haare mit kleinen Ringellocken, die ihr Gesicht umrahmen. Sie trägt Jeans und einen ernsten, braunen Cardigan mit einer weißen Bluse darunter, die Spitzen des Kragens stehen fächerartig ab wie Flugzeuge aus zerknittertem Papier, die in verschiedene Richtungen fliegen.

Sie ergreift Annabelles Hand und schaut ihr fest in die Augen. »Ich wollte dir nur sagen ... seit ich von dir gehört habe, denke ich jeden Tag an dich. Meine Tochter hat einen solchen Jungen während des Colleges gedatet und wenn sie nicht am Ende die Schule gewechselt hätte, wer weiß, was dann passiert wäre. Entschuldige meine Ausdrucksweise, aber ... *Dieses Arschloch.*«

Es passiert wieder, als sie in dem Dorf Warren, Illinois ankommt. Das ist zweieinhalb Tage nachdem sie sich die *Casino Joe's*-Feuerwerk-Show am Ufer des Mississippi in Dubuque, Iowa angesehen haben. Warren, Illinois, war laut Opa Eds ununterbrochener Google-Recherche 1851 eine Postkutschenhaltestelle. Die Bibliothek – wo Annabelle mit sechs Mitgliedern des Warren-High-School-Leichtathletik-Teams und den Warren-Township-Bibliothekaren Sandwiches isst – ist auf der anderen Seite der Eisenbahnstrecke. Gleich in der Nähe des Wasserturms, auf dem das Wort WARREN prangt.

Die Studierenden stellen ihr Fragen über die Kilometer, die sie pro Tag zurücklegt; ob sie sich irgendwelche Verletzungen zugezogen hat und ob sie ihre Eltern und Freunde vermisst, da sie doch so lange weg ist. Ein junges Mädchen gibt ihr ein Geschenk, seine eigene Glücksmünze, die es jedes Mal in seinem Schuh getragen hat, wenn es ein Rennen gewonnen hat. Danach kommt eine der Warren-Township-Bibliothekarinnen, Angie Canfield (Nachfahrin von Angela Rose Canfield, der ersten Bürgermeister*in* in ganz Illinois, wie sie Annabelle erzählt) auf sie zu. Sie ist eine angenehme Frau mit einem ordentlichen Haarschnitt und einer Bügelfaltenhose und einer Kette mit Anhänger, die man an Kirchgänger-Damen sieht, aber ihr Griff nach Annabelles Hand ist fest und sie sieht ihr todernst und kerzengerade in die Augen.

»Ich weiß, was auf dich zukommt«, sagt sie. »Der Prozess. Dieser Junge. Normalerweise benutze ich solche Worte nicht, aber … Dieses Arschloch. Lass dich von ihm nicht einschüchtern.«

Was die Menschen sagen? Dass sie ihnen wichtig ist und, dass sie *verärgert* sind. Was Annabelle neben der Schuld fühlt? Etwas Neues. Weil deren Ärger einen Felsbrocken in ihrem Inneren anhebt. Darunter ist es dunkel und eklig und schleimig. Aber sie sieht ihn. Sie fühlt ihn – den Zornes-Wurm. Er ist riesig und unheimlich und er sieht fast so aus, als könnte er sie verschlingen, also ist es kein Wunder, dass sie ihm vorher nicht in die Augen sehen wollte. Aber hier ist er und windet sich seinen Weg in die Freiheit.

Nur *ihnen* allen sollte es erlaubt sein, verärgert zu sein, hat sie zuletzt gedacht. *Sie*, diejenigen, die nicht schuld sind und die am meisten gelitten haben. Sie können sich über Den Stehler *und* über sie ärgern. Aber jetzt kann sie es nicht länger aufhalten. Die Golf-Dame und die Bibliothekarin und die

Kommentatoren in dem *USA Today*-Artikel – der Felsbrocken hebt sich an und der Wurm windet sich heraus, die Wut bahnt sich ihren Weg.

Menschen plus Menschen plus Wut sind es, die Dinge verändern können.

25

1. 2500–1000 v. Chr.: Die Ägypter beschließen, dass das Herz das Zentrum des Lebens und der Moralität sei. Nach dem Tod, glaubten sie, würde das Herz in die Halle der Göttin Maat gebracht werden, wo es gewogen wurde. Wenn es leichter als die Feder der Maat war, bekam man das Leben nach dem Tod. Wenn es schwerer war, würde die Dämonin Ammit das Herz fressen und die Existenz der Seele würde ausgelöscht werden.
2. 400–200 v. Chr.: Die alten Griechen glaubten, dass das Herz das Zentrum der Seele und die Quelle der Wärme innerhalb des Körpers sei.
3. 100–900 n. Chr.: Amerikanische Ureinwohner, wie die Teotihuacán im alten Mexiko, glaubten, dass verschiedene spirituelle Kräfte den Körper zu verschiedenen Zeiten verlassen könnten, wie zum Beispiel, wenn man träumt. Die Teyolía allerdings, also die spirituelle Kraft des Herzens, müsse zu jeder Zeit im Körper verweilen, sonst würde die Person sterben.
4. Heute: Es ist eindeutig, dass manche Menschen weder ein Herz noch eine Seele besitzen.

Die Wut bahnt sich ihren Weg, was bedeutet, dass sich Zeug mit anderem Zeug vermischt. Ein Neutron kracht in Uran oder Plutonium. Es gibt eine Veränderung. Eine Revolution. Es kann eine Explosion sein, die alles zerstört, oder eine gutartige Macht, die Städte erhellen kann.

Annabelle läuft über die Jefferson Street Bridge über den Rock River in Rockford, Illinois. Die Sonne scheint, ihr ist heiß und sie hat jetzt schon Durst, aber sie ist froh, dass Loretta sie durch eine Stadt führt, denn Städte bewirken, dass die Zeit viel schneller vergeht als auf langen Strecken durch einsames Ackerland oder Wälder. Städte bedeuten auch ein echtes Bett in einem Motel, wenn es keinen Campingplatz in der Nähe gibt, wo sie das Wohnmobil parken können. Größere Städte bedeuten neue Vorräte. Eine neue Auswahl an PowerBars und Snacks, wie an einem der schönen Tage, wenn ein Elternteil einkaufen geht und du voller Vorfreude die Einkaufstüten durchsuchst.

Sie überquert eine Brücke von East Jefferson nach West Jefferson und hat supergute Laune. Auch kleine Städte machen das schon mit ihr. Sie stellt sich das Leben in jeder einzelnen davon vor. Sie schaut in Schaufenster von Läden. Sie sucht sich ein Haus aus, das ihres sein könnte.

Vier Autospuren führen über die Brücke und es ist viel Verkehr, deshalb passt sie auf, wo auf dem Gehweg sie den Fuß aufsetzt, damit sie nicht auf eine Verpackung tritt, die aus einem Fenster geworfen wurde, oder über einen Zementsockel stolpert. Hey, da unten ist ein Park entlang des schmalen, grün-braunen Flusses. Hübsch. Hmm, außerdem ein paar Restaurants – sie sieht Sonnenschirme über Tischen draußen. Da sind ganz schön viele Brücken, nicht nur die, auf der sie gerade ist, sondern mehrere, in beiden Richtungen.

Jetzt ist sie auf der anderen Seite. Es gibt viele rote Backsteingebäude, einen seltsamen, roten Turm mit roten, schlagenden Rudern darauf. Sie hat keine Ahnung, was das ist. Als Nächstes kommt sie an einem langen, flachen Gebäude vorbei. Es ist irgendeine Art von Musikveranstaltungshalle, ein Ort, an den Bands kommen und …

Das ist schon alles, was es braucht.

Toller Tag – wie weggeblasen. Fröhlicher Stadtlauf – vorbei.

Weil sie ihn sieht. Den Stehler. Auch das hat er ihr angetan: Er hat ihr lebenslänglich verpasst. Lebenslänglich mit diesen Erinnerungen, diesen aufdringlichen Gedanken, diesen Albträumen. Mit einem Schnips zerstört er alles immer und immer wieder. Sein Auto biegt in ihre Straße ein. Sie sieht es durch die Jalousien in ihrem Wohnzimmer.

»Ich gehe dann!«, ruft sie.

»Kann er nicht reinkommen? Kann er nicht klingeln und Hallo sagen?«, ruft Gina aus der Küche.

»Das ist kein Date! Ich muss los«, sagt Annabelle und dann ist sie draußen im Aprilabend.

Der Stehler lehnt sich über den Sitz und macht die Tür auf. »Ich wäre schon reingekommen. Ich bin kein Trottel.«

»Nicht nötig. Du siehst gut aus.« Er trägt ein Hemd und Jeans und eine schmale Krawatte. Er hat sich zu viel Mühe für sie gegeben, als dass sie ihm kein Kompliment machen würde, aber es ist wahr – er sieht wirklich gut aus.

»Du bist hübsch. Aber du bist jeden Tag hübsch.«

Er ist super drauf. Die Musik läuft und er trommelt auf das Lenkrad. »Hunger? Willst du erst wo anhalten?«

»Nee, alles gut.«

»Wir können ja danach was essen gehen.«

»Mal sehen, was deine Freunde so machen wollen.«

Er antwortet nicht. Er dreht die Musik auf. »Ich liebe diesen Teil.« Er trommelt auf ein imaginäres Becken im Rhythmus des Liedes.

Sie kommen an und finden eine Parklücke und dann laufen sie über die Straße zum Neumos, das vor Vor-Konzert-Energie nur so brummt. Da ist der Geruch von Zigaretten und Gras und eng beieinanderstehenden Körpern. Der Security-Mann stempelt ihre Hände. »Oben. Unterm Dach. Unter 21«, sagt er.

Drinnen ist es gerammelt voll. Der Stehler legt seinen Arm um sie. »Niemanden interessiert es wirklich, wo du hingehst, sobald du einmal drinnen bist. Hoch oder runter?«, sagt er.

»Hoch passt schon.«

»Ohh! Wenn du später tanzen willst, gehen wir runter.«

Die Vorband, Karma, spielt schon. Überall sind violettes Licht und eingeengte Köper und, wow, es ist ganz schön heiß.

»Wie sollen sie uns finden?«, ruft sie.

»Hä?« Er kann sie nicht hören. Er zieht sie näher zu sich heran und sie sagt es ihm noch mal ins Ohr. Irgendjemand rempelt sie an und ihre Lippen berühren seine Haut. Er zieht sie noch näher heran.

»Deine Freunde. Wie werden die uns finden?«

»Mach dir keine Sorgen«, sagt er.

Aber sie macht sich Sorgen. Sie ist die Art von Person, die sich nur ganz entspannt, sobald alle angekommen sind oder ihre Sitze gefunden haben oder ihren Teil im Gruppenprojekt abgegeben haben.

»Es ist schon fast Zeit für Uncut«, ruft sie. »Ich hoffe, sie schaffen es rechtzeitig.«

»Das passt schon.«

Sein Körper ist neben ihrem in der Menschenmenge und er grinst und tanzt auf seinem Platz, während sie ihre Tasche eng an sich drückt und die Menge nach irgendjemandem durchsucht, der so aussieht, als würde er oder sie jemanden suchen. Sie hat Lucy, Adrian oder Jules noch nie gesehen, also hat sie keine Ahnung, wonach sie Ausschau hält.

Es gibt eine gedämpfte Ansage. Die Farbe der Lichter wechselt von Violett zu Blau. Die Menge applaudiert und jubelt. Es ist keine gute Eventlocation für kleine Leute. Sie kann nicht das Geringste sehen.

»O nein. Sie werden es verpassen.«

»Denen ist bestimmt irgendwas dazwischengekommen. Schauen wir uns einfach die Show an«, sagt er.

Sie sollte sich nicht um seine Freunde sorgen, wenn er es nicht tut. Uncut spielt ein paar Lieder, die sie kennt, und sie entspannt sich und kommt langsam rein. Gott, es ist aber echt heiß, und Annabelle zieht ihre Jeansjacke aus und bindet sie sich um die Hüften. Nach ein paar Minuten ist ihr T-Shirt schweißgetränkt, genau wie der Rücken seines Hemdes, aber Dem Stehler scheint es nichts auszumachen. Die Menge wird immer größer und drückt sie in Richtung Mitte. Sie ist jetzt vor ihm und er legt seine Arme um sie.

»Ich bin ganz durchgeschwitzt«, sagt sie.

»Find ich gut.«

»Da unten ist es wahrscheinlich kühler.«

Zwischendurch kann sie die Bühne sehen und den Sänger mit seinen schmalen Hüften und langen Haaren. Die Menge sieht aus wie ein blau gefärbter Bienenschwarm.

Der Stehler bewegt sich hinter ihr und sie bewegt sich auch, sie kann nicht anders, als zu tanzen. Die ganze Halle tanzt. Es ist so heiß und stickig und die Luft riecht schlecht, wirklich schlecht, wie Hotdogs plus Körpergeruch plus Bier. Auch der Boden hier oben ist klebrig. Kein Alkohol erlaubt? Hier oben ist wahrscheinlich mehr Alkohol auf dem Boden als dort unten in den Gläsern.

Annabelle würde für eine Flasche kaltes Wasser ein Verbrechen begehen. Aber so heiß und stickig und stinkig und überfüllt und laut es auch ist, sie hat Spaß. Die Musik und die Atmosphäre geben ihr ein Gefühl der Freiheit, das sie normalerweise nicht spürt. Sie hat aufgehört, sich um seine Freunde zu sorgen. Sie fühlt den Körper Des Stehlers hinter sich und es stört sie nicht. Es gefällt ihr. Er ist der Vertraute in diesem Haufen aus Körpern. Er hat seine Arme um sie gelegt. Sie lehnt sich zurück, verschwitzt und alles. Sie trennen sich nur voneinander, um zu klatschen und zu kreischen, und dann legen sich seine Arme wieder um sie.

Es muss schon fast zu Ende sein, und sie fühlt sich benommen. Es ist so, so heiß, dass es beinahe unmöglich ist, einen Atemzug zu nehmen, der nicht die ausgeatmete Luft von anderen Leuten ist.

»Wow, ich muss …« Annabelle zupft an ihrem T-Shirt. Ihre Haare kleben platt an ihrem Kopf, genau wie seine.

»Luft?«

»Ja.«

»Dann los.«

Los. Das klingt auf einmal super und lebensnotwendig, aber es scheint unmöglich. Er nimmt ihre Hand.

»Verlier mich nicht«, sagt sie.

»Niemals.«

Sie drängeln und er schubst. Er sagt »Entschuldigung«, und dann »Hey, Mann«, als ein Typ sich nicht bewegen will. Es ist komisch, wie er in dieser Umgebung alles unter Kontrolle hat. Da ist kein Hinterherlaufen oder peinliches Manöver an diesem Ort. Vielleicht entspannt die Musik ihn auch. Vielleicht hat der Abend ihm auch eine Freiheit gegeben, die er sonst nicht spürt. Als sie endlich zum Haupteingang kommen, ist es, als hätte er sie erfolgreich durch eine kriegszerrüttete Stadt geführt.

Sie saugen die Luft in sich ein. »Wir haben's geschafft!«, sagt sie. Da ist die Freude, überlebt zu haben.

»Warte hier. Nicht weggehen.« Er küsst sie auf die Wange. Er sprintet über die Straße in einen Supermarkt. Sie legt den Kopf in den Nacken, lässt die kühle Nachtluft den Schweiß auf ihrer Stirn trocknen.

Er kommt zurück mit zwei Flaschen kaltem Wasser. Es kommt ihr kavaliermäßig vor. Er knackt den Deckel für sie auf und gibt es ihr. Sie trinkt dankbar.

»Das ist das beste Wasser, das ich je im Leben getrunken habe«, sagt sie.

»Das ist der beste Abend, den ich je in meinem Leben hatte. Ernsthaft jetzt.«

Er versucht sie zu überreden, auf ein Eis zu Molly Moon's hinüberzugehen, oder zu Cupcake Royale zu fahren, aber das hier ist definitiv zu einem Date geworden, und ihr wird klar, dass sie jetzt besser nach Hause gehen sollte. Er hält das Auto einen Block von ihrem Haus entfernt an und fährt rechts ran. Der Hund im Haus daneben fängt an zu bellen.

»Was machst du da?«

»Na ja, falls deine Mum zuschaut.«

Er lehnt sich hinüber und küsst sie. Es ist eine entschlossene

Geste und das gefällt ihr. Und wer will nicht gerne nach einem Konzert geküsst werden? Nach der lauten Musik und der Hitze und dem Kribbeln, lebendig zu sein?

Aber seit Will hat sie niemanden mehr geküsst, und ein neuer Kuss ist immer seltsam, und seine Zunge scheint riesig zu sein und sie bewegt sich auf eine unbekannte Art, und auf einmal ist sie ein bisschen verdutzt darüber, welche Wendung der Abend genommen hat.

Der Kuss ist zu Ende und da ist er, Der Stehler, im Sitz neben ihr. Es ist frustrierend, wie er dort im Neumos jemand anderes war und jetzt ist er wieder er selbst.

»Wow«, sagt sie. »Das hätte nicht passieren sollen.«

»Hätte es nicht?«

»Danke dir für den schönen Abend.«

»Danke *dir* für den schönen Abend.«

»Tut mir leid, dass deine Freunde es nicht geschafft haben. Ich hoffe, ihnen geht's gut.«

»Denen geht's bestimmt gut. Warum hätte das nicht passieren sollen?«

»Äh, weil wir *Freunde* sind?«, sagt sie.

»Heute Abend nicht.«

Und er hat recht, oder nicht? Weil nichts an diesem Abend ist *Freundschaft*. Er lässt das Auto wieder an und fährt sie den Block hinunter zu ihrem Haus. Als sie die Autotür öffnet, geht das zu helle Licht über den Vordersitzen an.

»Die heb ich mir für immer auf«, scherzt er. Er hält ihre Wasserflasche am Flaschenhals, wedelt damit herum.

»Du bist ein trauriger Junge«, sagt sie.

Es rutscht ihr heraus, bevor ihr klar wird, dass er das vielleicht falsch verstehen könnte. Er ist so sensibel. Aber er grinst immer noch. Er lässt den letzten Schluck in seinen Mund rinnen.

»Ahh«, sagt er.

Sie verzieht das Gesicht. »Eklig.«

»Belle«, sagt er.

»Was?«

»Einfach nur Belle.«

Alle schlafen, als Annabelle hineingeht. Sie ist froh. Sie will nicht darüber reden, wie es gelaufen ist, weil sie nicht genau weiß, wie es gelaufen ist. Da ist die körperliche Erschöpfung des Vergnügens, aber auch etwas anderes. Irgendwas Unbehagliches. Vielleicht einfach die Art, wie sie ihre Vorsicht abgelegt hat. Vielleicht, weil sich der Kuss falsch angefühlt hat. Man kann superviel Spaß miteinander haben, und ein Kuss kann sich trotzdem falsch anfühlen.

Annabelle liegt wach in ihrem Bett. Sie hört Bit im Flur schnarchen. Es ist seine Schuld, dass sie nicht einschlafen kann, sagt sie sich selbst.

Ist es aber nicht. In der Dunkelheit fällt ihr etwas auf. Der Stehler hat seinen Freunden keine einzige Nachricht geschrieben oder sie angerufen und gefragt, wo sie waren oder was passiert ist. Es war, als ob er gewusst hätte, dass sie nicht kommen würden.

Der Gedanke nagt an ihr. Das Nagen wird zu einem Murmeln von … was? Verwirrung? Ärger? Sie ist derart selten verärgert, dass es schwer zu sagen ist. Und wegen Dem Stehler ist sie derart oft verwirrt, dass es schwer ist, etwas anderes zu bemerken. Was *ist* diese Verwirrung? Sie mag ihn, das tut sie wirklich. Aber irgendetwas ist da in ihrem Inneren, das *Stopp!*

schreit. Manchmal ist es laut, manchmal so leise, dass es nur ein seltsames Vibrieren ist.

Sie ist beunruhigt.

Besorgt. Aber warum?

Er hat sie angelogen, wird ihr klar. Die Freunde. Er hat gelogen.

Sie tut etwas Dummes, weil eine Mitten-in-der-Nacht-Nachricht, egal was drinsteht, für sich selbst spricht. Die Nachricht sagt *Ich denke in diesem Moment an dich.*

Hatten deine Freunde je vor zu kommen?, tippt sie.

Sie bekommt sofort eine Antwort.

???

Du hast mich angelogen.

Sorry, schreibt er und fügt einen weinenden Emoji hinzu.

Und dann, einen Moment später: **Das war's wert**. Lächelnder Emoji.

Das Murmeln wird zu einem Kochen. Gottverdammt! Er hat sie manipuliert und sie ist angepisst. Aber dann kommt ihr noch ein Gedanke. Etwas, das an ihr nagt. Etwas, das sie stört und sie nervös macht.

Existieren Lucy, Adrian und Jules überhaupt?

Annabelle läuft jetzt so schnell durch den östlichen Teil von Rockford, dass ihr fast schlecht wird. Sie läuft gerade an der Rockford High School entlang, als ein Laster derart an ihr vorbeirast, dass ihr Rucksack vom Luftzug mitgerissen wird und sie beinahe hinfällt.

»Fahr langsamer, du Arschloch! Da ist eine Schule!«, schreit Annabelle.

Schreit Annabelle. Sie schreit etwas, das sie sonst nie schreien würde: *Du Arschloch!* Ihr Gesicht ist rot und ihre Augen sind enge, wütende Schlitze. Sie hält an und steht auf einem kleinen Hügel, einem Pickel in der Landschaft, auf dem das Rockford-High-Schild steht. Gerade ist Unterricht. Sie kann das Summen in dem Gebäude fühlen, der Parkplatz ist voll und es sind nur ein paar Kinder da, die während ihrer Freistunde herumlaufen. Ein fleißig aussehender Junge mit einem Schulranzen auf Rollen bleibt wie angewurzelt stehen, als er sie sieht, wie ein alarmierter Reisender, der über ein unbeachtetes Stück Gepäck am Flughafen stolpert.

Was fühlt sie außer Schuld?

Wut. *Berechtigte* Wut.

Ihr Herz donnert. Es ist eine Herde von Pferden, die einen Highway überquert und es wegen ihrer schieren Anzahl auf die andere Seite schafft. Als es langsamer wird, fühlt sie sich ein bisschen dumm. Sie schaut dem Laster nach, wie er hinter der nächsten Ecke verschwindet.

Sie läuft weiter. Ihre Schritte sind seltsam energiegeladen, ihr Herz fühlt sich freier an. Die Wut in ihrem Inneren poltert angenehm herum. Ja, okay, sie hat lauthals einen Kraftausdruck geschrien. Aber entschuldige mal, denkt sie, und entschuldige auch die Golf-Club-Dame und die Bibliothekarin und die vielen anderen Menschen, die wütend sind wegen Gewalt. Halt dir die Ohren zu, falls du musst, aber wow – schau hin. Die Macht des Zorns. Es passiert. Zeug vermischt sich und kracht mit anderem Zeug zusammen. Der Weg übt seinen Zauber aus. Die Kilometer. Die Entfernung. Die Menschen. Sie heilt.

Sie bewegt sich. Und sie bewegt *etwas*.

26

Jetzt, wo sie in belebteren Gegenden läuft, trifft sich Annabelle täglich mit ihrem Team auf Skype. Genau in diesem Moment trinkt ihr Logistik-Koordinator in ihrem Garten Limonade und füttert Bit mit Eiswürfeln, indem er ihn sie auf der Wiese jagen lässt. Ihre Presseagentin und ihr Finanzberater sitzen auf Handtüchern am Strand in den Golden Gardens. Annabelle ist auf ihrem Zimmer im Cherry Valley Hotel, wickelt ihr Knie mit Mullbinden ein und schaut hinaus über den Parkplatz. Opa Ed ist im Zimmer nebenan und macht vor dem Abendessen ein Nickerchen. Sie schwört, dass sie ihn durch die Wand schnarchen hören kann.

»Gott, Leute. Den Sommer zu genießen muss echt schön sein.«

»Hey, morgen holst du ein bisschen Sommer nach«, sagt Olivia. »Das wird so cool! Also, wenn du dort ankommst, musst du zuerst zum Infocenter. Da triffst du dann den Magic Waters Manager, Bill McGuire, den Assistant Manager Lindsey Russel, und die Angestellten. Schreibst du dir das auf?«

»Okay, okay.« Annabelle findet Zettel in einem Cherry-Valley-Hotel-Notizblock und schreibt mit.

»Susan Markette, vom *Belvidere Daily Republican*, wird auch da sein. Es werden Fotos gemacht, also lächle. Außerdem wirst du das Debüt der roten T-Shirts sehen und sie sehen echt super aus – wenn ich das schon sage. Zeig's ihr, Malc.«

Malcolm schwenkt durch den Garten, wo Gina auf einem Gartenstuhl sitzt und ihre Füße in einem aufblasbaren Baby-Pool abkühlt. Über ihrem Badeanzug trägt sie ein rotes Spendenlauf-T-Shirt. Gina macht eine Muskelprotz-Geste mit den Armen und ruft: »Hau rein!«

»Wow, Liv, die sehen großartig aus, auch wenn das Model ein bisschen zu aufgedreht ist.«

Zachs Gesicht und seine schmächtige, nackte Brust füllen den Bildschirm aus. »Wir haben schon zweihundert verkauft. Außerdem ist der GoFundMe bei über fünfzigtausend.«

»Zieh dein T-Shirt an. Ich kann mich nicht konzentrieren. Ich dachte, du hättest fünfzigtausend gesagt.«

»Hab ich auch.«

»Fünfzig*tausend*? Also *Dollar*, oder wie?«

»Du wirst anfangen müssen, über den Lauf hinauszudenken. Du weißt schon, Stiftungsmäßig. Du hast viel mehr Geld, als du brauchst.«

»Stiftungsmäßig?«

Ein lautes Schlürfen ertönt, als Malcolm zum Boden des Glases kommt. Dann: »Ich hasse es, wenn einem das Eis zu Kopf steigt«, sagt er.

»Warte mal kurz«, sagt Olivia. »Sie flippt ja gar nicht aus.«

»Du flippst gar nicht aus«, sagt Zach.

»Los, mach schon, flipp aus«, sagt Malcolm. »Wir sind drauf vorbereitet.«

»Ich hab euch doch gesagt, dass sie nicht ausflippt!«, ruft Gina aus dem Hintergrund.

Annabelle schaut aus dem Fenster, über den Parkplatz und

in die Stadt Cherry Valley dahinter. Sie denkt an das, was Dr. Mann ihr während ihrer letzten Telefonsitzung gesagt hat. Sie muss sich nicht von irgendetwas oder irgendwem unter Druck setzen lassen und direkt darauf eingehen. Sie kann sich Zeit nehmen, Dinge zu entscheiden.

»Ich werde darüber nachdenken«, sagt sie.

»Ich dachte, Mum hat dich gezwungen, alle deine Hawaiihemden auszusortieren«, sagt Annabelle zu Opa Ed, als sie auf der Suche nach einer Parklücke auf dem Parkplatz des Magic Waters Wasserparks sind.

»Deine Mum zwingt mich zu gar nichts. Ich hab ihr gesagt, dass ich sie aussortiert hätte, hab ich aber nicht.«

»Agnelli-Fluch.«

»Schau dir dieses Prachtstück an. Glaubst du wirklich, dass ich dieses Prachtstück aussortiere? Deine Oma hat es während unserer Flitterwochen auf Maui für mich gekauft.«

»Aber Badehose mit Socken, Opa?«

»Sag ich dir etwa, wie du dich anzuziehen hast? *Che palle!* Hör auf, so zu reden wie deine Mutter.«

»Werdet ihr zwei irgendwann über das hinwegkommen, was zwischen euch steht, und endlich miteinander auskommen?«

»Ich hoffe nicht.«

»Du hoffst nicht?«

»Ich mach mir Sorgen. Wenn sie nicht mehr sauer auf mich ist, vielleicht hat sie mich dann nicht mehr lieb.«

Ach, Liebe, sie ist alles andere als perfekt, erkennt Annabelle. Sie denkt an ihren Ausflug zu Wild Waves in der siebten Klasse. Sie und Kat haben sich damals gestritten. Sie kann sich nicht einmal mehr erinnern, warum. Aber sie hat Kat mit Absicht ignoriert und hat mit Quinn Kapoor herumgehangen. Sie waren zusammen raften und haben sich Popcorn geteilt und Kat saß im Bus mit Willy Zonka fest.

Es tut mir leid, denkt sie.

Hey, Willy Zonka hat mir eine ganze Schachtel Hot Tamales geschenkt, sagt Kat. *Das nächste Mal segel ich seinen Schokoladenfluss runter.*

»Hey, beeil dich mal ein bisschen«, sagt Opa Ed. »Vergiss unsere Handtücher nicht. Und denk an deine Tasche.«

»Ich hab dich nicht mehr so aufgeregt gesehen, seit im *Sons of Italy*-Newsletter stand, dass das Festa Italiana stattfinden wird, wenn wir in Chicago sind.«

»Heute wird ein supertoller Tag.«

»Ich dachte, du kannst nicht schwimmen.«

»Ich kann schwimmen. Wer hat dir gesagt, dass ich nicht schwimmen kann?«

»Du selbst, schon länger her, als wir beim Flathead Lake waren.«

»Ich hab gesagt, *tiefes Wasser*. Ich hab gesagt, ich mag kein tiefes Wasser. Was für ein schöner Tag, hm?«

Er hat recht. Er *ist* schön und Annabelle kann vielleicht sogar verstehen, warum er sagt, dass es ein supertoller Tag sein wird. Sie und Opa Ed zanken sich schon wie ein altes Ehepaar, aber das ist jetzt egal. In der Ferne kann sie schon die orangen und blauen und grünen Loopings und Kurven der Rutschen sehen. Der Himmel ist blau, blau, blau und Opa Ed – in seinem Hawaiihemd und seinen Shorts und den Socken und Sandalen – pfeift und klimpert mit den Schlüsseln in seiner Hosentasche. Das Pfeifen nervt sie nicht einmal.

Was fühlt sie außer Schuld?

Dankbarkeit.

Dankbarkeit, am Leben zu sein.

Die Schlange ist lang. Es sind Ferien und Magic Waters ist ein beliebter Ort. Als sie sich zum Infocenter aufmachen, sieht Annabelle eine Gruppe Leute in roten T-Shirts. Und dann hält sie plötzlich an. Sie greift nach Opa Eds Arm.

»Wie verrückt ist das denn. Ich könnte schwören, dass ich grade Luke gesehen hab.«

Opa Ed pfeift immer noch. Sie haut ihn. »Hast du dein Hörgerät drin? Ich hab gesagt, ich schwöre, dass ich Luke gesehen hab.«

»Ich hab mein Hörgerät drin.«

»Jetzt ist er weg. Ich hab grade – na ja, vermutlich haben auch andere Leute solche Haare und solche Kleidung. Nur dass die hier draußen nicht so normal ist.«

Pfeif, pfeif, summ, summ.

»Das muss der Manager sein, Bill McGuire. Der mit dem Clipboard.«

Das ist er. Er winkt ihnen zu. Er stellt Annabelle verschiedenen Besuchern in Spendenlauf-T-Shirts vor. Da sind Studierende, Eltern und ein paar Leute von Vereinen und Organisationen, die hier ihrer Öffentlichkeitsarbeit nachgehen. Annabelle dankt ihnen. Sie schüttelt Hände. Sie wird fotografiert. »Hey, warte«, sagt Bill McGuire. »Lindsey, die Werbegeschenke.« Es gibt Magic-Waters-Strandtaschen für sie und Opa Ed, Magic-Waters-Wasserflaschen und zwei Magic-Waters-T-Shirts, auf denen ein Foto des Aqua Loop samt kreischenden Fahrgästen zu sehen ist.

Bevor Annabelle wegschauen kann, knöpft Opa Ed sein Hemd auf und entblößt seine weißen Alt-Männer-Brüste und zieht sich das grellgelbe T-Shirt über den Kopf.

»Deine Oma hat immer gesagt, Gelb ist meine Farbe. Was meinste?«

Annabelle meint, dass er lieber XL hätte nehmen sollen. Er sieht aus wie eine werdende Mutter. Sie hofft, dass bei ihm auf dem Aqua Loop nicht die Wehen einsetzen.

»Du siehst super aus.«

»Wir haben auch ein paar für eure Freunde«, sagt Lindsey.

»Unsere Freunde?«

»Gerade waren sie noch genau hi…«

»Hi, Annabelle«, sagt Luke Messenger.

Annabelle steht unter Schock. Sie tippt mit ihrem Daumen an die anderen Finger. Luke Messenger ist hier in Cherry Valley, Illinois. Ihr Magen dreht und wendet sich merkwürdig in ihrem Inneren, dabei war sie noch nicht mal auf dem Aqua Loop. Wie fühlt sie sich? Froh, ihn zu sehen.

»Ich glaub's nicht, dass ihr zwei hier seid«, sagt sie.

»Als Mim angerufen und mir erzählt hat, dass dein Opa uns eingeladen hat, hier rauszukommen, hab ich gesagt: ›Ich bin dabei.‹ Zu Hause bin ich sowieso schon halb verrückt geworden. Dad hat mir Hausarrest verpasst, als ich von unserer Reise zurückgekommen bin. Ich musste unbedingt da raus, bevor Mum noch angefangen hätte, mich beim Überqueren der Straße an die Hand zu nehmen.«

»Opa hat mir nichts gesagt! Ich freu mich echt, dich zu sehen. Ich hab deine Kassette tausend Mal angehört. Und *Endurance* hab ich mindestens zehn Mal gelesen.«

»Schlittenhundesteak … Sorry.«

»Ich liebe dieses Buch.«

»Ich geb's nur ungern zu, aber das mit dem Laufen hab ich aufgegeben«, sagt Luke.

Sie lacht.

»Wir sind eine Woche lang hier. Wir werden euch nach Chicago runter folgen und dann bleiben wir und vergnügen uns in der Stadt. Ich war noch nie in Chicago. Du?«

»Nein. Noch nie.« Sie rechnet. 127 Kilometer. Luke und Dawn Celeste werden fünf Tage lang bei ihnen sein.

»Ich hoffe, es ist kein Problem, dass wir hier einfach so auftauchen.«

»Ist es nicht.«

»Dein Opa hat gesagt, er hätte gefragt.«

Agnelli-Fluch. »Bestimmt wollte er mich überraschen. Es ist eine tolle Überraschung.«

»Super. Komm. Wer als Erstes am Splash Blaster ist.«

Sie fahren den Splash Blaster und den Double-Dare Drop und dann setzen sie sich zum Entspannen an das Wellenbecken. Annabelle hat unglaublich viel Spaß. Sie ist klatschnass und läuft in ihrem Badeanzug herum wie ein kleines Kind am örtlichen Schwimmbecken. Es ist so heiß, dass niemand mehr ein T-Shirt anhat. Sie ist einfach sie selbst, genau wie die Spendenlauf-Unterstützerinnen und -Unterstützer, und sie sieht nur ein großes Meer an Körpern, die herumplanschen und schwimmen und sich sonnen und den supertollsten Tag überhaupt genießen.

»Schau mal«, sagt Luke. Er deutet hinüber zu den sich windenden Kurven des Lazy River, wo die Fahrgäste in Reifen sitzen und einen langsam fließenden Strom hinuntertreiben. Sie sieht sie – Opa Ed in seiner Palmen-Badehose und Dawn Celeste in ihrem Badeanzug, ihre Finger ineinander verschränkt. Ihre Reifen stoßen aneinander, während sie auf dem Wasser entlanggleiten.

»O mein Gott«, sagt Annabelle.

»Sie ist verliebt.«

»Ist sie das?«

»Er denn nicht?«

»Oh, wow. Und ich dachte, dass das ganze Herumbrüten und Vor-sich-hin-Starren und die Energieüberschüsse davon kämen, dass er mit mir in diesem blöden Wohnmobil eingepfercht ist.«

»Sie tut diese Sachen, die man tut, wenn man verliebt ist, zum Beispiel immer irgendwelche Gründe finden, um seinen Namen in einer Unterhaltung zu erwähnen. Man könnte auch darüber reden, in ein Burger-Restaurant zu gehen, und sie würde sagen: ›Ed mag Burger.‹«

»Echt?«

»Du siehst geschockt aus?«

»Wahrscheinlich ist es nur komisch, mir vorzustellen, dass er das Objekt romantischen Interesses von jemandem ist.«

»Ach, komm …«

»Ich meine, schau doch mal.«

Opa Ed sieht sie und winkt. Das blasse Fleisch unter seinem Arm wabbelt hin und her wie eine Fahne. »Wuhuuu!«, schreit er, als ob er eine Stromschnelle hinuntersausen würde.

»Okay. Ich sehe, was du meinst.«

Dawn Celeste winkt ebenfalls. Ihr Unterarm-Schwabbel auch. Sie wirft ihnen eine Kusshand zu. Ihr Badeanzug ist ein blau-grüner Batik-Spritzer. »Sie sind glücklich«, sagt Annabelle. Glück kommt ihr wie ein Wunder vor. Glück sieht aus wie etwas, das vielleicht immer gefeiert werden sollte.

»Ich hoffe, sie tun nichts, was uns irgendwie zu Verwandten machen würde«, sagt Luke.

Er wirft ihr einen Blick zu, den sie nicht deuten kann. Aber dann nimmt er ihre Finger, genau wie Opa Ed die von Dawn Celeste. »Der Typhoon Terror wartet auf uns«, sagt er und zieht sie mit hoch.

»Er gibt ihr etwas.«

»Sag mir, dass es keine Ringschachtel ist.«

»Nein. Es ist keine Schachtel. Etwas Rundes? Ich kann's nicht erkennen.«

»Meine Augen sind schlecht. Ich glaub, ich brauch 'ne Brille«, sagt Annabelle.

Alle vier haben gerade das Abendessen im Hotelrestaurant beendet und jetzt sind Luke und Annabelle im zweiten Stock des Cherry Valley Hotels und bespitzeln Opa Ed und Dawn Celeste, die unten in der Lobby stehen. Sie *haben kurz einen Moment gebraucht*. Sie *wollten sich nur schnell gute Nacht sagen*. Luke und Annabelle kauern auf dem Boden. Es ist schwierig, hinter die große Palme zu spähen.

»Es ist irgend so ein kleines Holzteil.«

»Ein Holzteil? Warum sollte er ihr ein kleines Holzteil schenken?«

»Er legt es in ihre Hand.«

»O Gott, wir sind schrecklich.«

»Sie umarmen sich. Sie wischt sich Tränen aus den Augen. O Gott, schau nicht hin. Alte-Leute-Knutscherei.«

»Mir kommt gleich meine Guacamole wieder hoch.«

»Sie hält es vor sich, um es zu bewundern. Das ist ganz sicher ein Holzteil.«

»Warte, warte, warte! O Gott! Ich weiß, was das ist. Ich weiß es! Er hat das geschnitzt! Er hat dabei fast seinen Daumen verloren. Ich fand, dass es aussah wie ein Waschbär-Kackhaufen.«

»Ein Waschbär-Kackhaufen der Liebe«, sagt Luke.

Sie brechen zusammen. Sie hauen sich gegenseitig, um leise zu sein. Annabelle stößt ein unterdrücktes Grunzen aus, aber das bringt ihn zum Lachen und das bringt sie zum Lachen und beide beugen sich vornüber vor lauter Lachen und dann lachen sie stumm vor sich hin, während sie sich die Bäuche halten.

»Warte ...«, japst er. »Warte, warte.« Er schaut sie aus großen, runden, schockgeweiteten Augen an. Das bringt sie wieder zum Lachen.

»Was?«, fragt sie.

»Du solltest dich mal sehen.«

»Du solltest *dich* mal sehen.«

Sie verstecken sich hinter der Brüstung, weil sie wieder komplett abbrechen vor Lachen, obwohl es nicht einmal lustig ist.

»Ich weiß, was der Waschbär-Kackhaufen ist!«, sagt er.

»Was?«

»Ein Vogel.«

»Ein Vogel? Was für ein Vogel?«

»Hass aber nicht denjenigen hier, der dir die Nachricht überbringt, okay?«

»Was für ein Vogel?«, fragt sie streng.

»Mim hat einen … einen Vogel. Eine Taube. Ein Tattoo. Auf ihrem, ähm, unteren Rücken.«

»Wie weit unten?«

»Ziemlich weit unten.«

»O mein Gott.«

»Man sieht alles, wenn man zu zweit in einem Camper ist.«

»Das brauchst du mir nicht zu erzählen. Aber eine Taube auf ihrem Arsch, die er geschnitzt hat?«

»Es hat eine große Bedeutung für sie. Das Tattoo der Taube, nicht der Arsch. Sie hat, na ja, eine Taube gesehen, als sie sich in meinen Opa verliebt hat.«

»Alles klar. Ich verstehe die tränenreiche Bedeutung des Tauben-Waschbär-Kackhaufens.«

»Es ist süß! Findest du das nicht süß? Tauben-Arsch-Tattoo-Waschbär-Kackhaufen?«

Sie brechen wieder ab. Sie lachen so sehr, dass kein Laut aus ihnen herauskommt.

Er schnappt nach Luft. Sie schnappt nach Luft. »Stopp, stopp, stopp«, sagt sie. »Ich krieg keine Luft mehr.«

»Zum Glück hat sie keine Meerjungfrau oder so da hinten drauf. Dafür hätte er ein größeres Stück Holz und mehr Talent gebraucht.«

»Wir sind gemein. So gemein«, sagt sie.

»Du bist gemein. Ich bin hundertprozentig für geschnitzte Arsch-Tattoos der Liebe.«

»Ich muss langsam ins Bett gehen. Heute war …«

Sie spürt ihn. Den Strom der Schuld, der wie Wasser in ihr kaputtes Schiff fließt. Er will sie untergehen lassen und ans Ufer spülen. *Was fühlst du außer Schuld?*, hat Dr. Mann gefragt.

Glück. Sie ist richtig glücklich. »Heute war … richtig cool. Es hat total viel Spaß gemacht. Aber morgen muss ich 26 Kilometer laufen.«

»Okay«, seufzt er. »Dann gute Nacht. Danke, dass du die Magie nach Magic Waters gebracht hast.«

27

Es ist schwierig einzuschlafen. Erst einmal ist da die Klimaanlage – zuerst zu kalt, dann nicht kalt genug und dann laut und orkanartig. Da ist die Eismaschine, die draußen auf dem Flur klirrt. Da ist eine Gruppe von Kindern, die unten immer noch im Pool schwimmt, wobei der eigentlich um zehn Uhr abends geschlossen sein sollte. Da ist Luke Messenger, der ihre Finger im Magic-Waters-Wasserpark nimmt.

Da ist Der Stehler …

Stopp!

Aufhören, echt jetzt. Wird er denn für immer und ewig jeden Moment in ihrem Leben zerstören? Vielleicht nicht für immer und ewig, aber noch für sehr lange Zeit, ja, wird er immer noch da sein und sich vordrängeln und sie daran erinnern, ihn oder sonst wen nicht zu vergessen.

Jetzt greift Der Stehler nach dem Abend im Neumos unter dem Bibliothekstisch nach ihren Fingern. Es macht ihr nicht direkt etwas aus. Irgendwie mag sie das Geheimniskrämerische daran, die langsame Stille des Verborgenen. Aber er will kein Langsam und kein Verborgen.

Er will händchenhaltend mit ihr durch die Korridore laufen. Er will sie im Treppenhaus küssen. Er schnappt sich ihre Hand und zieht sie zu sich, sie hält dagegen. Er *setzt sie unter Druck*.

»Guter Gott. Er folgt dir ja wie ein Schatten«, sagt Kat.

Er fängt an, ihr die ganze Zeit zu schreiben und sie anzurufen.

»Wer ruft dich denn so spät am Abend noch an?«, fragt Gina. »Das gefällt mir nicht.«

Annabelle gefällt es auch nicht. Es ist zu viel zu schnell. Sie fühlt sich gedrängt. Er kommt in der Essential Baking Company vorbei, wenn sie arbeitet, und bestellt Kaffee. Es bringt sie durcheinander. Einmal, danach, hat sie einen Himbeermuffin zwei Minuten lang aufgewärmt und ihn in einen harten Baseball verwandelt. Ihre Chefin, Claire, die immer nett und aufmerksam ist, fragt, ob sie reden will.

Und diese Lüge, die von den Freunden am Neumos-Abend, sie nagt an ihr.

»Wie heißt Adrians Band noch mal?«, fragt sie Den Stehler eines Abends, als er anruft.

»Äh, Loose Change.«

»Spielen sie vielleicht mal hier in der Gegend? Wir sollten mal hingehen und sie live hören.«

»Sie spielen nicht viel. Und Jules denkt darüber nach, alles hinzuschmeißen. Sie sagt, es wäre, als ob sie und Adrian verheiratet wären. Sie unternehmen nie irgendwas.«

»Wir könnten was mit ihnen unternehmen.«

»Ja, vielleicht.«

»Ich glaub's immer noch nicht, dass du mich angelogen hast und gesagt hast, sie kommen ins Neumos.«

Er lacht. »Ich hab so meine Tricks auf Lager.«

»Das ist nicht lustig! Ich mag keine Tricks auf Lager. Ich mag die Wahrheit.«

Er schweigt.

»Was?«

»Dann sag ich dir wohl lieber mal die Wahrheit.«

»Okay.« Sie sitzt auf dem Boden in ihrem Zimmer und lehnt mit dem Rücken an ihrem Bett. Auf einmal hat sie Bauchweh. Sie zupft an den Fäden in ihrem Teppich herum. Sie hat das Gefühl, dass gleich irgendwas Schlimmes kommt. Es kommt *tatsächlich* etwas Schlimmes. Etwas Schlimmeres, als sie sich jemals vorstellen könnte.

»Weißt du noch, als ich dir erzählt hab, dass wir teils deswegen umgezogen sind, weil meine Mum dachte, dass ich schlechte Freunde hätte? Dass dieser Junge, den ich kannte, einen alten Typen ausgeraubt hat?«

O Gott. O nein. »Ja.«

»Der Junge war ich.«

Sie schweigt. Sie tippt nicht mit ihrem Daumen gegen die anderen Finger. Stattdessen ballt sie ihre freie Hand zu einer Faust und drückt so fest zu, bis sie ihre Nägel fühlen kann, die sich in ihre Haut graben.

»Es ist nicht so schlimm, wie es sich anhört. Ich meine, ich hab ihn nicht wirklich ausgeraubt. Nicht so *Hände hoch* ausgeraubt. Meine Eltern hatten da so einen Freund, Jim Hastings. Ein ziemlich reicher Kerl, alleinstehend. Er hat früher auch mal an der Universität gelehrt, aber dann hat seine Familie irgendein Patent oder so verkauft, für irgend so ein wasserfestes Material, und er ist reich geworden und hat aufgehört zu arbeiten. Er hatte dieses Haus am See. Und hat mich immer wieder eingeladen. Also um kleine Arbeiten zu erledigen. Seinen Pool sauber machen, sein Badezimmer streichen, und meine Eltern fanden das super, aber mit dem Typen hab ich Zustände gekriegt. Also, er wollte immer versuchen, mit mir allein zu sein, und hat sich nah neben mich gestellt und hat komischen Scheiß gemacht, also mich aufgehalten, um mir seine Seltene-Münzen-Sammlung zu zeigen und … argh.«

»Das ist ja schrecklich.«

»Ja, deshalb war ich irgendwann so weit, dass ich gesagt hab: ›Scheiß drauf. Ich geh da nicht mehr hin. Mir egal, dass er mir dreißig Mäuse pro Stunde zahlt.‹ Am letzten Tag hab ich noch diese eine Arbeit für ihn erledigt, die riesen Scheißladung von Rindenmulch in seinem Garten verteilen; dann hab ich das Werkzeug in der Garage verstaut, bin reingegangen, um kurz die Holzspäne von meiner Haut zu waschen, und nachdem ich mir die Hände abgetrocknet hab, ich weiß auch nicht, da bin ich einfach in sein Schlafzimmer gegangen und hab seine Kommodenschublade aufgemacht und da waren die Münzen und ich hab die ganzen Plastikbeutel rausgenommen. Das waren seltene Münzen und er hat sie einfach so in Gefrierbeuteln aufgehoben und ich hab ein paar davon in meine Hosentasche gesteckt und dann bin ich da raus und nie mehr zurück.«

»Oh, wow.« Sie weiß nicht, was sie sagen soll. »Aber er muss ja gewusst haben, dass du das warst.«

»Natürlich wusste er, dass ich das war, und meine Eltern haben mich immer wieder gefragt: ›Warum hast du das getan? Warum?‹ Und ich hatte keine Antwort darauf. Ich hab einfach, keine Ahnung. Ich hab mich von dem Typen vergewaltigt gefühlt und ich wollte es ihm heimzahlen. Als ich meine Hände an diesem Handtuch im Bad abgetrocknet hab, ein weißes Handtuch, war es danach vollgeschmiert mit Dreck und ich dachte: ›Gut so.‹ Ich war auf einmal so sauer. Ich hab ihn gehasst.«

»Das kann ich verstehen.« Irgendwie kann sie das auch.

»Ja? Du willst mich also nicht aus deinem Leben kicken? Zu Hause sind mir die Leute aus dem Weg gegangen, nachdem sie davon gehört haben. Nicht, dass die meisten von diesen Arschgeigen vorher meine besten Freunde gewesen wären oder so, aber trotzdem. Meine *echten* Freunde haben mich stehen lassen. Das war *so scheiße*. Schlimm. Es ist ja nicht so, dass ich ein Gewaltverbrecher wäre. Niemand hat Anklage erhoben. Er hat die Münzen zurückbekommen. Die ganze Sache wurde fallen gelassen. Meine Eltern dachten, dass das passiert ist, weil ich mit diesen zwei Jungs, Kevin und Raine, rumgehangen hab; Kevin hat Gras geraucht und Raine war immer depressiv, aber ich hab das gemacht, weil ich so einen Hass auf diesen Kerl Jim Hastings hatte. Ich hab ihn und seine widerlichen Lippen und fetten Finger gehasst. Er hat es verdient. Er hätte auch noch Schlimmeres verdient, wenn du mich fragst.«

Annabelle ist verstört. Der Mann, Jim Hastings, und sein schickes Haus und die Jobs und Der Stehler und die Münzen und der Hass verstören sie. Sie weiß nicht, wie sie diese Geschichte verstehen soll. Auf eine bestimmte Art und Weise tut ihr Der Stehler leid. Trotzdem ist diese Geschichte besorgniserregend. Und sie ist so weit von ihrem Leben entfernt. Da ist so vieles an dieser Geschichte und an Dem Stehler, das einfach nicht *sie* ist, zu *ihr* passt. Will hat bei einer Schulaufgabe in der siebten Klasse gespickt und fühlte sich deswegen immer noch schlecht. Kats große Schwester, Becka, die nicht mehr bei ihnen gewohnt hat, ist schwanger geworden und hatte eine Abtreibung. Dieser Mistkerl Father Anthony hat sie verlassen und ist Priester geworden, und Gina macht sich so viele Sorgen darüber, was alles schiefgehen kann, dass sie alle in den

Wahnsinn treibt, aber irgendwie ist dieses ganze Zeug über der Oberfläche, nicht darunter. Sie kann es sehen und weiß, womit sie es zu tun hat. Sie versteht, dass Gina eine Angststörung hat und dass Father Anthony emotional unfähig ist.

Aber sie *kennt* die Geschichte Des Stehlers nicht. Und ihr wird klar, dass sie ihn nicht wirklich kennt. Das Tief-in-ihm-drinnen-Selbst. Die Teilchen, die ihn zu dem machen, was er ist. Die Teilchen, die sie sieht – sie sind wie fremde Gegenstände. Seine Intensität und seine Einsamkeit, genauso seine Waffenzeitschriften, in denen sie ihn manchmal während einer langweiligen Unterrichtsstunde herumblättern sieht, und wie er sich nicht einmal schuldig fühlt wegen dem, was er getan hat. All das erinnert sie daran, wie sie in der Mittelstufe zu einer Übernachtungsparty bei Kiley Tasmin gegangen ist und eine Bong unter ihrem Bett gesehen hat. Kat musste Annabelle sagen, was das ist. Sie wusste, dass es falsch war, sie wusste, dass sie nicht da sein sollte, sie wusste, dass es sich schlecht angefühlt hat, aber sie hatte keinen Namen dafür.

»Ich bin froh, dass du mich nicht verlässt«, sagt er, bevor sie auflegen.

Sie hätte nicht wissen können, was passieren würde, sagt sich Annabelle, als sie daran denkt, wie er ihre Hand unter dem Bibliothekstisch gehalten hat. Es gibt ganz viele verschiedene Hände – vorsichtige, grausame Hände, Hände, denen man vertrauen kann, und Hände, denen man nicht vertrauen kann. Den Unterschied erkennt man nicht immer, bis es zu spät ist, aber es ist auch wahr, dass so gestörte Hände wie die Des Stehlers selten sind. Sie sind selten, erinnert sie sich selbst.

Die meisten Hände sind gut.

Wills Hände waren es.

Das versetzt ihr einen unerwarteten Stich. Ihr Magen dreht sich um. Ihr Herz zieht sich zusammen.

Welche sind schlimmer? Die schlechten oder die guten Erinnerungen?

Denn jetzt fühlt sie Wills Hände in Fäustlingen, die ihre Hände in Fäustlingen halten. Seine Finger auf ihrem Körper. Seine Finger heben ihre Hand hoch, um sie zu küssen; seine Hände liegen auf einem Lenkrad, schneiden ein Sandwich in zwei Hälften, drücken seine Mutter und tragen seine Lacrossc-Tasche.

Da ist sein Finger, der an ihrer Haustür klingelt. Es ist kurz nachdem ihr Der Stehler von seinem Münzendiebstahl erzählt hat. Es ist Anfang Mai und die Tage werden wieder länger und sie ist zu Hause nach der Arbeit, einer superstressigen Schicht, da Claire bei ihrer kranken Tochter Harrison zu Hause bleiben musste. Sie und Mum und Malcolm haben Pancakes zu Abend gegessen, als sie also die Tür aufmacht, zieht der Duft nach draußen und er sagt *Mmh. Pancakes.*

Sie ist überrascht, ihn zu sehen. Sie lässt ihn herein. Sie kann nicht glauben, dass er da ist. Sie ist so, so glücklich, dass er auf einmal einfach so auftaucht, aber auch nervös. Sie sieht schrecklich aus. Sie dachte, es wäre ein Nachbar, der Unterschriften für irgendeine Angelegenheit sammelt, aber nein, es ist Will.

»O Gott, ich sehe …«

»Schön aus. Meine Augen sind gerade superglücklich.«

Er ist in ihrem Zuhause. Er ist so vertraut, so schrecklich vertraut, es ist, als ob sie sich einfach vor den Fernseher fläzen und zusammen eine Sendung anschauen sollten.

»Hi, Will«, sagt Malcolm. Er fährt mit dem Finger eine Sirup-Spur nach und schleckt ihn ab.

»Eklig, Malcolm.«

»Wie geht's dir so, Will?«, fragt Gina. Sie strahlt ihn an. Annabelle spürt, wie sie ihr gerne zur Unterstützung zuzwinkern würde. Die Laune im Raum hebt sich. Sie sind alle fröhlich. Oder vielleicht ist Annabelle auch beschwingt genug für alle zusammen.

»Wir gehen kurz …«

»Geht reden. Wir sind da, falls du uns brauchst!«, sagt Gina heiter.

»Jep, wir sind da, falls du uns brauchst«, sagt Malcolm. Jetzt ist er derjenige, der es tut. Er zwinkert.

Sie und Will gehen nach oben. Er zwickt sie spielerisch in den Hintern und sie gibt ihm einen Klaps, genau wie in alten Zeiten. Wow, sie hat diese braunen Augen vermisst, die so süß aussehen wie die eines Rehs. Sie hat seine weichen Haare vermisst und den Geruch seines Shampoos. Sie hat diese leichte Vertrautheit vermisst.

In ihrem Zimmer küsst er sie. *Das* ist der Kuss, den sie liebt. Hier ist der Junge, den sie liebt. Sie schauen sich an und lächeln und reden. Und reden und reden.

Sie treffen eine Entscheidung, die alles verändert.

Sie treffen eine Entscheidung, die alles für immer verändert.

Lukes Finger, die Des Stehler, Wills Finger. Es ist zu viel. Annabelle steht aus dem Bett auf. Sie hält ihr Kopfkissen, umklammert es fest. Sie geht in einem Kreis um das Bett herum und wieder zurück. Sie geht im Kreis. Sie geht im Kreis. Sie geht im Kreis.

28

1. Wegen seiner durchscheinenden Haut kann man dem Herzen des Glasfrosches tatsächlich beim Arbeiten zusehen.
2. Die Streifengans hat ein ungewöhnlich starkes Herz. So stark, dass sie über den Himalaja fliegen kann, 6000 Meter über dem Meeresspiegel.
3. Um die Macht der Schwerkraft zu besiegen, verlassen sich Giraffen auf ihre starken, elf Kilo schweren Herzen, die das Blut den ganzen Weg nach oben durch ihre Hälse pumpen. Ohne diese Stärke würde der Blutdruck der Giraffe jedes Mal ihr Gehirn zum Platzen bringen, wenn sie sich zum Wassertrinken hinunterbückt.
4. Der mit vielen Augen übersäte Eisfisch lebt so tief unten in den starren Gewässern nahe der Antarktis, dass sein Herz fünf Mal so groß sein muss wie das eines normalen Fischs. Der Sauerstoff löst sich direkt in seinem Plasma, sodass sein Blut so klar ist wie das Eis, das ihn umgibt.
5. Auch Herzen können Wunder vollbringen.

Annabelle hat keine Minute geschlafen, aber sie steht früh auf, bevor sie Opa Ed oder Dawn Celeste oder Luke begegnet. Sie schlingt ein Frühstück aus Haferflocken und Bananen hinunter, holt, was sie braucht, aus dem Wohnmobil und macht sich auf den Weg nach draußen. Loretta führt Annabelle auf der Newburg Road, die schöne, grasbewachsene Ausläufer mit weißen Häusern am Ende von langen Einfahrten hat, aus der Stadt hinaus. Als Nächstes: die kleine Stadt Logan an der Logan Road und dann Highway 20, mit seinen flachen, gelben Feldern von Alfalfa und Mais und Gerste und Weizen. Ein Lastwagenfahrer fährt vorbei; er hupt und winkt. Zwei Frauen stehen bei einem Bauernhof, wo man selbst ernten kann, und bieten ihr eine Flasche Wasser und einen riesigen Bio-Pfirsich an. Sie haben in der *Cherry Valley News* gelesen, dass sie hier durchkommen würde. Sie fragen, ob sie ein Foto von ihr für Belvideres Bauernhofmarkt-Facebook-Seite machen dürfen.

Jetzt: Garden Prairie, Illinois. Kleine Häuser, große Bauernhöfe und der Paradise-Park-Campingplatz, der ein perfekter Zwischenstopp für heute Nacht gewesen wäre, wenn er nicht ein paar Kilometer vor ihrem Ziel gelegen hätte: Marengo, Illinois.

Sie ist fast da. Die Wasserflasche ist leer und auch viel Wasser aus ihrem Tank in ihrem Rucksack ist schon aufgebraucht. Heute Nacht stellen sie das Wohnmobil auf dem Parkplatz der Methodisten-Kirche ab, auf dem die Leute aus Marengo an diesem Wochenende Ende Juni einen Flohmarkt aufbauen. Als sie ankommt, stehen da das Wohnmobil und Dawn Celestes Mietauto, und da sind Dawn und Luke und Opa Ed und ein Parkplatz voller Leute. Sie wird von einer Truppe Pfadfinderinnen und Pfadfinder begrüßt, die eine große amerikanische Flagge halten. Hinter ihnen stehen ein riesiger, roter Pick-up und ein gigantischer Grill mit ein paar Plastiktischen und Stühlen drum herum. Sie riecht es – ein Barbecue. Leute parken, kommen herüber und überqueren die Straße mit großen Tupperschüsseln und fetten, braunen Einkaufstüten. Zwei alte Damen, die Annabelle an Mrs. Parsons und ihre beste Freundin Ms. Sadie im Sunnyside-Seniorenzentrum erinnern, sitzen in Liegestühlen. Marengo veranstaltet ein Methodisten-Kirchenparkplatz-Picknick, und sie ist die Hauptattraktion.

Nach Rippchen und Bohnen und Kartoffelsalat und Mais und Limonade, nachdem die Pfadfinderinnen und Pfadfinder ihr ihre wichtigste Auszeichnung verleihen, die Armbinde für Tapferkeit, nachdem sie fast weint und Leute klatschen und sich die Stadt zerstreut und nur noch das Wohnmobil und Dawn Celestes Mietauto auf dem Parkplatz übrig bleiben, der jetzt dank der Truppe aufgeräumt ist, als wäre nichts von alledem je geschehen, sitzt Luke auf der Motorhaube des Wagens und Annabelle sitzt neben ihm.

»Ihr zwei wisst, wie man das Leben genießt«, sagt Luke. »Das Essen war super. Hast du einen von diesen Brownies gegessen?«

»Ja! Mehr als einen. Wie schade, dass ihr das Union-Lions-Pancake-Frühstück in der Früh verpasst.«

Luke und Dawn fahren weiter, sie bleiben über Nacht im Days Inn bei Annabelles nächstem Zwischenstopp, Dundee Township. »Ich hab's dir doch gesagt, ich muss unbedingt diese weißen Zedern sehen.«

»›Einer von nur drei Orten, an denen die uralten Bäume auf natürliche Weise wachsen.‹«

»Genau. Präsentiert von den Eiszeit-Gletschern und dann beinahe zerstört durch den Menschen. Aber immer noch am

Leben, trotz der ganzen schlimmen Scheiße, die die Menschen machen.«

Annabelle lächelt. Er sagt viel zu ihr, ohne es wirklich zu sagen.

»Ich glaub's nicht, dass ihr beide das wirklich macht. Euch eine Woche Zeit aus eurem Leben nehmen. Ich meine, wir sind hier ja nicht gerade in Hawaii.«

»Ich bin nur wegen der weißen Zedern hier. Mim wegen dem Sex.«

»O Gott.« Annabelle hält sich die Ohren zu.

»Guck dir das Wohnmobil nicht an. Weil, wenn es schaukelt …«

»Luke!«

»Tatsächlich bin ich hier, weil das das Coolste ist, von dem ich jemals auch nur im Entferntesten ein Teil war.«

Erst die Tapferkeits-Armbinde und jetzt das. Ihre Augen werden feucht.

»Komm her.«

Sie lehnt sich an seine Schulter und er legt den Arm um sie. Gott, fühlt sich das gut an. Sie ist überhaupt nicht nervös deswegen. Er hat eine Freundin. Er redet nicht sehr viel von ihr, aber sie reden sowieso nicht viel über solche Sachen. Sie sind immer einfach nur im Hier und Jetzt. Martinsdale Colony, die Kartenspiele, die Wasserrutschen, das Barbecue – sie genießen einfach das, was gerade *ist*. Das Hier und Jetzt hatte sie beinahe schon vergessen. Aber langsam lernt sie es wieder neu kennen. Sie ist entspannt. Sie mag ihn so sehr. Wie fühlt sie sich? Gut, gut, gut. So gut, dass sich die Schuld nicht in den Halbkreis seines Armes quetschen kann.

Dawn Celeste macht die Tür des Wohnmobils auf. Ihre

Wangen sind rosa und ihr langer Zopf hängt über einer Schulter. »Lass uns weiterfahren, Boo-Boo Boy.«

»Boo-Boo Boy?«, zieht Annabelle ihn auf. Er sieht überhaupt nicht aus wie ein Boo-Boo Boy.

Er schneidet eine Grimasse. »Frag nicht.«

»Boo-Boo Boy Baumexperte und Splash-Blaster Champion.«

»Lauf schnell morgen«, sagt er.

»Wir wissen, dass du keine Überraschungen magst«, sagt Zach Oh an diesem Abend. Er ist heute der Einzige in dem Skype-Meeting. Olivia feiert den Geburtstag ihrer Schwester und Malcolm ist auf einer Übernachtungsparty. Zach ist in seinem Spielezimmer. Sie kann einen pausierten Minecraft-Bildschirm auf seinem Fernseher hinter ihm sehen. Er hat sein Retro-Atari-T-Shirt an und trinkt ein Red Bull. Seine Mutter würde ihn umbringen, wenn sie das sähe.

»O nein. Was ist los?«

»Es ist alles gut! Es ist eine schöne Überraschung. Deine Mum …«

»O Gott. Ich hab Angst.«

»Brauchst du nicht. Sie war super. Sie fand es so schlimm, dass du deine Abschlussfeier verpasst hast, dass …«

»*Ich* fand es nicht schlimm, dass ich meine Abschlussfeier verpasst habe.« Was wahr ist, aber auch nicht. Sie fand es nicht schlimm, dass sie das ganze schreckliche Zeug versäumt hat – die Tribute, den Rückblick auf die zerstörte Abschlussklasse. Aber sie fand es schlimm, nachdem sie die ganzen Fotos ihrer Freunde, Arm in Arm, gesehen hat. Das Lächeln, die Tränen, die Umarmungen. Und vielleicht noch schlimmer – die Schnappschüsse der Eltern, der Geschwister. Sie hat sich das große Bild ihrer Abschlussklasse auf ihren Stühlen angesehen, mit den Hüten und schimmernden Umhängen. Sie hat den Platz gefunden, an dem sie gesessen hätte. Zwischen Oliver Abbey und Riley Allan. Sie ist mit dem Finger die Reihen entlanggefahren. Da wäre Der Stehler gewesen. Da wäre …

Stopp!

Was fühlt sie jetzt außer Schuld?

Schande, Reue, Bedauern, Verantwortung – alle Geschwister der Schuld.

Niedergeschlagenheit. Trauer.

»Du klingst nicht sonderlich aufgeregt.«

»Ich hab dich nicht gehört. Du hattest schlechtes Netz.«

»Ich hab gesagt, dass wir nach Chicago kommen. Deine Mum und Malcolm, Olivia und ich. Für eine Art Abschlussfeier.«

»Ihr zwei auch? Wie könnt ihr euch das leisten?« Kann ein Herz gleichzeitig höherschlagen und in die Tiefe sinken?

»Olivias Mum hatte Flugmeilen. Du wirst in einem Best Western im Stadtinneren wohnen, aber dein Dad …«

»Mein wer?«

»Dein Vater, Unser Vater, haha – warte, kein Witz. Er hat wohl mit den Katholiken für Gewaltlosigkeit der Chicagoer Erzdiözese zusammengearbeitet und sie haben für Olivia und mich ein Apartment außerhalb des Campus der St. Xavier University organisiert, das wir über das Wochenende nutzen können.«

»Du verarschst mich doch.«

»Letzte Woche hat er auf Catholic TV mit einer Gruppe

von College-Studierenden aus Boston über Spendenläufe gesprochen.«

»Warum weiß ich nichts davon?«

»Das haben wir gerade erst herausgefunden. Deine Mum hat es uns gesagt. Er hat sie immer wieder für regelmäßige Updates angerufen und er hat dich, wie war das, *stumm unterstützt*. Ich nehme an, der Kerl zeigt seine Liebe auf seine eigene Art.«

»Wow. Sie haben miteinander gesprochen? Wie Erwachsene? Ich glaub's ja nicht.«

»Hast du überhaupt mal was von ihm gehört?«

»Eine E-Mail ab und zu. Einen peinlichen Anruf. Aber nicht so was wie *regelmäßige Updates*.« Irgendwie ist sie wegen dieses Zaubertricks sauer, durch den sie in den Augen ihres Vaters von ungesehen zu gesehen aufsteigt, aber irgendwie ist es auch nett. »Hm. Ich denke, das ist ein *Fortschritt*. Ich glaube, ich find's gut.«

»Aber trotzdem, diese ganze Kein-Sex-Sache …«

»Zach!«

»Ich mein ja nur. Also, stell dich auf 'ne Party in der Windy City ein, du Abiturientin.«

»Da du ja keine Überraschungen magst …«, sagt Malcolm, als er am nächsten Morgen anruft. Es ist schön, nur mit ihm zu reden, und nicht mit dem ganzen Team. Seine Stimme klingt heiser nach der Übernachtungsparty, als ob er auf einem Rockkonzert herumgebrüllt hätte.

»Ihr fliegt nach Chicago heute Abend! Ich weiß schon.«

»Mum und ich. Carl Walter hat ein Abteilungsmeeting in Bend. Aber Zach und Olivia kommen auch. Und Dad-Father Anthony hat ihnen …«

»Hab ich schon gehört. Das ist komisch.«

»Er hat mir eine Sammlung *Nova*-Videos geschickt.«

»Na, du bist ja ein richtiger Glückspilz.«

»Er hat Mum und mich immer wieder angerufen, um mehr von deinem Lauf zu erfahren. Er sagt, er hat eine Landkarte an der Wand hängen und alle 160 Kilometer steckt er eine Stecknadel hinein.«

Etwas daran – an der Landkarte und den Stecknadeln – erinnert sie an Dinge über ihren Vater außer der Tatsache, dass er sie verlassen hat. Wie er sich immer hinter der Couch versteckt hat, als sie Burgfestung mit ihren Spielzeugpistolen gespielt haben. Wie er immer eine Handvoll Hundeleckerli für ihren alten Hund Rally in die Luft geworfen und gerufen hat *Belohnung ohne Grund!*. Wie sie und Malc wirklich immer gerne Sachen mit ihm unternehmen wollten, sogar wenn es das Ausmisten der Garage war.

»Wow. Und für Mum ist das alles okay? Ist sie zu einer neuen Frau geworden?«

»Sie ist jede Woche zu Dr. Baker in die Beratung gegangen und sie nimmt ihre Anti-Angststörungs-Medikamente. Sie hat mich mit dem Fahrrad zum Supermarkt fahren lassen und ich musste nicht einmal anrufen, als ich dort angekommen bin.«

»Das ist ja großartig.«

»Das Wissenschaftsmuseum in Chicago hat einen Raketensimulator.«

»Schade, keine echte Rakete.«

»Ich würde dich begleiten, wenn du dich in den Weltraum schießen würdest.«

»Danke, Arschgesicht.«

»Und noch ein Wunder. Sean war gestern Abend auf Olivers Party und er hat gesagt, dass es ihm leidtut, dass er so ein Arschloch zu mir war.«

»Wie cool, Malc.«

»Ich glaube, es ist das *corno*, das Mum mir gekauft hat.«

»Du *trägst* es?« Ein *corno* sieht aus wie eine winzige Chilischote, aber es ist ein kleines, gedrehtes, rotes Horn, das den bösen Blick und alle möglichen Flüche über deine Potenz und Fruchtbarkeit abwenden soll. Italiener tragen es an Goldkettchen.

»Es sieht cool aus. Zach will auch eines.«

»Zach *braucht* auch eines. Hey, Malc? Eine Sache noch.«

»Nur eine?«

»Wir werden, äh, *Freunde* dabeihaben, wenn ihr uns morgen trefft.«

»Ist das schlecht?«

»Mum wird es nicht gefallen.«

»Warum, sind es Harley-Typen?«

»Nicht wirklich. Weißt du noch, die zwei Leute, die zu meiner Party gekommen sind? Die, die mich während dem Gewitter aufgesammelt haben? Sagen wir einfach, Opa Ed hat eine neue Freundin.«

Für einen Moment ist alles still. Und dann fängt Malcolm so laut und so lange an zu lachen, dass sie ihre Augen schließen und es aussitzen muss.

29

Von West Dundee nach Parkridge nach Chicago. Loretta führt Annabelle die Milwaukee Avenue geradeaus nach unten und über die Lake Street. Dann biegen sie rechts ab zum Buckingham Fountain, ihrem heutigen Halt.

Sie ist in Chicago. Sie kann es nicht fassen – sie ist hier, in einer Stadt, in der sie noch nie zuvor war, und das nur aus ihrer eigenen Kraft. Heute fühlt sie sich großartig. Es ist schwül, die Luft ist Umkleide-schwitzig und ihre Kleidung klebt überall an ihr, wo es möglich ist. Aber sie fühlt sich stark und gut, und in dieser wirklich großen Stadt zu sein, ist ein Adrenalinstoß.

Schau mal – Wolkenkratzer! Menschen! Der Geruch nach gegrillten Zwiebeln und Autoabgasen und Hitze auf Asphalt! Ein gigantisches Meer, das eigentlich ein See ist, voller Boote. Es ist wunderschön hier. Oh, und hier am Grant Park ist ein weitläufiger, grüner Rasen mit einem coolen Brunnen aus Meereskreaturen, aus deren Mündern Wasser schießt. Nach einem freien Tag, nachdem sie Tschüss zu Luke und Dawn Celeste und ihren Freunden und ihrer Familie gesagt hat, werden Loretta und sie geradeaus den Lakefront Trail hinunterlaufen, am Unterwasser-Zoo und dem Hyde Park und dem Wissenschaftsmuseum vorbei. Sie wird die ganze Strecke bis nach Pittsburgh laufen und dann durch einige Städte in Pennsylvania und die Interstate 355 hinunter. Sie wird durch die Bürgerkriegs-Schlachtfelder von Monocacy und Germantown rasen, durch Gaithersburg und Rockville und Bethesda, Maryland rennen. Und dann wird sie in D.C. ankommen.

Die letzten sechsundvierzig Tage ihrer Tour.

Die Sache ist die: die Ziellinie. Sie kann das Ende dieser unmöglichen Reise sehen, die sie vor Langem bei Dick's in Seattle begonnen hat. Es ist aufregend, aber auch Furcht einflößend. Am Ende wartet Seth Greggory auf sie.

»Stopp.«

Sie ruft es nicht laut, sondern sagt es ruhig, weil sie es in sich aufnehmen will, dieses *Jetzt*. Der Buckingham Fountain ist genau vor ihr, dieser Brunnen im Grant Park, der als Eingangstür der Stadt angesehen wird.

Sie geht hindurch.

Sie geht hindurch und um den Brunnen auf der großen Wiese herum, hindurch zwischen den Dads mit Babys in Rucksäcken und Hunden und Touristen, die Fotos machen, und da sind Gina und Opa Ed und Dawn Celeste und Luke und Malcolm und Zach und Olivia, und sie alle tragen Blumenkränze und halten dieses riesige Schild hoch und sie erkennt Malcolms große, blockartige Schrift darauf. Auf dem Schild steht *GLÜCKWUNSCH ZUM SCHULABSCHLUSS.*

Okay, es ist alles lächerlich und kitschig, aber Annabelle beginnt zu verstehen, unglücklicherweise und glücklicherweise, dass die größten Momente im Leben immer von Kitsch durchdrungen sind. Liebe ist kitschig, wenn man mal genauer darüber nachdenkt. Liebe hat zwei linke Füße. Sie stolpert über ihre eigenen Füße, weil sie so groß ist, dass es peinlich ist.

Liebe ist irgendwie blöd, wenn man sie richtig macht. Denn wie kann man schließlich etwas rüberbringen, das so gewaltig ist?

Mit großen Schildern aus mit Tesafilm zusammengeklebtem Druckerpapier, mit Textmarkern beschrieben. Mit Plastikblumenketten von Party for Less.

»O mein Gott!«, ruft sie in gespielter Überraschung. Ein Geschenk für ein Geschenk; Liebe wird angeboten, Liebe wird zurückgegeben. »Ach, ihr!«

»Herzlichen Glückwunsch zum Abschluss, meine Kleine«, sagt Gina und umarmt sie.

»Ich bin ganz verschwitzt!«

»Meinst du, das interessiert uns?«, sagt Gina. Ihre Augen schwimmen in Tränen. »Ich freu mich so sehr, dich zu sehen.«

»Herzlichen Glückwunsch zum Abschluss, meine Kleine«, wiederholt Malcolm, der Klugscheißer, und umarmt sie auch.

»Herzlichen Glückwunsch zum Abschluss, meine Kleine«, sagt Zach Oh.

»Herzlichen Glückwunsch zum Abschluss, meine Kleine«, sagen Luke und Olivia und Dawn Celeste.

Und Moment … sie sind alle hier zusammen und es scheint ihnen gut zu gehen. Die Dinge haben sich alle von selbst gefügt, ohne dass sie da war und sichergestellt hat, dass sie es auch tun. Es kommt ihr vor wie ein Wunder, aber genau das passiert oft, wenn man loslässt.

»Ach, ihr seid alle einfach super. Ihr seid alle ein riesiger Haufen Spaßvögel«, sagt Gina.

»Herzlichen Glückwunsch zum Abschluss, meine Kleine«, sagt Opa Ed zu Gina und umarmt sie.

Annabelle duscht in ihrem und Malcolms Zimmer im Best Western so schnell wie noch nie zuvor in ihrem Leben. Sie überspringt alle üblichen aufregenden Motel-Dinge wie Seifen auspacken und auf Bibeljagd gehen. Alle warten in der Lobby und sie kann es kaum erwarten, dort hinzukommen. Als sie den Lift nach unten nimmt und über das Stockwerk geht, kann sie sie lachen und laut reden hören. Ihre Vergangenheit und ihre Gegenwart sind miteinander kollidiert, um etwas Neues zu erschaffen. Wie ist das passiert? Annabelle denkt über das mysteriöse Universum nach, wic Lichttcilchcn fusionieren können, wenn der Druck auf sie hoch genug ist. Es gibt eine Verwandlung, ein Gleichgewicht der Kräfte. Ein Stern wird geboren.

Sie sind eine große Gruppe, deswegen teilen sie sich auf, während sie die Taylor Street hinunterlaufen und zum Festa Italiana gehen, dem dreitägigen Straßenfest, das jetzt gerade in Little Italy stattfindet. Sie bilden Pärchen und wechseln dann Partner, wie eine Variante der *Tarantella*, einem italienischen Festtanz. Annabelle kann genau vor ihnen die Musik hören, rote und grüne Banner hängen kreuz und quer über der Straße. Sie geht mit Zach.

»Riech mal«, sagt sie. Knoblauch, Olivenöl. Auf einmal ist sie am Verhungern.

»Gib's mir, egal was es ist.«

»Eine Lastwagenladung voll.«

»Lastwagen ausleeren, direkt in meinen Mund.« Zach ist so dünn, dass Annabelle lächeln muss.

»Ich kann nichts davon fassen, du? Schau doch mal, wo wir sind.«

»Es ist immer komisch, mit dem Flugzeug zu fliegen. Vor sieben Stunden war ich in meinem Bett und meine Mum hat meine Tasche durchwühlt, um sich davon zu überzeugen, dass ich meine Zahnbürste dabeihabe.«

Annabelle schaut Zach von der Seite an, das Profil, das sie an Grundschulversammlungen und bei High-School-Basketballspielen und auf dem Boden seines Wohnzimmers beim Minecraftspielen neben sich hat sitzen sehen. Aber er sieht älter aus. Auf einmal sieht sie ihn in seiner Mittelstufen-Sport-Uniform und dann in seinem Orchester-Anzug bei den Beerdigungen und jetzt sieht er aus wie ein *Mann*. Ihr Herz fliegt hoch, fällt und wird wieder hochgehoben. »Ich freue mich so, dass ihr alle da seid.«

Zachs Herz muss auch hochgehoben worden und gefallen und wieder hochgehoben worden sein. »Ich wünschte ...« Er schluckt. Seine Stimme quietscht ein bisschen. Er räuspert sich. Sie hat Angst vor dem, was er sagen will. Aber jemand sollte es sagen.

»Ich wünschte ...«, versucht er es wieder. »Du weißt schon. Dass Kat hier wäre.«

Annabelle presst ihre Augenlider fest zusammen. Sie spürt den Schlag in der Magengrube, in die hohle Stelle, wo ihre Rippen sich treffen.

»Ich weiß.« Ihre Stimme ist über die Musik hinweg gerade so zu hören.

»Sie hätte ...«

Es geliebt. Sie wäre so stolz gewesen. Hätte ausgelassener gefeiert als alle anderen. »Ich weiß.«

Zach Oh legt seinen Arm um Annabelle und drückt sie.

Draußen auf dem Fußgängerweg vor Salvatore's verschlingt Opa Ed gerade ein Fleischbällchen-Sandwich. Gegenüber vor Patio's grillt ein Mann in weißer Schürze *Salsiccia*. Auf einer Bühne in der Nähe singt eine Frau *Funiculì Funiculà* zu einer Hintergrundmusik aus Mandolinen und Gitarren. Woanders schmettert eine Männergruppe namens Grande Amore *O Sole Mio*, während Zach und Luke und Olivia zusehen und Olivia die Creme vom Ende eines *Cannolo* leckt. Die Straße ist rappelvoll, sie ist erfüllt von fröhlichem Summen.

»*Pancia mia fatti capanna!*«, ruft Opa Ed seiner *Famiglia* auf der anderen Straßenseite zu.

»›Bau dir eine Hütte, mein Bauch‹«, übersetzt Gina. »Im Prinzip: Mach dich auf eine Menge Essen gefasst.«

»Ich liebe Männer, die gerne essen. Und Männer, die das Leben genießen«, sagt Dawn Celeste zu Gina.

Annabelle sieht ihn – Dawn Celestes bewundernden Blick hin zum urkomischen Opa Ed, der Socken in seinen Sandalen trägt und einen Klecks Tomatensoße auf seinem Kinn hat. Annabelle sieht auch Gina, die dasselbe sieht. Dasselbe hört. Das Wort *Liebe*. Gina runzelt die Stirn, entspannt sich dann aber wieder. Einer ihrer Mundwinkel zieht sich zu einem Lächeln nach oben. Sie wirft Annabelle einen Blick zu. Annabelle zuckt mit den Schultern.

»Willst du auch so ein Fleischbällchen-Sandwich, Malc?«, fragt Gina ihn.

»Ich will vier davon.«

»Dann los. Wir holen so viele, wie du in dich reinstopfen kannst«, sagt Gina.

»Bau dir eine Hütte, mein Bauch«, sagt Malc.

Sie warten in der Schlange vor Salvatore's; Dawn Celeste

geht langsam zurück zu Opa Ed und sie sind jetzt zu dritt, Annabelle, Gina und Malcolm. Sie drei haben eine Menge durchgestanden. »Soso, er ist also verliebt«, sagt Gina.

»Ich weiß von gar nichts.«

»Es ist wohl mehr passiert als nur ein Lauf quer durch das ganze Land.«

»Was in irgendeiner kleinen Stadt in Montana passiert, bleibt auch in irgendeiner kleinen Stadt in Montana.«

»Die Zeit wartet auf niemanden«, sagt Gina wehmütig.

Vom Straßenfest aus ziehen sie weiter und unternehmen eine frühabendliche Bootsfahrt um die Stadt herum. Es ist eine Architektur-Tour, aber niemand hört dem Touristenführer zu. Zach und Olivia halten Händchen und schauen hoch zu den Gebäuden. Opa Ed hält Dawn Celestes Hand und gibt ihr einen Kuss auf die Wange.

»Knutschi-knutsch«, sagt Malcolm.

»Komm her, Kumpel. Ich kann deine Hand halten, wenn du dich ausgeschlossen fühlst«, bietet Luke an. Ein riesiges, grünes Gebäude gleitet im gelben Licht der späten Stunde vorbei.

»Roadtrips sind cool«, sagt Malc.

»Vergiss es«, sagt Gina.

»Das Licht auf deinen Haaren sieht schön aus, Ma«, sagt Annabelle. Das tut es. Der Schimmer hat alles in Gold verwandelt.

»Jedes Licht auf deinen Haaren sieht schön aus, meine Bella«, sagt ihre Mum.

»Ich glaube, ich verstehe, warum dieses Mim-Ed-Ding funktioniert.« Luke schiebt seinen Stuhl von dem langen Tisch im Toscana's ein Stück zurück. »Essen, glorreiches Essen. Ich glaub's nicht, dass ich dir das sage, aber ich wünschte, ich könnte den Knopf von meiner Hose aufmachen.«

»Dieses Sommerkleid hab ich nicht ohne Grund an.« Es ist ein schönes Sommerkleid mit Sonnenblumen darauf – ein Abschlussgeschenk von Gina.

»O Gott. Schau nicht hin«, warnt er.

Drei Männer tauchen mit einem Blechkuchen auf. Es ist ihr dritter Kuchen auf dieser Tour, und jeder fühlt sich anders an. Jeder steht für eine Zeit, einen Ort und ein Ereignis, das meilenweit von dem vorherigen entfernt ist.

»Ich werde platzen, aber den muss ich probieren«, sagt Luke.

Einer der Männer hat ein Akkordeon, ein anderer ein Tamburin. Nachdem der Kuchen vor Annabelle platziert worden ist, fangen sie an *Bella Ciao* zu singen. Es ist ein flottes und festliches Lied, mit einem sich wiederholenden Vers, der fast geschrien wird: *O, bella ciao! Oh, bella ciao! Bella ciao, ciao, ciao!* Jedes *ciao* wird von einem festen Tamburinschlag betont.

Die Menge, ihre Menge, weiß, was zu tun ist. Sie singen mit. Sie klatschen bei jedem *ciao*. Zach Oh schreit die Worte, und Olivia und Luke und Dawn Celeste machen es ihm nach, alle haben sich mitreißen lassen und klatschen und bei jeder Betonung stößt Malcolm seine Faust in die Luft. Seine Faust ist angebracht. Das Lied handelt von Italiens Freiheit von den Faschisten und den Nazis, die dort einmarschiert waren.

»Herzlichen Glückwunsch zum Schulabschluss, Bella«, sagt ihre Mum.

Annabelle ist erschöpft. Die Lichter sind aus und Malcolm schläft schon im Bett neben ihr, als sie die Stimmen in der Eingangshalle im Best Western hört. Die Stimmen sind durchdringend, aber nicht aufgebracht, noch nicht. Sie weiß natürlich, was da draußen vor sich geht. O Gott, sie hofft, dass dieser magische Tag nicht in einem Streit endet.

Sie kriecht aus dem Bett.

Mit einem Ohr an der Tür kann sie zwar nicht perfekt hören, aber gut genug.

Siehst du, Liebes? Etwas, etwas – Annabelle kann es nicht verstehen. Aber sie hört ihren Namen. *Annabelle.*

Nein, es ist eher wie: *Annabelle?* Mit einer Frage. Er fragt, ob Gina jetzt wegen ihr etwas versteht.

»Was ist los?«, fragt Malcolm.

»Pscht.«

»Ich will auch hören.« Er ist neben ihr. Sie kann seinen warmen Zahnpasta-Atem riechen.

Ich hab's versucht, Liebes. Gott weiß es.

Sie ist so eigensinnig wie Mum.

O Junge. Davon kann ich dir ein Lied singen.

Man kann eine Person nicht von etwas abhalten. Nicht mal du kannst deinen Willen bei ihnen durchsetzen.

Genau darum geht es, Liebes. Das stimmt. Dieser unbändige Wille verbindet die beiden.

Malcolm pikst sie. Sie haut ihn.

Komm her. Umarm mich.

Hab dich lieb, Paps.

Hab dich auch lieb, Liebes.

Schlaf schön.

Du auch.

Da ist das Geräusch von Schlüsselkarten in Schlitzen, von Türen, die auf- und wieder zugehen.

»Wir haben gerade ein Wunder belauscht«, sagt sie.

»Morgen werden sie sich wieder streiten.«

»Hab ein bisschen Vertrauen, Arschgesicht.«

Er lächelt. Zieht eine Augenbraue hoch. Dummer Genie-Malcolm. Ihm fällt es noch vor ihr auf: Sie hat ihm gerade geraten, ein bisschen Vertrauen zu haben.

Zwei Wunder in einer Nacht.

Annabelle nimmt sich den nächsten Tag frei und die Gruppe macht einen Ausflug zum Field Museum of Natural History und dann zum Museum of Science and Industry. Von Dinosauriern zu Raketen: die ältesten Dinge und die, die noch in der Zukunft liegen. Zum Abendessen gibt es Hotdogs auf dem Navy Pier. Sie liebt diese Stadt so sehr. Sie hat so eine schöne Zeit hier verbracht.

Das sagt sie allen am nächsten Morgen, als sie sich zum Abschied umarmen. Sie steckt in ihren Sportklamotten und ist bereit zum Loslaufen. Ihre Familie und ihre Freunde werden zu verschiedenen Zeiten zum Flughafen aufbrechen.

»Ich hatte eine wunderschöne Zeit«, sagt sie zu Zach und Olivia und ihrer Mum und Malcolm.

»Du wirst mir fehlen«, sagt sie zu Luke.

»*Du* wirst mir fehlen. Mim hat schon gefragt, ob wir euch zwei nicht in Pittsburgh zu deinem Vortrag an der Carnegie Mellon treffen sollen.«

»O mein Gott, ich hab solche Angst davor. Ich hab immer noch keine Ahnung, was ich sagen soll. Es wäre toll, wenn ihr zwei dabei wärt.«

»Du wirst das super machen, egal was du denen erzählst.«

»Meint deine Großmutter das wirklich ernst, dass ihr kommen wollt? Das ist doch verrückt, wahllos an irgendwelche Orte zu fahren nur wegen mir.«

»Uns gefallen deine wahllosen Orte. Aber ich will nicht überall deine Auftritte crashen, wenn du das nicht auch willst.« Er nimmt ihre Hände.

»Stört Sammy das denn nicht? Dass ihr zwei so viel Zeit mit uns verbringt?«

»Sammy?«

Es kommt ihr grausam vor von Luke, seine Freundin so zu vergessen.

»Sammy *Jackson*? Deine, äh, *Freundin*?«

»Sammy? Sammy ist nicht meine Freundin. Ich weiß, ich hab sie vielleicht ein paar Mal erwähnt, aber sie ist mein … mein Zach-Äquivalent.«

»Ach so?«

»Du dachtest die ganze Zeit, ich hätte eine Freundin?« Er fängt an zu lachen. »O Mann! Du musst mich für ein ziemliches Arschloch gehalten haben.«

»Ich hab dich nicht für ein Arschloch gehalten, ich dachte, du wärst …« Sicher. Sie sagt es nicht. »Nett. Einfach nur nett.«

Er hört auf zu lachen. »Oh, Scheiße. Oh, wow. Ich mag dich, Annabelle. Vielleicht war ich da nicht deutlich genug. Ich dachte nur … Ich meine, nach allem, was du durchgemacht hast, lieber Gott, ich wäre ein ziemliches Arschloch, wenn ich nicht verstehen würde, dass wir das hier superlangsam angehen müssen, oder? Ändert das irgendwas?«

Sie weiß es nicht. Tut es das? Das sollte es. Aber wie er so dasteht, ist er einfach nur derselbe Luke Messenger von gestern, der neben ihr im Riesenrad auf dem Navy Pier gesessen hat und die ganze Zeit über seine Augen nicht aufmachen wollte.

»Ich glaube nicht«, sagt sie. »Nein, das tut es glaube ich nicht.« Das ist eine Überraschung. Sie hört in sich hinein, wie Dr. Mann es vorgeschlagen hat. Es fühlt sich ruhig an dort drinnen. Es fühlt sich ruhig und sogar befürwortend an. Ihre Handflächen sind ein bisschen feucht und ihr Herz schlägt ein bisschen schnell, aber hier sind nur Luke und sie und alles ist in Ordnung. *Superlangsam* bedeutet Zeit zum Atmen und Nachdenken und um das zu sagen, was sie sagen muss. *Superlangsam* ist eine Kapsel aus Respekt für ihre Grenzen. Respekt für ihre Grenzen bedeutet Sicherheit. Sie wischt sich die Handflächen an ihren Shorts ab.

»Na ja, da bin ich erleichtert. Weil ich dich *wirklich* gerne mag. Ich mag *das hier*.« Er tippt mit seinem Finger in den leeren Raum zwischen ihr und ihm. »Anscheinend ist das eine Agnelli-Messenger-Generationensache.«

»Anscheinend ist es das.«

»Umarmen wir uns?«, fragt er. Das tun sie. Sie umarmt ihn fest. Sie lässt die Umarmung alles sagen, was sie nicht kann. Er gibt ihr einen Kuss auf die Wange. Es ist ein Kuss, der so süß und entspannt ist wie der, den Opa Ed Dawn Celeste auf der Bootsfahrt gegeben hat. »Dann sehen wir uns also in Pittsburgh?«

»Wir sehen uns in Pittsburgh.«

»Ich komme nur wegen des nahe gelegenen Buchanan State Forests dorthin, wo noch alte Ur-Hemlocktannen erhalten sind.«

Sie lächelt.

Und während ihres Laufs an diesem Tag, und an vielen Tagen danach, wenn Gedanken an Luke Nervenstaub und Angststeinchen aufwirbeln, versucht sie, an diese Hemlocktannen zu denken. Wie superlangsam sie wachsen. Wie beständig sie sind.

30

1. 1651 lässt ein außergewöhnlicher Unfall den Sohn eines englischen Aristokraten mit einem gähnenden Loch in der Brust zurück. Das erlaubt den Menschen tatsächlich, in seine Brust hineinzusehen, um das Herz zu beobachten, und sogar hineinzugreifen und es zu berühren.
2. 1818 versuchen Ärzte, am Herzen zu operieren. Napoleons Chirurg, der Baron Dominique Jean Larrey, führt die erste Operation durch. Der Patient stirbt innerhalb eines Monats.
3. 1896 sagt der englische Chirurg Stephen Paget, dass Eingriffe am Herzen unmöglich sind. »Keine Methode, keine neue Entdeckung kann den natürlichen Schwierigkeiten entgegenwirken, die durch eine Wunde am Herzen verursacht werden.«
4. 1925 führt Dr. Henry Souttar eine erfolgreiche Herzoperation an einem jungen Mädchen durch und rettet ihr Leben. Trotzdem macht sich die Medizin über sein Unterfangen lustig und er ist nie wieder in der Lage, seinen Erfolg zu wiederholen.
5. Heute können Herzen repariert und sogar transplantiert werden. Aber es kann nicht viel getan werden, wenn eine Kugel ein Loch genau in dessen Mitte reißt.

Er wartet natürlich auf sie.

Der Stehler.

Hat sie wirklich gedacht, sie wäre ihn ein für alle Mal los?

Er hat auf sie gewartet, genau wie Seth Greggory. Sie hat ihren Spaß gehabt, ihre kleine Party, all diese Ablenkungen in der Windy City, aber zwischen Illinois und Pittsburgh liegen ganz schön viele Kilometer Ackerland. Auf den knapp 250 Kilometern von Chicago nach Fort Wayne, Indiana, gibt es nur drei große Städte, und die 385 Kilometer durch Ohio sind hauptsächlich Weideland, Heu und reihenweise Maisfelder. Das bedeutet vierundzwanzig Tage voller Hitze, Erschöpfung und Eintönigkeit. Opa Ed muss alle acht Kilometer mit Wasser auf sie warten. Sie versucht, an jeden Tag so heranzugehen, als wäre der Lauf ihr Job. Sie neigt den Kopf, konzentriert sich. Aber Der Stehler pirscht sich an sie heran wie ein Gepard an eine Gazelle in der offenen Savanne.

Er wird sie dazu bringen, aufzusehen. Er wird sie dazu zwingen, das Elend zu sehen, das sie verursacht hat. Sie hat nicht aufgesehen, nicht wirklich, seit diesem Abend. Sie hat nur kleine Stücke zugelassen. Kurze Bilder, Blitze, keine durchgehende Handlung. Kein *von hier zu dort.*

Aber hier draußen gibt es nur *von hier zu dort.* Sie ist viel, viel zu alleine. Sie ist dem Ende viel, viel zu nahe. Wenn man versucht, nach vorne zu gehen, kommt man nicht drum herum, auch nach hinten zu gehen.

Sie versucht ihn von sich fernzuhalten. Sie hört Luke Messengers Kassette und andere Musik an, die Zach ihr als Abschlussgeschenk zusammengestellt hat. Sie zählt – Silos und Heuballen und Scheunen. Es ist egal, ob sie die Route aus den Augen verliert, das einzig Wichtige ist, dass sie weiterzählt.

Sie hält ihn von sich fern, indem sie mit Opa über belanglose Fakten über verschiedene Kleinstädte plappert, hält ihn von sich fern, indem sie Lukes ermutigende Nachrichten beantwortet, hält ihn mit Anrufen an Dr. Mann von sich fern. Sie hält ihn von sich fern, indem sie mit Olivia über die wachsenden und wachsenden Zahlen auf ihrem GoFundMe redet, über die Einladungen von Schulen und Gemeindezentren, die sich langsam stapeln. Weiter als bis September kann sie allerdings nichts planen.

Dummerchen. Man kann ihn nicht von sich fernhalten! Er wird nie und nimmer weg sein.

Da ist er. Er sitzt auf der Veranda eines Bauernhofes an der Liberty Union Road in Scott, Ohio.

Sie macht die Augen zu. Das ist die Erschöpfung wegen der Hitze. Sie trinkt Wasser. Sie versucht, ihn rauszuspülen. Es ist August. Er schimmert in den Sonnenstrahlen auf der Crawford Huron County Line Road in Ohio. Er wiegt sich gemeinsam mit dem Alfalfa in der Ortschaft Sullivan im Wind.

Sie sieht ihn in einem Maisfeld ein paar Kilometer weiter hinten, in der Ortschaft Seneca. Von Ortschaft zu Ortschaft zu Ortschaft zählt sie und drückt ihre Fingerkuppen aufeinander. Der Stehler wird jetzt so abwartend, lauernd, weil sie dem Punkt, an dem sie auf einer Bühne stehen und seine Geschichte erzählen wird, immer näher und näher kommt. Die tote Hitze des Sommers mitten im Ackerland bringt sie fast um. Vor Dem Stehler wegzulaufen ist die einzige Möglichkeit, gesund zu bleiben und weitermachen zu können. Aber Der Stehler wartet einfach nur ab. Er gewinnt, weißt du noch? Eine Waffe macht dich immer zum Gewinner. Gewalt tut das. Das ist der Sinn der Sache.

Sie ist in der Ortschaft Chippewa, Pennsylvania. Das Ackerland ist kurz zu einem bewaldeten Pfad geworden, von niedrigen Hügeln umgeben, und das ist wahrscheinlich das Ausschlaggebende. Der Wald sieht mehr nach zu Hause aus. Er sieht aus wie der Pfad, den Will und sie hinaufwandern, nach dem Abend, an dem er zu ihr gekommen ist. Will hat ein Mittagessen aus seinem Lieblings-Erdnussbutter-und-Honig-Sandwich und Chips und Sportlimo eingepackt. Sie wandern auf diesem Pfad entlang und sind glücklich. Sie schaffen es kaum bis zum Ende, weil da so viele Küsse und so viel Glück sind.

Sie kommen wieder zusammen. Innerhalb von ein paar Tagen finden sie wieder in ihre alte Routine, rufen sich jeden Abend bevor sie ins Bett gehen an und schreiben sich am Morgen. Nur dass es besser ist. Es ist alles neu, aber auch nicht neu, süßer nach der Sehnsucht und dem Wiederzusammenfinden. Sie weiß nicht, was Robert und Tracie davon halten. Es ist ihr egal. Nein, warte – besser noch, denn *Will* ist es egal. Will stellt sich gegen ihre Wünsche, und das sagt ihr etwas, etwas Gewaltiges.

»Bist du dir sicher?«, fragt Kat. »Du hast ganz schön was durchgemacht wegen ihm.«

»Sehr sicher.«

Etwas Altes, aber auch Neues, und es fühlt sich komplett richtig an. Seine Hände fühlen sich richtig an. Und auch sein Lachen, und der Beifahrersitz seines Autos, und sein Lieblingspulli, der seine Schnur schon vor langer Zeit beim Waschen verloren hat.

»Du siehst glücklich aus«, sagt Der Stehler beim Mittagessen. Sie hört die Frage darin.

»Wirklich?«

»Ziemlich.«

Irgendein Teil von ihr weiß eindeutig, dass es gefährlich ist, ihm von Will zu erzählen, denn sie tut es nicht.

»Warum sollte man auch unglücklich sein?«

»Ähhh …«, sagt er und meint *Da kann ich dir viele Gründe nennen*.

Und dann, ein paar Wochen nachdem Will bei ihr zu Hause aufgetaucht ist, kommt er zur Schule, um sie abzuholen. Es ist Freitag und die Schule ist beinahe zu Ende und sie nimmt sich den Tag von beidem frei, von ihrem Job und der ehrenamtlichen Arbeit. Es ist sonnig und warm und sie wollen am Green Lake schwimmen gehen und dann zu Serafina zum Abendessen, ein echtes Restaurant. Ein Date.

Will ist draußen am Haupteingang und wartet. Er redet mit Geoff Graham. Viele von Annabelles Freunden hatten sich auch mit Will angefreundet, und sie freuen sich, ihn zu sehen.

Freuen sich, ihn zu sehen … O Gott, auf dem bewaldeten Pfad in der Ortschaft Chippewa, Pennsylvania, entlangzulaufen, das füllt sie richtig aus. Mit der Freude darüber, Will in seinen Shorts und seinem T-Shirt draußen stehen zu sehen.

»Bis dann«, sagt Geoff, weil es sehr eindeutig ist, dass Wills Aufmerksamkeit woanders ist, sobald Annabelle aus der Flügeltür herauskommt. Sie läuft auf ihn zu und er hebt sie hoch. Ihre Füße sind nicht mehr auf dem Boden. Es ist dumm und kitschig und Jugendfilm-mäßig, aber wen interessiert's? Sie küsst ihn.

Sie küssen und küssen sich und er setzt sie wieder auf ihren Füßen ab. Und als sie wieder auf dem Boden steht, als sie ihre glücklichen, glücklichen Augen aufmacht, sieht sie ihn: Den Stehler. Er steht bei der Turnhallentür. Er starrt sie an.

Annabelle fühlt einen schrecklichen Stoß von Schuld durch ihr Herz rucken, Schuld und … was noch? Etwas anderes. Unbehagen.

»Nichts wie weg von hier«, sagt Will.

Annabelle trifft Opa Ed in der kleinen Stadt Beaver Falls, Pennsylvania. Der Waldweg führt hinaus auf einen zweispurigen Highway mit einem beängstigend schmalen Seitenstreifen. Schließlich läuft sie in ein Tal hinunter, wo Häuser auf großen Flächen von Land stehen. Sie erkennt eine junge Frau, die, mit ihrem Handy zwischen Schulter und Ohr eingeklemmt, die Post aus dem Briefkasten an der Straße holt.

Der Stehler lässt sie einfach nicht gehen, oder? Er lässt sie jetzt nicht gehen, genau wie er sie damals nicht hat gehen lassen. Das ist Annabelle, die die Post aus dem Briefkasten holt. In ihren Shorts und ihrem Tanktop und ihren Flipflops. Sie holt die Post und da ist ein Umschlag. Er ist von Dem Stehler. Sie macht ihn gleich auf, weil er seltsam dick ist. Er ist so dick, dass sie gar nicht weiß, wie er das, was immer es ist, überhaupt in den Umschlag hineingekriegt hat.

Als sie es herauszieht, wird ihr schrecklich schlimm schlecht, weil es ein Brief ist. Ein richtiger Brief, in kleiner Handschrift. Wer schreibt denn noch Briefe? Sie zählt die Seiten. Dreizehn. In ihrem Leben hat sie noch nie dreizehn Seiten über irgendetwas geschrieben.

Sie liest die ersten Zeilen: *Ich musste einfach in Worte fassen, wie es sich angefühlt hat, dich mit diesem Kerl zu sehen, von dem ich weiß, dass es Will ist. Ich weiß nur, dass er es ist, weil Geoff es mir gesagt hat. Ich musste ja fragen, da du dich entschlossen hast, es mir nicht zu sagen. Ich schätze mal, du hast auf den größtmöglichen Schmerz abgezielt, es mich selbst herausfinden zu lassen, indem ich dich so gesehen habe.*

Sie hört auf zu lesen. Oder, besser gesagt, sie überfliegt die Seiten und sieht, dass der Inhalt ungefähr immer derselbe ist: *Wie konntest du nur? Du hast mich verletzt. Ich habe dich geliebt. Das wusstest du.* Da steht irgendetwas von seinem Geburtstag, dass er achtzehn geworden ist. Darüber, dass er ganz allein und verlassen war. Wie sie ihn an diesem Tag ignoriert hat, nachdem er ihren doch so besonders gemacht hat. Sie wusste nicht einmal, dass er Geburtstag hatte. Keiner wusste es.

Sie ist schockiert. Es ist eine Sache, zu vermuten, was im Kopf einer Person vor sich geht, aber eine andere, die Wahrheit in echten Worten Seite um Seite ausgeschüttet zu sehen. Da steht das Wort *Liebe*, aber es wurde gestohlen und falsch verwendet. Auch andere Wörter werden falsch verwendet – *schön, Zukunft, wir*. Sie stehen neben einem Wirbelsturm aus Wut. Es ist aufwühlend. Sie weiß nicht, was sie mit diesem Brief machen soll. Sie nimmt ihn mit rein, mit den Coupons vom Pizzalieferservice und dem Supermarkt und der Stromrechnung. Sie lässt den Brief offen auf dem Küchentisch liegen.

Kurz vergisst sie ihn, weil etwas anderes passiert: Er ruft an. Als sie seine Nummer aufblinken sieht, zuckt sie zurück, als hätte sie gerade ein giftiges Wesen gesehen. Nach diesem Brief will sie ihr Handy nicht einmal anfassen. Das Klingeln hört auf. Und fängt dann wieder an. Hört auf. Fängt an. Das giftige Wesen zieht sich zurück und kommt wieder zum Vorschein. Sie muss sich ihm stellen. So ungern sie auch in seine Nähe kommen will, es ist ihre Aufgabe, das unheimliche Ding ein für alle Mal aus dem Haus zu schaffen. Als das Handy das nächste Mal klingelt, geht Annabelle ran, erschaudernd, als ob das jämmerliche Wesen in einem Papiertaschentuch in ihrer eigenen Hand eingewickelt wäre. Ihr Handy ist zwischen ihrer Schulter und ihrem Ohr eingeklemmt, genau wie bei der jungen Frau, die jetzt zu ihrer Eingangstür in Beaver Falls, Pennsylvania hineingeht.

»Belle«, sagt er.

Nein. *Weint* er. Er weint.

Er flippt komplett aus. Dreht völlig durch. Es ist, als ob alles, was verborgen und versteckt war, freigelassen worden wäre. Die Verlassenheit hat die Tür zu einem dunklen und hässlichen Keller aufgestoßen, in dem die Monster nur darauf gewartet haben.

»Was ist das, Annabelle? Was ist das für ein Brief?«

»Mum!«

Sie ist so froh, dass ihre Mutter nach der Arbeit direkt nach Hause gekommen ist. Gina hat den Brief in der Hand. »Das macht mir Angst, Annabelle. Das ist echt gruseliger Scheiß.«

Malcolm sitzt auf einem Barhocker. Er bewegt sich nicht. Er hat mitten im Orangeschälen innegehalten. Er unterbricht nicht, um zu sagen, dass Gina ihm Geld für das Fluchglas schuldet. Er weiß, dass es dafür zu ernst ist.

»Er hat angerufen. Es war ein komischer Tag. Er hat Will und mich gestern gesehen.«

»Ich finde, wir sollten jemanden anrufen. Ich weiß nicht, wen. Irgendeinen Betreuer. Den Schulbetreuer vielleicht. Ich weiß nicht. Aber das können wir nicht einfach …«

»Er ist nur sauer.«

»Offensichtlich. Dreizehn-Seiten-sauer.«

»Ich hab mit ihm geredet. Ich glaube, er hat sich beruhigt.«

»Gott, Annabelle. Dreizehn Seiten.«

»Ich hab mit ihm geredet. Ich glaube, jetzt ist alles in Ordnung.«

Aber das hat sie nicht geglaubt. Sie wollte nicht, dass Gina sich Sorgen macht. Sie hat Will davon erzählt. Er hat sie zu sich eingeladen. Sie saßen auf der Couch in dem extra Zimmer, wie immer, und er hat sie umarmt und – das ist schrecklich, es ist so schrecklich, sich daran zu erinnern – sie hatte das Gefühl, dass es irgendein Riesendrama war, vor dem er sie beschützt hat. Es war hässlich, aber schön, so wie er sie umarmt hat.

Der Selbsthass flutet zurück.

Ja, sagt Der Stehler. *Ja, ja, so ist es gut. So sollte es sein.*

Sie läuft die Straße entlang, von Haus zu Haus. Zwei Jungen werfen einen Baseball hin und her. Sie haben dünne Beine und tragen eine Uniform – gestreifte Hosen und hohe Baseballsocken, blau-rote Trikots. Sie ist grausam, diese Straße.

Jetzt sieht sie Folgendes: Malcolm – Leser, Wissenschaftler – versucht sich an seinem ersten Sport, Baseball, auf das weit entfernte Drängen von Diesem Mistkerl Father Anthony hin, dem ehemaligen Athleten. Ehemalige-Athleten-Väter verursachen viel Leid. Malcolm hängt sich spielerisch rein, obwohl er es offensichtlich hasst, am Schlagmal zu stehen, während der Ball auf ihn zusaust. Die Tragödie, die auf ihn zukommt, wird die Saison für ihn beenden, das einzig Gute, was das Kommende zur Folge hat.

Annabelle und Will sitzen auf einer Decke auf einem grasigen Hügel bei der Challenger-Grundschule und schauen sich die Partie an. Malcolms Uniform ist blau-weiß. Er steht im

Auswärts-Außenfeld. Gina steht in den Rängen, aber Annabelle und Will sitzen näher an Malcolms Außenfeld-Position, weil Will ihm hilft. »Genau so, Kumpel! Handschuh auf den Boden. Augen auf den Ball.« Als Malcolm mit Schlagen an der Reihe ist, ziehen sie die Decke ein Stück weiter rüber. Malcolm liebt Will. Annabelle auch, und das hier ist nur einer der Gründe.

Ihr Handy klingelt. Es liegt auf der Decke zwischen ihnen. Sie schaut darauf. Der Stehler. Sie ignoriert es und es klingelt wieder. Und wieder. Und wieder. Das giftige Wesen kommt zurück, egal wie oft sie denkt, dass es endgültig weg ist.

»Wer *ist* denn das?«, fragt Will.

»Das ist er.«

»Wenn er das nicht langsam bleiben lässt, nehm ich ihn mir mal vor.«

Annabelle schaut sich um. Sie will es nicht sagen, weil es zu dramatisch klingt, und sie ist sich auch gar nicht sicher. Aber sie glaubt, das Auto Des Stehlers vom Parkplatz bei der Schule biegen zu sehen.

31

Stopp!, versucht sie es.

Sinnlos.

Stopp, stopp, stopp!

Es ist nicht zu stoppen. Der Stehler ist nicht zu stoppen, ihre Gedanken sind nicht zu stoppen, ihre ausholenden Beine sind nicht zu stoppen, weil sie läuft und läuft und die Gedanken kommen und kommen, und da ist er. Sie ruft ihn an. Sie ist in ihrem Zimmer und sie ruft ihn an, weil sie das keine Minute länger mehr aushält. Sie muss dieses Wesen totschlagen, *genug ist genug*! Er geht beim ersten Klingeln ran.

»Belle«, sagt er. »Du bringst mich hier echt um.«

»Du musst damit aufhören. Du bist ein toller Kerl, aber wir waren nur Freunde. Du bist mir echt wichtig, aber du musst loslassen.«

Sie lügt. Er ist ihr gar nicht so wichtig, nicht in diesem Moment, nicht mehr, weil er ihr Angst macht. Sie will, dass er weggeht.

»Ich weiß, dass wir zusammengehören. Ich *weiß* es. Wenn ich das nicht mehr habe, die Hoffnung darauf …«

»Sollen wir jemanden anrufen? Wirst du …«

»Was, mir etwas antun? Als würde dich das kümmern.«

»Natürlich würde mich das kümmern. Ich hab dich lieb, wie

einen Freund, wirklich. Das haben wir alle. Du bist uns wichtig.«

»Das sehe ich«, sagt er.

Er weiß, dass sie nicht die Wahrheit sagt. Sie hat ihn nicht lieb. Er verhält sich zu Furcht einflößend, um ihn lieb zu haben, und ihre Lügen sind eine weitere Zurückweisung, aber sie sitzt in einer unmöglichen Falle, aus der sie sich nicht herauswinden kann. Sie ist müde. Er laugt sie aus. Genug ist genug? Genug ist *nie* genug.

Es wird schlimmer, weil er so weitermacht. Tagelang. Er schreibt ihr spät am Abend. Sie sieht ihn im geparkten Auto, draußen vor dem Sunnyside-Seniorenzentrum. Sie wechselt die Taktik. Sie steuert ihn. Sie *versucht* ihn zu steuern, indem sie nett, aber nicht zu nett ist, anwesend, aber nicht zu anwesend. Sie denkt, wenn sie ihm einfach rüber auf die andere Seite hilft – ein bisschen wie Kat, ein bisschen wie Kat Annabelle auf die andere Seite ihres Schmerzes nach Will geholfen hat –, dass es Dem Stehler dann wieder gut gehen wird. Sie ist verantwortlich. Sie hat diese Gefühle verursacht. Sie hat ihn ermutigt, sie war sich unsicher, und jetzt ist sie sich endlich sicher. Sie hat ihn verletzt, und mit dieser Verletzung jetzt umzugehen ist ihre Aufgabe. Es ist eine große, unkontrollierbare, beängstigende Aufgabe. Eine erschöpfende. Sie kann nicht einmal mehr laufen. Sie hat ihre Laufschuhe schon seit Tagen nicht mehr geschnürt. Sie stehen unberührt neben ihrem Bett.

Nach noch so einer Woche ruft er sie um zwei Uhr nachts an.

»Du musst aufhören, mich anzurufen«, sagt sie. Sie legt auf. Sie schaltet ihr Handy aus. Es ist keine Taktik mehr übrig außer dieser: kein Kontakt. Gar keiner.

Und dann, am nächsten Nachmittag, gleich nach der Schule, ruft sie den Supermarkt an, wo Der Stehler arbeitet. Sie verlangt, mit Lucy zu sprechen. Sie verlangt, mit Adrian zu sprechen. Es gibt keine Lucy. Es gibt keinen Adrian.

Sie kann es nicht glauben, und doch hat sie es die ganze Zeit über geahnt. Sie ist jetzt so was von komplett fertig mit ihm. Ein großes X steigt gedanklich über jedem einzelnen Stück der entnervenden, beunruhigenden Vorstellung von ihm auf.

Das war's. Fertig. Aus und vorbei.

Annabelle läuft und läuft diese schreckliche Pennsylvania-Straße entlang, denn jetzt ist da ein Auto in der Einfahrt, und das Radio läuft und Musik dröhnt heraus. *Stopp! Stopp!*

Sie hält sich die Ohren fest zu. Sie kann nicht. Sie kann dort nicht hingehen oder das tun.

Sie ist knapp 21 Kilometer gelaufen. Noch fünf bis zu ihrem Ziel. Nach all diesen verlorenen Tagen in Hayward, Minnesota, muss sie jetzt auf der Route bleiben oder sie wird es nicht nach D.C. schaffen, bis sie in Seth Greggorys Büro erscheinen muss.

Sie will Opa Ed anrufen, damit er sie abholt. Seit Chicago ist sie jetzt fast einen ganzen Monat lang täglich einen Halbmarathon gelaufen und ihr Körper leidet. Leidet? *Das* hat er schon seit Monaten getan. Nein, er kollabiert. Er sagt *das reicht jetzt*. Ein ganzes Stück vorher, in Cherry Valley, hat sie zum ersten Mal den Schmerz eines Läuferknies gespürt und hat versucht, ihre Schritte zu verkürzen und anstrengende Läufe bergab zu vermeiden, es danach mit Eis gekühlt und verbunden, einen Kompressionsstrumpf während des Laufs selbst getragen. Und in letzter Zeit hat sie auch jeden Morgen mit einem dumpfen Schmerz entlang ihres Fußgewölbes kämpfen müssen, und einem konstanten Stechen in ihrer Ferse, was sicher eine Plantarsehnenentzündung bedeutet, ziehende, entzündete Sehnen von ihrer Ferse bis zu ihren Zehen. Genau jetzt fängt ihr Kopf an zu pochen, auf eine Art und Weise, die ihr zu verstehen gibt, dass sie dehydriert ist. Sie bricht zusammen und ist ausgelaugt und ihr Kopf ist zu voll und sie kann einfach nicht mehr weitermachen.

Sie kann einfach nicht.

»Ich bring dich jetzt in eine Klinik.«

»Nein.«

»Diskutier nicht mit mir. Du bist dehydriert. Du bist …«

Spröde, zerbrochen, zerstört, weil Der Stehler genau neben ihr sitzt. Sie fühlt seinen warmen Atem auf ihrer Wange, hört sein Flüstern in ihrem Ohr. Das passiert, weil die Studierenden der Carnegie Mellon auf sie warten. Seth Greggory wartet auf sie. Der Stehler selbst wartet auf sie. Er wartet auf sie, weil er immer warten wird.

Sie fühlt seine Finger, die sich in ihren Arm graben, als er sie draußen vor dem Klassenzimmer packt. Nachdem sie um zwei Uhr nachts aufgelegt hat, nachdem sie hundertprozentig zu Kein Kontakt übergegangen ist, war er drei Tage abwesend und beinahe ist sie überrascht, ihn zu sehen. In diesen drei Tagen hat Gina Mr. Curley, den Vertrauenslehrer, angerufen und Mr. Curley hat Annabelle aus der Klasse geholt, damit sie ihm erzählt, was los war, während sie in seinem Büro saß, umgeben von Whitworth-University-Postern. Geoffs Dad hat auch Schulleiter Garvey angerufen, nachdem Der Stehler in den sozialen Medien ein Foto von einer Pistole gepostet und

Geoff dann gesagt hat, dass *er sich verdammt gefährlich fühlt*. Es hat Geoff aufgerüttelt. Er dachte, es würde *suizidgefährdet* bedeuten. Die Leute redeten, flüsterten. Rieten herum, warum er nicht in der Schule war. Gerüchte gingen umher, aber dann hörten sie, dass Der Stehler Hilfe bekam. Es war alles unter Kontrolle. Annabelle fühlte sich schrecklich, aber nach diesem Anruf im Supermarkt war sie auch froh, dass er weg war. *Das ist nicht deine Schuld*, sagten alle immer wieder. Sie fühlte sich, als würde sie auf Glas gehen, und die drei Tage seiner Abwesenheit fühlten sich ziemlich super an. Er bekam Hilfe und sie konnte durchatmen.

Aber jetzt ist er da. Steht vor ihrem Klassenzimmer. Er schnappt sich ihr Handgelenk.

»Wir müssen reden«, sagt er.

»Ich habe dir nichts mehr zu sagen. Nichts«, sagt Annabelle.

Geoff sieht sie. »Hey, Mann. Lass sie los«, sagt er.

Sie loslassen? Niemals.

Opa Ed hat alle Ventilatoren im Wohnmobil laufen und alle Fenster sind offen, aber es ist immer noch so heiß hier drin.

»*Porca miseria!* Ich bin kein Doktor!« *Porca miseria:* Verdammt noch mal! Wörtliche Übersetzung: Schweineelend.

»Bitte. Ich muss mich einfach nur hinlegen.«

»Die ganze Woche hatte es knapp dreißig Grad. Was, wenn das ein Hitzschlag ist? Ich weiß rein gar nichts über Hitzschläge.«

»Mir geht's gut. Versprochen. Lass mich einfach ausruhen. Bitte. Bitte, keinen Arzt.«

Sie parken an einer Raststelle neben dem Ohio River. Olivia ruft an. Opa Ed geht an Annabelles Handy.

Annabelle hört der leisen Unterhaltung zu. Opa Ed sagt Olivia, dass er nicht genau weiß, wie viel länger Annabelle noch weiterlaufen kann. Die Sommerhitze ist extremer, als sie erwartet haben. Sie ist brutal. Sie bringt sich selbst um, sagt er. Er erzählt Olivia all die Dinge, die Annabelle ihm gar nicht gesagt hat – wie ihre Knieschmerzen sich immer weiter gesteigert haben, sodass jetzt sogar längeres Sitzen wehtut. Wie der Kompressionsstrumpf anscheinend nicht mehr länger hilft. Wie sie die ganze Zeit über Anti-Entzündungspillen eingeworfen und ihren Fuß über eine Wasserflasche gerollt hat, um den brennenden Schmerz in ihrer Fußsohle zu lindern. Wie leer ihre Augen sind und wie dünn ihr Körper, weil ihre Muskeln jetzt tatsächlich schwinden und abbauen. Ihre Shorts halten kaum noch auf ihren Hüften.

Er kauft Essen in der Stadt. Opa Ed und Annabelle essen Burger draußen am Fluss. Sie ist zu müde zum Essen. Zu müde für die Natur. Zu müde für alles, was um sie herum lebt und blüht.

Sie sitzt in einem Campingstuhl und starrt nach draußen, bis es im Wohnmobil kühl genug zum Schlafen ist. Sie klettert in ihre Schlafkoje. Opa Ed fängt an zu schnarchen. Der Sankt-Christophorus-Anhänger glänzt im Mondlicht, aber sogar ein Heiliger erscheint klein und machtlos gegenüber dem, was jetzt kommt.

Sie schließt die Augen, und als sie das tut, hört sie das *Wumm-wumm-wumm* des Basses aus dem Auto, das sie heute in der Einfahrt gesehen hat. Sie legt sich das Kopfkissen über den Kopf, aber sie hört es immer noch. *Wumm-ta-wumm-wumm.*

»Ich habe dir nichts mehr zu sagen. Nichts«, sagt sie wieder zu Dem Stehler.

»Hey, Mann. Lass sie los«, sagt Geoff wieder und wieder.

Denn da weiß sie es, oder nicht? So wie die Finger Des Stehlers auf einmal von ihrem Handgelenk abfallen – Annabelle weiß, dass es schlimm ist. Sie weiß es, weil sie auf einmal Angst hat. Richtig Angst hat. Irgendetwas kommt auf sie zu. Sie weiß es und sie will es nicht wissen, also sagt sie sich selbst, dass sie es nicht weiß.

Sie sagt sich selbst, dass er weggehen wird. Sie sagt sich selbst, dass alles gut ist. Sie sagt sich selbst, dass es keine große Sache ist. Sie sagt sich selbst, dass Leute, die älter sind als sie, die Dinge unter Kontrolle haben.

Sie sagt sich selbst, dass Gewalt etwas ist, das anderen passiert.

Annabelle zieht sich für die Party bei Geoff Graham an. Sie will sich darauf freuen, aber das tut sie nicht. Sie fühlt sich elend wegen Des Stehlers, wie er sie in der Schule festgehalten hat, elend deswegen, wie sie ihn abgeschüttelt hat. Sie hat sein Gesicht gesehen, als er weggegangen ist. Er war nicht nur tränenverschmiert und verletzt. Er war *stinksauer*.

Na ja, sie ist auch stinksauer. Sie ist ihn so leid. Sie ist so was von komplett fertig mit ihm.

Annabelle hebt ihr Kinn vor dem Badezimmerspiegel zu Hause an, tuscht ihre Wimpern. Es ist eine Gartenparty mit Barbecue. Später wird es kühl werden, deswegen hat sie Jeans und ein oranges T-Shirt an. Geoff Grahams Eltern haben einen Whirlpool, also wickelt sie ihren Badeanzug in ein Handtuch und packt es ein. Sie ruft Will an. Sie treffen sich dort. Er arbeitet bis spät am Abend und kommt von der Eastside direkt herüber.

»Ich nehm meinen Badeanzug mit«, sagt sie. »Für den Fall,

dass wir die Gelegenheit bekommen, in den Whirlpool zu gehen.«

»Ach, cool«, sagt er. »Dann nehm ich meine Badehose auch mit. Bis nachher.«

»Bis nachher.«

Sie ist auf der Jagd nach Ginas Autoschlüsseln. Sie sieht sie in einem Haufen Kram neben Ginas Handtasche.

»Komm nicht zu spät heim«, ruft Gina. »Du weißt, dass ich mir Sorgen mache. Du weißt, dass ich aufbleibe.«

Natürlich weiß Annabelle das.

Annabelle hält beim Greenwood Market an. Sie kauft eine Tüte Chips. Sie kauft ein paar Minzbonbons. Sie plant, Will ganz viel zu küssen und zu tanzen und Spaß zu haben. Alle ihre Freunde werden da sein – Kat und Zach und Olivia und Zander, viele von Geoffs Freunden aus der Band.

Der Stehler wird nicht da sein. Geoff hat ihm gesagt, dass es vielleicht am besten wäre, wenn er nicht kommt, und Der Stehler hat gesagt, dass es sowieso egal sei – er würde mit seinen Eltern übers Wochenende wegfahren. Was für eine Erleichterung.

Es wird schön werden, die ganzen komischen Dinge ein bisschen abzuschütteln, die in letzter Zeit passiert sind. Das Schuljahr ist fast zu Ende und dieser Abend wird ein vor-sommerlicher Spaß werden.

Eine Menge Autos stehen schon da. Annabelle parkt hinter dem letzten in der Reihe auf der Straße. Musik dröhnt aus dem Haus. Sie kann sie von da, wo sie parkt, hören. *Wumm-ta-wumm-wumm.*

Sie fühlt sich gut. Sie fühlt sich größtenteils gut. Sie ist erleichtert, da zu sein. Erleichtert, dass Der Stehler weg ist und dass Will kommt. Sie sieht Kats Auto, was bedeutet, dass Kat schon da ist.

Sie klingelt. Geoff Graham macht auf. »Cool, Chips! Danke.« Anerkennend drückt er die Tüte zwei Mal an sich. »Sonst hat niemand irgendwas mitgebracht. Solche Loser.«

»Hey, danke *dir*. Ich meine, ich rieche den Grill.«

»Mein Bruder ist für die Hotdogs verantwortlich, weil ich die nur einäschere. Bier steht da drüben.«

Sie sollte es nicht tun, ihre Mutter wird es riechen, aber sie tut es trotzdem. Sie holt sich ein Bier, knackt den Kronkorken herunter und nimmt einen Zug. Es ist kalt und lecker. Sie trinkt fast nie, weswegen sie den Alkohol sofort spürt. Sie entspannt sich langsam. Sie kann es kaum erwarten, dass Will kommt.

»Belle Bottom! Schieb deinen kleinen, süßen Arsch hier rüber!« Kat ist in bester Stimmung. Sie redet mit Sierra und Destiny. Zach und Olivia tanzen und es strömen immer mehr Leute herein. Annabelle hört lautes Gelächter aus dem Garten. Die ersten gehen schon in den Whirlpool.

»Schwesterchen«, sagt Annabelle zu Kat und schwingt ihren Arm über Kats Schulter. Sie müssen ein bisschen über die Musik hinweg schreien. Kat küsst sie auf die Wange.

»O mein Gott, ihr zwei seid echt der Hammer«, sagt Sierra. »Habt ihr das geplant? Ihr seht aus wie Zwillinge.«

Sie hat recht. Annabelle und Kat haben das Gleiche an. Sie tragen beide Jeans und ein oranges T-Shirt.

»Beste-Freundinnen-Gehirnverschmelzung«, sagt Kat. »Wir müssen nichts *planen*, wir wissen es einfach. Ist Will arbeiten?«

»Er sollte eigentlich jeden Moment da sein.«

»Ohh. Junge Liebe. Ich wäre auch gern mal wieder verliebt.«

»Arme Kit-Kat.« Annabelle zieht eine übertriebene Schnute.

»Ehrlich gesagt, glaube ich, dass ich noch nie wirklich verliebt war.«

Kat ist gleich fertig mit ihrem Bier, vielleicht mit ihrem zweiten, wer weiß. Sie ist ein kleines bisschen übermütig und rührselig. Aber als Annabelle zu ihr hinüberschaut, wird ihr klar, dass Kat es ernst meint.

»Was?«, sagt Annabelle. »Was ist mit Noah? Du warst doch verrückt nach ihm.«

»Nee. Ich glaub nicht. Es ist noch nicht passiert.«

»Das macht mich traurig!«

»Sei nicht traurig, sei froh. Ich hab es noch *vor* mir.«

»Ja. Das ist tatsächlich gut.« Annabelle lächelt. »Gott, ich kann wirklich kein Bier trinken. Ich muss pinkeln.«

»Wir halten dir einen Platz frei«, sagt Sierra.

Annabelle geht hoch. Sie kommt an Trevor Jackson vorbei, der gerade runtergeht. Zwei Mädchen aus der Band, Desiree und Hannah Kelly, warten in einer Schlange vor der Tür. »Eine Schlange, echt jetzt?«

»Josie ist schon seit einer Ewigkeit im Elternbadezimmer«, antwortet eines der Mädchen.

Annabelle wartet. Endlich ist sie dran. Sie tupft an ihrem Make-up herum. Sie trägt Lipgloss auf. Sie will gut aussehen für Will. Ihr Bier steht auf der Ablage neben dem Waschbecken. Sie wäscht sich die Hände. Sie will gerade nach der Flasche greifen, als sie es hört.

Unten, jemand schreit.

Jemand schreit und zuerst denkt Annabelle, dass es nur ein gespielter Schrei ist, aber es klingt nicht nach einem gespielten

Schrei. Es klingt nach einem angsterfüllten Schrei. Und jetzt schreit noch jemand, ein Junge, und Leute rufen durcheinander. Es sind Geräusche von etwas Schrecklichem, das gerade passiert, also denkt Annabelle, *ich muss hier weg*. Sie denkt fälschlicherweise, dass sie aus diesem Bad und diesem Haus rausmuss und sie steht oben an der Treppe, als sie ein *Pop-pop-pop* hört. Es ist ein schreckliches *Pop-pop-pop* und dann schreien eine Menge Leute und da ist das Geräusch von etwas Großem, das umfällt, ein abscheulicher dumpfer Aufprall und Annabelle hat unfassbare Angst, weil sie weiß, sie *weiß*, dass das, was auch immer gerade passiert ist, schlimm, schlimm, schlimm ist, aber sie geht trotzdem diese Treppe hinunter. Es ist die falsche Richtung, aber sie geht hinunter, und die Haustür steht offen, und sie kann seinen Rücken sehen. Sie sieht Den Stehler, er ist es, und sie versteht es nicht, weil er in ihrem Kopf heute nicht hier sein wird, aber das ist seine Jacke.

Das ist seine Jacke und er flieht, rennt aus dem Haus und den Gehsteig hinunter, und er hat ein Gewehr in der Hand. Er hat ein *Gewehr* in der Hand, und Geoff Graham schreit und schluchzt, und als Annabelle ans untere Ende der Treppe kommt, sieht sie etwas Unreales, etwas so unbegreiflich Unreales. Leute weinen und stehen unter Schock, zusammengekauert, ihre Köpfe schützend unter den Armen verborgen, und nichts ergibt Sinn. Sierra hat sich in die hinterste Ecke des Zimmers verzogen, das Gesicht in den Händen vergraben, mit bebenden Schultern; und einer von Geoffs Freunden aus der Band steckt halb im Fenster fest und versucht zu entkommen; und sie sieht Zach und Olivia zusammengekauert hinter einem Stuhl, sich aneinander festklammernd. Überall ist Blut, *überall Blut*, und Stückchen … und Stückchen von …

Sie sieht Kat auf dem Boden. Kat liegt auf dem Boden! Ihr Gesicht ist nach unten gedreht, aber das ist ihr oranges T-Shirt und Blut fließt ihren Rücken hinunter in die Jeans und neben ihr, neben ihr liegt – Gott, guter Gott, nein – Will. Es ist Will! Er ist hier und er liegt auf dem Boden und er hat seine Jeans und seinen Lieblingspulli an, aber er ist zerknittert und komisch zusammengefaltet und etwas von seinem Gesicht ist wie … Es sieht aus wie … Es ist einfach rohes Fleisch und Blut, es ist weg, und seine Augen sind ausdruckslos, einfach *ausdruckslos*, und seine Brust … Da ist Blut und Blut, das einfach aus ihm herausfließt.

Jetzt schreit Annabelle auch, es kommt hemmungslos aus ihr heraus und sie geht zu Will und Kat, den Menschen, die sie liebt. Sie geht zu ihnen, aber sie jagen ihr fürchterliche Angst ein. Ihre Körper jagen ihr fürchterliche Angst ein, und jemand hält sie fest. Sie fühlt den festen Druck auf ihren Armen, aber sie schreit und schreit und windet sich aus dem Griff und rennt nach draußen auf die Straße. Auf der Straße sind ebenfalls Menschen, Jugendliche von der Party, Jugendliche, zitternd in ihren Badesachen, nass vom Whirlpool, und Nachbarn kommen aus ihren Häusern. Die Musik läuft immer noch. Das *Wumm-ta-wumm-wumm* erklingt unerträglich immer weiter und weiter im Hintergrund zu dem Schluchzen und Weinen, und jetzt, das Geräusch einer Sirene.

Annabelle kauert sich auf dem Boden zusammen, kauert sich einfach zusammen, weil sie im Bad war und dann hat sie ein *Pop-pop-pop* gehört und dann ist sie die Treppe hinuntergekommen und dann waren da Will und Kat und Blut ist den Rücken von Kats orangem T-Shirt hinuntergelaufen und Wills Gesicht – Annabelle schließt die Augen und hält sich die

Ohren zu und sie wiegt und wiegt sich vor und zurück, weil nichts echt ist. Da kommen schon Autos, mehr Sirenen, Lichter. Sie sind so schnell gekommen, aber wer weiß, wie viel Zeit vergangen ist. Sie ist draußen auf der Straße, wiegt sich vor und zurück und übergibt sich an Ort und Stelle und es liegen Hände auf ihr und heben sie vom Boden hoch. *Geht es dir gut? Bist du verletzt? Geht es dir gut? Bist du verletzt?*, fragen und fragen sie immer wieder. Sie weiß es nicht, sie weiß es nicht. Nichts ist echt. Nichts davon kann auch nur irgendwie *wahr* sein, aber es ist wahr. Das ist es.

Sie weint jetzt. Sie schluchzt und weint in der Schlafkoje des Wohnmobils. Opa Ed ist wach. Er ist hier mit ihr. Er hat seine Arme um sie gelegt.

»Meine Süße«, sagt er.

»Ich hab's gesehen, ich hab's gesehen, ich hab's gesehen, ich hab's gesehen, ich hab's gesehen«, sagt sie.

32

1. In der Kälte des Winters friert das Herz des Waldfroschs ein, bleibt stehen und wartet auf den Frühling, bis es wieder auftaut und weiterschlägt.
2. Manchmal müssen auch Menschen versuchen, wieder ins Leben zurückzufinden.

Sie kann es nicht. Annabelle ist im Backstage-Bereich. Sie zittert. Opa Eds Hand liegt auf ihrer Schulter. Eine Frau, Ilene Chen, Vorsitzende des Carnegie-Mellon-Frauenforschungsprogramms, steht am Mikrofon und spricht zum Publikum.

Eine Menge Leute sind da draußen. Sehr, sehr viel mehr Leute als die kleinen Gruppen an Studierenden, zu denen Annabelle bisher gesprochen hat. Ilene stellt sie vor. Es ist seltsam, das Echo ihres eigenen Namens im Auditorium zu hören. Annabelle ist schlecht vor Angst. Sie versucht, nicht zuzuhören, was Ilene über ihren Lauf und über die Tragödie sagt. Stattdessen konzentriert sie sich auf das Tipp-tipp-tipp ihres Daumens gegen die anderen Fingerkuppen und auf das Gewicht des Sankt-Christophorus-Anhängers in ihrer Hosentasche. Sie konzentriert sich auf das, was ihre Mutter gesagt hat, und auf das, was Dr. Mann und Malc und Zach und Olivia und Dawn Celeste und Luke gesagt haben: Sei einfach *aufrichtig*. Luke hat ihr das erst vor zehn Minuten gesagt, kurz bevor er und Dawn ihre Plätze im Publikum eingenommen haben. Das kann sie schaffen. Sie kann aufrichtig sein. Aber Aufrichtigkeit kommt einem so klein und leise und unbedeutend vor angesichts all dieser Leute dort draußen.

Das Mikrofon macht ihr Angst. Sie hat noch nie zuvor in ein Mikrofon gesprochen.

»Ich kann nicht«, sagt sie zu Opa Ed.

»Doch, du kannst.« Er schwitzt. Seine Stirn glänzt und er ist so blass, dass er aussieht, als würde *er* sich gleich übergeben.

Jetzt applaudiert das Publikum. Gott, sie klatschen *für sie*.

Das ist so falsch. Nach allem, was sie getan hat, nach allem, was sie nicht getan hat, sollten sie nicht klatschen.

»Ich kann nicht.«

Wie eine Vogelmutter gibt Opa Ed ihr einen kleinen Schubs.

Und, o mein Gott, dann steht sie draußen. Wow, da sitzen ganz schön viele Leute in diesen roten Samtsitzen. Vielleicht übergibt sie sich jetzt gleich hier auf der Bühne. Carly Cox ist das während einer Theateraufführung in der zweiten Klasse passiert und sie ist nie darüber hinweggekommen. Annabelle wird das jetzt an der Carnegie Mellon passieren.

Das Mikrofon ist zu hoch oben. Sie muss auf ihren Zehenspitzen stehen. Ilene kommt wieder heraus und stellt es niedriger. Luke und Dawn Celeste sind irgendwo dort draußen, aber sie kann nicht sehen, wo. Das beruhigt sie, aber gleichzeitig macht es sie auch todesnervös. In ihrem Hals wird es eng.

Sie räuspert sich. Es ist eine schlechte Filmszene, weil das Mikrofon das Räuspern wie einen Raketenstart klingen lässt.

»Ich …«

O mein Gott. Es ist still da draußen, bis auf die kleinen, unruhigen Wartegeräusche. Hauptsächlich ist es ein Raum voller junger Frauen, erkennt sie. Sie sehen nett aus. Sie lächeln sie an und schauen mit freundlichen Augen zu ihr hoch. Aber es sind so viele.

»Ich – als Erstes möchte ich sagen, dass …«

Sie warten. Sie hatte lange Zeit, um darüber nachzudenken, was sie sagen will, aber es ist immer noch schwer, es auszusprechen. Wie ist es möglich, dafür Worte zu finden?

»Als Erstes möchte ich sagen, dass er, *er* … Ich kann seinen Namen nicht nennen. Aber, der Schütze … Er saß in seinem Auto, bevor er auf die Party gekommen ist, und er hat die Gebrauchsanleitung gelesen, wie man die Schusswaffe benutzt, die er am Tag vorher gekauft hat.«

Im Publikum wird getuschelt. Es wird entrüstet aufgeatmet. Es erinnert sie daran, dass diese Menschen dort draußen hören wollen, was sie zu sagen hat. Viele wollen das nicht, aber diese Menschen schon. Sie versucht zu atmen. Sie wird einfach aufrichtig sein, wie ihr diejenigen, die sie lieben, geraten haben.

»Ich weiß nicht, warum ich das Gefühl habe, damit anfangen zu müssen. Es gibt so viel über das zu sagen, was passiert ist. Aber das erscheint mir einfach besonders entsetzlich, wisst ihr. Dass man den Gedanken haben kann, Menschen zu zerstören, und innerhalb von Stunden, *Stunden*, kann man es tatsächlich tun. Das kann ich einfach nicht aus meinem Kopf kriegen.

Der Schütze … er war achtzehn.« Sie wendet sich vom Mikrofon ab. Sie muss sich wieder räuspern. »Ich kannte ihn natürlich. Ich kannte ihn ziemlich gut. Manchmal war er lustig und süß, aber er war auch depressiv und launisch und rachsüchtig. Offensichtlich war er rachsüchtig. Aber, ich meine, er konnte nicht mal Kritik ertragen. Er wurde immer wütend, wenn ihn jemand damit aufgezogen hat, was er zu Mittag isst. Und dieser Junge, der gerade erst achtzehn geworden ist, der wütend geworden ist, wenn ihn jemand damit aufgezogen hat, was er zu Mittag gegessen hat – alles, was er brauchte, um eine Waffe zu kaufen, war genug Geld und einen Stift, um das Formular zur Prüfung des Strafregisters auszufüllen. Er wurde hier geboren und er hat noch nie zuvor ein Verbrechen begangen, also ist er einfach so mit einer Schusswaffe aus dem Laden gegangen. Ein Autokauf dauert viel länger. Abendessen in einem Restaurant zu bezahlen dauert länger.

Dieser Junge, er hat seine neue Schusswaffe genommen und meine beste Freundin, Kat Klein, erschossen, weil er dachte, dass sie ich wäre. *Er dachte, sie wäre ich.* Sie stand mit dem Rücken zu ihm. Wir sehen gleich aus. Er hat den Jungen erschossen, den ich liebte, Will MacEvans, mitten durchs Herz. Und dann, um sicherzugehen, dass er seinen Job auch gut gemacht hatte, hat er einen Teil von Wills Gesicht weggeschossen. Ihre, Kats, letzte Worte, die meiner Freundin, waren …«

Annabelle weiß nicht, ob sie das kann. Ihr Hals zieht sich vor Tränen zusammen. Er ist so eng, dass sie kaum sprechen kann. »Ihre letzten Worte an mich waren, dass sie noch nie verliebt gewesen ist.« Sie kann das nicht. Sie kann nicht und jetzt weint sie. »Dass sie das noch *vor* sich habe. Seine waren …« Sie schluckt. Sie versucht, sich zusammenzureißen. »Seine waren ›Bis nachher‹. Ihre Zukunft … hielt Dinge für sie bereit. Sie waren freundliche und lustige und geschätzte Menschen mit einer Zukunft, die Dinge für sie bereithielt. Ich habe sie beide so sehr geliebt. Ich liebe sie beide so sehr, genau jetzt in dieser Sekunde.«

Es ist jetzt schwer zu sprechen. Sie weint. Sie muss innehalten und sich sammeln. Sie wischt sich über die Augen. »Kat wurde ermordet. Will wurde ermordet. Ich auch. Das Mädchen, von dem er dachte, dass ich es wäre, aber auch das Mädchen, das ich wirklich war und nie mehr sein werde.

Hauptsächlich habe ich eine Menge darüber zu sagen, was ich nicht habe. Ich habe weder Kat noch Will noch mein altes Leben. Ich habe keine Antworten. Ich habe auch keine große Portion Weisheit oder Statistiken oder Fakten, die ich mit euch teilen kann. Ich habe keine Präsentation oder Diagramme. Ich habe Angst, mir all diese Zahlen anzusehen. Ich habe einmal kurz nachgeguckt, ehrlicherweise, damit ich euch diese Dinge würde sagen können, aber ich musste aufhören, als ich die Fotos der Grundschulkinder gesehen habe, die 2012 erschossen wurden. Ich kann es nicht glauben, dass ich das überhaupt gerade gesagt habe, *Grundschulkinder, die erschossen wurden.*

Ich habe keine große Ahnung von den Gesetzen und Regelungen, die nötig sind, um Waffengewalt zu verringern. Ich bin erst achtzehn. Ich habe nicht das nötige Wissen, das es braucht, um solche Gesetze zu erdenken. Aber ich bin alt genug, um zu wissen, dass überhaupt die Worte, *Waffengewalt verringern*, irrsinnig sind. *Verringern* klingt irrsinnig, wenn wir von Grundschulkindern sprechen. Wenn Will und Kat nur auf einer Party waren, weil es fast Sommer war. Und das Irrsinnigste überhaupt ist, dass es nicht einmal so sein muss. In Japan werden vielleicht zwei Menschen im Jahr mit einer Waffe getötet. Und bei uns? Das ergibt doch keinen Sinn.«

Annabelle schüttelt den Kopf und schaut nach vorne in den dunklen Himmel des Auditoriums. Ihre Tränen haben sich zu Wut gewandelt, die Art von Wut, der sie und Kat sich vielleicht hingegeben hätten, nachdem sie sich eine Dokumentation angesehen haben. Es ist aber keine Dokumentation. Zum ersten Mal denkt sie darüber nach, wie wütend Kat über all das wäre, wenn sie hier wäre. Sie denkt an Kat und stellt sich vor, wie sie an ihrer Stelle auf diesem Podium steht.

»Als er … Als der Schütze … *aus der Bahn geworfen* wurde, nachdem ich ihn zurückgewiesen habe, als ich Angst hatte, dass er sich selbst oder mir oder jemand anderem vielleicht etwas antun könnte, dachte ich, dass ›die Leute‹ das schon in den Griff bekommen würden. ›Leute‹ – Erwachsene, Menschen, die größer sind als ich, älter, klüger, mit mehr Fähigkeiten, etwas zu tun. Ich dachte, sie würden uns alle beschützen. Das ist nicht passiert. Das passiert immer noch nicht.

Am Allerwenigsten habe ich eine klare Vorstellung davon, was ich, ich selbst, gegen all das tun kann. *All das* ist nämlich groß. *All das* ist viel größer als Schusswaffen. In Wirklichkeit wollte mich der Schütze bloß kontrollieren. Das verstehe ich. Er wollte mich zum Schweigen bringen. Er sagte der Polizei, dass ich, äh, *seine Traumfrau* war. Er wollte nicht, dass ich mit jemand anderem zusammen bin. Er ist auf Nummer sicher gegangen, dass er seinen Willen bekommt. Wenn ich auf die einfachste Art, die ich mir vorstellen kann, darüber nachdenke, sehe ich, dass seine Gewalt nur die Machtdemonstration eines Tyrannen war. Vielleicht ist das jegliche Art der Gewalt. Aber es funktioniert. Und wie es das tut. Gewalt bringt dich zum Schweigen, Punkt. Eine Waffe hat immer das letzte Wort.

Ich lebe in diesem System, wisst ihr, *ihr* tut das, *wir* alle, in dem Kontrolle und zum Schweigen bringen so normal sind, dass wir es manchmal überhaupt nicht erkennen. In dem es Regeln und Rechte für sie und Regeln und Rechte für ihn gibt, und das sind verschiedene Regeln und Rechte. Das System sagt, wer die Kontrolle bekommt und wer das Anrecht auf Macht und Schutz hat und wer nicht, und jeden Tag laufe ich, weil ich einfach nicht weiß, was ich dagegen tun soll oder wie ich das ändern kann.«

Annabelle macht eine Pause, um wieder zu Atem zu kommen. Ihre Worte haben sich Bahn gebrochen. Ihre Wahrheit hat sich erhoben und erhebt sich weiter wie Lava von einem ehemals inaktiven Vulkan. *Ich bin immer noch hier*, denkt sie. *Und das ist auch das Zeug, aus dem ich gemacht bin.*

»Wenn ich, sagen wir mal, auf einer Bergstraße bin und Gegenwind habe … halte ich dagegen. Ich drücke gegen meine Hilflosigkeit an. Einen Tag nach dem anderen ziehe ich mir diese Schuhe an, um gegen die Machtlosigkeit, die ich nach dem fühle, was der Schütze Kat und Will und mir angetan hat, zu kämpfen, kämpfen, kämpfen. Ich laufe einfach immer weiter auf diesen heißen Straßen, weil ich nicht weiß, ob mein Land mich und meine Rechte beschützen wird, als Frau, als Mensch, der vor Gewalt sicher sein will. Es hat mir nicht vermittelt, dass es mich beschützen wird, vor Männern, die mächtiger sind als ich, vor Menschen, die hassen und vorsätzlich verletzen wollen. Es hat mir gezeigt, dass ich nicht annähernd geschützt bin, es nicht wert bin, geschützt zu werden. Es hat Fahrlässigkeit mit meinem Wohlergehen gezeigt. Also laufe ich in der Hitze und schwitze und überwinde mich selbst, um weiterzubestehen.

Und ich laufe auch, weil ich von Trauer und Kummer erfüllt bin. Mein Lauf weint und betet und schreit. Er sagt, dass ich nicht weiß, was ich tun soll, aber dass ich irgendetwas tun muss. Dass ich meine Stimme nutzen muss, weil es manchmal das Einzige ist, was man hat, wenn jemand oder etwas größer und mächtiger ist als man selbst. Meine Stimme ist jetzt hier, aber hauptsächlich ist sie in meinem laufenden Körper. Mit jedem Schritt sagt sie *bitte* und *muss*. Bitte seht meine Trauer und meinen Kummer. Die Trauer und der Kummer müssen ein Ende haben.«

Sie verstummt. Sie ist erschöpft und verbraucht, auf dieselbe Weise, wie wenn sie die Arbeit eines Tages hinter sich hat, ihre 26 Kilometer auf der Straße. Sie ist leer.

Das Publikum beginnt zu applaudieren. Der Applaus überrascht sie. Sie hat sie dort draußen fast vergessen, diese hauptsächlich weiblichen Studierenden der Carnegie Mellon. Sie steht einfach nur vor ihnen. Und dann stehen sie. Alle klatschen, aber sie sieht sie an und sie sehen sie an. Sie sehen sich alle gegenseitig an. Aufrecht – *immer noch* aufrecht. Sie vermutet, dass viele von ihnen dort draußen ebenfalls diese Trauer und diese Verwirrung und diese Machtlosigkeit gespürt haben.

Sie ist leer.

Sie ist erfüllt.

33

Am Ufer des Shawnee State Parks in Pennsylvania, nur ein paar Kilometer nördlich des Buchanan State Forests und knapp 180 Kilometer südöstlich von Pittsburgh, parkt ein Wohnmobil mit einem CAPTAIN ED-Kennzeichen und einem HOME OF THE REDWOODS-Autoaufkleber neben einem Mietcampingwagen, der nach frisch gebackenen Zimtschnecken riecht.

Ein alter Mann grillt Würstchen mit der Hilfe eines jungen Mannes mit wilden Haaren. Eine alte Frau in einem hauchdünnen Sommerkleid sitzt in einem Campingstuhl neben einer jungen Frau in einem Sommerkleid, das mit Sonnenblumen übersät ist. Sie sind keine vor Angst erstarrten Astronauten, die in der endlosen Atmosphäre herumschweben – sondern einfach vier gewöhnliche Entdecker auf der Erde. Und da sind keine riesigen und gefährlichen Eisplatten, die sie trotz Schneestürmen und Hungersnot durchbrechen müssen. Da sind nur ausgetrocknetes Gras und ein paar Pusteblumen, die sich an einem Sommerabend in die Luft recken.

Die Sonne geht gerade unter. Der Himmel ist pink und er hat auch die zarten Wellen auf dem See in Pink getaucht. Grillen fangen an, ihr Abendkonzert zu zirpen. Die Tour neigt sich langsam dem Ende zu, weswegen Dawn Celeste und Luke

Messenger jetzt bis zum Ende neben Opa Ed und Annabelle herfahren. Für Annabelle ist es schwer zu glauben, dass es so etwas wie *Das Ende* gibt. Sie hat das Gefühl, als würde sie für immer weiterlaufen und weiterlaufen.

Das sagt sie der alten Hippie-Frau, die neben ihr sitzt.

»Ich habe das Gefühl, als würde ich immer weiterlaufen und weiterlaufen.«

»Das ist gruselig, oder, übers Aufhören nachzudenken?«

Sie kommt also gleich zur Sache, diese Dawn Celeste. Annabelle fragt sich, ob ihre Großmutter genauso war. Zähe, aber zärtliche Opas brauchen so jemanden.

»Das ist es. Ich hab Angst. Vor Seth Greggory.«

»Er ist auf deiner Seite. Er ist da, um dir zu helfen und dich darauf vorzubereiten. Ihr werdet in Ruhe durchgehen, was passiert, damit es nicht so furchterregend ist. Das weiß ich. Und weißt du, woher ich das weiß? Als ich dreiundzwanzig war, gerade an der Uni, wurde ich bedroht.«

»O mein Gott. Das tut mir so leid.«

»Das scheint lange, lange her, bis auf ein paar Nächte, wenn ich allein in meinem Haus bin und glaube, etwas zu hören. Dann kommt alles zurück. Der Mann ist in meine Wohnung eingebrochen. Er stand über meinem Bett. Seine Hände haben mich berührt. Er ist geflohen, als ich geschrien habe.«

»Das macht einem echt Angst.«

»Das tut es. Wie ich schon sagte, manchmal tut es das immer noch. Diese Arschlöcher verpassen dir ein lebenslanges Urteil. Beinahe noch mehr Angst hat mir der Abend im Gericht gemacht, als ich ihm gegenübergetreten bin, wie du es im September tun wirst. Wieder in demselben Raum mit jemandem zu sein, wenn man weiß, wozu er fähig ist … ich vergleche deine Erfahrung nicht mit meiner. Aber weißt du was? Als ich fertig war, nachdem ich ihn im Gericht gesehen hatte, hab ich mich ein bisschen besser gefühlt. Ich hatte es geschafft – die Sache, vor der ich solche Angst hatte. Die Sache, vor der du Angst hast. Ich bin ihm gegenübergetreten. Ich habe meine Stimme dazu genutzt, mich gegen ihn zu wehren. Und er war derjenige in Handschellen, und ich war diejenige, die frei war.«

»Ich hatte ja keine Ahnung.«

»Ach, jede Person ist ein Buch mit vielen Kapiteln. Einige sind glorreich, andere düster und hässlich. Jede Person überlebt etwas. Wir sollten ein Abzeichen dafür bekommen.« Sie gibt sich einen Klaps auf den Oberarm, wo ihr Abzeichen sein sollte. »Wie bei den Pfadfinderinnen und Pfadfindern.«

»Ich denke einfach immer wieder an Ernest Shackleton und seine Mannschaft in diesem Eis … Hast du es gelesen?«

»Jep.«

»Weißt du noch, wie sie am Ende des Buches endlich über diesen Walfänger stolpern? Ich denke immer wieder an ihn, den Walfänger, wie er zusammenbricht und weint, als ihm klar wird, dass der ausgezehrte Mann vor ihm der große Ernest Shackleton ist, der es nach allem doch geschafft hat.«

»Kannst du dir vorstellen, was sie durchgemacht haben, einfach nur um zu überleben?«, sagt Dawn Celeste. »Was für eine schreckliche und Furcht einflößende Fahrt. Und doch glaube ich, dass es Nächte in der Antarktis gab, die so schön waren, wie dieser See es gerade ist.«

»Wahrscheinlich.«

Sie sitzen schweigend da. Annabelle mag die Stille mit Dawn Celeste, so gänzlich frei von Ängsten und Erwartungen. Opa Ed liebt das auch, wie es scheint. Annabelle hört ihn sein großes Lachen lachen, als Luke da drüben irgendeinen Witz reißt. Opa Ed, in Socken und Sandalen, wendet Würstchen. Auf seiner Tour hat er das Land durchquert und ist zu einem romantischen Helden geworden, wer hätte das gedacht?

Es fällt ihr schwer, das zu sagen, aber sie muss es jemandem gestehen. Es ist wie ein schweres Gewicht, das immer schwerer wird. »Ich habe das Gefühl, ich sollte das Herz studieren.«

Dawn Celeste sieht zu ihr herüber. Sie lehnt sich ein bisschen in ihrem Stuhl vor. »Das Herz studieren?«

»Bisher habe ich sowieso immer schon überlegt, irgendwas mit Naturwissenschaften zu studieren, vielleicht Astronomie. Aber jetzt, glaube ich, muss ich das Herz studieren. Wie man es repariert. Um vielleicht, keine Ahnung, Chirurgin zu sein, vermutlich. Wegen …« Diese Worte kommen ihr schwer über die Lippen. Es ist okay, durch das ganze Land zu laufen, Reden zu halten und Dem Stehler im Gerichtssaal gegenüberzutreten, aber wenn sie ihre Augen am Abend schließt, sieht sie immer noch Will und Wills Eltern. Sie sieht Tracie, wie sie weint und sie aus hasserfüllten Augen anstarrt. Sie sieht Kat, die nie richtig verliebt war; und Hannah, Kats Schwester; und Patty, Kats Mum, so wie Annabelle sie das letzte Mal gesehen hat, in einem Supermarkt, wie ein Geist, kaputt, als sie eine Schachtel Müsli und ein Tiefkühlgericht gekauft hat.

»Das kann ich verstehen. Aber *willst* du das Herz auch wirklich studieren und Chirurgin werden?«

»Ich weiß es nicht. Nein. Nicht wirklich. Ich will mir einfach ein bisschen Zeit nehmen, um herauszufinden, was ich will.«

»Ich glaube, dass du das Herz schon studiert hast. Ich glaube, dass du immer damit weitermachen wirst, das Herz zu studieren, Annabelle, egal was du tust.«

»Was, glaubst du, bedeutet ›ein bisschen am See spazieren gehen‹?«, fragt Annabelle Luke, der neben ihr sitzt. Er versucht, etwas mit einem Taschenmesser zu schnitzen. Es ist schon fast dunkel. Aber nach den heißen Sommertagen fühlt es sich gut an. Hier am Seeufer ist es kühler. Annabelles Zehen sind im Wasser.

»Einen Quickie hinlegen, ganz sicher«, sagt er.

Sie haut ihn.

»Wenn du mir schon so eine Vorlage gibst«, sagt er.

»Kannst du glauben, dass ich nur noch 222 Kilometer vor mir habe? Neun Tage.«

»Nur noch? *Nur* 222 Kilometer?«

»Dann bin ich fertig. Dann bin ich da.« *Da.* Washington, D.C. wo sie drei Tage damit verbringen wird, Senatoren und die Mitglieder der Task Force zur Schusswaffen-Gewaltprävention zu treffen, dank Olivia. »Der Gedanke, nach Hause zu fahren, fühlt sich so komisch an.«

»Das glaub ich dir.«

»Was dann?« Darüber denkt sie heute Abend sehr viel nach.

»Was meinst du?«

»Ich meine, werde ich dich danach jemals wiedersehen?«

Er legt das Messer und das kleine Holzstück hin. Er sieht sie an und sie sieht ihn an, und sie weiß, was gleich passieren wird. *Gleich passieren wird?* Nein. Sie ist keine passive Teilnehmerin, die übergangen wird. Sie entscheidet sich, gibt die Richtung vor. Ihre Handflächen fangen an zu schwitzen. Vor lauter Nervosität will sie auf einmal ihre Finger aufeinanderdrücken. Wird ein Kuss für sie jemals wieder einfach sein? Ist ein Kuss jemals für irgendwen einfach? Jeder Kuss ist eine Geschichte. Und Geschichten haben ein Davor und ein Danach und … na ja, was soll's, Geschichten entfalten sich mehr als alles andere, oder? Also lehnt sie sich nach vorne und er tut dasselbe. Der Kuss ist großartig und sanft, und er verspricht mehr, aber das Beste an ihm ist, dass er eine sichere und liebevolle Überquerung einer Brücke ist, die sie gerne wieder überqueren würde. »Das wirst du ganz bestimmt, solange du das willst.«

»Das will ich.«

Sie halten Händchen. Ihre Zehen ziehen Kreise im Wasser.

»Ich werde in meiner neuen Wohnung in Portland sein und aufs College gehen. Du wirst in Seattle sein und tun, was auch immer als Nächstes kommt. Knapp 280 Kilometer zwischen uns. Nach 4375 Kilometern kommt mir das kaum wie eine große Entfernung vor.«

»Das hast du nachgeschaut?«

»Mhmm.«

»Du erwartest aber nicht von mir, dass ich die laufe, oder? Vielleicht will ich nie wieder ein Paar Laufschuhe anziehen.«

»Ich hab einen Pick-up. Ich hab ein Zelt und Schlafsäcke. Ich denke an Nächte wie diese hier.«

Es riecht so gut hier draußen. Der Himmel ist schwarz und schimmert samtig und der See ist der sich kräuselnde Zwilling des Himmels. »Ich mag Nächte wie diese hier.«

»Olympic National Forest. Ich will dir diesen uralten, allein stehenden Baum zeigen, den ich einmal gesehen habe.«

»Einen uralten, allein stehenden Baum? Alles klar.« Sie denkt, er zieht sie nur auf.

»Nein! Den gibt es wirklich! Das ist eine super Sache. Eine dieser Natur-Sachen, die du so gern magst. Ein solcher Baum steht ganz allein in der Gegend. Alles um ihn herum ist zerstört worden, durch Feuer, durch Naturkatastrophen … Er ist ein einsamer Überlebender. Ganz allein da draußen wird er schlimm beschädigt, normalerweise wird er vom Blitz getroffen. Weil er eigentlich schon tot sein sollte. Verbrannt. Weg. Man kann *sehen*, dass er in der Vergangenheit Schaden genommen hat. Er krümmt sich im Wind, da er keinen Schutz hat. Seine schwereren Äste brechen in Schneestürmen ab. Diese Bäume, stell dir mal vor, sie sind knorrig und kaputt und zu ein paar fantastischen Formen verkrümmt.«

»Das klingt, als wären sie grässlich.«

»Grässlich? Auf gar keinen Fall. Die schönsten Kreaturen, die du je gesehen hast. Und ganz oben auf der Krone, ganz dort oben, wo die Sonne am nächsten ist, wachsen neue Äste.«

»Wow.«

»Jep. Wahre Schönheit.«

»Ich nehm dich beim Wort. O Mann. Mücken.« Sie haut auf ihren Arm. »Wir sollten reingehen.«

»Warte. Vorher hab ich noch was für dich.« Er gibt ihr das kleine Holzstück.

Sie lacht. »Ein Waschbär-Liebes-Kackhaufen?«

»Ich weiß nicht. Es hat nicht wirklich Ohren oder einen Schwanz oder auch nur einen Kopf, also vielleicht sollte es einfach ein Liebeshaufen sein.«

Ein süßer Kuss, ein Liebeshaufen. Annabelles Herz schwillt an. Sie fühlt ihren Hals eng werden. Es ist so viel Güte um sie herum, dass es wehtut. »Das ist eines der schönsten Dinge, dir mir je jemand geschenkt hat«, sagt sie leise.

Sie meint es ernst. Und Luke weiß, dass sie es so meint, also legt er einen Arm um sie und drückt sie an sich.

34

Es gibt Lieder über das Herz und Gedichte über das Herz und Legenden über das Herz und Fakten über das Herz. Und – es stimmt – das Herz singt und spricht und erzählt seine Geschichte. Es gibt eine exakte Anzahl von Arterien, es gibt die exakte Kraft seines Schlags. Aber das Herz ist auch schweigsam. Es ist auch ein Mysterium. Niemand weiß wirklich, wie es weitermacht, nachdem es gebrochen wurde.

Wie geht das?

Keine Ahnung.

Wie halten wir das aus?

Nicht die geringste Idee.

Was Annabelle jetzt weiß: Das Wort *Courage*, etwas veraltet für Mut und Unerschrockenheit, kommt von dem lateinischen Wort *cor*, was Herz bedeutet. Das Ta-dum des Herzens führt zum nächsten Ta-dum. Ein Schritt führt zum nächsten Schritt. Wir gehen vorwärts. Manchmal gegen unseren Willen, manchmal gegen alle Umstände, aber wir gehen vorwärts. Wir haben den Gletscher überwunden, das dunkle Land der Trauer. Wir sind bis zum äußersten Rand des Universums vorgedrungen und zurückgekehrt. Der Gletscher und das dunkle Land der Trauer werden immer dort hinter uns liegen. Die Atmosphäre wird immer um uns herum und über uns sein. Wir werden das alles wahrnehmen wie eine Präsenz. *Was passiert ist* wird wie ein Wind sein, gegen den man ankämpfen muss, und eine antreibende Kraft; es wird ein wegweisendes Licht im Sturm sein, eine falsche Abzweigung.

Die Reise über den Gletscher und durch das dunkle Land der Trauer ist irreführend und gefährlich und manchmal schön. Die Reise über die letzten Ränder des Universums hinaus ist Furcht einflößend und unmöglich, aber manchmal verblüffend. Ungeachtet dessen – die Schritte, das Ta-dum des Herzens treiben uns zu dem, was als Nächstes kommt.

Annabelle kann diese Dinge jetzt spüren, genau in diesem Moment – das Pochen ihres Herzens in ihrer Brust, ihre Füße, die sie vorwärtstragen. Als Loretta sie um den Dupont Circle und die Massachusetts Avenue hinunterlotst, spürt Annabelle den Wind, die Kraft, das wegweisende Licht, die Geschichte, ihre Geschichte, die Erschöpfung und die Trauer und den Triumph der Durchquerung.

Lauf einfach weiter. Nur noch ein bisschen weiter, sagt Kat, oder vielleicht ist es auch der Antarktis-Wind, oder ein Wispern aus dem Weltraum, oder vielleicht ist es auch ein Windstoß, der durch ihre eigenen Uralter-allein-stehender-Baum-Äste fährt.

Beim Scott Circle sagt ihr Loretta, dass sie rechts bleiben soll. Annabelle läuft die Sixteenth Street NW hinunter. Ihr Herz galoppiert. Sie weiß, was diese Straße ist: ihre letzte. Und sie weiß, was sich an ihrem Ende befindet.

Mein Gott, sie kann es nicht glauben. Überall, wo sie hinsieht, sieht sie Motive, die sie von Postkarten kennt, die aber hier und jetzt echt sind. Ihr Herz klopft in einer Geschwindigkeit von 1000 km/h und ihre Füße fliegen. Sie hat die allgegenwärtigen Schmerzen in ihrer Fußsohle und ihrem Knie vergessen. Sie hat keine Ahnung, wie sie aussieht, ihr kleines, dünnes Selbst, das vorwärts drängt in ihrem roten Tanktop, ihr Pferdeschwanz hüpft immer noch auf und ab, ihre Lippen sind aufgesprungen und ihre Haut ist so gebräunt nach diesen langen Wochen unter der Sonne. Sie konzentriert sich nur auf das, was vor ihr liegt, denn da ist er: der Lafayette Square, President's Park. Im Zentrum eines Rechtecks aus schönen, roten Blumen steht eine Statue. Es ist Andrew Jackson auf einem Pferd. Das Pferd bäumt sich auf seinen beiden Hinterbeinen auf. Andrew Jackson streckt seinen Hut hoch in die Luft.

Dahinter kann Annabelle das Weiße Haus sehen. Es sieht genauso aus wie das Weiße Haus auf Fotos, ist aber größer und lebendig, und dahinter lugt die vertraute Spitze des Washington Monuments hervor, das genauso aussieht wie das Washington Monument in den Büchern. Gänsehaut kriecht ihre Arme hinauf.

Sie hat es geschafft. Ihr Herz und ihre Beine haben sie hier an diesen neuen Ort gebracht.

Jetzt kann sie die Jubelrufe hören. *Lauf, Annabelle, lauf! Du hast es geschafft! Komm schon, Annabelle!* Sie singen ihren Namen. *Annabelle! Annabelle! Annabelle!* Sie sieht sie – ihre Leute, ihre Vertrauten. Ihr Team. Eine kleine Gruppe steht bei ihnen, an beiden Straßenseiten. Alle haben etwas Rotes an und winken und springen auf und ab.

Wer jetzt auch galoppiert – Malcolm. Ihr Malcolm. Er kann nicht anders. Er rennt, volle Kraft voraus, seine knochigen Knie treiben ihn an wie Kolben, die Rückseite seines T-Shirts flattert in der Luft hinter ihm her. Er kracht in sie hinein wie ein Linebacker im American Football. Sie hilft ihm hoch. Er ist jetzt fast so groß wie sie; die letzten Monate ist er so viel gewachsen. Aber er ist immer noch ihr kleiner Bruder, also hebt sie ihn hoch und trägt ihn halb und es ist der peinlichste Schlusssprint überhaupt, sein Hintern hängt praktisch unten bei ihren Knien, aber es ist auch der beste Schlusssprint überhaupt, weil er ihr Nummer-1-Lieblings-Weggefährte ist.

Da ist ein Banner, und oh, das ist ziemlich groß und, wow, ihre Mutter heult sich die Augen aus und Opa Ed auch. Seine Brille hat er abgesetzt und er reibt sich die Augen, es ist auch sein Sieg. Er hat so viel mit ihr durchgemacht. So viele Tage und Nächte und Kilometer in dem Wohnmobil, nur sie zwei. So viele Konservenbüchsen voller Sardellen, so viel Kettensägen-Geschnarche, so viele zärtliche Angebote von Wasserflaschen und sauberen Socken. So viel stille Alt-Männer-Präsenz und laute Alt-Männer-Ermutigung. Inmitten der ganzen Rufe und Jubelschreie fällt sie ihm in die Arme.

»Bella Luna«, sagt er.

»Opa. Danke dir, Opa Ed.«

»Danke *dir*, Bella Luna. Danke, dass du weitergemacht hast, *mia cara*.«

»Gott sei Dank«, sagt Gina. Ja, auch ihm. Danke an alle. Danke, Sankt Christophorus, Beschützer der Reisenden vor Unwettern, dem heiligen Tod und Zahnweh. Danke, Opa Ed, danke, Mum, die sich Annabelle schnappt und sie fest an sich drückt, danke, Malcolm und Dr. Mann, und sogar danke, Carl Walter, den Annabelle im Hintergrund dabei erkennt, wie er Fotos schießt. Danke, Dawn Celeste und Luke, der sie umarmt und sie stürmisch hochhebt. »Du hast es geschafft, Annabelle. Du hast es geschafft!«

»Meine Süße«, sagt Dawn Celeste, ihre Wangen rot vor Glück. »Du bist ein Champion! Ein großer, verdammter Champion!«

Danke, Zach und Olivia, die sie auch umarmen. Alle umarmen sie, halten sie, tragen sie. Ihre Füße lösen sich vom Boden, als Zach sie hochhebt.

»Du hast verdammt noch mal *überlebt*!«, sagt er. Tränen rollen über seine Wangen.

»*Du* auch.« Sie drückt Zach an sich. Sie haben so viel zusammen durchgemacht. Und sie und Olivia auch, genau wie alle anderen, die an diesem Abend da waren. Die Luftfeuchtigkeit ist intensiv. Alle ihre Gefühle sind intensiv. Mein Gott, ist sie froh, hier zu sein. Sie ist froh, dass ihr Herz und ihre Füße sie vorwärtsgetragen haben, um all das zu fühlen.

»Siehst du da drüben? Reporter«, sagt Olivia. Es stimmt. Leute machen Fotos von ihr. Da steht ein Nachrichten-Van mit Fernsehantennen obendrauf. »Danisha Prince«, liest Olivia von ihrem Notizbuch ab, das sie schon aus ihrem Rucksack geholt hat. »Von der *Washington Post*. Sie würde gerne mit dir sprechen, sobald du wieder zu Atem gekommen bist.«

»Du bist einfach genial, Olivia«, sagt Annabelle. »Schau, was du gemacht hast.«

»Schau, was *du* gemacht hast!« Olivias Augen glänzen vor Tränen.

Gina drückt ihr eine Flasche Wasser in die Hand und Annabelle trinkt. Es ist das leckerste Wasser, das sie je getrunken hat. Leute gratulieren ihr. Fremde. Sie rütteln sie an den Schultern und klopfen ihr auf den Rücken und fragen sie, wie sie sich fühlt. Es ist schwierig, das alles in sich aufzunehmen. Ihre Familie und Freunde tragen die roten T-Shirts, aber diese Fremden auch. Spendenlauf-T-Shirts sind überall. Danke auch an ihre Unterstützer. Tante Angie und Onkel Pat und ihre alten Chefs, Claire und Thomas, und die Leute vom Sunnyside, ihre Lehrerinnen und Lehrer an der Roosevelt High School, und ihre Freunde und deren Eltern, ihre alten Nachbarn und so viele Menschen, die sie *nicht einmal kennt.* Als Nächstes hebt Gina Malcolm hoch in die Luft und schwingt ihn im Kreis herum.

»Ich bin so verdammt glücklich«, sagt Gina.

»Fünfundzwanzig Cent, Mum!«, ruft Malcolm.

Was fühlt sie außer Schuld?

Freude. Sie fühlt Freude.

Auch an diesem Abend beim Festessen bei Morelli's gehen ihre Füße vorwärts und ihr Herz macht ta-dum. Eine Überraschung erwartet sie. Ihr Vater ist gerade von Boston herübergeflogen und trägt ein Hemd und Jeans und er sieht aus wie ihr Vater und nicht wie Dieser Mistkerl Father Anthony. Vielleicht sieht er aus wie ihr Vater, weil er sich wie einer verhalten hat, mit den Karten und den Anrufen und der Unterstützung. Er ist schüchtern. Er umarmt sie fest. Er riecht nach seiner alten, immer gleichen Seife.

»Ein langer Weg. *So* ein langer Weg. Ich bin so stolz auf dich, Peanut.«

Sie ist verdutzt, denn diesen Namen hat sie schon seit Jahren nicht mehr gehört; den Namen, bei dem er sie immer genannt hat, als sie noch ein kleines Mädchen war; den Namen, den er benutzt hat, wenn sie ihm ihr Zeugnis zum Bestaunen gebracht hat; wenn sie ihre Buchstabier-Wörter geübt haben; wenn er sie angefeuert hat, als sie im Garten herumgelaufen ist, während er ihr mit der Stoppuhr die Zeit abgenommen hat. Sie erwidert die Umarmung. Als sie sich voneinander lösen, hält er sie an den Armen fest und schaut ihr in die Augen und sie schaut ihn an und sie sehen sich. Sie bekommt dieses Gefühl, dass sie sich wirklich *sehen*, und sie ist Peanut und sie ist die junge Frau, die sie jetzt ist, und er ist der rasenmähende, junge Vater und er ist der Mann, der Fehler gemacht hat und versucht, es jetzt besser zu machen. Er küsst sie auf die Wange. Er setzt sich am Ende des Tisches zu Dawn Celeste und Malcolm. Er macht dem Kellner ein Kompliment für die *Mostaccioli*. Vielleicht ist es der Anfang von etwas.

Auch am nächsten Tag gehen ihre Füße vorwärts und ihr Herz macht ta-dum, als sie einen mit rotem Teppich ausgelegten Korridor des Kapitols entlanggeht. Es ta-dumt laut. Der Senat hält eine Sitzung ab und sie trifft ihre Senatoren aus Washington, die Annabelle zu dem State-of-the-Union-Empfang im Februar einladen. Sie wird fotografiert. Sie trifft gewählte Vertreter aus Oregon und Kalifornien, bevor sie zur Südseite des Kapitols geführt wird, wo sie mit dem Vorsitzenden und Vize-Vorsitzenden der Task Force zur Prävention von Waffengewalt spricht, die sie auch als Rednerin zu ihrem kommenden Forum im Dezember einladen. Am nächsten Tag ist da eine Gruppe Studentinnen an der George Washington University. Annabelle glaubt nicht, dass sie es schafft. Opa Ed schubst sie nach draußen. Sie geht auf ein Mikrofon zu, das zu hoch eingestellt ist. Die Gesichter schauen sie an, und sie schaut sie an, und dann ist sie aufrichtig. Sie erinnert sich daran, dass jeder eine Geschichte hat. Dass die Menschen im Publikum wahrscheinlich auch schon Trauer und Verwirrung und Machtlosigkeit gespürt haben.

Drei Tage später gehen ihre Füße vorwärts und ihr Herz macht ta-dum, als sie die Landebrücke zum Flugzeug hinuntergeht. Luke und Zach und Olivia sind schon weg, Opa Ed und Dawn Celeste nehmen den langen Weg im Wohnmobil zurück, über jeden Nationalpark, an dem sie vorbeikommen können, bis der Prozess anfängt, aber Annabelle fliegt nach Hause. Gina und Malcolm sitzen neben ihr. Gina liest das Plastikblatt über die Notausgänge. Annabelle schließt die Augen und fühlt, wie sie abheben.

Ihre Füße gehen vorwärts und ihr Herz macht ta-dum, als sie an diesem Abend zu Hause in ihr Zimmer geht. Sie hat Angst vor ihrem eigenen Haus und ihrem eigenen Zimmer. Sie hat Angst, dass sie wieder in das Mädchen zurückverwandelt wird, das sie war. Aber nein. Bit hüpft in freudiger Wiedervereinigung an ihren Beinen hoch und sie küsst ihn und sie hält sich ihr Kopfkissen ans Gesicht und riecht seine schöne Vertrautheit, aber sie ist immer noch die Annabelle Agnelli, die einmal quer durch das Land gelaufen ist.

Und auch nächste Woche ist sie immer noch diese Annabelle, als sie das Büro des Staatsanwaltes Seth Greggory betritt. Ihre Füße gehen vorwärts und ihr Herz macht ta-dum, sogar als ihr der Antarktis-Wind entgegenbläst. Sie schreitet entschlossen über den Gletscher und ihre Gliedmaßen frieren ein. Kristalle bilden sich an ihren Wimpern, aber vielleicht sind sie auch nur nass von Tränen. Seth Greggory ist bestimmt, aber freundlich. Er setzt sie unter Druck, wie der Strafverteidiger es tun wird. Er bringt ihr Kaffee. Er bringt Gina Kaffee. Sie fangen von vorne an. Und wieder von vorne. Sie muss sich daran erinnern – so Furcht einflößend er und das alles auch ist, Seth Greggory steht auf ihrer Seite. Er ist Teil der Crew.

Drei Wochen später gehen Annabelles Füße vorwärts und ihr Herz macht ta-dum, ta-dum, TA-DUM, als sie einen Gerichtssaal betritt. Sie ruft sich die Muskeln in ihren Waden und die Kraft in ihren Oberschenkeln ins Gedächtnis und sie erinnert sich an die Hitze des Ackerlandes und den Gebirgspfad und die Kilometer und Kilometer, die sie zurückgelegt hat. Sie erinnert sich an ihre Kraft. Sie versucht es, denn dort sind seine Eltern, Nadine und Gavin, und dort ist er, Der Stehler – seine Haare sind anders und er trägt einen Anzug mit Krawatte und, guter Gott, guter Gott, es ist die Krawatte, die er auf dem Winterball getragen hat, und das ist furchtbar, furchtbar, aber Annabelle sieht ihn an. Sie sieht ihn direkt an, und sie beantwortet die Fragen über ihn, obwohl das Mikrofon zu hoch eingestellt ist, obwohl sie sich den ganzen Morgen lang vor Stress übergeben hat. Sie nennt die Namen der Menschen, die sie liebt. Kat Klein. Will MacEvans. Und sie sieht Den Stehler direkt an, direkt an, weil er nicht gewonnen hat. Er muss wissen, dass er nicht gewonnen hat. Ihr Herz hat gewonnen. So wie es weiterschlägt, so wie es überlebt, obwohl es zerstört worden ist – es hat gewonnen.

»Was sollen wir heute zu Abend essen?«, fragt Gina, als sie ins Auto einsteigen, nachdem Annabelles schreckliche zwei Tage als Zeugin vorüber sind. Opa Ed ist schon auf dem Nachhauseweg, um Dawn Celeste über alle Details zu informieren. Sie sind nur zu dritt.

»Dick's«, sagt Annabelle.

»Wirklich?«

»Wirklich.«

Sie fahren hin. Da ist das orange Dick's-Schild, das sich oben auf seinem Pfosten dreht. Sie bestellen Burger und Pommes.

»Du wirst jetzt aber nicht wieder weglaufen, oder?«, fragt Gina.

»Hmmm. Mein Knie fühlt sich schon wieder viel besser an …«

»Super. Ich komm auch mit«, sagt Malcolm.

Gina verpasst ihm einen Klaps. »Ich hasse es, wenn ihr zwei euch zusammentut.«

Sie essen im Auto. Annabelle liebt es, im Auto zu essen. Draußen stehen Kunden in der Schlange, um Essen zu bestellen. Die Luft riecht nach dem herannahenden Herbst plus Pommes. Da sind keine betrunkenen Typen, die versuchen, sie zu packen. Da sind nur Leute mit ihren Geschichten, die Abendessen holen.

Die Muskeln in Annabelles Beinen und Armen sind wieder hart wie Baseball-Bälle. Ihre Stimme bahnt sich immer noch ihren Weg von dort unten empor, wo sie so lange unter der Oberfläche geschlummert hat. Aber ihre Füße stehen fest auf dem Boden. Ihr Herz klopft immer noch weiter in ihrer Brust.

»Wie schade, dass Bit nicht da ist. Er liebt Pommes«, sagt Malcolm.

»Obwohl er davon furzen muss«, sagt Gina.

»Er könnte bei dir auf dem Schoß sitzen, Annabelle«, sagt Malcolm.

»Non mi rompere i maroni«, sagt Annabelle. Das hat sie von Opa Ed gelernt.

Übersetzung: *Hör auf zu nerven*. Wörtliche Übersetzung: *Mach meine Kastanien nicht kaputt*.

Ihre Füße gehen vorwärts und ihr Herz macht ta-dum, als sie Den Stehler noch einmal sehen muss, bei seiner Urteilsverkündung. Sie sieht ihn nicht an, als sie ihre Aussage macht. Sie sieht Richter Samuels an, als sie beschreibt, wie ihr Herz gebrochen wurde. Sie spricht über seine zersplitterten Stücke und wie es weiterschlagen muss, anstatt kaputt zu sein. Sie nimmt all die Stärke und die Wut der Kilometer und der Durchquerung und der Menschen, die sie getroffen hat, zusammen. Es ist das Schwierigste, das sie je getan hat, schwieriger, als 4375 Kilometer zu laufen. Sie ist erschöpft und ausgelaugt, als sie sich hinsetzt. Sogar ihre Finger sind zu müde, um aufeinanderzudrücken. Als Gina sie umarmt, schließt Annabelle die Augen und erinnert sich an Wills Umarmung, die auch so war. Eines Tages lagen sie auf einer Decke am Green Lake, ihr Kopf ruhte auf seiner Brust, und sie konnte sein Herz donnern hören. Sie schluchzt, als der Richter Den Stehler – Daniel Wainwright – zu zweimal lebenslänglich verurteilt.

Ihre Füße gehen vorwärts und ihr Herz macht ta-dum, als sie einen Holzpfad entlanggeht. Es ist Januar, eine neue Jahreszeit, ein neues Jahr. Es ist kalt hier draußen. Es ist nicht *Endurance*-kalt, nicht Antarktis-kalt, aber knackig, lieblich, blau-eisig-kalt. Sie atmet es ein. Ihre Lungen sagen *Danke*. Ihre Muskeln freuen sich, wieder draußen zu sein. Sie hat viel Zeit drinnen verbracht, in Klassenzimmern und Auditorien, in dem kleinen Büro der neuen Wohnung, die sie sich mit Olivia teilt. Sie haben viel Arbeit. Sie muss mit vielen Leuten reden. Inzwischen stellt sich Annabelle das Mikrofon selbst richtig ein, wenn sie spricht. Inzwischen sieht sie den Menschen in ihrem Publikum ins Gesicht, während sie in ihres sehen.

Aber heute ist ein Wald-und-feuchte-Erde-Nachmittag. Draußen in der Natur kommt ihre Angst zur Ruhe, atmet erleichtert aus. Seit ihr Körper geheilt ist, hat sie wieder tägliche, kurze Läufe unternommen und sie ist in guter Form. Luke, na ja, der ist eine andere Baustelle.

»Langsamer. Gehen. Bitte. Annabelle«, keucht er.

»Ich kann es nicht erwarten, ihn zu sehen.«

»Er wird immer noch da sein, auch wenn wir langsamer gehen. Meine Krämpfe haben Krämpfe.«

Da ist eine Lichtung. Sie bleiben stehen.

»*Voilà*«, schnauft Luke.

Oh, dieser uralte, allein stehende Baum ist wirklich hässlich. Er ist niemandes Vorstellung von schön. Ein plumpes, knorriges Biest, allein in einem weitläufigen, offenen Waldgebiet.

»Schau, genau da. Man kann sehen, wo der Blitz eingeschlagen hat.« Luke deutet dorthin.

Sie sieht es. Da ist eindeutig ein schwarzer Riss, das Mal eines schrecklichen Moments in seinem Leben.

»Oh, wow«, sagt Annabelle.

»Aber schau. Da oben.«

Neue Triebe sprießen aus der Krone hervor. Es ist Winter und da sind keine Blätter, aber er ist eindeutig immer noch am Leben. »Er sieht aus wie Malcolm, nachdem Mum ihm die Haare geschnitten hat.«

Nein, eigentlich ist er atemberaubend. Gott, sie liebt Wissenschaften und die Natur. Dieser Baum ist kaputt, aber auch nicht kaputt. Verwurzelt trotz der Stürme und des Eises. Es gibt keine wirklichen Worte dafür, also schweigt sie eine Weile und betrachtet ihn voller Respekt und Ehrfurcht.

»Ich hab's dir doch gesagt. Schön, oder?«

»Ja.« Ja, ganz gewiss.

Annabelle Agnelli schaut nach oben, und dann nach oben an dem Baum vorbei, in den winterblauen Himmel. Sie stellt sich vor, dass sie 4375 Kilometer hoch in den Weltraum sehen kann. Sie stellt sich vor, dass ihre Liebe weiter als das aufsteigen kann, viel weiter hinauf ins Universum, bis an unerreichbare Orte und zu unerreichbaren Menschen. *Kat. Will.* Ihr Atem macht Wölkchen in der Luft.

Es wird langsam kalt. Es ist kälter, wenn man still steht. Luke haucht warmen Atem in seine Hände, um sie zu wärmen. »Es ist eiskalt hier draußen. Bereit zum Weitergehen?«, fragt er.

Der kühle Wind drückt gegen sie, und ihre Augen werden feucht, aber es gibt noch so viel mehr Schönes zu sehen.

»Ich bin bereit«, sagt sie.

DANKSAGUNG

Mein Es-gibt-keine-Worte-dafür-Dank geht an Michael Bourret von Dystel, Goderich & Bourret. Deine Präsenz in meinem Leben und in meiner Arbeit hat nichts Geringeres getan, als mich tiefgreifend zu verändern. Ich bin so glücklich und dankbar, dass du diesen Weg mit mir gehst. Und an Liesa Abrams – deine Unterstützung, deine Vision und dein sicherer Platz in meiner Ecke haben mir mehr bedeutet, als ich sagen kann. Außerdem habe ich einfach nur den allergrößten Respekt vor deiner Intelligenz, deiner Leidenschaft und deiner Hingabe, zu Büchern und den Themen, die für unsere Leserinnen und Leser unfassbar wichtig sind. Danke. Wir scherzen darüber, dass wir ein Dream-Team sind – aber das sind wir wirklich.

Man kann es nicht anders ausdrücken – Bücher zu verlegen ist ein Akt der Liebe. Ich danke jedem einzelnen dieser Leute für ihr Herzblut und ihren Einsatz und ihr Talent, das sie in meines gesteckt haben: Jon Anderson, Mara Anastas, Chriscynethia Floyd, Lauren Hoffman, Caitlin Sweeney, Anna Jarzab, Michelle Leo, Anthony Parisi, Sarah Woodruff, Sarah Creech, Katherine Devendorf, Elizabeth Mims, Julie Doebler, Christina Pecorale, Leah Hays, Victor Iannone, Christine Foye. Ein paar von uns haben das jetzt schon öfter zusammen für mehrere Bücher gemacht. Danke, dass ihr meine Verlags-Familie seid. Außerdem bewundere ich Sarah Creech und Daniel Stolle für ihre Arbeit an diesem wunderschönen Cover.

Viel Liebe und Dank, wie immer, an meine Familie. Und an die literarische Vereinigung in Seattle, vor allem an meine Freund:innen und Kolleg:innen bei Seattle7Writers. Danke dafür, Leute, dass ihr ein Clan Seelenverwandter seid, und dafür, dass ihr mit eurem außerordentlichen und besonderen Verständnis immer für mich da seid.

Auch dieses Mal – ein besonderer Dank an meine Leserinnen und Leser. Ihr habt eure Geschichten geteilt, seid jedem Buch gefolgt, habt eure Liebe und eure Aufregung zum Ausdruck gebracht, und einige von euch haben sogar ihre Babys nach meinen Charakteren benannt. Ihr erinnert mich immer – jeden Tag – auf die eine oder andere Art daran, dass ihr da seid. Danke, dass ihr allem einen Sinn gebt.

ZITATNACHWEISE

* Die Zitate aus Alfred Lansing, *Endurance: Shackleton's Incredible Voyage*, Basic Books 2015, wurden übersetzt von Susanne Just.

Deb Caletti ist eine preisgekrönte und von Kritikern gefeierte amerikanische Autorin von über sechzehn Büchern, darunter belletristische Romane und Jugendbücher. Zu ihren zahlreichen Auszeichnungen gehören etwa der *Josette Frank Award for Fiction* und der *Washington State Book Award*. Außerdem war sie Finalistin für den *National Book Award* und *Wie ein Herzschlag auf Asphalt* wurde zum *Michael L. Printz Honor Book* gewählt. Caletti hat einen Abschluss in Journalismus, widmete sich der Bücherwelt aber erst nach der Geburt ihres zweiten Sohnes, um ihren Traum endlich zu erfüllen. Mittlerweile lebt sie mit ihrer Familie und den Hunden Max und Tucker in Seattle, Washington.

Susanne Just, geboren 1994 in München, liebte schon als Kind Bücher, Geschichten und Gedichte und konnte vor der ersten Klasse lesen und schreiben. Ihre Leidenschaft für Sprache hat sie dazu gebracht, Anglistik und literarisches Übersetzen an der LMU München und an der Westminster University in London zu studieren. Seit 2019 lebt sie in Palermo und arbeitet als freiberufliche Literaturübersetzerin aus dem Englischen und Italienischen.

»Erinnert ein wenig an Bücher von John Green, und ist zumindest ebenso einfühlsam und lebensnah.«

Jugendbuch-Couch

Kyra Groh
Sicherheit ist eine verdammt fiese Illusion
Gebunden, 464 Seiten
€ 18,00 [D] | € 18,50 [A]
ISBN 978-3-03880-038-5

Arctis

Manchmal stellt Mia sich vor, ihre Krankheit wäre eine beneidenswerte Superkraft. Tatsächlich ist es aber ganz schön problematisch, wenn man keine Schmerzen empfinden kann und blindlings in alle Gefahren läuft. Das weiß Mia spätestens, seit sie ihre Mutter verloren hat. Die quälende Erinnerung daran ist gleichzeitig ihr größtes Geheimnis – bis sie Jake begegnet. Auch er kann sich seinem Kummer nicht stellen und versucht, ihm durch Kraftsport zu entfliehen. Obwohl die beiden so verdammt verschieden sind, scheint irgendetwas bei ihnen ganz genau zu passen ...